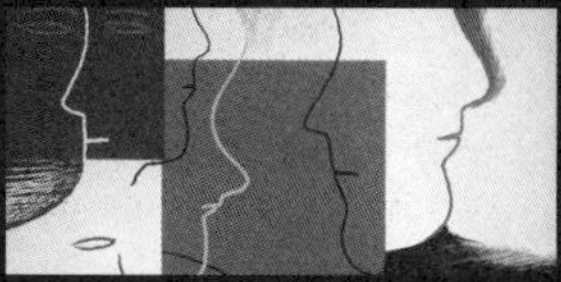

인공호흡

RESPIRACIÓN ARTIFICIAL
by Ricardo Piglia

이 도서의 국립중앙도서관 출판시도서목록(CIP)은
e-CIP 홈페이지(http://www.nl.go.kr/cip.php)에서 이용하실 수 있습니다.
(CIP제어번호: CIP2010002703)

세계문학전집
045

Ricardo Piglia : Respiración artificial

인공호흡

리카르도 피글리아 장편소설

엄지영 옮김

문학동네

내게 역사의 진실을 가르쳐준

엘리아스와 루벤에게 이 책을 바칩니다.

차례

제1부 내가 어둡고 음울한 겨울이라면 9
제2부 데카르트 155

해설 | 소설과 유토피아 339
리카르도 피글리아 연보 355

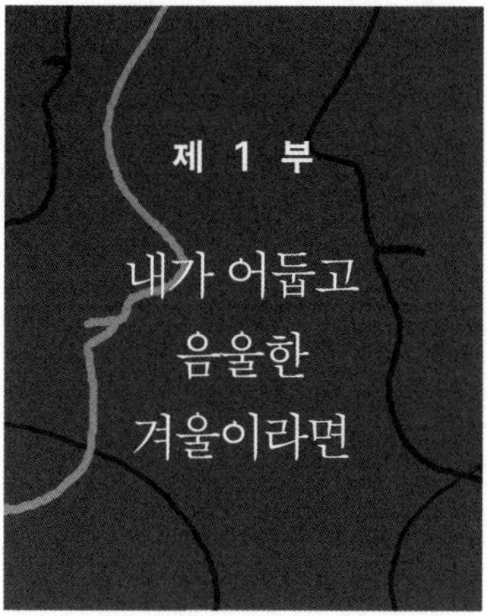

우리에겐 경험이 있지만 그 의미를 잃어버렸다.
그러나 그 의미에 다가간다면 경험을 되찾게 될 것이다.*
_T. S. E

* T. S. 엘리엇의 장시 『네 개의 4중주』 중 「드라이 샐비지스」의 두 행.

I

1

우리 삶에 하나의 이야기가 존재할까? 만약 그렇다면 그 이야기는 3년 전에 시작된다. 1976년 4월, 내가 쓴 책이 처음으로 세상의 빛을 보았을 무렵, 그는 내게 편지를 보냈다. 편지 속에는 그가 발가벗은 나를 안고 있는 사진 한 장이 들어 있었다. 태어난 지 석 달이나 되었을까, 빛바랜 사진 속의 나는 떡두꺼비 같은 얼굴에 환한 웃음을 짓고 있다. 반면에 그의 모습은 매우 또렷하게 살아 있다. 서른 살가량 되어 보이는 그는 몸에 잘 맞는 양복에 고급 중절모를 쓰고 당당한 미소를 띤 채 정면을 응시하고 있다. 사진 한구석에는 초점에서 벗어나 흐릿하게 나온 어머니의 모습이 눈에 띈다. 그러나 어머니의 모습이 너무나 젊어서 알아보는 데 한참 애를 먹었다.

그 사진은 1941년에 찍은 것이다. 그는 자기 얼굴 뒤쪽에 날짜와,

내가 이 이야기의 제사(題詞)로 삼은 영국 시의 두 행을 적어놓았다. 이를 보면 그때부터 그가 나의 삶을 이끌려고 했던 것일지도 모른다는 생각이 든다.

외삼촌의 경우를 제외한다면 우리 가족사에는 특별한 비극적 사건도, 우리가 기억할 만한 영웅적 인물도 없다. 다만 그에 관한 여러 가지 추측성 이야기들만이 가족들 사이에서 꾸준히, 은밀하게 떠돌아다녔다. 들리는 바에 따르면 그는 재력가의 딸과 결혼했다고 한다. 그런데 에스페란시타라는 이름을 가진 이 여인은 심장이 약했고, 불을 켠 채로 자곤 했으며 자신의 기도를 들어달라고 하느님께 큰 소리로 기도하곤 했다고 한다. 그런데 놀라운 점은 결혼한 지 6개월 만에 우리 외삼촌이 그녀의 돈을 모두 챙겨가지고 사라졌다는 것이다. 그것도 '코카'라는 별명을 가진 카바레 댄서와 살기 위해서 말이다. 그 사건이 일어난 직후, 에스페란시타는 마치 아무 일도 없었던 듯이 태연하게 경찰에 신고를 하고, 그를 찾기 위해 갖은 수단을 다 동원했다. 몇 달 후 경찰은 마침내 가명으로 리오 온도 호텔에 투숙하여 호사스럽게 살고 있던 그를 체포했다.

어렸을 때 안방 옷장 비밀서랍에 숨겨져 있던 그 사건 관련 기사 스크랩을 몰래 읽었던 기억이 난다. 특이하게도 서랍 속에는 그 스크랩 말고도 『완벽한 결혼생활』이란 책을 쓴 T. E. 판 데 펠데 교수*의 『열정의 생리학과 섹스의 메커니즘』과 엥겔스의 『가족, 사유재산 그리고 국가의 기원』 외에 여러 가지 편지 및 서류와 문서들, 심지어 내 출생 증명서도 보관되어 있었다. 어린 시절 나는 시에스타 시간을 틈타 그 서랍을 열고는 우리 집안사람들이 소리 죽여 말하던 그 사람의 비밀을 몰래 훔쳐보곤 했다. 당시 그 사건을 다룬 신문 기사에 '만천하에 드러난 파렴치범의 실상'이라는 제목이 달려 있었던 것이 기억난다. 그땐 그 제목만 봐도 가슴이 두근거리곤 했다. 마치 그 제목이 영웅적이고 약간은 절망적인 행동을 암시하기라도 한 것처럼 말이다. '만천하에 드러난 파렴치범의 실상.' 속으로 그 말을 되뇌어볼 때마다 온몸에 전율이 느껴졌다. 사실 난 그때 그 말의 정확한 의미도 몰랐던 데다, '파렴치범'이란 말을 대략 강인한 불굴의 의지 정도로 생각했기 때문이다.

그 일로 외삼촌은 거의 3년 동안 복역했지만, 아쉽게도 그 이후로 그에 대해 알려진 바는 거의 없다. 바로 그때부터 그의 운명과 기이한 삶에 대해 서글프기 그지없는 온갖 추측이 난무하기 시작했다. 그간 받은 모욕과 마음의 상처에 보복이라도 하듯이 그는 가족 중 그 누구와 만나지도 않았고, 소식을 궁금해하지도 않았던 듯하다. 그러던 어느 날 오후, 코카라는 여인이 우리 집에 찾아왔다. 당당하면서도 다소 쌀쌀맞은 인상을 풍기던 그녀는 외삼촌이 가져간 돈의 일부와 남은 돈을 모두 갚겠다는 외삼촌의 다짐을 전하기 위해서 찾아온 것이었다. 나는 그날의 만남에 얽힌 이야기를 모두 알고 있다. 또한 에스페란시타

---

* 네덜란드 태생의 의학자로 결혼생활과 성에 대한 다양한 저술을 남겼다. 여기서 『열정의 생리학과 섹스의 메커니즘』은 실제로는 존재하지 않는 책인데, 『완벽한 결혼생활』의 부제인 '결혼생활의 생리학과 기술'을 제목으로 삼아 독자적인 작품처럼 만든 것으로 보인다. 보르헤스의 문학에 일관되게 나타나는 '의도적인 위작'의 전형인 셈이다.

가 자기 엄마뻘 되는 코카에게 대뜸 "얘야"라고 했던 일, 그리고 코카의 몸에서 아버지가 영원히 잊을 수 없을 거라고 하던 향수 냄새가 풍겼던 일도 기억하고 있다. 들리는 바에 따르면 떠나기 전 그녀는 이런 말을 남겼다고 한다. "여러분은 마르셀로가 어떤 사람인지 절대로 모를 겁니다." 그 이야기를 듣자마자, 왠지 모르게 1930년 쿠데타가 일어난 직후 알베아르*에 관한 이폴리토 이리고옌**의 역사적인 발언이 마치 운명처럼 떠올랐다. 그것은 에스페란시타가 우리부루 장군***의 친척이었다는 사실에서 비롯된 기이한 연상 작용이었는지도 모른다.

그로부터 3년 동안, 에스페란시타는 빛이 다 없어질 때까지 두 달에 한 번씩 꼬박꼬박 수표를 받았다. 그 시절을 돌이켜볼 때마다 그녀에 관한, 아니 그녀의 이미지에 관한 기억이 내 머릿속에 떠오르곤 하

---

* 아르헨티나의 진보주의 정치인(1868~1942). 아르헨티나 최초의 진보정당인 급진시민연합의 지도자이자 이리고옌의 정적이다. 1922년부터 1928년까지 이리고옌의 뒤를 이어 대통령직을 수행했다. 그러나 1928년 이리고옌이 재집권한 뒤 그의 비타협적인 노선에 반발하여 보수세력 및 군부와 지속적인 타협을 시도함으로써 급진시민연합의 분열을 촉발시켰다.

** 아르헨티나의 진보주의 정치인(1852~1933). 전국적인 보통 선거로 선출된 아르헨티나 최초의 대통령이다. 과두체제를 종식하고 민주적인 정책을 펴 대중적 지지기반을 확보했다. 1922년 대통령직에서 물러나 1928년 재선되었지만, 세계공황에 따른 사회적 혼란을 수습하지 못하고 1930년 9월 6일, 군부 쿠데타로 실각하였다. 쿠데타 직후 군부와 진보세력 사이에서 눈치를 보던 알베아르에 대해 "알베아르를 지켜줘야 한다. 그는 진보주의자다. 투철한 정신이 부족하긴 하지만 그래도 진보주의자라는 점은 분명하다"라는 유명한 말을 남겼다. 본문에 나오는 '알베아르에 관한 이폴리토 이리고옌의 역사적인 발언'이란 바로 이를 말한다.

*** 아르헨티나의 군인이자 정치인(1868~1932). 1930년 군부 쿠데타를 주도하여 이리고옌 정권을 무너뜨리고 1916년 민주주의 혁명 이래 자취를 감추었던 대토지소유주 중심의 과두체제를 부활시켰다.

는데, 그것이 아마 내 인생의 첫 기억일 것이다. 섬세하면서도 뛰어난 미모를 지닌 그녀의 모습. 어머니가 가끔 "에밀리오, 에스페란시타 외숙모에게 뭐라고 해야 하지?"라고 물어볼 때마다 그녀는 얼굴에 거만한 표정을 지으며 마지못해 내 쪽으로 고개를 숙이곤 했다. 그러면 나는 "고맙습니다"라고 대답했는데, 사실 이 말은 누구보다 그녀에게 가장 많이 한 것 같다. 집안에 은밀하게 흐르던 죄의식의 상징처럼 되어버린 그녀는 너무나도 세련되고 튀어서 우리와는 전혀 다른 세계에 사는 존재처럼 보였다. 그래서인지 그녀를 입에 올릴 때마다 마음 한구석이 불편해지고 어색해지기 일쑤였다. 그녀가 우리 집에 오면 어머니는 가장 아끼던 다기 세트를 꺼내고 종이처럼 바스락거릴 정도로 잔뜩 풀을 먹인 테이블보를 식탁에 까느라 수선을 떨던 기억이 난다. 그래도 그녀는 죽을 때까지 적어도 한 달에 한두 번, 주로 일요일이나 목요일에 우리를 방문하곤 했다.

그러나 외삼촌은 그녀가 죽었다는 사실조차 끝내 알지 못했다. 아무런 흔적도 남기지 않고 사라진 탓에 그의 행적에 관한 추측만 난무했다. 계속 감옥에 갇혀 있다고 하는 사람들도 있었고, 또 콜롬비아에서 코카와 살고 있다고 하는 이들도 있었지만, 그 어느 것도 확실하지 않았다. 다만 분명한 것은 그녀가 죽었다는 사실을 그가 전혀 몰랐고, 또 그녀가 세상을 뜬 뒤 그에게 쓴 편지 한 통이 그녀 방에서 우연히 발견됐다는 것도 몰랐다는 점이다. 편지에서 그녀는 그동안 세상을 떠들썩하게 했던 그 사건은 모두 자신이 꾸며낸 것이며, 그가 돈 따위를 훔친 적은 없었다고 고백했다. 그 외에도 그녀는 그가 받은 재판과 형벌뿐 아니라, 사랑에 대해서도 솔직하게 자신의 속내를 털어놓았는데, 이는 평소 그녀의 스타일로 보건대 다소 뜻밖의 일이었다.

나는 처음부터 그의 이야기가 지닌 포크너 스타일의 분위기에 흠뻑 빠져들었다. 최근에 변호사 자격을 딴 전도 유망한 청년이 어느 날 갑자기 모든 것을 내팽개치고 홀연히 사라지고, 증오심에 눈이 먼 여인은 있지도 않은 횡령사건을 꾸며 결백을 변호할 기회도 주지 않은 채 그를 감옥에 보내버린 이야기. 마침내 나는 포크너의 『야성의 종려 *The Wiid Palms*』, 더 정확히 말하자면 보르헤스의 번역본에서 느낄 수 있는 미묘한 분위기와 어조를 이용해서 그 이야기를 한 편의 소설로 만들어냈다. 그런 탓인지 그 작품은 다소간 오네티*를 패러디한 것처럼 보였다. 장례식이 끝난 뒤 온 세상에 서글픈 어둠이 깔리고, 오랜 세월 동안 별러온 복수의 비밀이 서서히 드러나던 날 밤, 그 자리에 있었던 우리는 그가 한 여인에게 줄 수 있는 가장 완전한 사랑을 바쳤음을 우리 눈으로 직접 확인할 수 있었다. 그로 인해 그가 받은 상처가 얼마나 컸는지에 대해선 섣불리 예단하기 어렵지만, 그녀가 진정 행복하기를 바란 그의 마음을 헤아리기는 어렵지 않았다.

이렇게 시작하는 소설은 2백 페이지가량 계속된다. 나는 소설을 쓰면서 그간 아르헨티나 문학을 말아먹은 풍속문학과 구전문학 스타일**에 빠지지 않으려고 애쓰다가 오히려 일을 그르치고 말았다. 아직도 코리엔테스 가의 서점에는 할인서적 코너에 내 소설 몇 부가 놓여

---

* 우루과이 태생의 작가(1909~1994). 현대인의 고독을 주제로 한 작품을 많이 남겼다.

** 풍속문학 혹은 코스툼브리스모(costumbrismo)는 20세기 초 리오데라플라타 지역의 지배적인 문학 형식을 가리킨다. 드넓은 팜파스 지역에서 생활하던 가우초들의 거친 삶과 정서를 이상화시켜 묘사했으며 낭만주의 이데올로기를 그 뿌리에 두고 있다. 구전문학적 요인들, 즉 그들의 일상 대화체의 언어와 리듬을 생생하게 묘사한 점이 특징이다.

있다. 이 소설에 관해 지금도 마음에 드는 게 있다면, 그건 제목 '현실의 지루함'과, 뜻하지 않게 이 작품을 헌정받은 그에게 미친 영향이다.

4월에 책이 출간되고 얼마 지나지 않아 정말로 놀라운 일이 일어났다. 내게 편지 한 통이 도착한 것이다.

몇 가지 바로잡아야 할 것들과 실제적인 지침(편지에 이렇게 쓰여 있었다). 지금까지 가족사를 소재로 훌륭한 문학작품을 쓴 사람은 아무도 없었다. 갓 등단한 작가들이 따라야 할 황금률, 상상력이 부족할 경우에는 세부 사실에 충실할 것. 세부 사실이란, 예를 들면 내 첫 부인의 어리석은 생각, 화난 것처럼 잔뜩 앙다문 입술, 투명한 피부 아래로 비치던 푸른 혈관. 투명한 피부, 유리 같은 여자. 최악의 징조. 이 모든 걸 깨달았을 땐 이미 너무 늦은 뒤였다. 또 다른 문제. 내가 콜롬비아로 갔다고 누가 그러디? 나도 짚이는 데가 있다. 내 소식을 전하마. 내 삶에 대해선 이젠 어떤 회의나 의심도 없다. 다만 새로운 문제의식을 가져야 할 때가 온 것 같다. 예를 들면, 영국 대침공* 그리고 영국 여왕에게 충성을 다짐한 아일랜드 기사 포팜** 같은 경우 말이다. Let not the land once proud of him insult him now(한때 그를

---

* 19세기 초 영국이 당시 식민지였던 리오데라플라타 지역을 여러 차례 침공한 사건.

** 아일랜드 출신의 영국 해군 제독(1762~1820). 영국의 식민지 및 해외 시장 개척에 적극적으로 참여했다. 여기서 포팜이 언급된 이유는 아일랜드 출신으로 적대국가인 영국 왕실에 충성한 배신자라는 특수한 입장 때문이다. 작품에서는 아르헨티나의 민주주의를 위해서 국가권력을 배반해야만 했던 엔리케 오소리오(그리고 당시의 많은 자유주의 지식인들)에서부터 마기로 이어지는 배신자의 계보가 형성된다.

그토록 자랑스럽게 여기던 나라가 이제 와서 그를 짓밟도록 내버려둘 수는 없는 일). 알토 페루의 황금에 눈이 멀었거나, 아니면 영국군의 기습공격으로 혼비백산한 농민군들이 페르드리엘 숲 속으로 달아난 것에 속은 포팜 제독. 대영제국 군대가 당한 최초의 패배. 이제 패배의 역사를 써야 할 때다. 죽음을 눈앞에 둔 사람은 거짓말을 하지 않는 법이다. 에밀리오, 네가 들은 건 모두 다 꾸며낸 말이란다. 네가 알다시피 나는 알토 페루의 모든 황금을 가지고 달아났다. 만약 그녀가 그게 사실이 아니라고 한다면, 그건 그녀가 내 인생에서 유일하게 가치 있는 행동을 내게서 빼앗으려는 속셈에서 나온 걸 거야. 돈을 경멸하거나, 인간의 악의와 혼동하는 자들은 오직 돈이 많은 사람들뿐이다. 내가 가지고 간 돈은 1942년도 시세로 모두 160만 페소다. 그 돈은 상속받은 재산과 볼리바르에 있던 전답을 처분한 돈이란다(난 좋은 목적에 사용하려고 그녀에게 그 땅을 팔게 했는데, 이 일로 그녀는 두고두고 나를 비난했단다. 하지만 너도 알다시피 난 그 땅을 상속받으려고 일부러 친척을 죽일 정도로 극악한 사람은 아니다). 그 돈으로 캉가요와 로드리게스 페냐 거리에 나이트클럽을 세울 계획이었지. 하지만 시작도 하기 전에 경찰이 날 찾아냈단다. (내가 리오 온도 호텔에서 호화로운 생활을 하고 있었다는 건 대체 어디서 나온 말이냐?) 이후 나는 이자까지 쳐서 그 돈을 모두 그녀에게 되돌려주었다. 사실 코카가 우리 가족을 만나러 가는 바람에 너희 어머니가 거의 심장마비를 일으킬 뻔했지. 그때 에스페란시타가 그녀를 보고 대뜸 "애야"라고 했을 때, 코카가 "엿이나 드시지!"라고 하는 바람에 에스페란시타에게 약을 먹여야 했다는 얘기를 꺼내는 이는 아무도 없더구나. 내가 구속되고 내 이름이 신문 지상에 자주 오르내린 건 내가 급진당원, 구체적으로 말해 아마데오 사바티니* 측 사람이었기 때문이란다. 그리고 그때는 1943년 선거를 앞둔 시점이어서 저들은 하루속히 우리들을 쓸어버리고 싶어 했지. 그런데 로손 쿠데타**로 그 모든 게 끝장나고 말았단다. (네게 이 이야기도 해주지 않더냐?) 이로 인해 우리 급진주의자들은 모두 방향을 잃고 혼란스러워했지. 민족의 명예를 지키기 위해 싸우고 대의를 위해서라면 목숨마저 아끼지 않던 영웅적 시대의 열정 따윈 이미 먼 옛날 일처럼 보였다. 그래, 그녀는 유언장에서 나를 용서한다고 하더냐? 너는 잘 알겠지만, 그녀는 제정신이 아니란다. 믿을지는 모르겠지만, 그녀는 언제나 서서 똥을 눴단다. 그 이유를 알아봤더니, 글쎄 어떤 정신 나간 작자가 그녀에게 그렇게 하면 더 우아해 보인다고 말했다더구나. 어쨌거나 죽기 전에는 내가 그 돈을 훔치지 않았다는 사실을 인정하겠지. 대토지소유주들로 구성된 과두체제나 그런 가문 출신의 딸들도 참으로 불가사의한 존재들이야. 연약하고 늘 환상과 착각에 젖어 살며 어쩔 수 없이 좌절하고 마는 그런 존재들

---

* 아르헨티나의 진보주의 정치인이자 의사(1892~1960). 급진시민연합 핵심 당원으로 이리고옌 정부 에서 장관을 지냈다. 1930년 군부 쿠데타로 이리고옌이 실각하자 무장투쟁을 주도했으며, 1935년에는 만연한 부패와 부정선거에 항거하기 위해 급진시민연합과 더불어 총선 보이콧 투쟁을 전개했다.

** 이리고옌의 실각 후 10여 년간 과두체제가 지속되면서 만연했던 부패와 타락을 청산하기 위해 페드로 라미레스와 아르투로 로손 장군이 1943년 6월 4일 일으킨 쿠데타로, 흔히 '43혁명' 혹은 '민족혁명'이라고 한다. 쿠데타의 성공으로 심각한 분열현상을 경험한 진보진영은 지지 세력이 급격하게 약화되었고, 로손이 대통령에 취임한 뒤 군부 내 이데올로기 대립이 심화됨에 따라, 좌파 노조와 손잡은 군부, 즉 페론의 위상이 급부상하게 된다. 따라서 로손 쿠데타는 페론주의의 출발점이 되었다는 것이 일반적인 평가이다.

말이다. 어떤 일이 있어도 저들이 우리 과거를 자기네 멋대로 바꾸도록 내버려두어서는 안 된다. "한때 그를 그토록 자랑스럽게 여기던 나라가 이제 와서 그를 짓밟도록 내버려둘 수는 없는 일"이라고 포팜이 말했지. 코카는 혼자 힘으로 우루과이 살토 주에 정착했단다. 내가 지금 이곳에 와서 살게 된 것도 그녀 가까이에 있기 위해서야. 강 건너에 있을 그녀를 어렴풋하게라도 느끼고 싶거든. 그녀는 평범하지만 자존심이 강하고, 또 나이도 들었기 때문에 내가 찾아가더라도 결코 날 반기지 않을 거야. 나는 매일 새벽에 일어난단다. 그 시각에도 저 건너에 있는 등대 불빛이 강물에 어른거리지. 낮에는 학교에서 아르헨티나 역사를 가르치고 밤에는 소시알 클럽에서 체스를 둔단다. 거기에 가면 폴란드 출신의 고수가 한 명 있는데, 취리히에서 제임스 조이스와 체스의 '황태자'라고 불리는 알레킨과도 겨루었을 정도라고 하니 실력이 어느 정도인지 가늠할 수 있겠지. 그와 비기기만 해도 난 소원이 없을 정도다. 그런 그도 술에 취하면 폴란드 말로 이야기를 하고 노래도 부르지. 평소에는 자신의 생각을 노트에 꼼꼼히 기록하곤 하는데, 들리는 말에 따르면 비트겐슈타인의 제자라고 하는구나. 전에 그에게 네 소설을 읽어보라고 준 적이 있었다. 조심스럽게 읽어보더니 책 속에서 추접스러운 꿈을 이야기하는 자가 바로 나라는 걸 단박에 알아내더구나. 그리고 이 지역 일간신문인 〈엘텔레그라포〉에 소설 서평을 쓰겠다고 약속했단다. 그는 이미 체스에 관련된 책을 출간했고, 또한 자신의 생각을 기록한 노트에서 발췌해서 몇 권의 책을 낸 적이 있다. 그의 꿈은 오로지 인용으로만 이루어진 책을 쓰는 것이란다. 따지고 보면, 가족 이야기에서 시작해서 쓴 네 소설과도 크게 다르지 않을 것 같구나. 네 소설을 읽다 보면 네 어머니의 목소리가 귓전에 들리는 듯하다. 그런데 말이다, 글을 쓸 때 어머니의 목소리에 조금 더 힘을 실어주었더라면 좋았을 텐데 그게 좀 아쉽더구나. 그랬다면 인물에 대한 보다 정교하고 섬세한 묘사가 가능했을 텐데 말이다. 어떤 경우든 간에 모든 왜곡은 바로 그처럼 사소한 것에서 비롯되는 것이다. 반면에 나의 현재 상황에 대해서는 최대한 신중하게 말하길 바란다. 최대한의 신중한 태도. 의심이 가는 데가 있어서 그런다. 그런 점에서 나도 이 세상 사람들과 다를 바가 없어. 전에는 변호사였지만, 지금은 이 동네 상인과 농부 들의 자녀들, 의심 많은 이 아이들에게 아르헨티나 역사를 가르치고 있다. 이 정도면 아주 건전한 일이지. 나이 드는 법을 배우고 싶다면 젊은이들과 어울리는 것보다 좋은 게 없지. 하지만 내면화는 반드시 피해야 한다. 내가 학교에서 어린 학생들에게 권하고, 또 가르치는 것을 한마디로 요약한다면 역사적 시선—이건 내가 붙인 이름이다—이라고 할 수 있지. 우리는 강물 위에 떠다니는 나뭇잎과도 같은 존재야. 그러니 앞으로 다가올 모든 일을 마치 지나간 일인 것처럼 보는 방법을 깨달아야 한단다. 역사학자들 중에는 프루스트와 같은 이가 없을 거야. 그나마 참 다행스러운 일이라고 할 수 있지. 그리고 네게도 소중한 교훈이 되리라 믿는다. 내게 편지를 쓰려면 당분간은 엔트레리오스 주* 콩코르디아 소시알 클럽으로

---

* 아르헨티나 북동부에 위치한 주이며 우루과이 국경과 맞닿아 있다. 17세기 후반까지도 스페인 식민 통치의 영향력이 거의 미치지 않는 오지였으며 역사적으로는 부에노스아이레스를 중심으로 하는 중앙집권주의와 투쟁관계에 있던 연방주의 세력의 중심지 역할을 해왔다. 1810년 5월 혁명 당시 독립전쟁에 적극 참여한 것을 시작으로, 1820년에는 독립공화국으로 선포되고, 또한 1853년에는 엔트레리오스 주 파라나 시가 아르헨티나

보내도록 해라. 잘 있어라. 마르셀로 마기 포팜 교수. 교육자이자 급진 사바티니주의자. 영국 여왕에게 충성을 다짐한 아일랜드 기사. 살아생전에는 파넬**을 흠모했던 남자. 그의 저서를 읽어본 적 있니? 세상을 경멸하던 사람이었지만 12개 국어를 구사할 수 있었지. "실제 사건을 어떻게 이야기할 것인가?" 이것이 바로 그가 평생 매달렸던 단 하나의 문제란다.

추신. 아무래도 너와 만나서 이야기를 해야 할 것 같구나. 네가 꼭 알아야 할 다른 이야기들도 많으니까 말이다. 조만간 여기로 찾아오기 바란다. 거의 움직이지 않고 살다 보니 돼지처럼 살만 찌는구나. 역사는 나를 짓누르는 이 악몽에서 깨어나 위안을 얻을 수 있는 유일한 장소다.***

이상이 그가 보낸 첫번째 편지다. 그리고 이 이야기는 이렇게 시작된다.

그로부터 거의 1년이 지난 뒤 나는 그를 만나기 위해 파라과이행 기차에 몸을 실었다. 지저분한 열차에서 여행 가방을 무릎 위로 올려놓고 트럼프를 치던 사람들이 간혹 나에게 진을 권하기도 했지만, 나

연합국의 수도로 지정되는 등 독립적인 성향이 강한 지방이다. 작품에서 마기가 굳이 엔트레리오스로 간 이유도 전통적으로 국가권력에 반대해온 그 지방의 상징성과 관련이 있는 듯하다.

** 아일랜드 출신의 민족주의 정치 지도자이자 토지개혁 운동가(1846~1891).

*** 제임스 조이스의 『율리시스』에 나오는 스티븐 디덜러스의 외침, "역사는 나를 짓누르는 악몽이다"를 패러디한 것이다.

는 계속 비몽사몽의 경지를 헤매고 있었다. 나에게 그 시간은 마치 과거를 향해 떠나는 여행처럼 아득하게 느껴졌다. 그런데 마기 외삼촌이 이 모든 일을 얼마나 정확하게 예상하고 있었는지를 깨달은 것은 여행이 다 끝나갈 무렵이었다. 그러나 그때는 모든 게 다 끝난 뒤였다. 애초에 나는 그에게서 편지와 사진을 받았고, 그 이후로 우리는 서로 편지를 주고받기 시작했을 뿐이니까.

2

러시아의 문학 비평가인 유리 티냐노프의 주장에 따르면, 문학은 삼촌에게서 조카로(아버지에게서 아들이 아니라) 계승 발전된다고 합니다. 알 듯 모를 듯한 말이기는 하지만 지금으로선 우리에게 적지 않은 도움이 될 것 같아요. 왜냐하면 그 말은 삼촌의 편지 전체를 제가 아는 한 가장 함축적으로 표현해주고 있기 때문입니다.

사실 저는 정치에 전혀 관심이 없습니다. 이리고옌에 관해서도 그의 문체 정도에나 관심이 있다고 할까요? 급진적인 바로크 스타일. 그런데 참으로 이해가 가지 않는 점은, 마세도니오 페르난데스*의 문학이 바로 그의 연설문에서 탄생했다는 사실을 지금까지 아무도 밝혀내지 못했다는 겁니다. 전 또한 삼촌이 가슴속에 품고 있는 역사에 대한 열정에도 공감하지 않습니다. 아메리카 대륙이 발견된 후로 최소한의

---

* 아르헨티나의 소설가이자 철학자(1874~1952).

관심도 받지 못한 이곳에서는 그 어떤 중요한 일도 일어나지 않았습니다. 기껏해야 무수한 생명이 태어나서 죽고, 또 군인들이 거리를 행진한 것 말고 뭐가 있었단 말입니까? 그게 전부입니다. 아르헨티나 역사란 게 대체 뭐겠습니까? 그건 임종 직전 혼수상태에 빠진 카브랄 상사*의 입에서 끝없이 흘러나오던 독백을 로베르토 아를트**가 옮겨 적은 것에 다름 아닙니다.

그럼 외삼촌하고 저하고 둘이서 힘을 합쳐서 우리 가족의 역사를 써보는 게 어떨까요? 그리고 우리가 알고 있는 모든 이야기를 다시 한 번 해보는 게 어떨까요? 본격적으로 작업을 시작하기 전에 먼저 한번 보시라고 사람들이 외삼촌에 대해 하는 이야기를 정리해서 옮겨 보았습니다.

1. 에스페란시타가 엔리케 오소리오의 증손녀라는 사실을 안 뒤로 삼촌이 그녀에게 적극적으로 접근했다는 겁니다. 삼촌이 그 가문의 문서가 보관된 궤짝에 관심이 있었기 때문이라는 거지요.

2. 실제로 삼촌이 관심을 가지고 있었던 것은 바로 그 문서였다는 겁니다. 하지만 그녀와 문서, 둘 중 하나만 선택할 수는 없었겠죠.

3. 오래전부터 삼촌은 우리 역사에서는 잊혀버린 어떤 애국자, 사

---

* 일명 '상사' 카브랄(1789~1813)은 산로렌소 전투에서 적의 포화를 맞고 쓰러진 산마르틴 대령을 구해냄으로써 애국심의 상징으로 자리 잡은 인물이다.

** 아르헨티나의 소설가이자 언론인(1900~1942). 보르헤스와 더불어 아르헨티나 근대문학의 새로운 장을 연 작가이다. 보르헤스가 유럽문학의 전통을 충실하게 계승한 반면, 가난한 프러시아 이민자 출신인 아를트의 문학세계는 기존의 문학 규범에 대한 부정과 위반으로 규정될 수 있다. 마치 외국인이 쓴 듯 괴상한 문체뿐 아니라, 주제 또한 범죄(횡령, 위조, 표절, 광기)를 중심으로 구성되어 있다.

람들의 말에 따르면 로사스*의 개인비서인 동시에 라바예** 편에 선 첩자라던데, 하여간 그의 전기(아니면 그 비슷한 글)를 쓰고 있었다고 하더군요.

4. 1930년대에 이리고옌 측에 적극 가담하는 바람에 많은 시련을 겪었다고 하더군요. 물론 확실치는 않지만 당신이 코카와 함께 도주한 것도 그 일과 어느 정도 관련 있었을 거라는 게 사람들 생각입니다.

5. 마지막으로 굳이 국경지대인 콩코르디아를 고른 걸 보면 분명 밀수에 손을 댔기 때문이라고 추측하는 사람도 있어요.

물론 그 외에도 훨씬 더 많은 이야기들이 떠돌아다니고 있습니다. 그리고 솔직히 말씀드리면, 빈소에서 베일과 레몬 꽃으로 덮인 채 도자기 인형 같은 모습으로 누워 있던 에스페란시타 곁에서 밤샘을 하는 동안 사람들이 수많은 거짓말을 꾸며내더군요. 그러나 거기에 있는 사람들 중 그녀의 죽음을 애도하면서 슬프게 우는 이는 아무도 없었어요. 참 가련한 여인입니다. 어떤 이들에 따르면, 임종 직전에 그녀가 희미한 목소리로 같은 말을 두 번 되풀이하는 것을 들었다고 하더군요. "부에노스아이레스, 부에노스아이레스." 호세 에르난데스***도 동생인 라파엘의 품 안에서 숨을 거두면서 같은 말을 했다죠. 외삼촌도 아시겠지만, 지금 나는 마기 외삼촌에게 편지를 쓰고 있다, 그녀

---

* 아르헨티나의 정치인(1793~1877). 부에노스아이레스 주지사로서 막강한 권력을 휘둘러 연방주의 원칙에 입각해 새로운 국가를 건설했지만, 억압적인 정치의 결과로 많은 지식인들을 탄압했다.

** 아르헨티나의 군인이자 정치인(1797~1841). 독립전쟁에 참가한 후, 중앙집권주의자들을 규합해 로사스 정권에 대항했지만 결국 암살당하고 말았다.

*** 아르헨티나 언론인이자 시인, 정치인(1834~1886).

는 죽는 순간까지 당신의 이름을 한 번도 입 밖에 내지 않았다고 하더군요.

그 자리에서 당신 얘기를 한 사람이 딱 한 분 계셨어요. 바로 고인의 부친인 루시아노 오소리오였습니다. 이미 아흔이 넘은 고령인 데다 몸이 불편한지 휠체어를 타고 있었습니다. 제가 빈소로 들어가는 것을 보자마자 그분은 나무바닥에 날카로운 고무타이어 소리를 내며 제 쪽으로 달려오셨지요. 저를 쳐다보면서 그가 말했어요, 지금 나는 마기 외삼촌에게 편지를 쓰고 있다, 마르셀로와 참 많이 닮았군요. 스코틀랜드 담요로 무릎을 덮은 채 그는 독수리 같은 얼굴을 들고 제게 말했어요. 요즘도 마르셀로를 만납니까? 혹시 그가 내 소식을 묻진 않던가요?

네가 정말로 루시아노 씨를 만났다는 거냐? 거동이 불편하기는 하지만, 그 어리석은 자들 틈바구니에서 유일하게 존경받을 만한 분이란다. 네가 그분의 이야기를 다 알고 있는지 모르겠구나. 1931년 5월 25일 5월 혁명* 기념식장에서 반쯤 취한 어떤 놈이 그를 저격하는 사건이 벌어졌단다. 당시 그분은 연단에서 기념연설을 하고 있었는데, 난데없이 그자가 나타나 "야 이 개새끼야, 입 닥치지 못해!"라고 외치더니 권총을 꺼내 그에게 쏘았단다. 사실 그 총은 볼리바르 군의 실질

* 1810년 5월 부에노스아이레스에서 일어난 독립혁명으로, 당시 아르헨티나를 통치하던 스페인 부왕청이 폐지되고 5월 25일 마침내 제1차 평의회가 설립됨으로써 독립 국가를 향한 중요한 일보를 내딛게 되었다.

적 소유주이던 루시아노의 초청을 받고 급히 참석한 영국 대사에게 경의를 표하기 위해 예포용으로 그에게 지급된 것이었지. 한바탕 소란이 지나간 뒤, 노인은 안색이 창백했지만 작은 깃발로 장식된 연단 손잡이를 꽉 잡은 채 연설을 계속했단다. 연설 중간중간에 그의 입에서 욕설이 튀어나오지만 않았더라면 그가 저격당한 사실을 아무도 눈치 채지 못했을 거야. 거기 모인 군중들은 그가 갑자기 욕을 내뱉는 소리를 듣고 만 거지. 저놈들이, 저 개 같은 놈들이 기어이 나를, 노인이 말했어. 저들은 급진주의 조직 소속이오, 이 말을 마치자마자 그는 의식을 잃고 쓰러지고 말았지. 노인에게 총을 쏜 자는 그 동네에서 불법 경마로 먹고 살던 전직 기수였어. 사건 직후 사람들이 그를 얼마나 두들겨 팼는지 그는 결국 반미치광이가 되어버렸고, 사건의 진실은 영원히 묻혀버렸단다. 사람들이 그를 짓밟고 때리기 전에 그가 내뱉은 유일한 말은 기념식 직전에 누군가가 그 권총에 공포탄이 장전되어 있다고 말하는 것을 들었다는 것이었어. 그러나 그자가 쏜 탄환이 노인의 옆구리를 관통해서 척추를 스치고 지나가는 바람에 그는 평생을 불구의 몸으로 살아야만 했단다. 가끔 그 노인은 내게 이런 말을 하곤 했지. 정치 말고 내가 이 세상에서 제일 좋아하는 것은 말 타고 달리는 걸세. 그를 보고 있으면 사람은 누구나 비유에 기대는 성향이 있는 것 같아. 그 자신도 모든 것을 점점 더 비유적으로 생각했으니까 말이다. 내 온몸이 마비되어버렸다네, 이 나라 꼴하고 마찬가지지. 내가 바로 아르헨티나일세, 빌어먹을. 고통을 덜기 위해 모르핀을 주사하고 난 뒤 의식이 혼몽해진 노인이 헛소리처럼 하던 말이지. 그는 자신의 삶과 조국을 동일시하기 시작했단다. 하긴 저 습한 팜파스에 3천 헥타르 이상의 땅을 가진 사람이라면 누구라도 느낄 법한 유혹이지. 고통을 참기가 어려웠던 그는 매시간 모르핀을 주사했고, 그때마다 그의 의식은 이상하리만큼 맑아지곤 했단다. 그러다 보니 사고방식도 급격하게 변해가기 시작했지. 나중에 저 넓은 땅을 농노들에게 선물하고 싶다고까지 말한 걸 보면 어느 정도로 그의 생각이 변했는지 잘 알 수 있겠지. 1902년 그는 아탈리바 로카 마을의 폭력배 일당이 꾸민 법원 경매에서 1헥타르당 20페소의 가격으로 볼리바르 땅 거의 절반을 사들였단다. 이따금씩 노인은 그 일에 대해 말하곤 했는데, 후회와 양심의 가책 때문에 잠도 못 이룰 정도라고 하더구나. 군인들이 와서 거기에 살던 외지인들을 죄다 화물칸에 몰아넣고는, 그가 내게 말해준 거야, 지옥으로, 카루에 염전 부근으로 보내버렸어. 아, 그 가엾은 사람들을! 지금쯤 그들은 어떻게 되었을까? 이 말을 하는 노인의 마음속 깊은 곳에서 자신이 총 맞을 만한 짓을 했다는 죄책감이 싹트기 시작했던 거지. 이 나라에서 웬만한 지위에 오르려면 얼마나 야만적인 인간이 되어야 하는 건지 나는 누구보다 더 잘 알고 있어. 노인은 탄식을 하곤 했어. 그의 자식들은 집구석에 노인을 가두어 놓고는 자기들을 괴롭히지만 않으면 원하는 만큼의 마약을 그에게 주었단다. 나는 그분을 좋아한단다, 마기 외삼촌은 내게 보낸 편지에서 그렇게 썼다. 그리고 노인이 너를 보고 나로 착각했다면, 그건 내가 그를 자주 방문하기 시작했을 무렵이 지금 네 나이쯤이었기 때문일 거야. 사실 에스페란시타, 아, 그애에게 신의 가호가 있기를! 그애보다는 그와 마음이 훨씬 더 잘 맞았으니까. 가끔 나는 노인을 찾아가서 휠체어를 밀고 양지 바른 곳으로 나가곤 했단다. 그러면 그는 차분한 목소리로 이런저런 이야기를 하다가 갑자기 핏기 하나 없는 창백한 얼굴을 내게 돌리면서 이렇게 말하곤 했지. 사람들이 권해도 절대로 연단에 올라가서 연설하지는 말게나. 그날이 5월 25일이라 할지라도 말이야. 내 말 알아듣겠나, 마르셀로? 그날이 5월 25일이고, 옆에 영국 대사가 관계자들과 함께 와 있다 해도, 절대로 연단에 올라가서 연설을 하지는 말게나. 거기에는 자네 척추에 총알 하나를 박아 넣을 기회를 호시탐탐 노리는 놈들이 있을 테니 말일세. 사실 내가 그를 방문하기 시작한 것은 2차 선거 보이콧이 진행되는 동안 당으로부터 부탁을 받았기 때문이었어. 당시 정세가 급변하고 있었기 때문에 우리는 부정선거를 반대하는 성명서에 그가 서명할지 여부를 알고 싶었단다. 왜냐하면 그는 로카*와 페에그리니** 사이, 이른바 단절의 시대에 보수연합을 창설한 사람들 중 하나였고, 그 후로 상원의원을 역임한 사회적 저명인사였기 때문이었지. 노인은 우리 요청대로 서명을 했어. 너도 알다시피 그는 우리부루 장군의 조카야. 하지만 이런 종이 쪽지 가지곤 아무 일도 못하네, 노인이 내게 말했어. 저들은 비밀리에 숨겨둔 투표용지와 죽은 아이들의 명단을 이용해 부정을 저지른다네. 농민들을 무장시켜야 하네. 농민들에게 무기를 나눠주어야 해, 무슨 말인지 알아듣겠나? 그런 겁쟁이들은 총부리를 들이대서라도 싸우도록 만들어야 하네. 농민들 말이야, 노인은 말하곤 했지, 그들이 대체 누

---

* 두 차례 대통령을 역임한 정치인(1843~1914). 교회의 재산을 징발하여 사회기반 시설을 국유화하였고 철도 부설과 농산물 수출 그리고 대규모의 유럽 이민 유입을 통해 유례 없는 경제발전을 이룩했다.

** 로카의 후임 대통령(1846~1906). 전임 정부가 남겨놓은 막대한 재정 부채 문제를 해결하는 데 주력했다.

구 편인 줄 아나? 그런 연유로 내가 그를 만나고, 또 얼마 후에 에스페란시타도 알게 된 거지. 한편 자신의 할아버지인 엔리케 오소리오에 대해 내게 이야기해준 것도 바로 그였어. 그러고는 가족 문서를 보관한 궤짝을 내게 보여주었지. 그러니까 그 문서를 읽고, 그와 동시에 노인의 딸과 사랑에 빠지게 된 거란다. 당시 내 마음속에서 어떻게 그런 열정이 솟구친 건지 지금은 잘 모르겠지만, 하여간 그때 그녀는 아주 젊었던 데다 사랑스러워 보였단다. 처음엔 노인과 이야기를 나누러 그 집에 갔지만, 시간이 흐르면서 그가 자살한 사람, 배신자, 황금을 찾는 사람에 관한 이야기를 조금씩 들려주기 시작했어. 그건 내가 하려는 것과는 조금 다른 이야기지만 조만간 네게 들려주마. 그러면 혹시라도 네가 나를 도와줄 수 있을지 누가 알겠니? 편지에 마기 외삼촌은 그렇게 썼다. 분명히 오래전부터 나는 그 문서를 연구해왔단다. 가끔 루시아노 씨가 극심한 육체적 고통 속에서도 죽지 않고 살아있는 게, 내가 그 작업을 빨리 끝내기를 간절히 기다리고 있기 때문이라는 생각이 들곤 해. 이제 마지막으로 남은 삶의 유일한 희망마저 잃기는 싫은 거지. 이 세상 모든 사람들의 눈에 그는 미치광이 노인네에 불과하겠지. 하지만 그들 눈에는 나는 물론이고 엔리케 오소리오도 미치광이로 보이지 않겠니?

그러니까 내가 밀수업에 손대고 있다고! 물론이고말고! 결국 이 나라는 독립마저도 밀수에 의존하지 않았더냐? 사실 이곳에 사는 모든 이들이 밀수에 관련되어 있다고 해도 과언이 아니다. 그야말로 일상적인 일이지. 하지만 나는, 너도 곧 알게 되겠지만, 그와는 다른 것, 즉 꿈과 희망을 밀수하고 있단다.

예를 들면, 어제도 새벽녘까지 폴란드 친구인 타르뎁스키와 토론을 했단다. 체스에 도입될 수도 있을 새로운 규칙에 대해서 말이다. 새로운 체스 규칙을 만들어야 해요, 그가 말했어, 예를 들어 말들은 항상 같은 자리에 있어야 하고, 또 말이 같은 자리에 얼마 동안 있은 뒤에는 그 기능이 변해야 한다는 거지요. 예컨대 더 강해지거나 더 약해지거나 하는 식으로 말이에요. 현행 규칙으로는, 그가 말했어, 마기 외삼촌은 편지에 그렇게 썼다, 발전이 이루어질 수 없어요. 늘 똑같은 수가 나올 뿐이지요. 모든 것은, 타르뎁스키가 말했어, 변화되고 수정될 때만이 의미를 얻을 수 있어요.

이런 식의 논쟁을 통해 우리는 시간을 때우고 변방 생활의 지루함을 잊는단다. 알다시피 지방에서의 생활은 단조롭기 그지없거든. 그럼 잘 있으렴. 마르셀로 마기 교수.

3

그렇게 시작된 서신 왕래는 그 후로도 몇 달 동안 계속됐다. 그동안 주고받은 편지를 여기에 모두 옮겨봐야 아무런 의미도 없을 것이다. 편지들을 모두 다시 읽었지만 이후에 일어난 일들을 예견할 만한 그 어떤 단서도 찾을 수 없었다. 처음에는 모든 게 그저 장난처럼 보였다. 그는 시종일관 가르치려는 어투였고, 또 그걸 즐기는 듯했다. 자신의 시골생활을 이야기할 때는 한가로우면서도 다소 비꼬는 투였던 반면 타르뎁스키와의 대화는 매우 자세하고 진지하게 설명해주었다.

그리고 나의 삶이나 내가 처한 상황 등에 대해서는 비교적 담담하게 물어봤지만, 그의 삶 속에 숨어 있는 저의를 캐내려는 나의 노력에 대해서는 노골적이지는 않지만 지속적으로 논쟁적인 자세를 견지했다. 네 편지를 읽으면 퍽 재미있단다, 외삼촌이 편지에 그렇게 썼다, 궁금한 게 무척 많더구나, 내 삶에 무슨 비밀이라도 숨겨져 있는 것처럼. 비밀이 있긴 하지만 그리 중요한 것은 아니야. 내 나이쯤 되면 아무것도 숨길 필요가 없다는 걸 알게 되지. 그러니까 내 말은, 마기 외삼촌이 그렇게 말했다, 이 나이가 되면 이미 알고 있던 것, 즉 어떤 해명이나 정당화도 필요치 않다는 것을 진정으로 깨닫게 된단다. 너무도 절망적인 상황이라서 그럴까? 요즘 들어 뭔가를 지켜야 한다는 생각이 강박관념처럼 내 마음을 짓누르고 있단다. 그러다 보니, 마기 외삼촌은 내게 그렇게 썼다, 네게 편지를 쓰기가 힘들구나. 그런데 최근 몇 년 동안의 세월의 흔적이 설태처럼 내 기억 깊은 곳에 달라붙어 사라지질 않는구나. 더군다나 과거는 온몸이 뻣뻣하게 굳어버린 노인처럼 변해가고 있단다. 네게 편지를 쓰는 것은 이런 상황에서 벗어나려는 몸부림일 게다. 내 머릿속에서 과거는 거동이 부자유스러운 노인처럼 변해버렸단다. 그런 이유로 지금 내게는 증인이, 아니 너처럼 남의 말을 잘 들어줄 수 있는 사람이 필요하단다. 꼭 네가 아니라도 누구든 내 마음을 잘 이해해서 멀리서라도 내 이야기를 주의 깊게 들어줄 수 있는 사람이면 좋을 듯하구나. 너도 잘 알겠지만 나는 최대한 진지하게 살려고 애쓰고 있단다. 엔트레리오스 주 공코르디아에서 보낸 편지에서 마기 외삼촌이 내게 이렇게 말했다.

반면에 외삼촌은 자신의 과거 행적과 관련해 세간에 떠도는 이야기

중 일부 내용을 정정하거나 거짓을 폭로하는 데 많은 노력을 기울였다. 코카에 관한 그 이야기는 어디서 들은 거니? 언젠가 외삼촌은 편지에서 내게 불쑥 그런 질문을 던졌다. 그녀가 밤에 돌아다니길 좋아한 것은 사실이지만 그렇다고 퇴폐적이라거나 타락했다고 할 수는 없어. 기껏해야 고된 삶을 견디는 데 필요한 정도로 타락했을지는 모르지만, 절대 그 이상은 아니었단다. 그녀는 타고난 대로 행복하게 살았지. 절대로 자식을 낳고 싶어 하지도 않았고, 한 번도 자신의 행동을 후회한 적이 없었단다. 코카가 말하곤 했지. 자신이 바라는 바를 이루지 못하는 자는 세상 사람들이 흔히 겁쟁이라고 부르는 그런 자라고. 내가 그녀를 만난 것은 1933년도였지. 당시 나는 어떤 일로 로사리오에 있던 한 카바레에 숨어 있었는데, 그곳은 전직 경찰관이었던 한 당원이 지배인으로 있었어. 코카도 바로 거기에서 일하고 있었단다. 그녀 눈에는 내가 희한한 짐승처럼 보였나 봐. 사실 당시 내게서는, 물론 일부러 그랬던 것은 아니지만, 도스토옙스키의 소설에 나오는 음모가의 분위기가 물씬 풍겼지. 처음에 그녀는 나를 아나키스트, 아니면 일종의 신비주의자나 무정부주의자 정도로 생각했던 모양이야. 내 생각인데, 바로 그 때문에 그녀가 나를 주목하기 시작했던 것 같구나. 카바레 꼭대기층 골방에 숨어서 두 달간 시간을 보냈는데, 주로 솜마리바의 『연방주의자들의 정치 참여사』를 읽거나 낱말 맞추기 퍼즐을 했단다. 새벽녘, 2층에 있던 손님들을 다 내보내고 나면 코카는 마테차를 마시러 내가 숨어 있던 방으로 왔지. 그럴 때면 나는 그녀에게 레안드로 알렘*에 관해 이야기해주곤 했어.

그는 편지에서 간간이 자신의 급진적인 과거를 언급하기도 했지만,

시간이 흐를수록 그 횟수가 줄어들었고 그렇게 큰 의미를 부여하는 것 같지도 않았다. 1945년에 우리 급진주의자들이 어떤 상황이었는지 지금은 상상도 할 수 없을 것이다. 내 경우 더 끔찍했던 것은, 그 좋은 밤을 감옥에서 보내야 한다는 것이었지. 이 점은 너도 충분히 이해하리라 믿는다. 그런데 1946년에 출소하고 보니 세상이 얼마나 많이 바뀌었는지 내가 마치 타임머신을 타고 온 1880년대 세대의 댄디처럼 어색해 보이더구나. 청년들은 광장에 삼삼오오 모여 아르헨티나에 희망의 이랑을 깊이 파라는 '치노'**의 말을 귀담아듣곤 했지(우리는 그 사람이 사용하는 농업의 이미지와 비유법이 참 마음에 들었단다). 새로운 세상을 이해하기 시작했을 무렵에는 이미 모든 게 다 지나간 뒤였어. 하지만 우리는 또다시 '간디 선장과 자문 위원회'***, 그리고 도주한 폭군****이 주인공으로 등장하는 또 다른 서커스에 얽혀들고 말았단다.

외삼촌의 말은 항상 미묘하고 모호해서 의도를 파악하기가 어려웠다. 그가 앞으로 닥쳐올 일을 예견하기를 원했다고 할 만한 근거를 찾아야 한다면, 아마도 이런 식의 미세한 흔적 외에는 아무것도 발견할 수 없을 것이다. 우리가 예견하지 않은 것은 그 어떤 일도 일어나지

---

* 아르헨티나 진보정치인의 태두(1841~1896). 이리고옌의 숙부이자 정치적 스승이며 급진시민연합의 창설자이다.

** 변호사이자 진보정치인 리카르도 발빈(1904~1981)을 가리킨다. 급진시민연합의 핵심적 인물로 페론 정권에 대항하다 여러 차례 투옥되기도 했다.

*** 1955년 해방혁명을 일으켜 페론을 축출하고 정권을 장악한 군부가 새로운 정부를 수립하기 위해 만든 임시 조직.

**** 해방혁명 후, 아르헨티나에서는 페론을 '도주한 폭군'이라 불렀다.

않을 것이며, 우리가 미리 대비하지 않은 것 또한 그 어떤 일도 일어나지 않을 거라고 나는 확신한다. 다른 사람들도 마찬가지지만, 우리도 시대를 잘못 만난 것 같구나. 어쨌든 아무 꿈도 희망도 없이 세상을 사는 방법을 배워야 한다. 내 친구의 친구가 이런 일을 겪었다고 하더구나. 어느 날, 반쯤 정신이 나간 자가 그를 면도칼로 위협하면서 어떤 바의 화장실에서 거의 세 시간 동안이나 인질극을 벌였단다. 그 놈은 자기가 브라질로 안전하게 넘어갈 수 있도록 자동차와 여권을 달라고 했단다. 만약 자기의 요구를 들어주지 않으면 그를(즉, 내 친구의 친구를) 죽여버리겠다고 협박했단다. 그 미친놈은 마치 귀신에 홀린 것처럼 온몸을 떨면서 그의 목에 칼을 들이대고 있었는데, 잠시 후에는 그를 무릎 꿇린 다음 주기도문을 외우라고 하더란다. 상황이 점점 악화되어갈 무렵, 무슨 이유에서인지 놈은 갑자기 심경의 변화를 일으켜 칼을 버리면서 모든 이들에게 용서를 구하기 시작했다더구나. 어쨌든 그로서는 10년을 감수한 셈이지, 편지에서 마기 외삼촌이 한 말이다. 사건이 해결된 뒤, 내 친구의 친구는 잠에 취한 듯 멍한 표정으로 화장실에서 나오자마자 벽에 기대더니 이렇게 말하더란다. 마침내 내게 일이 터지고 말았어. 마침내 내게도 일이 터지고 만 거야, 어때, 놀랍지 않니? 편지에서 마기 외삼촌이 그렇게 썼다.

마기 외삼촌이 보낸 편지는 이런저런 이야기들과, 또 우리가 가끔씩 벌이던 우스꽝스러운 논쟁들로 채워졌지만, 언제나 엔리케 오소리오에 대한 연구가 그 중심에 놓여 있었다. 오래전부터 마기 외삼촌은 엔리케 오소리오에 관한 책을 쓰고 있었고, 그 과정에서 그가 다루던 여러 문제들이 편지의 대부분을 차지하기 시작했다. 나는 그의 기억 속에서 길을 잃은 것 같다, 편지에서 외삼촌은 이렇게 썼다. 수북이 쌓인 잔해 속에서, 그리고 점점 더 늘어만 가는 메모와 각종 증언들, 망각의 기계들 틈 속에서 길을 열어가려다 보니 마치 밀림에서 방향을 잃은 것처럼 느껴지는구나. 지금 나는 다른 역사학자들과 마찬가지로 고전적인 난관을 겪고 있는 셈이지, 편지에서 마기 외삼촌이 말했다. 사실 나는 아마추어 역사학자에 불과한데 말이야. 구체적으로 말하자면, 한 인간의 삶의 의미를 명확하게 밝혀내기 위해 수많은 문서 속으로 빠져들어가지만, 시간이 흐를수록 내 마음을 완전히 사로잡고, 자신의 리듬과 연대기 그리고 특별한 진실을 내게 강요하는 것이 다름 아닌 그 문서라는 사실을 발견하게 된단다. 바로 이것이 지금 내가 겪고 있는 고전적 난관이라고 할 수 있지. 가끔씩 꿈에서도 그 사람이 나타나곤 해, 외삼촌은 편지에 그렇게 썼다. 당시에 찍은 석판화를 통해서 그의 모습을 상상할 수 있단다. 대범한 인상이면서도 다소 절망감이 섞인 듯한 표정 그리고 자신을 죽음으로 몰고 간 강렬한 눈빛. 시간이 흐를수록 그는 마음속에 품고 있던 자살 충동에 더 집착하게 됐지. 하지만 그의 삶에는 그 시대의 모든 역사적 진실이 압축되어 있단다. 흔히 사람들은 그를 배신자라고 하더구나. 그러나 역사적 운명 때문에 배신의 길을 갈 수밖에 없는 사람들도 있기 마련 아니냐? 그도 바로 그런 이들 중 하나인 셈이지. 그 자신도 그 사실을 잘 알고 있었지, 마기 외삼촌은 편지에 그렇게 썼다. 그것도 처음부터 끝까지 아주 철두철미하게 알고 있었어. 그것이 바로 자신의 운명이고,

조국을 위해 투쟁하는 자기만의 방식이라고 믿었던 거야.

사실 내 입장에서는 엔리케 오소리오의 이야기를 조금씩, 그것도 마르셀로 외삼촌의 편지 여기저기에 뒤섞여 있는 단편들을 통해서 힘들게 재구성할 수밖에 없었다. 외삼촌이 오소리오에 대해 한 번도 속 시원하게 이야기해준 적이 없었기 때문이다. 네가 이 이야기를 잘 알았으면 좋겠구나. 그 일이 내게 무슨 의미를 지니는지, 그리고 내가 그것으로 무엇을 하려고 하는지 네가 잘 이해했으면 좋겠다. 늘 이런 식이었다. 그가 내게 직접적으로 명확하게 말한 적은 한 번도 없었다. 어떤 면에서는 나를 자신의 유언집행인으로 정해둔 것처럼, 아니면 앞으로 일어날 일을 정확하게 예견하고 두려워하는 사람처럼 언제나 간접적으로, 모호하게만 이야기해주었다. 하지만 분명한 것은 내가 그러한 단편을 통해서 엔리케 오소리오의 삶을 서서히 재구성해나가고 있었다는 점이다.

독립전쟁에 참전한 대령의 아들인 오소리오는 부에노스아이레스 문학 살롱*을 창설한 사람들 중 하나였다. 대학에서 법학을 전공한 그는 당대의 대표적인 지식인인 알베르디**, 비센테 F. 로페스***, 펠릭

---

* 지식인들의 사상 교류 및 당시 새롭게 등장한 외국 사상을 수용하기 위해 1837년 부에노스아이레스에서 창립된 지식인들의 조직이다.

** 아르헨티나의 정치이론가이자 외교관(1810~1884). 로사스를 위시한 연방주의 독재 권력에 대항해 투쟁하다 망명길에 올랐다. 로사스 정권이 몰락한 뒤 귀국하여 제헌의회에 자신의 저서 『아르헨티나 공화국 정치조직의 기초와 출발점』을 제출함으로써 민주주의 헌법의 기초를 마련했다. 작품에서는 엔리케 오소리오의 동지로 등장하고 있다.

스 프리아스**** 그리고 카를로스 테헤도르***** 등과 함께 박사학위를 받았다. 대학 재학 중 철학에 관심이 많았던 그는 역사학자인 페드로 데 앙헬리스와 함께 비코와 헤겔을 연구하기도 했다. 그의 출중한 재능에 놀란 데 앙헬리스는 그가 계속 철학을 공부하도록 권유하는 한편, 친구였던 역사학자 쥘 미슐레에게 추천서를 써주기도 했지만, 오소리오는 석연치 않은 이유로 마지막 순간에 유학 계획을 포기하고 부에노스아이레스에 머물기로 결심했다. 1837년 말, 로사스의 개인 비서가 된 그는 독재자가 가장 신뢰하는 인물들 중 하나가 되었다. 하지만 1838년 중반에 로사스 정권을 무너뜨리기 위한 거사 음모를 꾸미고 있던 마사의 비밀조직******에 연루되면서, 몬테비데오에 망명 중이던 펠릭스 프리아스와 비밀리에 서신교환을 하기 시작했다. 그 후로 그는 로사스 정권의 중요한 기밀과 문서 등을 계속 프리아스에게 넘겨주었다. 음모가 발각된 뒤에도 그는 아무런 의심을 받지 않았기 때문에 얼마 동안은 로사스 주변에 머물 수 있었다. 생명의 위협을 느낄 정도로 심각한 상황은 아니었지만 결국 달아나기로 결심을 굳힌 그는 사촌인 암파로 에스칼라다의 집으로 몸을 피했다. 오소리오는 사촌의 집 지하실에서 6개월이나 숨어 지냈다. 여자는 그의 아들을

*** 아르헨티나의 정치인(1815~1903). 로사스 정권에 반대하다 국외로 망명했다.

**** 아르헨티나 정치인이자 언론인(1816~1881). 로사스 정권에 대항해 투쟁하다 칠레로 망명한 뒤, 재칠레 아르헨티나 위원회를 결성했다.

***** 아르헨티나의 정치인이자 법률가(1817~1903). 37세대 자유주의 지식인의 일원으로 사르미엔토 정부에서 외무부 장관을 지냈다.

****** 1839년 초 부에노스아이레스에서 프랑스를 등에 업은 라바예 장군과 낭만주의적 청년들이 꾸민 음모사건을 말한다.

갖게 되었지만, 정작 오소리오 본인은 죽을 때까지 그런 사실조차 알지 못했다. 1842년 그는 몬테비데오로 건너갔다. 그러나 그곳의 망명자들은 그가 이중 스파이일 가능성이 있다고 여겨 의도적으로 그를 기피했다. 사람들로부터 고립되고 정치에서 아무런 희망을 찾을 수 없었던 그는 브라질로 가서 히우그란지두술에 정착했다. 거기서 그는 흑인 하녀와 살며 시를 쓰는 데 전념했지만 매독에 걸리고 말았다. 얼마 후 하녀가 말라리아에 감염되어 세상을 뜨자, 오소리오는 불편한 몸을 이끌고 칠레로 떠났다. 칠레의 산티아고에 도착한 그는 개인교습을 하려고 마음먹고, '철학 선생 엔리케 오소리오'라고 적힌 명함을 만들었다. 그가 가르친 학생은 로사스 정부를 위해 일하던 예수회 소속 사제 단 한 명이었다. 해외 망명객들의 활동을 정부에 보고하는 것이 그 신부의 주 업무였다. 그사이 오소리오는 『아메리카 사상 백과전서』의 편찬 작업을 구상하고 있었으며, 사르미엔토*, 알베르디, 에체베리아** 그리고 후안 마리아 구티에레스***를 필진으로 참여시킬 생각이었다. 그 계획이 결국 실패로 돌아가는 바람에 그는 언론 활동에 전념했다. 그러다 1848년 당시 미국 전역에 불던 황금열풍에 이끌려 캘리포니아로 건너갔다. 그는 탐험가, 창녀 그리고 칠레와 독일 출신 광부 등 온갖 떠돌이들과 함께 샌프란시스코와 새크라멘토 등지를 돌아다녔다. 6개월 만에 단단히 한몫을 잡은 그는 캘리포니아를 떠나

* 아르헨티나의 7대 대통령이자, 19세기 아르헨티나 지식인 사회에 큰 영향을 미친 37세대 작가(1811~1888). 대표작으로는 『파쿤도』(1845)가 있다.

** 아르헨티나의 낭만주의 시인이자 소설가(1805~1851).

*** 아르헨티나의 정치인이자 역사학자, 시인(1809~1878).

동부의 보스턴으로 갔고, 거기서 사르미엔토의 친구인 메리 맨의 여동생과 결혼한 너대니얼 호손과 만나게 되었다. 얼마 후, 그는 문학에 전념하기 위해 보스턴을 떠나 뉴욕에 정착했다. 그는 이스트 강변에 있는 작은 방에 파묻혀 여러 밤을 지새우면서 글을 썼다. 동시에 그는 장차 아르헨티나 민족 통합의 주축이 될 거라고 믿었던 인물들, 즉 로사스, 데 앙헬리스, 사르미엔토, 알베르디, 우르키사* 등에게 수많은 편지를 쓰기도 했다. 그러나 이 무렵 갑자기 그는 정신착란 증세를 일으키기 시작했고, 급기야 어느 날 밤 할렘의 사창가에서 술에 취해 소란을 일으키는 바람에 한 여자가 목숨을 잃는 사건이 벌어지고 말았다. 비록 법적으로 유죄가 입증되지는 않았지만 그 여파로 그는 미국에서 강제 추방당해 칠레로 떠날 수밖에 없었다. 사람들로부터 고립되어 혼자 외롭게 코피아포**에서 두 달을 보내는 동안, 불면증과 시도 때도 없이 찾아오는 환각증세에 시달렸지만, 가끔씩 다시 글을 쓰고 그간 보관해온 문서를 꺼내 정리하면서 미친 사람처럼 일에 매달리기도 했다. 어느 날 저녁 해 질 무렵, 그는 항구를 산책한 뒤 곧바로 공동묘지로 향했다. 그는 유명한 여배우의 무덤 위에 누워 담배를 피우면서 황혼이 내려앉는 하늘을 바라보았다. 그 직후, 그는 자신의 머리에 권총을 대고 방아쇠를 당겼다. 그로부터 보름 후, 로사스는 카세로에서 우르키사에게 결국 무릎을 꿇고 말았다.

마기 외삼촌은 오소리오 가문이 거의 백 년 동안 외부에 알리지 않

---

* 엔트레리오스 지방의 호족(1801~1870). 한때 로사스를 지지했으나, 나중에는 그의 독재정치에 반기를 들었다.

** 칠레에서 은광과 구리광으로 유명한 지방.

고 비밀리에 보관해온 문서를 정리하고 있었다. 에스페란시타의 아버지가 그의 손에 넘겨준 서류들이 바로 그것이었다. 여러 종류의 글, 편지, 보고서 그리고 오소리오가 미국에서 쓴 일기장. 미트레* 정권 동안에 그들은 그 궤짝을 아예 자물쇠로 잠가버렸단다, 편지에서 마기 외삼촌은 그렇게 말했다. 문서는 오소리오가 캘리포니아에서 모은 금과 함께 코피아포에서 도착했지. 말하자면, 가문의 역사가 두 갈래로 나뉘게 되는 시점이 바로 그때란다. 한편으로 그의 재산은 (오소리오 본인의 추산에 따르면) 흑인 노예 5천 명의 자유를 살 수 있을 정도로 엄청났다고 하더구나. 물론 누군가 그 돈으로 흑인 노예 5천 명의 자유를 살 생각이었다면 말이지. 다른 한편으로 그는 그 궤짝과 문서들 그리고 치욕스러운 기억들도 남겼지. 그의 사촌인 암파로는 이 두 가지를 한꺼번에 받았단다. 그의 자살 소식을 듣고 비탄에 빠진 그녀는 평생 미망인으로 살았고, 다시는 결혼을 하지 않았지. 들리는 말에 따르면 그녀는 유령처럼 집 안을 돌아다니기도 하고, 가끔씩은 엔리케 오소리오에게 영원한 사랑을 다짐했던 지하실에 홀로 틀어박혀 그가 망명 시절에 썼던 글을 읽곤 했단다. 그러니까 그의 문서들을 지금까지 간직해온 것은 바로 그녀였어. 그녀로서는 당연히 캘리포니아의 황금 따위보다는 죽은 임의 영혼을 느낄 수 있는 글에 더 관심이 가지 않았겠니. 그녀는 그 글 속에서 자신의 삶을 얼룩지게 한 불행을 이해할 흔적이나 단서라도 찾아보려고 생각했는지도 모르지. 글 속으

* 아르헨티나의 정치인(1821~1906). 자유주의 사상 때문에 망명하였다가 로사스가 물러난 뒤 귀국하였다. 1861년 우르키사를 무찌르고 1862년 아르헨티나 대통령에 당선되어 본격적인 민족통합을 가속화시켰다.

로 빠져들자 사랑하는 임의 모습이 빛바랜 흑백사진 같은 희미한 모습으로 그녀의 눈앞에 떠오르는 듯했어. 그리고 그의 아들 얘긴데, 그러니까 루시아노 씨의 부친이지, 그는 엔리케 오소리오의 법적 상속자였단다. 그가 한 일이라고는 상속받은 재산을 투자한 것밖에 없었어. 당시 상황을 잘 이용해서 적기에 투자를 한 거지. 당시 우리나라에서는 수중에 돈 좀 있고 인맥만 잘 활용하면 누구나 부러워할 만한 땅을 헐값에 살 수 있었단다. 그 덕분에 에스페란시타의 할아버지는 1862년에 미트레 장군이 대통령에 출마했을 당시, 그를 지지한 막강한 대지주들 중 한 명이 되었지. 그는 조금이라도 출세에 지장을 준다면 당장이라도 아버지의 문서를 모조리 태워버리고도 남을 위인이었어. 그가 결국 그러지 못했던 것은 그의 어머니가 그보다 더 오래 살았기 때문이야. 아무리 자기가 낳은 아들이라도 그것만은 절대로 용납할 수 없었으니 말이다. 하여간 죽기 전에 그는 가족들을 불러 모아놓고 문제의 궤짝에 대해서 다짐을 받았다고 하더구나. 앞으로 백 년이 지나기 전까지는 그 누구도 궤짝의 존재를 세상에 알려서는 안 된다고 말이야. 그런 우여곡절 끝에, 마기 외삼촌은 편지에 그렇게 썼다, 결국 궤짝은 살아남았고 내 손에 들어올 수 있었던 거란다. 사실, 마기 외삼촌이 내게 말했다, 나는 그 문서를 역사의 이면으로 사용하려고 한다. 그리고 되도록 사건 자체에 충실함으로써, 역사의 의미를 보다 더 정확히 깨닫기 위해서 화려한 역사의 대로를 스스로 벗어난 랭보처럼, 그 인물이 지닌 전형적인 성격을 드러내고 싶단다. 그런데 작업에 착수하자마자 뜻밖의 난관에 부딪히고 말았지. 바로 뒤죽박죽이 된 순서를 어떻게 바로잡는가 하는 문제였어. 한동안 생각을 거듭

한 끝에, 지금 내가 고전적인 의미의 전기를 쓰려는 게 아니라는 것을 깨닫게 되었단다. 그보다는 그토록 기이한 사람의 삶 속에 숨어 있는 역사적 운동을 포착하고 이를 드러내는 것이 내 원래 의도였지. 내가 알고자 하는 문제가 뭔지, 한번 예를 들어볼까? 혹시 오소리오란 인물은 로사스 정권 때 아르헨티나의 자유주의 지식인 집단의 형성 과정에 잠재하던 경향이 극대화된 경우가 아닐까? 그의 글은 사르미엔토가 쓴 글을 반대로 뒤집어놓은 것은 아닐까? 그건 그렇다 치더라도 혹 우리가 모르는 다른 이야기들이 있지는 않을까? 그는 정말로 배신자였던 것일까? 다시 말해서, 그가 끝까지 로사스와 연결되어 있었을까? 등등이다. 이상은 지금까지 내가 제기한 이론적 가설들이야. 동시에 자료를 정리해서 전체적인 내용을 재구성하기 위한 여러 가지 방법이기도 하지. 무엇보다도 오소리오라는 존재를 규정하는 변화 과정을 재구성하는 것, 그리고 쉽지는 않겠지만 그것의 진정한 의미를 파악하는 것이 가장 중요할 것으로 보인다. 외견상 그는 역사의 흐름을 일관되게 거스르면서 살아온 것처럼 보인단다. 다시 말해서 그가 걸어온 삶의 궤적은 객관적인 역사의 운동 법칙을 거스르는 것처럼 보일 수도 있다는 거지. 그의 삶에는 뭐랄까, 열정의 과잉 같은 것이, 혹은 유토피아적 앙금이 존재하고 있어. 그러나 오소리오가 쓴 글에 따르면(내게 보낸 편지에서 마기 외삼촌은 그의 말을 인용했다), 어떤 면에서 망명은 유토피아에 다름 아니란다. 망명자는 특히 유토피아적 인간이다, 오소리오가 쓴 글이야, 편지에서 마기 외삼촌은 그 말을 옮겨 적었다, 왜냐하면 망명자는 미래를 끊임없이 그리워하며 살기 때문이다.

그런데 그의 운명을 규정하는 그런 질서를 포착하려면 연대기적 순서를 변화시키는 방법밖에 없다고 나는 확신한단다. 더 자세히 말하자면, 광기에 몸부림치던 말년부터 시작해, 낭만주의 세대 동료들과 함께 지금 우리가 민족문화라고 부르는 그것의 원칙과 이론적 배경을 확립하기 위해 열정을 쏟던 그 순간으로 거슬러 올라가는 것이지. 그렇게 연대기적 순서를 뒤집어보면 불행과 오욕으로 점철된 그의 삶이 무엇을 드러내주는지 알 수 있을 것 같구나. 그러니 (마기 외삼촌은 내게 그렇게 하라고 권유하는 투였다) 그의 삶은 그가 자살하던 순간부터 기술되어야 하겠지. 그리고 오소리오가 자살 직전에 썼던 글을 책의 첫머리에 넣어야 할 거야. 알베르디, 내 말을 잘 들어주기 바라오. 지금 나는 죽음을 눈앞에 두고 있는 처지요. 지금까지 내가 걸어온 길은 참으로 혐오스럽고 위태롭기 그지없었으며 고독의 연속이었소. 죽기 전에 조국의 동포들에게 이 사실만은 꼭 전하고 싶소. 내가 갖은 오명과 치욕 속에서 살았던 것도 바로 내 신념 때문이었다는 것을 말입니다. 나는 영원히 조국을 떠나 살 수밖에 없는 운명인가 봅니다. 이젠 기억 속에서 어머니의 목소리마저 희미해지고 있소. 망명생활이라는 것은 기나긴 불면의 밤과도 같습니다. 이 넓은 세상에 나를 믿어줄 이가 나밖에 없다니 참으로 비참한 심경을 금할 길이 없소. 지금도 이 세상을 당당하게 활보하고 다니는 그 못된 자들을 찾아내야 합니다. 아, 비열한 놈들! 안녕히 계시오, 형제여. 나는 부에노스아이레스에 묻히고 싶습니다. 내 마지막 소원이니 꼭 들어주셨으면 하오. 다시 한 번 간곡히 부탁드립니다. 그리고 어떤 상황이 닥치더라도 절대로 열정을 잃지 말기 바랍니다. 삶의 열정은 우리와 진실을 이어주는 유일한 통로이기 때문입니다. 그간 쓴 글을 순서대로 정리해놓았으니 한번 읽어보기 바랍니다. 글의 제목은 연보라고 붙였소. 장차 누가 내 이야기를 세상에 알려줄까요? 어떤 치욕을 당하더라도 내 마음속에 자리한 절망감과 강직한 성품만은 포기하고 싶지 않소이다. 당신의 편지를 받을 때마다 서명 위에 써놓은 문구가 마음에 들었소. 그래 이참에 한번 흉내 내어보리다—조국과 자유. 그리고 지금 이번 한 번만 당신을 성이 아닌 이름으로 불러보고 싶소이다, 후안 바우티스타라고. 널리 양해해주기 바라오. 잘 있으시오. 자네의 벗, 곧 죽음을 맞이할 엔리케 오소리오.

4

더위 때문에 거의 뜬눈으로 밤을 지새우고 말았단다. 그래도 지금은 창을 통해 시원한 바람이 들어와 살 만하구나. 아직 어둠이 걷히지 않은 하늘에는 새벽별들이 가늘게 떨고 있고, 앞에 있는 버드나무 사이로는 강물이 조용히 흐르고 있다. 이따금씩 치솟아 오르는 강물은 모든 걸 휩쓸어 가는구나. 이곳 사람들은 늘 불행의 언저리에서 살아야 한단다. 그런데 외지에서 온 관광객들은 이들의 곤궁한 삶을 마치 이곳만의 특색인 것처럼 여기기도 하지. 물론 보는 사람에 따라서, 이곳과 같은 국경 지방이 그림처럼 아름답게, 또 이국적으로 보일 수도 있겠지. 타르뎁스키에 따르면 자연은 이미 꿈속에서만 존재한다고 하더구나. 자연이 우리 앞에 모습을 드러내는 경우는 재난 혹은 서정시, 둘 중 하나라는 거지. 그는 우리를 둘러싸고 있는 것은 모두 인위적인 거라고 했어. 다시 말해 우리 주위에서 인간의 흔적을 지니지 않은 건 아무것도 없다는 거지. 하기는 이만큼 경치가 좋은 데가 또 있을까? 조금 전, 네게 편지를 쓰기 전에 갑자기 그런 생각이 들더구나. 그런데 여러 가지로 복잡한 사정이 생기는 바람에, 편지로는 말하기 어려운 일이라서 상세한 설명은 다음으로 미뤄야겠지만, 하여간 당분간은 네게 편지를 쓰기가 어려울 듯하다. 서간문은 분명 시대에 뒤떨어진 장르야. 18세기의 유산인 셈이지. 그때 살던 사람들은 글이 지닌 순수한 진실을 철석같이 믿었지. 그에 비하면 우리는 어떠니? 시대가 바뀌면서 말은 너무나도 쉽게 의미를 잃고 사라져갔어. 말은 역사의 물길 위에서 떠다니다가 가라앉고, 또다시 떠올랐다가 결국엔 거친 물결 속에 뒤섞여버리고 말지. 이제 우리가 어떻게 만나면 좋을지 구체적으로 이야기해야 할 때가 된 듯싶다.

그런데 뜻하지 않은 일 때문에 계획을 바꿀 수밖에 없게 됐구나. 그래도 언젠가 네가 여기로 와주었으면 하는 바람에는 변함이 없단다. 때가 되면 네게 연락해서 시기나 방법 등을 자세히 알려주도록 하마. 참 한 가지 더. 루시아노 오소리오 씨를 찾아 뵙고 나 대신 안부를 전해드렸으면 좋겠구나. 그분에게 편지를 드릴 수 있을지 지금으로서는 확신이 서지 않아서 말이다. 다시 한 번 강조해서 말하지만, 내게 역사란 우리 삶을 구성하는 수많은 요소들을 일관되게 연결해주는 끈과 같은 것이란다. 그렇다고 결코 현실의 저항이나 현실의 불투명성을 의심해서는 안 된단다. 다시 말해 현실을 투명하게 이해할 수 있다고 생각해서는 안 된다는 거야. 공기의 저항을 느끼는 비둘기가, 내 친구 타르뎁스키가 칸트의 말을 인용해서 말하더구나, 공기의 저항을 느끼는 비둘기가 공중에서 더 잘 날 수 있는 법이다.

우리의 불행은 항상 헛된 환상 속에서 싹트는 법이다. 건투를 빌며, 마르셀로 마기.

편지 잘 받았습니다. 첫째, 원하실 때 꼭 뵈러 가겠습니다. 둘째, 한동안 외삼촌의 소식을 못 들을 거라는 그 통보는 또 무슨 소리인가요? 이 자리에서 분명하게 말하고 싶은 것은, 꼭 정해진 날짜에 제게 편지를 쓰실 필요도, 또 반신우편(返信郵便)으로 보내실 필요도 없다는 겁니다. 지금 우리가 소식을 주고받는 게 카드놀이 하는 것하고는 다르잖아요? 그리고 편지 쓰는 것을 은행 빚처럼 생각할 필요가 뭐 있겠어요? 물론 두 사람이 어느 정도 묶여 있는 것은 사실이지만 말입니다. 편지란 받으면 갚아야 하는 어음과 같지요. 누구나 친구에게 보내야 할 편지가 있으면 약간은 고민스러워지기 마련이에요. 그렇다 보니 누군가에게서 편지를 받으면 우선은 기쁘지만 곧 답장을 보내야 하는 의무감 때문에 다소 부담스럽죠. 제 생각에 서간문은 조금 유별난 장르인 듯합니다. 일단 서신 교환이 제대로 이루어지려면 상대방의 부재와 일정한 거리가 필요하니까 말예요. 예외가 있다면 그것은 서간체 소설이죠. 거기서는 서로가 가까이 있어도 편지를 쓰지요. 심지어 한 지붕 아래 살아도 그들은 대화하는 대신 편지를 보냅니다. 그것도 그 장르 특유의 수사법을 동원해서 말입니다. 지나치는 김에 말하자면, 서간 문학 장르를 역사 저편으로 사라지게 만든 것은 바로 전화였어요. 전화 덕분에 아주 고리타분해졌지요. (헤밍웨이와 더불어 서간 문학 장르는 전화 장르로 바뀌었다고 말할 수 있어요. 그건 그의 작품에 전화로 이야기하는 장면이 많이 나와서가 아니에요. 인물들이 서로 얼굴을 맞대고, 예를 들면 술집이나 침대에서 마주 보며 앉아 있다 해도, 그들의 대화는 전화 통화처럼 언제나 짧고 간결하며 무미건조한 스타일로 진행되기 때문이죠. 대화하는 사람들 간에 형성되는 관계를 언어학자인 로만 야콥슨은 언어의 친교적 기능*이라고 규정했는데—대학교 때 배운 지식을 활용하고, 내친 김에 시대착오적인 장인정신으로 우리 시대의 총아로 군림했던 학문, 외삼촌이 공부했던 학문, 헤겔과 더불어 종교의 세속적 대안체계로 떠올라 19세기까지 영화를 누렸지만 지금은 황혼기에 접어든 그 학문과 맞서보고 싶지만 언어학과 역사에 대한 한담은 여기서 끝낼까 합니다—그 관계는 헤밍웨이의 경우에는 다음과 같은 식으로 표현되곤 하지요. 예를 들어, "잘 지내? 그럼. 자넨? 응. 잘 지내. 맥주 어때? 맥주, 나쁘지 않군. 얼음 탈까? 뭔 소리야? 얼음 탄 맥주? 응, 얼음 탄 맥주" 등등, 이런 식이죠) 서간 문학 장르가 한물 간 것은 사실이지만 언젠가 기회가 되면 편지로만 이루어진 소설을 꼭 써보고 싶어요. 사실 아르헨티나 문학에는 서간소설이 하나도 없잖아요. 그건 분명 아르헨티나에는 18세기가 없었기 때문이겠지요. (얼마 전에 받은 우울한 편지에서 외삼촌이 암시한 이론을 증명하는 셈이 되겠지요.) 하여간, 언젠가 편지로만 이루어진 소설을 쓰겠다는 꿈은 여전히 갖고 있지만, 가끔 부에노스아이레스의 끈적한 밤공기 때문에 쉽게 잠을 이루지 못할 때면 그간 쓴 편지에 대해 생각해보곤 합니다. 그 편지를 썼을 당시의 나는 물론 지금의 나하고는 사뭇 다르겠지만, 과거의 나에게 일어난 여러 가지 일들과 당시 마음속에 품고 있던 꿈과 희망 그리고 생각만 해도 가슴 설

* 발신자와 수신자 사이에 메시지가 제대로 전달될 수 있는 소통 경로에 초점을 맞추는 기능을 말한다.

례던 원대한 계획과 구상, 이런 것들을 모두 한꺼번에 읽게 된다면 어떨까 하는 상상을 하곤 합니다. 다양한 상황과 심정에서 여인들, 친척들 혹은 옛 친구들과 주고받은 편지. 이보다 더 훌륭한 자서전 모델이 있을까요? 그런데 그것보다 더 중요한 것은 그 모든 편지에서 과연 무엇을 찾을 수 있을까 하는 점입니다. 적어도 제 편지에서 뭘 찾아낼 수 있을까요? 우선 글씨체가 변했다는 것을 알 수 있겠죠. 그리고 문체의 변화도 눈에 띌 거예요. 그러면 문체와 어휘 선택의 변화를 시간순으로 따져볼 수도 있겠지요. 무릇 작가의 전기란 그가 쓴 문체 변화의 역사에 다름 아닐 겁니다. 한 작가의 문학 인생을 추적했을 때 그와 같은 변화 말고 대체 무엇을 발견할 수 있단 말입니까? 전, 예컨대 그런 편지에서 우리의 관심을 끌 만한 경험을 찾을 수 있을 거라곤 생각지 않습니다. 자신이 쓴 편지를 읽다 보면 누구라도 과거에 겪었던 여러 가지 사건들, 예를 들면 지금은 이미 기억 저편으로 사라져버린 삶의 열정 같은 것을 아주 미세한 부분까지 떠올릴 수도 있고, 또 그것들을 경험할 당시에 썼던 여러 가지 이야기들도 찾아낼 수 있을 겁니다. 하지만 그뿐이죠. 일전에 제게 보낸 편지에서 어떤 미친놈한테 붙잡혀 있었던 친구 얘길 하셨죠? 그가 이야기한 것처럼, 근본적으로 우리 삶에는 특별한 일이, 이야기할 만큼 대단한 일이 일어날 리 없습니다. 제가 드리고 싶은 말씀은, 실제로 우리 삶에는 그 어떤 일도 일어나지 않는다는 거예요. 누구든 자기에게 일어난 모든 일을 이야기할 수 있다고 한다면, 그건 광증에 지나지 않습니다. 남들에게 이야기할 정도의 중요한 경험이라면 우리 삶을 통틀어 고작해야 두어 가지밖에 더 있겠습니까? 아무리 많아야 그 정도지 그 이상은 절대로 아닐 겁니다. 오늘날 우리에겐 더 이상 경험이란 건 존재하지 않습니다. (그런데 19세기엔 있었을까요?) 단지 환상만 있을 뿐이죠. 그런데 신기한 것은 우리는 그동안 삶에서 어떤 일이 일어났는지 생각해내려고 다양한 이야기들을(그래봐야 매번 같은 이야기지만 말입니다) 꾸며낸다는 겁니다. 우리가 만들어낸 어떤 이야기나 일련의 이야기들도 따지고 보면 우리가 실제로 경험했던 단 한 가지 사건에 불과합니다. 다시 말해, 우리가 어떤 경험을 했는지, 아니면 우리 삶에서 어떤 의미 있는 일이 일어났는지를 생각해내기 위해 꾸며낸 이야기라는 겁니다. 그러니 이야기의 순서가 삶의 순서와 동일하다고 누가 장담할 수 있겠어요? 삼촌이 더 잘 아시겠지만, 그런 환상이라면 저나 삼촌 모두 훤히 꿰고 있죠. 그렇지 않나요, 존경하는 스승님? 예를 들어, 전 학창 시절을 떠올릴 때마다 마음속으로 그리움이 밀려들곤 합니다. 그때 전 라플라타*에 있는 하숙집에 혼자 살았거든요. 가족들과 떨어져 산 것은 그때가 처음이었죠. 그때가 열여덟 살이었는데, 매일같이 신나는 일들이 일어날 것처럼 보였어요. 생각만 해도 짜릿한 일들이(적어도 당시 제 눈에는 그렇게 보였죠), 그것도 연이어서 말입니다. 그 일이라는 게 꼭 여자와 관련된 것만은 아니에요. 비록 그 당시 제가 무척 잘나가기는 했지만 말입니다. (전 여자애들을 유혹할 만한 특별한 재주도 없었고, 또 자랑할 만한 화려한 성과도 없었어요. 당시 인문대학에는 남학생과 여학생의 비율이 대략 1대 38 정도였어요. 그러다 보니 거기서 연애도 못하는 녀석들은 자기도 모르는 사이에 바

---

* 부에노스아이레스 주의 주도.

보가 될 수밖에 없는 거죠. 그러면 여자애들이 마치 문둥병 환자 보듯이 슬슬 피해버리니까요.) 말씀드렸다시피, 여자애들과 얽힌 사건 말고도 여러 가지 일들이 있었죠. 천성적으로 자유분방한 편이어서 그런지 저는 신나는 일만 생기면 앞뒤 가리지 않고 뛰어들었어요. 한밤중에 일어나 집을 나서거나, 무작정 기차를 타고는 아무 데나 마음 내키는 곳에서 내리는 일도 다반사였습니다. 그러고는 처음 보는 마을로 들어가 낯선 사람들, 그중에는 물론 장사꾼이나 살인자도 있었겠죠, 하여간 그런 이들과 함께 저녁을 먹고 텅 빈 거리를 걸어 다니곤 했습니다. 주변에서 벌어지는 모험을 관찰하거나 머릿속으로 상상하는 나그네 혹은 익명의 인간. 그게 바로 과거의 제 모습이었습니다. 그러다 보면 뜻밖에 신나는 사건이나 모험이 일어날 수도 있으리라 믿었던 거죠. 제 생각으로는, 아이들이 어느 정도 자라서 부모 품을 벗어나 집을 나서면, 그 즉시 현실은 전혀 다른 모습으로 둔갑해버립니다. 파격적인 세계가 그들 눈앞에 펼쳐지는 거죠. 굳이 예를 든다면, 허먼 멜빌의 작품에 나오는 것처럼 하얀 거품이 이는 바다에서 고래를 잡는 데만 정신이 팔려 다른 건 아무것도 눈에 들어오지 않는 상황이라고 할 수도 있을 겁니다. 술집이나 바는 우리의 포경선이 되는 거고요. 젊은 날의 치기 어린 생각이라고 할 수도 있지만, 어찌 보면 감동적인 면도 없지 않아요. 게다가 당시 저는 작가가 되기로 마음을 굳혔습니다. 머지않아 위대한 작가가 될 거라고 믿어 의심치 않았죠. 그러려면 무엇보다 많은 경험을 해야 할 거라고 생각했습니다. 그래서 제게 일어나는 모든 일, 아무리 터무니없는 일이라 해도, 그 모든 일을 통해서 경험의 세계로 천착해 들어갈 수 있으리라고 생각했던 거지요. 위대한 작가들이라면 당연히 그런 경험의 심연 속에서 위대한 작품을 탄생시킨 거라고 믿었으니까요. 그때가 열여덟, 열아홉 살 땐데, 서른다섯 살쯤 되면 저의 모든 경험을 철저히 파헤쳐서 완벽한 작품을 완성한다는 계획을 가지고 있었죠. 그리고 아주 다양하고 탁월한 작품을 써낸 덕분에 파리로 가서 사오 개월 동안 남부럽지 않게 살 수 있을 거라고 믿었습니다. (이것이 당시 제가 생각하던 가장 완벽한 성공 모델이었습니다.) 다양한 삶의 경험으로 충만한 서른다섯 살 때쯤, 훌륭한 작품을 완성한 뒤 파리로 건너가서 진정한 권위자처럼 대로를 산책한다. 파리의 번화가를 산책하는 미래의 제 모습을 머릿속으로 그려보기도 했죠. 제가 이런 상상의 나래를 펼칠 때가 열여덟 살 때였는데, 지금 벌써 서른 살이 넘었습니다. 책을 한 권 쓰긴 했지만 갈수록 정이 떨어집니다. 정말 아무 짝에도 쓸모없는 작품이에요. 1년 전부터 이상하게 글을 쓰는 것 자체가 두려워집니다. 제 글을 보면 쓰레기 같아서 모두 태워버리고 싶은 심정이에요. 솔직히 말씀드리면, 지금 전 깊은 절망감에 빠져 있습니다. 지금 제 삶이, 편지에 쓴 외삼촌의 어투를 빌리면, 너무나도 어이없고 무분별하다는 생각이 불쑥불쑥 들곤 합니다. 전 매일 신문사에 가서 쓰레기 같은 글(그것도 문학에 관한 잡동사니 글)을 쓰고, 퇴근해서는 방에 처박혀 이런저런 글을 쓰고 있어요. 가끔씩 종이에 선이나 원, 인물 등을 그리거나 스케치를 하고서 보면 그것이 제 영혼의 청사진처럼 보여 놀랍기만 합니다. 하루라도 그러지 않으면 다음 날 손끝으로 뭘 건드리기만 해도 현기증이 나곤 하죠.

아시겠지만, 오늘은 그 일 대신 퇴근하자마자 자리에 앉아 벌써 두 시간째 끝날 것 같지 않은 이 편지를 쓰고 있습니다. 지난번 편지의 말미에 쓰신 알 듯 모를 듯한 작별 인사를 읽고 나서 생각해보니 이게 정말로 마지막 편지일지도 모른다는 불안감이 엄습했습니다. 그래서 제 나름대로는 비장한 심정으로 답장(혹은 보답)을 하고 있습니다. 그토록 먼 곳에서, 그토록 오래된 땅에서, 내 삶의 아득한 과거로부터 오신 당신, 나의 외삼촌 마르셀에게 끝날 것 같지 않은 이 편지를 쓰고 있습니다. 최근 몇 달 동안 일어난 일을 되돌아보면 재미있는 사실을 하나 발견할 수 있어요. 외삼촌이 (편지를 통해서나마) 다시 제 앞에 나타나신 것은 허구가 현실에 대해 완전한 승리를 거두었음을 여실히 증명한 (물론 이것이 유일한 경우라고 할 수는 없지만) 사건이라는 겁니다. 간단히 말씀드리면, 지금 제가 쓰고자 하는 소설은 현기증이 날 정도로 느리게 진척되고 있습니다. 나는 음악을 들을 뿐 연주하지는 못한다. 콜먼 호킨스*가 한 말이죠. 지금의 제 심경을 가장 잘 나타낸 표현이 있다면 바로 호킨스의 이 말일 겁니다. 그가 무슨 의미로 그 말을 한 건지, 전 잘 알고 있습니다. 가끔씩 저도 음악을 듣긴 합니다만, 막상 제 생각을 표현해보면 아무 소리도 나지 않는 진창 같은 글이 나오고 말아요. 어제는 잠도 안 오고 마음도 너무 답답해서 새벽녘에 거리로 나가 땅을 파는 상수도 공사(아니면 가스 공사) 인부들의 모습을 한동안 멍하니 바라보았습니다. 조금 뒤 그들을 지나 라모스 바로 가서 맥주 한 잔과 진을 더블로 시켰어요. 디킨스는 자살을 결심한 사람에게 이 두 가지를 섞어 마시길 권했다더군요. 그렇다

* 미국의 저명한 재즈 테너 색소폰 연주자.

고 제가 자살을 결심했다거나 멋을 부리려고 그랬던 건 아닙니다. 다만 그 생각이 마음에 들었기 때문입니다. 새벽녘, 인부들이 노란 램프 불빛을 받으며 열심히 땅을 파는 동안 도시의 거리를 무심코 걸어가는 (혹은 유유히 돌아다니는) 제가 바로 자살을 결심한 사람이라고 생각해보세요. 이 얼마나 멋진 생각입니까? 제가 열여덟 살 때엔 이 세상 모든 일이 모험처럼 보였어요. 그렇지 않나요? 일부러 찾아다닌 건 아니지만, 제가 열여덟 살 때 겪었던 일들이 모험이라고 할 순 없을까요? 그런데 가슴 설레던 그 모험이 어쩌다 이렇듯 처절한 절망감으로 쪼그라들었단 말입니까? 하여간 라모스 바에 들어가니 늦은 시간이라 그런지 안은 거의 텅 비어 있었어요. 물론 구석 테이블에는 술에 취한 작자들과 술집 여자들이 앉아 있었지만요. 무슨 축하연인지 그들만의 어떤 행사인지는 잘 모르겠지만, 그들은 모두 엄숙한 표정이었습니다. 그때 쥐색으로 염색을 하고 번듯한 정장에 라발리에르 넥타이*를 맨 남자가 자리에서 일어서다가 갑자기 몸이 비틀거렸어요. 그래도 위엄을 잃지 않으려는 듯 그는 재빨리 의자 등받이를 손으로 잡았지요. 일장 연설을 한 뒤 그는 잔을 들고 거기에 있는 여자들 중 한 명(지젤 양)을 위해 축배를 제의했습니다. 아마 그날 밤이 그녀의 생일이거나 무슨 기념일이었던 것 같아요. "자, 우리 잔을 들고 건배합시다." 술에 취한 그자가 말하더군요. "이 작은 연회를 빛내준 아름다운 한 송이 꽃, 우리 지젤 양을 위해서 말입니다. 그녀의 모습 속에서 해마다 거듭되는 삶의 봄날이 떠오르고, 그녀의 모습 속에서 수

* 폭과 길이가 같은 특이한 스타일의 넥타이로, 19세기 보헤미안 예술가들과 혁명가들의 상징이었다.

많은 봄날이 한데 어울리니까요. 그녀의 모습 속에서 수많은 봄날이 하나 되어 빛나게 되니까요." (그는 거의 시를 읊듯 했어요.) "마침내 그녀의 향기로운 나날들이 한 송이 장미꽃으로 피어날 때까지. 우리 모두 그녀를 위해 축배를 듭시다." 술 취한 자의 말이 계속 이어졌습니다. "그건 절대로 우리 또는 나를 위해서가 아니오. 하루하루 흘러가는 시간이 마치 죽음을 알리는 사자처럼, 아니 더 정확히 말하자면 우리 심장 위에 매달린 다모클레스의 검*처럼 보이는 사람들을 위한 것이지." (다모클레스의 검이라고 말했어요. 참으로 기막힌 표현 아닌가요?) 말이 끝나자 그 자리에 있던 다른 술꾼들과 여자들은 박수갈채를 보냈고, 새틴 드레스를 입은 지젤이 테이블 위로 몸을 기울여 그와 포옹하더군요. "고마워요, 마르키토스, 고마워요, 오! 내 사랑. 너무 감격해서 뭐라 말을 해야 할지 모르겠어요. 당신은 타고난 예술가예요. 여자들이 당신 말을 듣고 나면 모두 넋이 나가고 말 거예요." 그녀가 말을 마치고 그에게 입을 맞추자 좌중은 그야말로 감동의 도가니가 되었죠. 지젤은 자리에 앉았지만, 마르키토스는 위엄을 잃지 않고 의자 모서리를 꽉 붙잡은 채 여전히 서 있었어요. 눈에 거슬릴 정도로 과시하는 몸짓을 보이던 그는 주변을 둘러보면서 다시 같은 이야기를 되풀이하더군요. "자, 우리 다시 한 번 잔을 들고 축배를 듭시다." 그자가 말했습니다. "평생 잊을 수 없을 이 밤, 나 역시 너무 감격스러워 몸 둘 바를 모르겠소. 그러니 우리 모두 이 잔을 들고 다

---

* 시칠리아 참주 디오니시우스 1세의 신하인 다모클레스가 참주의 행복을 찬양하는 아첨을 하자, 디오니시우스 1세는 화려한 잔치에 그를 초대하여 머리 위에 한 올의 말총으로 매달아놓은 칼 밑에 앉히고, 권력자의 운명이 그만큼 위험하다는 것을 보여주었다.

시 축배를 들도록 합시다." 그러고는 손등으로 눈물을 닦아내더니, "너무 감격스럽군요, 그러니 우리 모두 축배를 듭시다." 마르키토스가 말했어요. "이 자리에 참석해준 숙녀 여러분과 친구들을 위해서, 그리고 특히," 여기서 그의 말이 잠시 끊어지더군요. "특히." "특히 연설 좀 빨리 끝내게. 마르키토스, 축배 한 번 하고 끝내자니까." 옆에 있던 남자가 그에게 재촉하자 마르키토스는 지젤 양이 있는 쪽으로 천천히 몸을 돌리더니 가볍게 고개를 숙여 인사를 하고는 다시 조심스럽게 자리에 앉더군요. 그도 음악을 들을 뿐 연주는 못한다던 예술가와 비슷한 유의 사람인 듯합니다. 그사이 전 영국 소설가 찰스 디킨스의 충고에 따라 진을 섞은 맥주를 다 마셔버렸습니다. 그런데 그 시간에도 여전히 노란 불빛 아래서 땅을 파고 있던 인부들을 보자 머릿속으로 프란스 할스*의 그림이 떠올랐습니다. 〈내가 어둡고 음울한 겨울이라면〉이란 그림이죠. 아무래도 동틀 녘까지 이 편지를 써야 할 듯싶습니다. 편지를 쓰면서 저들과 함께 밤을 지새우고, 새벽에 거리에도 나가보고 라모스 바에서 마르키토스가 다모클레스의 무서운 검이 자신의 심장을 겨누고 있어도 지젤 양을 위해서 계속 축배를 권하는지 보렵니다. 마르셀로 외삼촌, 그럼 안녕히 계세요. 소식 기다리고 있을게요.

에밀리오

추신. 꼭 루시아노 오소리오 씨를 만나도록 하겠습니다. 그분에 관

---

* 17세기 네덜란드 황금시대의 화가.

한 소식과 콩코르디아 여행 계획(거기로 가는 길과 외삼촌을 만나는 방법 등을 알려주시면 즉시 떠나도록 하겠습니다)에 관해서는 다음 편지에서 자세히 알려드릴게요.

II

1

"나를 상원의원이라고 불러주겠소?" 상원의원이 입을 열었다. "더 정확히 말하면 전직 상원의원이라고 해야겠지. 그럼 날 전직 상원의원이라고 부르시오." 전직 상원의원이 말했다. "내가 실제로 상원의원을 지낸 건 1912년부터 1916년까지요. 사엔스 페냐 법안*에 의해서 선출된 셈이지. 그 당시엔 종신직이나 마찬가지였소. 그러니 나를 상원의원이라고 불러야 마땅할 거요." 상원의원이 말했다. "그러나 지금 상황으로 보아 당신이 나를 '전직 상원의원'이라고 부르는 것이 바람직할뿐더러 아르헨티나 역사의 보편적 의미나 진실에 더 적합할 것 같소." 전직 상원의원이 말했다. "정확하게 말하면 말이오, 상원의원

* 보통 선거와 비밀 선거를 골자로 하는 법안으로, 1912년 2월 10일 아르헨티나 의회에서 통과되었다.

이 하는 일이란 법을 제정하고 연설을 하는 것이 아니겠소? 그런데 법을 제정하지 않을 땐 어떻게 되는 겁니까? 입법 활동을 하지 않을 땐 자동적으로 전직 상원의원이 되는 게 아니겠소? 그렇지만 그 직분, 그러니까 연설을 하는 특수한 직무를 여전히 유지하고 있다면, 아무도 들어주지 않고 또 어느 누구도 거기에 반론을 제기하지 않는다 해도 어떤 의미에서는 여전히 상원의원직을 갖고 있다고 할 수 있지요. 결론적으로 말해 나는 당신이 나를 상원의원으로 불러주었으면 하오." 상원의원이 말했다.

"그런데 내 말 속에 어떤 악의나 비꼬는 의도가 있다고는 생각하지 마시오. 남의 말을 곧이곧대로 믿지 못하고 무슨 꿍꿍이가 있지 않을까 의심하는 풍조는 1920년대부터 시작되었소. 특히 레오폴도 루고네스*와 더불어 시작된 거요. 시인인 레오폴도 루고네스 말이오. 그 풍조가 대체 뭘 의미하는지 알고 있소? 연설을 하는 사람들, 그리고 언어를 사용하는 사람들을 멸시하는 풍조요. 그러니까 당대의 진실을 언어로 표현하기 위해 선출된 사람들의 가치를 부정하고 거부하기 위해서 또 다른 말을 만드는 겁니다. 그러다 보니 사람들이," 상원의원이 말했다. "말이라는 게 공허하고 가식적일 뿐이라고 생각하는 거지. 이 세상에서 믿을 거라곤 사실밖에 없다는 거요. 나도 어느 정도는 그런 견해에 동감합니다. 단 그 사실이라는 게 어떤 것인지, 또 뭘 의미하는지를 신중히 고려해야겠지요. 예를 한번 들어보도록 합시다.

* 아르헨티나의 민족주의 시인이자 정치인(1874~1938). 처음에는 사회주의자였으나 1903년 이후 보수주의로 기울었고, 급기야 1930년 쿠데타를 지지함으로써 극우 민족주의 및 파시즘 세력의 정신적 지주가 되었다.

언어를 자기 의도대로 이용할 수 없는 사람들, 그러니까 자신의 생각을 공개적으로 표현하거나 언론 매체에 실을 기회가 없는 사람들이 족히 수백만 명은 될 거요. 이와는 반대로 행동하는 사람들도 있지요. 이들은 말보다는 오히려 행동으로서만 존재하는 이들이오. 행동의 언어는 육체로 표현되기 때문이지. 행동의 언어는," 상원의원이 말했다. "육체를 통해서 표현되지요. 보다시피 난 전신불수 환자요. 내가 이 휠체어에 의지해서 살아온 지도 벌써 50년이 흘렀소. 그러니 내가 대체 누구의 대변자가 될 수 있단 말이오. 내가 이 꼴만 아니더라도 사정은 다르겠죠. 하지만 그게 뭐 그리 대수겠소. 분명히," 그의 말이 계속되었다. "내가 연설을 하는 건 하루 종일 혼자 있는 데다가 휠체어에 몸을 맡긴 채 이 방 안을 왔다 갔다 하면서 쉴 새 없이 말을 하기 때문일 거요. 그리고 이 휠체어는 이제 내가 사고할 수 있는 유일한 도구가 되었기 때문이오. 지금 내가 가진 유일한 재산이 뭔지 아시오? 그건 바로 말입니다. 더군다나, 말은 나의 유일한 활동이기도 합니다. 결론적으로 말해서, 이젠 내 육신에서 말을 지탱하도록 돕는 다른 기관마저 극도로 쇠약해지고 있는 실정이다 보니 나 자신이 어떤 사람들을 대변한다고 생각할 형편이 아닙니다."

"그건 그렇고," 잠시 후 그가 입을 열었다. "마르셀로가 구속되었을 때 만나려고 했지만, 저들이 못하게 막았소. 더군다나 내가 면회를 신청했는데 그가 거부했다는 말은 도무지 앞뒤가 맞지 않아요. 사실 마르셀로가 내게 몰래 전갈을 보냈지요. 편지에서 그는 지금으로서는 자신을 순교자로 여길 만한 이유가 전혀 없지 않느냐고 하더군요. 게다가 자신은 옥중에서 연구하고 생각하고, 또 틈틈이 운동도 하면서 잘 보내고 있다는 말도 덧붙였지요." 그러면서 상원의원은 마르셀로가 쓴 편지의 내용을 내게 전해주었다. "여기서 피에몬테 사람을 만났습니다. 코스메라는 사람인데 초기 아나키스트였지요. 그는 내게 바냐 카우다* 만드는 법을 알려주었어요. 간혹 같은 방에 있는 동료들과 카드놀이를 하기도 해요. 그리고 우승자를 가리기 위해 대회를 열기도 하는데, 제 전적은 그리 나쁘지 않은 편입니다. 이런 곳에서 제가 순교자랍시고 무게 잡아봐야 무슨 소용이 있겠습니까? 편지에 이렇게 썼습디다. 이곳에선 여자 구경하기가 힘들지요. 하지만 그 대신 지적인 교류가 대단히 활발합니다. 말하자면 마르셀로는 감옥에서 우두머리가 된 셈이지." 상원의원이 말했다. "전에 마르셀로에게 이런 말을 한 적이 있소. 모진 폭풍우가 몰아칠 때는 일단 견뎌야 하네. 올 때도 그랬듯이 조금만 있으면 물러갈 테니까 말일세, 이렇게 얘기했지. 나는 저들이 어떤 자들인지 잘 알고 있네, 그에게 말했소, 저들이 누구인지 내가 누구보다 더 잘 알고 있단 말일세. 저들은 이 세상을 자기들 멋대로 차지하기 위해서 나타난 자들이라네. 그러니 그들이 하는 말일랑 한마디도 믿지 말게나. 저들이 얼마나 비열한 인간들인지 아나? 저들 입에서 나오는 말은 백이면 백 다 거짓말이라고 보면 될 걸세. 저들은 살인자의 아들이자 손자, 증손자들이란 말이네. 그들은 범죄자 가문 출신인 것을 무척이나 자랑스러워한다네. 저들의 말을

* 이탈리아 북부 피에몬테 지역의 고유한 음식으로, 마늘, 올리브 오일, 우유 등을 넣어 만든 소스에 익힌 채소를 찍어 먹는다.

한마디라도 믿는 자는 누구라도, 마르셀로에게 내가 그렇게 말했지." 상원의원이 말했다. "저들의 말을 한마디라도 믿는 자는 누구라도 파멸하고 말 걸세. 그런데 마르셀로는 대체 무슨 생각으로 그랬던 거요? 아마 좀 더 가까이에서 상황을 지켜보려고 했던 거겠지. 하지만 바로 그 순간 저들이 그의 목을 낚아채버리고 말았던 거요. 저런 놈들로부터 몸을 숨기려면 우리 집만큼 안전한 곳은 없었을 텐데 말이오." 상원의원이 말했다. "하지만 그는 그러지 않았어. 거리로 나가 당당히 투옥되었소. 그러나 결국 거기서 무너지고 말았소. 깊은 환멸감에 빠지고 만 거요. 당신은 삶의 모든 희망을 잃는다는 게 어떤 것인지 아시오? 나라가 아수라장이 되어버린 그 무렵일 겁니다. 며칠 밤을 지새운 끝에 난 이런 확신을 갖게 되었소. 이런 때일수록 모든 걸 잘 견뎌내면서 저항하는 방법을 몸소 익혀야 한다는 거였소." 상원의원은 자신이 천성적으로 낙관주의자와는 거리가 먼 사람이라고 덧붙였다. 그보다는 모든 게 신념의 문제라고 했다. 모든 걸 잘 버텨내면서 저항하는 방법을 몸소 익혀야 한다는 것이다. "그가 그렇게 살았던가요?" 상원의원이 내게 불쑥 질문을 던졌다. "당신은 그가 지금껏 수많은 고초를 겪으면서도 절대로 신념을 포기하지 않고 살았다고 생각하시오? 난 그렇다고 생각합니다. 그와 마찬가지로 나도 그렇게 살았다고 생각해요. 그러니 저들이 나를 산송장처럼 이런 좁은 곳에 가두어둔 게 아니겠소? 하지만 지금껏 나 자신을 포기하지 않고 잘 견뎌왔어요. 혹시 내가 그런 부류에 속하는 마지막 인간이 아닐까 하는 생각도 들곤 하죠. 지금도 간혹 저 바깥세상의 소식이나 전갈을 받곤 합니다. 그런데 가끔씩 이런 생각도 들어요. 언젠가 정말로 나 혼자 남는 건 아닐까 하는 생각 말이오. 여긴 아무도 들어올 수가 없소. 첫째, 나는 거의 잠을 안 자기 때문에 발소리만 나도 금방 알아차리고, 둘째, 구체적으로 밝힐 순 없지만 이곳에 내가 직접 개발한 경비 시스템을 설치해두었기 때문이오." 그는 가끔 편지나 전갈, 전보 등을 받고 있다고 말했다. "여러 종류의 전갈이나 암호 편지를 받아요. 그중 어떤 것은 누가 중간에서 가로채기도 하지만, 나머지는 내게 도착하지요. 내 손에 들어오는 것은 대개 익명으로 된 협박편지라오. 아로세나라는 자가 나를 위협할 목적으로 쓴 거지. 그래도 그자, 아로세나가 내게 편지를 보내는 유일한 사람이오. 물론 나를 협박하고 모욕하고, 또 조롱하기 위해 쓴 것이기는 하지만 말이오. 하여간 그자의 편지는 내 경비 시스템을 잘도 넘어 들어오는 셈이지요. 그 밖에 다른 편지들은 받기가 더 어렵습니다. 누가 중간에서 자꾸 가로채니까 말이오. 누가 그런 짓을 하는지 나는 잘 알고 있어요." 그가 말했다. "내가 아무리 이런 꼴을 하고 있어도 그런 일이라면 훤히 알고 있지." 그는 상원의원으로 재직할 때도 수많은 편지와 전갈을 받았다고 했다. "상원의원이 뭐 하는 사람입니까? 주권자인 국민들이 보내주는 여러 메시지를 받고 그것을 해석하는 사람 아닙니까?" 지금 와서 생각해보면 그때 정말로 그것들을 받았는지 아니면 단지 머릿속으로 상상한 것인지 확실히 모르겠다는 말도 했다. "내가 그것들을 상상했다고요? 꿈속에 나타난 거라고요? 그 편지들을 말입니까? 그 편지들은 내게 온 게 아니오. 가끔씩 그 편지들을 받아 적게 한 게 나 자신인지도 모른다는 생각을 한다오. 그렇긴 하지만 그 편지들은 저기, 저 탁자 위에 있소이다. 보입니까? 그 편지 묶음 말이오. 하나 만지지는 마시오." 그가 나를 보며 말했다. “가끔 내게 오는 편지를 중간에서 가로채는 자가 있소. 전문 기술자지요.” 심각한 표정을 지으며 그가 말했다. “아로세나라는 자요. 프란시스코 호세 아로세나. 그는 나와 마찬가지로 편지를 읽소. 자기에게 온 것도 아닌 편지들을 읽는 거요. 그리고 나와 마찬가지로 편지에 담긴 의미를 해독하려고 합니다. 그리고 그자는,” 그가 말했다. “나처럼 역사 속에 숨은 비밀 메시지의 의미를 풀려고 하는 겁니다.”

잠시 후 그는 말했다. 비록 자신은 몸과 마음을 짓누르는 고통의 밑바닥에 있지만 조국을 위해 그 사상이 이 땅에 도래하기만을 간절히 원한다고. 물론 주위 사람들은 그 사상을 온전히 이해하기가 어렵다고 늘 그에게 말한다고 했다. 상원의원이 말했다. “정확히 말해서, 그것은 결코 한 개인이 이해할 수 있는 종류의 사상이 아니기 때문이지. 지금 나는 이 좁은 방 안에 홀로 갇힌 채 세상으로부터 격리되어 있소. 아무리 그래도 난 그것의 참뜻을 반드시 이해하고야 말 것이오. 어떻게든 그것을 깨닫고야 말겠소. 그 의미에 접근해가면서 나는 그것이 무엇인지 대략적이나마 알게 되었소. 그건 말이오, 일종의 연속성, 즉 계속 이어진 끈과도 같은 것이지. 달리 말하면 식민지 시대에서 들려오는 일종의 목소리라고도 할 수 있소. 그 소리를 들을 수 있는 사람은, 다시 말해 그 소리를 듣고 그 의미를 이해할 수 있는 사람이라면 지금처럼 극심한 혼돈 상황을 투명한 유리처럼 바꿀 수 있을 거요. 이것 외에도 내가 이해하게 된 것이 또 있소. 말하자면 그것이지. 끊임없이 이어진 끈, 이러한 혼돈과 무질서 상태가 백 년 이상 지속된 이유와 의미 말이오." 상원의원의 말이 계속 이어졌다. "그 의미를 단 한 마디 말로 요약할 수도 있을 겁니다. 그것은 결코 마술이나 마법의 힘을 말하는 것이 아니기 때문에 단 한 마디 말로 표현할 수 없을지도 모릅니다. 하지만 그것이 일단 한 마디 말로 표현되고 나면 이 나라의 진실이 우리 눈앞으로 선명하게 드러날 겁니다. 지금으로서는 이 말 속에 몇 단어가 들어갈지 밝힐 수 없어요. 지금은 안 됩니다. 나도 그건 몰라요. 하지만 내가 알고 있는 건," 상원의원이 말했다. "그것이 단 한 마디 말로 표현될 수 있다는 겁니다. 어떤 이는 이렇게 말할지 모르죠. 무한 운동, 모든 것이 넘쳐나는 지점, 안정 단계, 즉 분할할 수도 없고 측량할 수도 없는 무한한 무한성 등등 말이오. 하지만 그건 아니오. 내가 지금 이런 것들을 말한 이유는 그렇게 많은 단어들이 필요치 않다는 것을 보여주기 위해서였소. 내가 그 진실에 어느 정도로 근접했는지, 그것에 관해 어느 정도로 알고 있는지 이제 이해가 됩니까? 그렇지만 말이오, 나는 그 사상을 이해할 수가 없어요. 내가 그것 때문에 이 세상에 존재하고 있고, 바로 그것 때문에 지금껏 사라지지 않고 계속 살고 있기는 하지만 도무지 그걸 이해할 수가 없단 말이오. 내겐 한 가지 근심이 있어요." 상원의원이 말했다. "단 한 가지 걱정거리란 바로 이겁니다." 시간이 흐를수록 몸이 약해지고 있기 때문에 어느 순간에 이르면 결국 언어 사용도 불가능하게 될 수 있다는 것이다. 이것이 바로 그가 가장 우려하는 문제였다. "그렇게 되면 그것을 인식하게 된다 할지라도," 그가 말했다. "말로 표현할 길이 없겠죠."

"대체 난 뭡니까?" 난데없이 상원의원이 물었다. "당신 눈에는 내가 뭘로 보입니까? 애국자의 길을 걷다가 결국엔 간신히 목숨만 부지하면서 살아가는 늙은이로 보입니까? 두 다리도 못 쓰고 그냥 목숨만 부지하고 있는 가엾은 늙은이로만 보입니까? 1931년 5월 25일 어떤 기수가 옳지 못한 삶을 응징하기 위해 내게 총을 쏘았소." 상원의원이 말했다. "지금은 겨우 목숨을 부지하는 처지이오만, 가끔 꿈에 보이는 모습들이 너무도 생생해서 과연 그걸 꿈이라고 부를 수 있을지 모르겠소. 혹시 잔인한 죽음의 그림자가 서서히 다가오고 있다는 징조는 아닐까요? 하지만," 그가 말했다. "설사 그렇다 할지라도 말이오." 그는 휠체어를 흔들거리며 말했다. 약 기운 때문인지 부드러운 광휘가 그의 독수리 같은 얼굴을 휩싸고 있었다. "무엇보다도 내가 꼭 해야 할 일이 있소." 그가 말했다. "그렇소. 바로 그 일이오. 저기 탁자 위에 있는 게 보입니까? 왜 하필이면 내가 이런 일을 해야 하는 걸까요? 물론 저걸 모두 내게 보낸 거라고 할 순 없을 겁니다. 하지만 내게 온 건 사실이오. 물론 내가 꿈을 꾼 게 아닌지 의심스러울 겁니다. 하지만 보시오. 지금 난 꿈과 현실을 전혀 구분할 수가 없는 상태요. 설사 그렇다 해도 엄연히 저기에 놓여 있지 않습니까." 그는 나에게 편지를 읽어봤냐고 묻고는 이리로 가져와보라고 말했다. "이 편지들은 모두 오늘 받은 겁니다. 지금은 그 자리에 그냥 두시오." 그냥 거기에 놓아두라고 했다. 머지않아 모두 읽게 될 테니까 말이다. "모든 이들이 다 읽게 될 겁니다." 그가 말했다. "때가 되면 말이오. 정해진 순간이 오면 역사를 읽을 줄 아는 사람은 누구나 저 편지들을 읽게 될 거요." 상원의원이 말했다. "아로세나," 잠시 후 그가 다시 입을 열었다. "내 눈에 그자의 모습이 훤히 보입니다. 그자는 나처럼 방 안에, 그리고 수많은 말 속에 갇혀 있소. 형광등 불빛 아래서 쉬지 않고 글을 읽고 있지요." 그러면 그자도 이 노인에 대해서 알고 있을까? "나에 대해서 말인가요?" 상원의원은 이 세상이 이제 너무도 좁아졌다고 했다. "나는 여기서 한 발짝도 나가지 않습니다. 지금은 내 영역을 이 집 안으로 한정해놓았어요. 이따금씩 창문으로 바깥세상을 내다보기도 하죠. 뭐가 보이냐고요? 나무들이죠. 창밖에 있는 나무들 말입니다. 저 나무들은 분명히 존재하지요? 마르셀로는 내가 찾던 가장 이상적인 동반자였소. 나와 함께 있는 동안 그는 나를 진정으로 살아 있게 만들어준 공기와도 같은 존재였지. 그는 나와 함께 문서를 검토하고 과거와 미래에 대해 토론하느라 여러 날 밤을 새우기도 했소. 하지만 현재에 관해 논의한 적은 없었어요. 오로지 과거와 미래에 대해서만 말했지. 어떤 면에서 그와 나는 특이한 부부와도 같았소." 상원의원이 말했다. "잘 알겠지만 그와의 관계는 한 달도 채 가지 못했소. 그 부부관계 말이오." 그가 말했다. "지금 당신에게 우리 가족의 감추어진 비밀을 이야기해주고 있는 겁니다. 그리고 어떻게 되었느냐 하면, 그가 돌연 떠나버리고 말았소. 어느 날 갑자기, 주변 사람들에게 한마디 말도 남기지 않은 채 말입니다. 내게 작별 인사도 하지 않고 사라져버렸어요. 다른 여자와 떠나버린 거요. 그래서 어떻게 됐냐고? 그가 내게 이러더군. 루시아노 씨, 당신의 딸 때문에 우울하군요. 그녀는, 내 딸 에스페란시타를 말하는 거지, 그녀는 내 능력으로는 도무지 이해할 수 없는 존재입니다. 그러더니 어느 날 갑자기 내 곁을 떠났소." 상원의원이 말했다. "이후에도 난 줄곧 마르셀로 생각을 했소." 그가 말했다.

"그에 대한 생각이 뇌리를 떠난 적이 단 한 순간도 없었으니까. 그러는 동안에도 난 단 한 번도," 그가 말했다. "내 딸년에 대해 생각한 적이 없었어요." 평생 그의 마음을 가장 아프게 한 건 바로 딸이었지만 이상하게도 별로 생각하고 싶지는 않았단다. 왜 그런지 스스로도 많이 생각해보았다고 했다. "딸애 꿈을 꾼 지도 벌써 한참 된 것 같소. 가끔 호숫가에 피워놓은 횃불이 꿈속에 나타나곤 해요. 그건 우리가 배를 타고 갈 때 방향을 알려주려고 벼랑 위에 피워놓은 거였지. 내가 아주 어렸을 때였소. 그렇게 해놓으면 밤에 길을 잃지 않을 테니까 말이오." 상원의원이 말했다. "내게 있어서 꿈은," 그가 말했다. "내게 있어서 꿈은 서서히 기억과 회상의 공간을 차지하게 되었지." 이제 그는 아무런 추억도 없이, 그렇다고 죽음을 기다리는 것도 아닌 채로 단지 목숨만 부지하면서 살고 있다고 말했다. "과거에 대한 아무런 추억도 남지 않았다는 말은," 그가 말했다. "내겐 그 어느 것도 추억이 아니기 때문이오. 내겐 그 어느 것도 추억이 아니오. 모두 다 현재일 뿐입니다. 모든 것이 여기에 다 존재하고 있으니 말이오. 그러니 난 꿈을 꿀 때만 과거를 회상하고 회한을 느낄 수 있는 거지요." 그의 말은 이제 기다림에 대한 것으로 옮아갔다. 그에 따르면 누군가 죽음을 기다리고 있다고 한다면 그건 분명히 거짓말이라는 것이다. "그건 새빨간 거짓말이오." 그리고 그것만은 장담할 수 있다는 말도 덧붙였다. 이성적으로 판단했을 때, 죽음은 우리 인간이 기다릴 수 없는 유일한 것이라고 했다. "그건 분명 잘못된 생각입니다." 상원의원이 말했다. "이 세상 그 누구도 죽음을 기다리지 않을뿐더러, 기다릴 수도 없습니다. 내 경우도 마찬가지지요. 내 경우는 특히 더 그렇습니다." 그가 말했다. "죽음은 늘 내 주변을 굽이쳐 흐르면서 때로는 여러 갈래로 갈라지기도 하고, 또 넘쳐나기도 합니다. 그러니 나는 이 바위섬에 고립된 조난자인 셈이지요. 내가 사람들 죽는 걸 얼마나 많이 봤는지 아시오?" 상원의원이 말했다. "난 마음대로 움직일 수도 없으니 허허벌판에서 홀로 말라 죽어가는 나무와도 같은 운명이오. 하지만 내 주변으로 죽음의 물결이 넘실대는 동안에도 나는 이성과 판단력 그리고 말을 잃지 않으려고 갖은 노력을 다하면서 살아왔소. 내가 사람들 죽는 걸 얼마나 많이 봤는지 아시오?" 이 말을 듣고 보니 그가 여러 갈래로 흐르면서 때로는 차오르는 죽음의 물결을 증언해야 하는 사람으로 변한 건 아닐까 하는 생각이 들기도 했다. 만약 그렇다면 "어떻게 내가 죽음을 기다리는 처량한 늙은이라고 할 수 있겠소?" 상원의원이 반문했다. "그리고 내가 진정 죽음 자체라면 어떻게 그런 말을 할 수 있겠소? 내가 죽음의 증인이자 죽음의 기억인 동시에, 죽음의 진정한 화신인데 말이오." 순간 그의 시선 속에서 부드러운 광채가 일렁였다. 갑자기 상원의원이 손을 치켜들었다. "잘 들어보시오." 그러더니 꼼짝도 않고 공기를 들이마시려는 물고기처럼 고개를 치켜들고 있었다. "잘 들어보시오." 상원의원이 말했다. "알겠소? 아무 소리도 들리지 않지요. 전혀. 아무 소리도 나지 않습니다. 이 세상 모든 것이 일순간 움직임을 멈춘 듯, 고요합니다. 모든 사물이 다 정지한 것처럼 조용해요. 저 수많은 죽은 자들의 존재가 나를 짓누르고 있소. 그들이 내게 편지를 쓴단 말입니까? 죽은 자들이? 그러면 내가 죽은 자들의 편지를 받는 사람이란 말입니까?"

"우리 아버지는," 잠시 후 상원의원이 다시 말했다. "우리 아버지는 결투하다가 돌아가셨소." 그가 태어나기 두 달 전, 그의 부친은 결투에서 사망했다고 했다. "그러니까," 상원의원이 말했다. "나는 유복자인 셈이지요. 그런데 우연의 일치라고 하기엔 기구하지만, 우리 아버지도 말하자면 유복자로 태어나셨소. 또 다른 유복자. 그러니까 우리 두 사람, 아버지와 나는 저마다 불행한 운명을 타고난 유복자였던 거요. 그런데 아버지의 경우엔," 그가 아버지에 대해 말했다. "나처럼 태어나기도 전에 엔리케 오소리오 할아버지가 돌아가신 게 아니라, 국외로 추방된 탓에 아들이 태어났다는 사실조차 몰라서 그리 된 것이지. 그리고 그가 결투 신청을 받아들인 건, 정확히 말하면 결투 신청을 한 것이지만, 자신은 얼굴조차 모르는 아버지를 옹호하기 위해서였소. 그러니까 그는 얼굴 한번 못 본, 어떤 의미에서는 자신을 버린 아버지의 명예를 지키기 위해 결투를 신청한 것이오. 도피처를 마련해준 사촌을 유혹한 뒤, 어두컴컴한 지하실의 침대에서, 대지의 가슴에서 자신을 잉태케 한 그 아버지의 명예를 지키기 위해서 말이오." 상원의원이 말했다. 그가 이런 이야기를 했다고 해서 자신의 아버지나 할아버지를 깎아내리려 했다고 여겨서는 안 된다. 상원의원이 말했다. "난 그 누구도 비난하고 싶지 않소. 따지고 보면 이 세상의 모든 아들은 등나무 광주리에 담긴 채 교회나 어느 집 현관 앞에 버려진 것이나 다름이 없어요. 그러니 우리는 너 나 할 것 없이 모두," 상원의원이 말했다. "유복자거나 버려진 아들인 셈이죠. 그것이 바로 우리 존재의 본질이니까 말이오. 그게 바로 우리 존재의 본질이란 말이오. 우리가 지하실에서 잉태되었든 아니든 그게 뭐 그리 중요합니까? 말하자면 마르셀로는," 상원의원은 갑자기 마르셀로에 관해 말하기 시작했다. "마르셀로는 말하자면 내 아들이나 마찬가지요. 그런데 우리 아버지는 결투에서 돌아가셨소. 어떤 서기가 모욕적인 언사를 하자 자기 아버지의 명예를 지키기 위해 결투를 하신 거요. 혈연관계는 말 그대로 피로 맺은 사슬이오. 무엇보다 사람들을 묶는 사슬이지. 그것도 피로 얼룩진. 결국 가족이란 것은 피로 점철된, 참혹한 제도일 뿐이오. 가족이라는 제도에 의해 우리의 정신과 의식은 처참하게 절단되고 마는 겁니다. 그런데 마르셀로는," 상원의원이 말했다. "마르셀로는 내 아들이오."

"우리 아버지는 자기 아버지의 명예를 지키기 위해 결투를 하다가 목숨을 잃었소." 상원의원이 말했다. 사실 바렐라 가문이 발행하던 신문인 〈라트리부나〉*는 한때 엔리케 오소리오의 과거 행적을 들추어내어 그의 이름을 심하게 더럽힌 적이 있었다. 신문에 따르면, 엔리케 오소리오는 죽을 때까지 로사스의 밀정이었을 뿐만 아니라, 당대 지식인들의 자유를 향한 열망을 짓밟은 배신자이자 미치광이 야만인이라는 둥 원색적인 비난 일색이었다. "그날 아버지는 검은 옷을 입고 강가에 있는 별장으로 결투하러 갔지요. 아버지는 평생 권총이라고는 만져본 적도 없는 분이었소. 아버지는 미트레 지지자였습니다. 그저 창백한 신사였을 뿐이죠. 그가 잉태된 곳이 바로 지하실이었소. 아버지는 평생 자기 아버지의 얼굴을 본 적이 없어요." 죽기 전 상원의원의 아버지는 다음과 같은 편지를 남겨놓았다. "지금은 새벽 5시. 오늘은

---

* 1853년 부에노스아이레스에서 창간된 보수성향의 일간지.

온종일 집 밖으로 나가지 않았다. 내일 결투에 증인으로 참석할 신사들이 데리고 있는 소심한 부하 한 명이 내게 소식을 전해주었는데," 상원의원은 자기 아버지가 쓴 편지의 내용을 내게 읽어주었다. "신사들이 이야기한 내용을 들어보면 그자가 그들과 한 패거리일지도 모른다는 생각이 들기는 하지만, 그것을 제외하면 이 결투가 내게 특별히 불리할 것 같지는 않다. 이건 아버지가 쓰신 내용 그대로입니다." 상원의원이 말했다. "여보, 이건 내 어머니에게 쓰신 겁니다. 만에 하나라도 불행의 여신이 저 결투 장소에 숨어 나를 노리고 있다면 당신이 하느님과 조국과 미트레 장군을 위해서 당신 배 속에 있는 우리 아들을 훌륭하게 길러줄 것으로 믿소. 그 아들은 바로 나를 말하는 거겠죠." 상원의원이 글을 읽었다. "1879년 어느 맑은 새벽에 아버지는 숨을 거두셨소." 그때 강에서 불어온 한 줄기 차가운 바람이 숨죽이며 떨고 있던 나뭇잎 사이로 스치고 지나가자 작은 신음 소리가 들렸다. "아버지는 양복 옷깃을 세웠지. 하지만 그런 행동이 저들에게 두려워 떨고 있는 것으로 비칠 수도 있다고 생각한 아버지는 웃옷을 벗었다오. 그 순간 하얀 와이셔츠가 어두운 쥐엄나무숲 속에서 환하게 드러났지요." 두 사람은 등을 마주 댄 뒤 열 발자국 떨어져서 총을 쏘기로 합의했다. "아버지는 성호도 긋지 않았다고 하더군요. 당연히 떨리는 손을 저들에게 보이고 싶지 않으셨겠지요. 마침내 두 개의 총구가 하늘을 향했습니다. 하지만 총소리가 미처 사라지기도 전에 아버지는 이미 돌아가셨소." 상원의원이 말했다.

그가 말했다. "당시 이 나라 신사들은 자기도 모르게 헤겔주의자가 되었소. 목숨을 걸지 않으면 자유를 얻을 수 없었기 때문이지. 다시 말해서, 죽음을 각오하고 끝까지 맞서는 자만이 주인으로, 즉 순수한 자기의식을 가진 사람으로 '인정'받을 수 있었던 거요. 개중에는 노예가 되느니 차라리 죽음을 택한 자들도 있었다오. 그러니까 자신이 아르헨티나 신사임을 증명하고 명예를 지키기 위해 결투에서 스스로 목숨을 버린 사람도 적지 않았다는 거요. 그러다 보니 아르헨티나에는 신사와 자신의 명예를 소중히 여기는 사람들의 수가 나날이 줄었소. 그런데 말이오, 자식의 도리를 잠시 잊고 지금 내 관점에서 보자면 그런 관습은 나름대로 좋은 점도 있소. 만약 그런 관습이 계속되었더라면 아마 아르헨티나의 모든 신사들이 지상에서 종적을 감추고 말았을 거요. 나라를 이 꼴로 만드는 데 일조한 바로 그 신사들 말이오. 그건 매우 귀족적인 방식의 학살극이었지. 당시엔 사소한 말다툼만 벌어져도 그 즉시 결투로 이어지곤 했으니까 말이오. 그런 관습은 더 일찍 없앴어야 했어요. 자신이 아르헨티나 신사임을 증명하고, 그것도 모자라 자기 아버지, 할아버지, 또 증조할아버지까지 모두 아르헨티나 신사였음을 증명하려고 스스로 목숨을 버리는 그런 못된 관습 말입니다. 얘기했다시피 우리 아버지는 결국 결투에서 돌아가셨소. 그때가 1879년이었지. 그런데 잘 들어보시오. 그 사건은 우리나라 최초로 공개 법정에 선 명예 관련 범죄가 되었소. 우리 아버지의 목숨을 앗아간 그자를 심리한 그 재판은 그야말로 일대 사건이었소. 암, 사건이고말고." 상원의원이 말했다. 그런데 사건이란 무엇인가? 그리고 이 경우에 그 사건은 또 어떤 것을 말하는가? "그 사건이라 함은 결투가 아니라," 그가 말했다. "바로 그 재판을 말하는 겁니다." 일반적으로 역사가들은 이런 사건들을 상세히 기록하지 않는다. 그러나, 그가 말했다, 우리가 살고 있는 현대 세계의 의미를 이해하고 싶다거나 1880년대 무렵에 대체 어떤 일이 일어나기 시작했는지를 알고 싶다면 우선 그 사건에서 변화와 변혁의 실마리를 읽어낼 줄 알아야 할 것이다. 아버지를 죽음으로 몰고 간 결투에 대해서 상원의원이 궁극적으로 말하고자 했던 것은 바로 그 문제였다. "아버지를 죽인 그자, 그러니까 바렐라 가문에 고용된 그 비겁한 놈을 상대로 진행된 재판에서, 재판부는 그동안 정상적인 규범이자 진리라고 여겨져왔던 명예에 관한 도덕적이고 문학적인 신화에서 벗어나게 된 겁니다. 우리 역사상 처음으로 열정에 관한 규범과 명예에 관한 규범이 분리되기 시작한 거죠." 상원의원이 말했다. "그 덕분에 진정한 열정의 윤리가 자리 잡을 수 있게 된 거지요. 그때까지만 해도 이분들, 그러니까 이 신사분들은 누가 노예인지 가려내려면 다른 사람들과 맞서야 한다고, 적어도 다른 사람들을 상대해야 한다고 생각했지요. 그러나 이 사건을 계기로," 상원의원의 말이 계속되었다. "그들은 진정한 용기와 신사다운 자세를 시험할 다른 방법을 찾게 된 겁니다. 이후로 그들은 무모하게 목숨을 잃지 않고도 늘 죽음과 맞서며 살 수 있었죠. 대신 자신을 주인으로 인정하지 않으려는 자가 있다면 그 누구라도 죽음으로 갚아준다는 데는 이견의 여지가 없었어요. 예를 들자면 이민자나 가우초 그리고 인디오 같은 이들에 대해선 말입니다. 그래서," 상원의원이 결론을 내렸다. "아버지의 죽음과 그 뒤에 벌어진 재판은 어떤 면에서는 훌리오 아르헨티노 로카 장군이 대통령이 된 과정과 연관이 있었을 뿐만 아니라, 말하자면," 상원의원이 말했다. "그것이 가능하도록 객관적 조건과 변화를 마련해준 일대 사건입니다."

2

"때때로," 잠시 후 그가 다시 입을 열었다. "이 모든 일관된 연관성과, 한 치의 오차도 없이 정확하고 완벽한 결과들을 보며 가끔 이런 생각이 들곤 하는데," 상원의원이 말했다. "그러니까 이 모든 게 내 삶 속에 존재하고 있다는 생각이 듭니다. 그렇다고 내 삶의 어떤 곳이나 특정한 과거에 존재하는 것이 아니라, 바로 ici même(여기에), 바로 내 눈앞에 펼쳐진 한 장면처럼 보인단 말이오. 뼛속을 파고들 정도로 차가운 산악지대의 공기만 감도는 황량한 장면 말입니다. 산꼭대기에서나 느낄 수 있는 차가운 공기가, 모든 걸 얼어붙게 만들 정도로 차디찬 바람이," 그가 말했다. "보다시피 쓸모없는 이 몸뚱이가 돌아다니고 있는 이 방 안에 흐르고 있소." 그리고 가장 기분 전환이 되는 건, 그가 말했다, "내 휠체어를 타고, 아니 내 전용 마차를 타고 방 안을 이리저리 돌아다니는 겁니다. 내 휠체어에 앉아 텅 빈 이 방을 벽에서 벽으로 왔다 갔다 하는 거지요. 이제 내 몸은 나를 이 빈 방 안 이곳저곳으로 끌고 다니는 이 금속 기계, 구체적으로 말해서 바퀴, 바퀴살, 타이어, 니켈 도금한 몸체로 완전히 바뀌어버렸소. 정적이 깔린 이 방에는 내가 이리저리, 이곳저곳으로 움직일 때마다 나는 작은 금속성 소리만이 들린다오. 틈이라고는 전혀 없는 완벽한 공허, 바로 그 속에 내가 존재하고 있지. 마침내 나는 모든 것으로부터 벗어날 수 있게 되었소. 이제 이런 분위기에도 익숙해져야 하겠지만, 반대로 이 안에서 내 존재가 얼어버릴 위험도 있다오. 늘 얼음처럼 냉혹한 공기가 나를 휘감고, 고독은 나를 무겁게 짓누르고 있소. 그러니 나처럼 자신의 육체를 금속 물체로 만들 수 있는 사람만이 위험을 무릅쓰고 이런 공간에서 살아갈 수 있는 겁니다. 싸늘한 공기, 더 정확히 말해서," 상원의원이 말했다. "냉정한 분위기는 내게 사유의 조건인 셈이지요. 다년간의 경험과 휠체어를 타고 끊임없이 움직이려는 의지 덕분에 나는 역사라는 다면체 기계를 지배하는 질서를 어렴풋하게나마 볼 수 있게 된 겁니다. 나는 멀리서 관조하기 위해 오히려 역사에 다가갑니다. 그러니까 역사학자들이 바람직하다고 여기는 방법과는 사뭇 다른 셈이죠. 제한된 시간 내에 가장 깊은 곳까지 접근하죠. 금속으로 된 이 몸을 이끌고 의미 생성 과정에 다가갑니다. 늙고 병든 이 몸을 이끌고 말입니다. 사르가소 해*를 헤엄치는 사람처럼 말이죠. 그런데 역사가 내 눈앞에 희미하게 그 모습을 드러냈을 때 내가 뭘 봤는지 압니까? 저 멀리서," 그가 말했다. "저 피안에서 내 눈에 희미하게 보인 건 바로 거대한 건축물이었소. 내가 본 것은, 저 멀리, 드넓은 벌판에 외롭게 홀로 서 있는 높은 성벽이었어요. 눈 속에서 자취를 감춘 것처럼 아련하게 보였지요. 그 거대한 건축물이 말입니다." 상원의원이 말했다.

그곳에 접근하기 위해 그는 모든 것에서 벗어나는 동시에 모든 것을 다 간직해야 했다. "모든 것으로부터 벗어나 이 구멍만큼, 이 작은 홈 크기만큼 내 존재를 줄여야 하는 겁니다." 그러나 이와 동시에 현명하고 기민하게 판단해서 자신이 가진 모든 것들을 지켜야 했다. 그래야만 외부로부터 어떤 공격을 받아도 최대한 자유를 지킬 수 있고,

---

* 북대서양 중앙부의 바다로, 해조류가 많고 바람이 적어 예로부터 죽음의 바다 혹은 마의 바다라고 불렸다. 여기서는 깨달음에 이르기 위해 거쳐야 하는 고독과 고뇌의 길을 상징한다.

또 자신을 보호할 수 있기 때문이다. 그래서, 그가 말했다, 아주 섬세한 작전을 펼쳐야 했다. 그것도 자신의 모든 것을 지키는 동시에 버려야 하는 '위험하면서도 매우 논리적인 작전'을 말이다. 그러한 논리적인 훈련은, 그가 말했다, 그가 처한 전반적인 상태의 논리적인 '표현이자 결과'였다. 그가 거의 모든 신체 기능을 이미 잃고 '일종의 금속성 식물인간'으로 변했기 때문에 '모든 것이 정지된 상황까지도' 추론하고 인식할 수 있는 놀라운 능력을 가지게 된 것일까? 그의 말에 따르면 그가 소유한 날카로운 지성과 인식력은 모두 병, 즉 전신마비 덕분이었다고 한다. 방 안에만 틀어박혀 외롭게 지내던 그는 그래도 외적 소유물 덕분에 자신이 자유롭게, 그리고 세상으로부터 격리된 채 살아갈 수 있다는 생각이 들었다고 한다. "과연 이것이 상상조차 할 수 없는 그 사상에 도달하는 방법일까? 그렇지만 분해와 해체는," 상원의원이 말했다. "진리가 지닌 불변의 형식이오."

"내 운명은," 한동안 생각에 잠겨 있던 상원의원이 입을 열었다. "우리가 흔히 운명이라고 부르는 그것은, 내가 볼 때는 죽음의 추상적 성격을 지니고 있소. 또 그것은 바윗덩어리처럼 버티고 서 있는 내 주변으로 굽이쳐 흐르면서 끊임없이 내 존재를 소멸시키려 하지. 나는 거기에서," 상원의원이 말했다. "나는 거기에서 기억을 구성하는 성분이자 요소를 발견했어요. 그것은 전혀 다른 종류의 기억이오. 내 것도 아니고, 말과 암호 메시지로 이루어진 것도 아니오. 언제나 불면증의 고통과 슬픔을 이끌고 내게 다가오는 다른 기억이란 말입니다. 나는 거기서 벗어나려고 무척 애를 쓰고 있어요." 그가 말했다. "지난 수년 동안 과거의 조수(潮水)에, 그리고 저 깊은 곳을 흐르는 물결에 나를 묶어두었던 사슬로부터 벗어나려고 했지만 아무 소용도 없었소. 과거로부터 밀려오는 거대한 물결 속에서 빠져 죽지 않으려면 깊이 생각할 줄 알아야 합니다. 물 위로 떠올랐다가 가라앉는 그것에 현혹되지 않으면서 동시에 그것이 내 쪽으로 다가오지 않도록 하기 위해서 말입니다. 그리고 내가 앞으로도 여러 차례 거부해야 하는 그것으로부터 반드시 벗어나야 합니다. 거부한다는 것, 그리고 그것이-내게-가까이-다가오지-못하도록-하는-것은 내가 치러야 할 대가예요. 이건 절대로 과장이 아닙니다. 오직 거부를 위해 에너지를 소모하는 거죠. 내가 무모한 짓을 하고 있다는 걸 잘 알고 있어요. 하지만 달리 방도가 없지 않습니까? 문제는 모든 걸 운에 맡기는 것이 아니라, 강철처럼 견고한 계획을 수립하는 것입니다. 이건 매우 중요한 문제입니다. 단지 자기 자신을 방어하는 데만 급급하다 보면 너무 나약해져서 결국엔 자기 몸도 지키지 못하는 법이니까요. 지금 내 경우에, 생각과 사고는 바다 위에 둥둥 떠다니는 돛대와 같은 것이에요. 난파선에 살아남은 사람이 살기 위해서, 조금만 있으면 누군가가 구조해주러 올 것이라는 희망을 품고 망망대해 한복판에서 손을 흔들어대며 도움을 청하기 위해 꼭 붙드는 돛대 말입니다." 그처럼 아득한 절망에 빠져 허우적거리던 그는 결국 깨달음을 얻었다. 상원의원이 말했다. "난 깨달을 수 있었소. 예컨대, 죽음과 돈의 본질은 모든 것을 부패시키고 타락시키는 힘이라는 것을 깨닫게 된 겁니다." 그건 단지, 상원의원은 자신의 생각을 말했다, 돈과 죽음이 사람들을 타락시키고 부패시키기 때문만은 아니다. "그러한 유추는 이제 너무 진부해진 논리라오. 게다가 나는 무관심하고 냉담한 태도를 우리 영혼의 본질적 특성인 것처럼 만들어버리고, 또 가난을 순수한 영혼의 외피로 둔갑시켜버리는 수상쩍은 윤리학은 믿지 않아요. 돈이 인간을 타락시킨다고 확실하게 말할 수도 없어요. 오히려 돈을 만들어내고 그것이 인간들의 제왕으로 군림하게 만들어준 게 바로 죽음과 부패지요. 돈이 지닌 허구적이면서도 자의적인 성격, 다시 말해 원하는 어떤 물체라도 소유하게 해주는 추상적인 기호라는 사실과 화폐 형식을 통해 현상하는 보편적인 등가의 논리 때문에 인간의 이성은 사유 능력, 즉 로고스의 근원인 추상의 요구에 따를 수밖에 없는 겁니다." 상원의원은 그간 생각해온 바를 차분한 목소리로 말했다. "알다시피," 그가 말했다. "고대 그리스인들은 '우시아'라는 말을 존재나 본질 그리고 사물자체와 같은 철학적인 의미로 이해하고 있었지만, 이와 동시에 부나 돈을 뜻하는 단어로 사용하기도 했어요. 그런데 내 고행은," 상원의원이 말했다. "만약 그런 것이 존재한다면 말입니다, 나의 고행은 결코 도덕적인 행위를 말하는 것이 아닙니다. 그와는 전혀 다른 성격을 가지고 있어요. 나는 이미 이 세상 모든 것을 버렸습니다. 그러니 내 육체로부터도 벗어난 셈이지요. 지금 유일하게 내 소유라고 할 수 있는 것은 바로 내가 알고 있는 역사(이야기)뿐입니다. 만일 내가 어떤 것의 역사(이야기)와 그것의 기원에 대해 알고 있다면," 상원의원이 말했다. "그건 분명 내 것이라고 할 수 있지요. 그런데 말이오," 상원의원이 말했다. "이 세상에는 분명 그 어떤 것이 존재하고 있어요. 내 몸이 외부로 확대된 영역이라고 할까, 그러니까 이 바깥에 존재하는 어떤 것,

얼음과 같이 차디찬 이 벽 너머에 존재하는 어떤 것, 그리고 죽음처럼 무한히 재생산되고 증식하는 어떤 것이 존재하고 있다는 겁니다. 그것에 대한 역사(이야기)를 나름대로는 잘 알고 있지만, 지금은 생각하지도 않고, 또 생각하기도 싫습니다. 하지만 요즘엔 수고스럽게도 다른 이들이 그 일을 대신하고 있어요. 장의사나 묘지기가 땅을 파헤치듯 무척 애를 쓰면서 말입니다. 그래서 그것에 대해 생각하지 않으려고 난 늘 다른 것에 대해 이야기를 하곤 합니다." 상원의원이 말했다. "그 다른 것에 얽힌 역사(이야기)를 꼭 이야기해야만 해요. 왜냐하면 내가 그것의 역사(이야기)에 관해 잊지 않고 있다면 그건 바로 내 것이 되기 때문이오. 그런데 일단 그걸 이야기하고 나면 마치 눈 녹듯이 내 기억에서 사라져버릴 것만 같아요. 무엇이든 말하고 나면 다 사라지고 우리를 떠나고 말 테니 말이오. 그러니까 이야기한다는 건 내 육체에서 멀리하고 싶은 내 기억의 지류들을 완전히 지워버리는 방법이 되는 겁니다."

그러고 나서 상원의원은 자신의 기억 속에서 황금빛으로 빛나던 죽음과 재산의 고리를 단단히 묶고 있던 그 사슬, 아니 그 전통에 대해 이야기하기 시작했다. "죽음, 재산 그리고 고대 그리스인들이 음악적인 언어로 우시아라고 부르던 바로 그것." 그가 말했다. "그러니까 내가 하려는 말은 일련의 역사(이야기)에 관한 것이오. 그 첫번째 단계는 오르막길로 이어져 있어 나를 기억의 늪에서 벗어나게 해줍니다. 첫번째 의미가," 그가 말했다. "존재하는데, 바로 모든 이야기를 여기서 시작해야 합니다." 누구든 자기가 하고자 하는 이야기를 듣고 사람들이 이해하도록 하려면, 바로 거기서 시작해야 한다. 비록 이야기의 시작이 실제로는 어떤 사건의 결과라 할지라도 말이다. "그 시작, 그 결과라는 건 바로 이걸 말하는 겁니다. 우리들이 볼 때, 혈연관계, 구체적으로 말하자면 부자관계라는 건 무엇보다 경제적인 거예요. 따라서 죽음은 소유권과 재산이 자연스럽게 흘러가도록 만드는 방법일 뿐입니다. 그러니까 모든 소유권을 재생산하고 순환하도록 만드는 방법이라는 겁니다." 그의 말에 따르면, 대대로 이어져 내려오던 상속의 흐름을 상원의원 자신이 단절시키고 말았다는 점을 본인도 잘 알고 있다고 했다. 어떤 면에서 보면, 그가 말했다, "그 사슬에서 나는 이미 사라진 고리도 아니고, 그렇다고 앞으로 사라질 고리도 아닙니다." 따라서 그는 그릇된 연역법 혹은 역설의 상황에 빠져 있는 셈이었다. "내 존재가," 상원의원의 말이 계속되었다. "바로 역설 그 자체입니다. 어떤 이들은 그러한 논리적 일관성, 즉 사라진 과거의 유산을 되찾기 위해 애쓰고 있어요. 예컨대 내 자식들이," 상원의원이 말했다. "재산을 상속받으려고 내 죽음을 간절히 기다리고 있다는 사실을 왜 모르겠소?" 그 정도의 방정식은 자신도 잘 알고 있다고 말했다. 그가 그런 방정식, 아니 연금술을 잘 알고 있었던 것은, 그가 말했다, 그 자신도 아버지가 죽기만을 기다린 적이 있어서가 아니었다. 사실 그가 이 세상에 태어나기도 전에 아버지가 돌아가시는 바람에 그에겐 그럴 기회조차 없었다. 그보다는 "아버지가 돌아가실 무렵," 상원의원이 말했다. "그가, 아니 아버지가 자기 아버지의 명예를 지키기 위해 벌인 결투에서 죽음을 맞이했을 때, 내가 태어나기도 전이었지만 나는 이미 가족의 전 재산을 물려받을 상속인이었기 때문입니다. 그 때문에 나는," 상원의원이 말했다. "상속자라는 것이 무엇이고, 상속자가 되는 것이 무슨 의미인지 잘 알게 되었고, 또 제대로 이해하고 있는 겁니다. 혈통과 부자관계는 대지 위에서 자연스럽게 이어지기 마련이니까요." 상원의원이 말했다. "아들에게 유산이란 곧 미래를 의미하는 게 아니겠소? 어떤 면에서 상속재산은 동사 활용법을 따로 배워야 하는 사어(死語)와도 같은 겁니다. 달리 말하면," 상원의원이 말했다. "동사 활용법을 익혀야 하는 부계 언어와도 같은 것이지. 우리들의 발자취가 지나간 광활한 저 대지 위로," 그가 말했다. "조상 대대로 이어져 내려온 넓은 저 땅 위로, 그리고 죽음이 끝없이 퍼져나가는 저 대지 위로 가문의 기억이 차곡차곡 쌓이게 되는 거요. 바로 그 기억이, 그 다른 기억이 하얗게 지새우는 불면의 밤 속으로 스며들어와 나를 무너뜨리고 있는 겁니다. 그건 말이오, 내게는," 상원의원이 말했다. "죽음이라는 빚이 남아 있기 때문입니다. 내겐 죽음이란 빚이 남아 있지요. 나의 죽음 말입니다. 그러니까 난 채무자요, 채무자. 죽음의 빚을 지고 있는 채무자란 말이오. 난 한없이 늙어가고 있고, 지금 이 순간에도 여전히 늙어가고 있소. 그렇소, 난 늙은이요. 언제나 쓸모없는 늙은이였지. 그 때문에 저 엄청난 재산도 마치 내 몸처럼 꼼짝도 못하고 있다오. 내 몸은 안온하게 쉬고 있는 저 대지입니다. 난 이미 모든 것을 버렸소. 그러니 나 자신이 바로 저 대지란 말이오." 상원의원이 말했다. "내가 이 땅 위에 살아 있는 동안에는 내가 주인이오. 저 대지는 다 내 것이란 말입니다. 물론 내 자식들이 그 땅 위를 걸어 다니거나, 또 관리하면서 사용할 수는 있겠지만, 그 땅의 주인은 아니오. 그 애들도 언젠가는 주인이 되겠지요. 하지만 그건 내가 죽고 난 뒤의 일일 뿐이오. 아직 난, 저 대지처럼, 한없이 늙어가고 있습니다. 지평선 너머로 끝없이 펼쳐진 저 대지, 물이 샘솟는 곳 주위로 한없이 뻗어 있는 저 평원, 그리고 살과 니켈 합금으로 만들어진 이 금속성 물체, 그러니까 이 빈 방 안을 왔다 갔다 하는 일 외에는 아무것도 할 수 없는 이 늙은이." 상원의원이 말했다. "그러니 이 얼마나 대단한 역설이란 말이오?" 그가 말했다. "어떤 법칙의 파괴, 어떤 전통에 가해진 폭력. 바로 그것이 내 존재에 내포된 역설입니다. 그리고 바로 그 덕분에 나는 사유를 할 수 있는 거고요." 그의 말에 따르면, 바로 그 폭력과 그 '뒤틀림'을 통해서 그는 더 많은 것을 생각할 수 있다는 것이다. "내 논리는 아버지에게서 아들로 자연스럽게 이어지고, 또 죽음을 통해 가족 간의 재산 승계를 보장해주는 그 사슬을 과감하게 끊음으로써 얻을 수 있었던 겁니다. 왜냐하면 나는," 상원의원이 말했다. "그 혈연이라는 사슬이 언제나 그런 역할을 해왔다는 것을 잘 알고 있기 때문입니다. 그건 내 경우도 마찬가지였소. 언제나 그랬지, 내 경우에도 말이오. 예컨대 아버지의 경우도 마찬가집니다. 아버지도 역시 상속자였고, 그가 돌아가신 뒤에 더 늘어나서 결국 내 것이 된 그 재산도, 당연한 얘기지만, 또 다른 죽음의 결과였죠. 물론 그 경우는 (할아버지의) 자살이었지만 말입니다. 그러니까, 결국 이 모든 게 끝없이 순환하는 원과 같지 않습니까? 이어지는 죽음과 그에 따른 상속 말이에요. 그런데 오랜 세월 동안 이어져오다가 내게 와서 끊어지게 된 그 사슬은 대체 어디에서 시작된 걸까요? 그리고 어떻게 시작된 걸까요? 누구에게서 비롯된 걸까요? 이 문제가 내가 하고자 하는 이야기의 본질이 아니겠소? 기원 말입니다. 만약 그게 아니라면 이런 이야기들을 해봤자 무슨 소용이 있겠습니까? 이봐요, 젊은이. 어떤 사건의 기원과 종말이 아닌 걸 모두 기억에서 지워버리려는 것이 아니라면 이야기라는 게 대체 무슨 의미가 있겠냐 말이오? 기원과 종말 사이엔 아무것도 존재하지 않소. 그 어느 것도 말이오. 할아버지와 나 사이엔 메마른 평원과 염전만이 있을 뿐, 그 외엔 아무것도 없소. 그리고 자살한 할아버지와 살아남은 나 사이에는 거북한 거리감이 있을 뿐이지. 그 때문에 그와 나 사이에 엄청난 거리가 놓여 있어도 나는 그를 볼 수 있는 거요. 우리 둘은 강의 건너편에서 서로를 마주 보고 있소. 우리 두 사람 사이를 가로막는 건 아무것도 없소. 그저 강물만이 할아버지와 나 사이를 천천히 흘러가고 있을 뿐이지, 그것도 아주 천천히 말이오. 우리 두 사람 사이를 흘러가고 있는 건 역사의 흐름입니다."

"그래서 말이오," 상원의원이 말했다. "그래서 분명한 기원은 없소. 이 모든 것이 시작된 기원 말이오. 그 기원은 일종의 비밀 같은 겁니다. 그러니까 모두가 숨기려고 하는 그런 비밀 말이오. 아니면 비밀, 즉 문제의 초점을 의도적으로 흐림으로써 마치 큰 죄라도 저지른 것처럼 숨어 지내야만 했던 어떤 사람의 삶과 이름이 온통 수수께끼처럼 변해버린 격이죠. 그 사람, 엔리케 오소리오는 말하자면 영웅입니다. 영웅이고말고요. 그는 모든 것을 자기 손으로 시작한 유일한 분이죠. 게다가 그 누구로부터도 한 푼도 상속받은 적이 없는 유일한 분일뿐더러, 우리 가족 모두가 빚지고 있는 유일한 분이기도 합니다. 그는 누구에게 기댄 적도, 빚을 진 적도 없었죠. 그는 모든 걸 오로지 자기 손으로 일으켰던 겁니다. 마치 열병에 걸린 사람처럼 어느 날 갑자기 새크라멘토 외곽의 황량한 사막으로 떠났고, 또 거기서 머무르지 않고 말라붙은 강을 따라 계속 돌아다니다가 마침내 모래밭 바위틈에서 황금을 찾아낸 겁니다. 모든 것이 거기서 시작된 거요. 우리 할아버지가 1849년 캘리포니아 주에서 찾을 수 있을 거라고 생각했던 황금으로부터 모든 게 시작된 거지요. 열병에 걸린 사람처럼 늘 들떠 있고 무섭게 변해버린 할아버지가 끝내 찾을 거라고 꿈꿨고, 그래서 실제로 찾아낸 금으로부터 이 모든 게 시작된 겁니다. 불면으로 밤을 하얗게 지새울 때마다 나는 그 모든 걸 잊기 위해 이야기를 재구성합니다. 그 이야기의 기원이 바로 그곳이오." 상원의원이 말했다. "급하게 쓸 데가 없었던 탓인지 할아버지는 돌아가실 때까지 그 금에 손도 대지 않으셨소. 그리고 아무에게도 물려주지 않으셨지. 할아버지는 그 금을 소유하고 있다는 사실 외에는 아무 걱정도 하지 않으셨소. 아마도 늘 몸에 지니고 다니셔서 그랬나 봅니다. 할아버지는 금을 마치 복대처럼 허리에 두르고 사셨어요. 허리에 두른 황금빛 복대인 셈이었죠. 나는 이런 그의 모습들을 선명하게 볼 수 있소." 상원의원이 말했다. "저 먼 곳에서, 평원 건너편에서 말이오. 끊임없이 이어지는 죽음 말고 할아버지와 나 사이를 가로막는 건 아무것도 없으니까 말입니다. 우리를 가로막는 건 아무것도 없어요. 우리 두 사람은 서로 마주 보고 있는 역사의 강둑에 홀로 서 있는 거지요. 따라서 나는 그의 모습을 볼 수 있는 겁니다. 우리 두 사람을 가로막는 건 아무것도 없으니까 말이오. 그래서 꿈과 현실을 거의 구분할 수 없는 투명한 정점 속으로 빠져 들어가는 순간 그의 모습을 머릿속으로 그려볼 수 있어요. 그런데 복대를 두른 할아버지는 금의 무게 때문에 거북하게 걸을 수밖에 없었지요. 하는 수 없이 일부러 거드름 피우듯이 천천히 움직이다 보니 팔다리가 저렸고 황금의 차갑고도 딱딱한 감촉이 피부에 그대로 전해졌죠. 꿈이 실현된 대가라고 봐야겠죠. 그럼 이제 내 눈에 보이는 그의 모습을 말해주겠소. 멕시코 국경지대에 있는 나무판자로 지은 호텔에서 얼굴이 구릿빛으로 그은 남자들이 거만한 표정을 지으며 그와 이야기를 나누고 있소. 저들의 말투가 상당히 귀에 거슬리는 걸로 봐서는 아마 욕이 섞인 스페인어 방언 같아요. 하지만 우리의 영웅은 그와는 다른 문제, 즉 그가 몸에 지니고 있는 금속의 부드러운 광채에 대해, 그리고 자신이 원했고, 원하는 것이면 무엇으로든 변할 수 있는 황금의 무한한 힘과 능력에 대해 생각하고 있어요. 그가 황금의 연금술과 그의 욕망이 빚어낸 환상적인 화학 작용에 대해 생각하고 있는 모습이 떠오릅니다. 그가 무얼 하든 나는 모든 걸 상상할 수 있어요. 특히 그의 마지막 은둔생활이 떠오르는군요. 이스트 강변에 있는 방안에, 아무것도 없는 빈 방에 틀어박힌 채 벌써 몇 주째 글만 쓰고 있습니다." 상원의원이 말했다. "한 단어 한 단어씩, 때로는 단편적인 글로, 또 때로는 편지 형식으로 그가 불현듯 깨달은 바를 글로 옮겨나가고 있지요. 가끔 잠 못 이루는 밤이면 그가 방 안을 이리저리 서성거리는 소리와 혼잣말을 하는 나직한 목소리도 들리곤 합니다. 뉴욕시 한복판에서, 말조차 거의 알아들을 수 없는 이 낯선 이방의 땅에서 주변으로부터 완전히 고립된 채 그는 홀로 금속처럼 견고한 문장을 만들어내려고 애쓰고 있어요. 당시 그가 집요하게 추적하던 것은 운명의 실타래처럼 복잡하게 뒤얽혀버린 삶의 흐름이었소. 죽기 전에 그 의미를 분명하게 깨닫고 싶었던 거죠. 바로 그런 연유로 그는 그 복잡한 삶의 흐름들을 언어 속에 고정시키고자 했던 겁니다. 간단히 말해서, 현기증이 날 정도로 우여곡절이 많았던 삶의 양상을 언어 속에 고정시키는 것, 이것이 그가 이루고자 했던 마지막 과제였소. 지금도 글을 쓰면서 이스트 강변에 있는 쓸쓸한 방 안을 이리저리 서성이는 그의 발소리가 내 귀에 들립니다." 상원의원이 말했다. "망명생활을 통해서 우리는 잉여와 잔여 속에서 역사의 중요한 면모를 포착하게 된다. 왜냐하면 우리를 추방시킨 것이 바로 과거의 진정한 측면이기 때문이다. 그가 쓴 내용이오." 상원의원이 말했다. "극단적인 상황에 좋은 점이 있다면, 그건 우리를 극단적인 입장으로 내몬다는 점이다. 이것도 그가 쓴 글의 일부요." 상원의원이 말했다. "지금처럼 극단적인 상황에서는 거칠더라도 있는 그대로 생각하는 방법을 배우는 것이 중요하다. 세부적으로 다듬지 않고 거칠고 투박하게 사고하는 것, 그것이야말로 위대한 사람들의 사유 방법이다. 그가 말한 겁니다." 상원의원이 말했다. "이제 내게 아무런 희망도 없다는 사실을 잘 알고 있다. 맹목적으로 살아가는 사람들은 어디 빠져나갈 구멍이 없을까 하고 늘 고민한다. 그러나 출구가 단 하나만 있는 것은 아니다. 지금 우리는 오랜 시간 동안 꾸준하게 흐르면서 결국 단단한 바위마저 닳아 없어지게 하는 물로부터 배워야 한다. 단단한 것, 강한 것은 언제나 역사라는 부드러운 물길에 패배하고 만다. 이건 그가 이스트 강변의 방 안에 틀어박힌 채 쓴 글이오. 지금도 그의 목소리가 내 귓전에 울리고, 그의 모습이 내 눈앞에 어른거립니다. 바로 저기 있소, 텅 빈 방 안에 틀어박힌 채 글을 쓰는 그가. 우리 두 사람 사이를 가로막는 건 아무것도 없소. 우리 둘, 그와 나는 이 광활한 대지 위에 홀로 서 있어요. 우리 사이를 막는 건 아무것도 없습니다. 나는 지금도 그의 목소리를 들을 수 있소. 나는 오소리오요, 나는 외국인이고 추방자요, 나는 로사스이고, 로사스였소. 나는 로사스의 광대입니다. 나는 역사에 존재했던 모든 이름이며, 대지 위를 비상하는 바닷새요. 저 아래, 지금 내가 날갯짓하며 날고 있는 이 깨끗한 대기 아래 펼쳐진 얼어붙은 들판에, 그리고 그 왼쪽으로 거대한 산맥이 기나긴 행진을 마치는 곳에, 세상으로부터 멀리 떨어진 그곳에, 음산한 빛이 더 이상 도달하지 않는 그곳에 바위처럼 굳어버린 듯 보이지만, 그럼에도 미끄러지듯 계속 움직이는 거대한, 거대한 덩어리들이 있소. 물결을 거스르면서 쉼 없이 앞으로 나아가는 그 덩어리들은 거대한 빙하처럼 움직일 때마다 찢는 듯한 소리를 냅니다. 그 덩어리들이 움직이는 속도와 리듬은 하늘을 나는 바닷새의 고도에 따라 다르게 보이죠. 그 바닷새, 즉 앨버트로스가 하늘 높이 날수록, 그리고 위험을 무릅쓰고라도 육지 쪽으로 더 들어갈수록, 끊임없이 움직이면서 앞으로 나아가는 그 덩어리들의 모습을 더 분명하게 볼 수 있게 됩니다. 아무리 뛰어난 능력을 지녔다 할지라도 한 개인이 그 리듬을 감지하거나, 인식한다는 것은 불가능한 일이오. 덩어리들이 우리의 시간이나 리듬과 다르게 움직인다면, 그것들이 최대한 빠르게 움직이도록 해봐야 대체 무슨 소용이 있단 말이오? 무슨 일이 있어도 흔들리지 않고 자기만의 확고한 원칙을 가지고 앞으로 나아가는 저 덩어리 앞에서 우리가 아무리 서둘러봐야 무슨 소용이 있겠소? 아마 우리의 영웅, 엔리케 오소리오라면 거대한 장벽이 자기 앞을 가로막고 있다 해도 한 발이라도 더 가까이 다가서려고 하지 않았을까요? 불편한 몸을 이끌고, 조금씩 다가설 때마다 그의 몸에서 나는 금속성 소리가 현재라는 황량한 사막에서 들을 수 있는 유일한 음악일 겁니다. 그런데 그 반대편에,

그 맞은편에 우리의 적들이 흔히 자신과 동일시해왔던 이질적인 존재들이 그 모습을 드러냅니다. 철옹성처럼 견고해 보이던 것도 이젠 역사의 물결에 의해 서서히 무너지고 녹아내리기 시작하고 있어요. 이제 그들로서는 이런 패배의 운명을 피할 길은 없을 겁니다. 마찬가지로 저들의 광적인 모습과 냉소적인 태도 그리고 철저히 계산된 만행이 악몽처럼 우리의 기억을 짓누른다 해도 우린 이를 반드시 견뎌내야 합니다. 그런데 과거로부터 끊임없이 이어지던 죽음의 흐름이 혹시라도 멈춘 것은 아닐까요?" 상원의원이 말했다. "그들, 우리의 적들 말입니다. 역사의 도도한 흐름을 저들이 대체 어떤 신념으로 막아낼 수 있을까요? 어떤 신념으로 저 거대한 흐름을 거스를 수 있단 말입니까? 저들은 절대로 견뎌낼 수도, 이겨낼 수도 없을 겁니다. 사막처럼 황량한 미래의 모습을 바라보면서 저들은 주저하고 있어요. 그런데 우리는 어떻습니까? 우리는 이 세상에서 살아남는 법을 배웠습니다. 그리고 우리는 저 강물처럼 쉼 없이 흐를 뿐 아니라, 그지없이 맑고 투명한 역사의 본질을 이미 알고 있습니다. 우리가 모든 시련을 견뎌내고 저들에게 저항할 수 있는 힘이 바로 거기서 나오는 것이니까요. 인내심이라는 기술을 익히는 데만 족히 수세기는 걸릴 겁니다. 적들에게 그런 능력이 전혀 없다는 점을 고려해보면 우리가 지닌 힘은 그야말로 대단한 게 아니겠소?" 이상은 상원의원이 한 말이다.

3

"이보시오, 젊은이." 잠시 후 그가 입을 열었다. "조만간 마르셀로를 만나러 갈 겁니까? 그러면 부디 조심하고, 신중하게 행동하라는 말을 꼭 전해주기 바라오. 최근엔 편지도 거의 못 받았소. 이건 분명 방해공작 때문일 거요. 뭔가 심상치 않은 위험이 닥쳐오고 있다는 얘기지. 일단은 매사에 조심하고 신중하게 처신하는 수밖에 없소. 아로세나, 그 비겁한 놈이 내게 오는 모든 편지를 중간에서 가로채고 있어요. 아마 지금도 골방에 틀어박혀 숨겨진 의미를 찾아내느라 진땀깨나 흘리고 있을 거요. 아니면 내 자식 놈들이 내게 오는 편지를 일일이 감시하면서 중간에 가로채고 있는 건 아닐까요? 분명 수신인이 내가 아닌데도 내게 오는 편지가 있다고 하지 않았소? 그것도 혹시 저들, 내 자식 놈들의 소행이 아닐까요? 하여간 젊은이, 마르셀로를 만나게 되면 몸조심하라는 말을 꼭 전해주시오. 그리고 언제나 그를 생각하고 있다는 말도 덧붙여주기 바랍니다. 내가 하고 싶은 말은 그것뿐이오. 이봐요, 젊은이. 마르셀로를 만나면 내가 한 말을 꼭 전해주시오. 나, 상원의원 오소리오가 늘 그를 생각하고 있다고 말이오. 그러면 마르셀로는 잘 알 겁니다. 역사의 강물 위로 죽은 자들이 떠다닌다 할지라도 그는," 상원의원이 말했다. "그 생각이 대체 무엇인지 잘 알 겁니다." 그 생각은, 그가 말했다, 남겨진 잔해와 파편들 그리고 부서진 덩어리들과 심지어 과거에 나누었던 대화들에 대한 회상으로 구성된 것이었다. "내가 가끔 받았거나 아니면 받았다고 상상하고 꿈꾸는 암호 편지의 일부 혹은 내가 글을 쓸 수 없기 때문에 불러주는 편지들도 마찬가집니다. 이젠 글을 쓸 수 없으니 어쩌겠소? 이 손을 한 번 보시오. 보다시피 내 손은 바닷새의 발톱입니다. 나는 해변의 묘지 상공을 평온하게 날고 있는 앨버트로스요. 일단 저 높은 곳으로 올라가면 내 손가락은 앨버트로스의 발톱으로 변해서 바다 위에도, 대양 위에 튀어나온 바위에도 앉을 수 있소. 그러나 이젠 이 손으로 글을 쓸 수 없어요. 이젠 아무것도 쓸 수가 없소. 옛날 수도사의 글씨체처럼 단아했던 내 글씨를," 그가 말했다. "이젠 영원히 볼 수 없게 되었소. 남은 건 목소리뿐입니다. 그나마 시간이 갈수록 앨버트로스의 울음소리와 닮아가는구려. 이젠 남은 건 목소리밖에 없으니, 답장을 쓸 땐 불러줄 수밖에 없지요. 그런데 이 방 안에 나밖에 없는데 누구에게 불러주겠소? 망망대해에 떠 있는 바위 위에서 날개로 균형을 잡느라 여념이 없는데, 대체 누구에게 내 말을 불러줄 수 있단 말이오?" 그때 상원의원은 자기가 불러주는 말을 써줄 수 있겠느냐고 내게 물어보았다. 그러니까 자신의 비서가 되어줄 수 있겠느냐는 것이었다. "이보시오, 젊은이. 잠시만이라도 내 비서가 돼서 내 울음소리를 글로 옮겨줄 수 있겠소?" 그러나 그전에 내가 반드시 알아둬야 할 것이 있다고 했다. "내 비서가 되려면 나와 함께 여기에 갇혀 지내야 하오. 어떤 일이 있어도 나가선 안 되오. 눈 덮인 이 산속에서 나와 함께 사는 거지." 그러니 어떻게 나더러 자신의 비서가 되어달라고 청할 수 있겠느냐는 것이다. 어쨌든 간에 편지 한 장만이라도 받아 적어달라고 했다. "나, 상원의원은 자네에게 편지에 쓸 내용을 불러줄 거요." 상원의원이 말했다. 그러고는 휠체어를 타고 방 안 이곳저곳을 돌아다니기 시작했다. "친애하는 동지이자 친구," 상원의원이 내게 불러주었다. "후안 크루스 바이고리아 씨 보시오. 난 당신이 어떤 상황에 처해 있는지 잘 알고 있소. 그렇지만, 분명히 말하건대 난 언제나 당신 편에 있을 겁니다. 일전에 당신이 쓴 편지를 받았소. 분명 내게 보낸 건 아닌데 말이오. 하지만 그 덕분에 당신이 안타까운 상황에 처해 있음을 알게 되었소." 상원의원은 휠체어를 타고 이리저리 돌아다니면서 편지 내용을 불러주었다. "사랑하는 아들을 잃는 것만큼 큰 고통은 없는 법이오. 그런데 당신 아들은 죽은 거요, 아니면 행방불명된 거요? 나로서는 알 방도가 없군요. 하지만 말이오, 이 조국이, 우리 조국이 말입니다." 방 한쪽 끝에서 상원의원이 말했다. "우리 조국이 훌륭한 아이들을 잊는 일은 결코 없을 겁니다. 아로세나를 조심하시오. 그자라면 당신이 보낸 편지를 중간에서 능히 가로챌 테니까 말입니다. 조만간 내 비서나 집사 후안 네포무세노 키로가 중에서 믿을 만한 이를 시켜서 당신에게 최소한의 금전적 도움이라도 보내도록 하겠소. 물론 그걸 가지고 당신이 처한 불행을 없앨 수는 없겠지만 말이오." 상원의원은 계속 불러주었다. "현 상황이 당신의 고결한 삶을 훼손시키고 있다고 생각해서는 안 됩니다. 앞으로 닥쳐올 모든 시련과 고난을 견뎌낼 수 있는 계기로 삼기 바라오. 나, 상원의원은 이 땅의 민중이 어떤 고통을 받고 있는지 잘 알고 있소이다. 내 사랑하는 친구이자 동지인 후안 크루스 바이고리아 씨, 당신에게 닥쳐온 불행을 잘 견뎌내기 바랍니다. 더불어 상원의원 루시아노 오소리오가 언제나 당신 곁에 있음을 잊지 말기 바라오. 그럼 안녕히 계시오." 편지를 마친 상원의원이 내게 말했다. "종이와 펜을 이리 갖다주시오. 서명만큼은 내가 직접 하겠소."

4

얼마 후 상원의원은 그게 자신이 할 수 있는 전부라고 했다. "그게," 상원의원이 말했다. "내가 할 수 있는 전부입니다. 이 방 안에 홀로 갇혀 온 밤을 하얗게 지새우는 게 내가 할 수 있는 전부요. 여기, 휠체어에 앉아 위안의 말을 불러주고, 방 안을 이리저리 돌아다니면서 편지와 답장과 온갖 고통을 생각하는 것, 이게 내가 할 수 있는 유일한 일이오." 그는 휠체어를 타고 빈 방 안을 이리저리 돌아다니기 시작했다. "방 안을 이리저리 돌아다니면서 불러줄 말을 생각하지요. 휠체어에 얹혀 있는 내 육신을 움직이면서 편지에 무슨 말을 쓸까 상상하곤 합니다. 늙고 쓸모없는 이 몸뚱이로 빈 방 이곳저곳을 돌아다니면서 말이오. 그래서 난 방 안을 이리저리, 때로는 뱅뱅 돌고 또 때로는 똑바로 나아가면서 계속 말을 이용해서 새로운 세계를 만들어나갈 겁니다. 그러면 저 피안처럼 먼 곳에, 미래의 바위 위에 우뚝 솟아 있는 장엄한 건물을 뿌옇게 가린 안개를 걷어낼 수 있을 테니까요. 그러다 보면 말을 통해서 그물처럼 촘촘히 짜인 그 사상의 복합적인 의미와 구조를 포착하게 될 겁니다. 역사의 저 밑바닥에서 울려 퍼지고," 그가 말했다. "그리고 수많은 이들의 목소리가 빚어내는 그 사상 말입니다. 홀로 고립된 삶을 살아가는 인간이 그 목소리를 듣고 이해하는 건 너무나도 어려운 일이오. 그렇지만 말입니다," 상원의원이 말했다. "난 목숨을 바쳐서라도 거기에 다가갈 셈이오. 어떤 환멸도, 어떤 위협도 날 막지 못할 것이오. 이 문제에 관한 한 타협의 여지는 전혀 없소. 왜냐하면," 상원의원이 말했다. "난 내 운명을 알고 있기 때문이오. 휠체어 위에서 꼼짝도 못한 채 노쇠해가는 금속 몸뚱이는 눈부신 불빛에 의해 허물어진 벽의 그림자 속에서 서서히 녹슬어가고 있어요. 하지만 어떤 일이 있더라도 나 자신과 내 태생의 한계를 넘어서 세상의 이치를 깨달을 수 있다는 희망을 잃지 않을 겁니다."

"가끔씩," 잠시 침묵이 흐른 뒤 그가 입을 열었다. "내가 모든 걸 다 알고 있다는 생각이 들 때가 있어요. 예컨대 인간의 육신이 오랜 세월에 걸쳐서 썩어 문드러지는 과정도, 또 때로는 나 자신의 운명조차도 알 것 같습니다. 순간적인 일이죠. 깨달음은 순간이에요. 그런데 그 순간이 지나면, 내가 깨달았다고 믿었던 순간이 꿈이었다는 걸 알게 됩니다. 그런 환상이 우리 삶을 지탱해주긴 하지만 꼭 그걸 잃지 않으려고 애쓸 필요는 없어요. 오히려 그런 순간으로부터, 그런 꿈으로부터 과감하게 벗어나면 이전보다 더 확고한 신념을 가지고 새롭게 태어난 듯한 느낌이 들곤 합니다. 따라서 지금으로선 내가 찾고 있는 꿈과 환상이 무엇인지 분명하게 밝혀내고, 이와 더불어 말을 통해서 거기에 도달하는 것이 급선무라고 할 수 있겠지요. 어린 시절, 네그라 호수 주변의 버드나무 아래에 옹기종기 자리 잡고 있던 초가집들을 떠올릴 때마다 내 눈앞에 불빛이 아른거리곤 합니다. 거기엔 밤마다 눈부시게 타오르는 횃불이 걸려 있곤 했으니까요. 지금도 잠 못 이루는 밤이면 어김없이 그 횃불을 떠올리곤 합니다. 내 기억 저편에서 희미하게 타오르는 그 불빛이 무엇인지 알아내야 합니다. 그리고," 그가 말했다. "이스트 강변의 빈 방에서 어떤 이가 썼던 글의 의미를 분명하게 밝혀내야 합니다. 아니면 우리 조국의 역사 저 깊은 곳에서 들려오는 그것, 때로는 한 사람의 목소리로, 또 때로는 수많은 사람의 목소리로 울려 퍼지는 그것의 의미를 명확하게 밝혀내야 하겠죠. 그런데 이 모든 것을 밝혀내려면 어떻게 해야 할까요? 대체 내가 어떻게 해야 한단 말입니까? 내가 무슨 수로 그걸 할 수 있단 말이오? 그러니 지금으로서는 입을 다무는 게 최선의 방법입니다. 나, 상원의원은 당분간 침묵해야 합니다. 이 모든 것을 말로 표현하고 밝혀낼 수 없는 이상, 입을 다무는 게 도리겠지요. 지금으로선 침묵하는 게 최선의 방법이오." 상원의원이 말했다. "말로써 모든 걸 설명하고 밝혀낼 수 없는 이상 말입니다."

III

1

1850년 7월 4일. 뉴욕

동포들이여. 나는 지칠 줄 모르고 자유를 위해 투쟁하다 지금은 뉴욕의 이스트 강변에 거주하고 있는 엔리케 오소리오입니다. 지금 나는 역사에 존재했던 모든 이들의 이름이 되었습니다. 모든 이들이 내 안에, 그리고 내 글을 넣어둔 이 서랍 속에 존재하고 있습니다. 내가 이곳 뉴욕으로 온 이유는 나의 역작을 완성하기 위해서였습니다. 동이 틀 때면 나는 산책하기 위해 거리로 나섭니다. 때때로 할렘에 있는 미스 레바의 사창가에서 오후 한나절을 보내기도 하죠. 거기에 있는 어린 창녀는 마르티니크*에서 태어났는데 스페인어를 할 줄 압니다.

* 카리브 해 소(小)앤틸레스 제도에 있는 프랑스령 섬.

우리의 불운한 미래에 대해 내가 이야기를 꺼내면, 그녀는 고양이처럼 귀여운 표정을 지으며 내 말에 공감을 표하죠. 우린 아무 거리낌 없이 침대 위에 벌거벗은 채 누워 있곤 합니다. 그러다 시원한 저녁 바람이 불어오면 우린 서로의 말을 매우 진지하게 들어줍니다. 이곳에 노예로 팔려온 라가타*는 자유를 얻은 대가로 근 10년 동안 (지금은 열일곱 살입니다) 창녀 노릇을 해왔습니다. 따지고 보면 최근 10년 동안 내가 해온 일도 그와 크게 다르지 않겠죠. 자유를 얻기 위해 애썼지만 결국 나는 조국의 역사에서 수치스러운 존재가 되고 말았습니다. 그런데 과연 내가 그토록 애타게 갈구하던 자유를 얻었을까요? 나, 이 배신자가 자유를 얻었을까요? 우리 공화국의 해방이, 로사스 정권의 몰락이 여러분의 눈앞에 현실로 다가오고 있습니다. 아마 지금쯤 여러분은 결코 도래하지 않을 자유에 한껏 들떠 있을 겁니다. 여러분은 후스토 호세**와 함께 힘을 합쳐서 우리가 늘 꿈꾸어왔던 세상을 조국에서 실현시키기 위해서 갖은 노력을 다하고 있겠죠. 하지만 과연 그렇게 될까요? 내 소견으로는 알력과 분열 그리고 새로운 투쟁 때문에 앞으로도 바람 잘 날이 없을 것 같습니다. 뉴욕 시의 빈방에 혼자 있다 보면 가끔씩 이런 의문이 떠오르곤 합니다. '앞으로 무슨 변화가 몰아닥칠까?' '사실 후스토 호세는 호랑이***의 최측근 세력이 아니었던가?' 만약 그렇다면 내 생애는 끊임없는 과오와 실책

---

* '라가타'는 스페인어로 암고양이란 뜻으로, 고양이처럼 귀여운 용모를 지닌 창녀의 별명이다.

** 우르키사 장군을 의미한다.

*** 당시 무소불위의 권력을 휘두르던 로사스는 '호랑이'라는 별명을 가지고 있었다.

으로 얼룩진 것이나 다름없습니다. 그리고 늘 조국의 발전과 행복을 꿈꿔왔던 내 삶의 목적은 그야말로 끔찍한 괴물로 변해버린 셈이죠. 이제 더 이상 물러서서는 안 됩니다. 엔트레리오스 기병대, 판초 라미레스* 휘하의 가우초들. 과연 이들이 우리를 해방시킬 수 있을까요? 내가 보기에 우리 모두의 삶은 단 한 번의 어리석은 과오와 실수에 지나지 않습니다. 이제 더 이상 물러서서는 안 됩니다. 이미 지난 일을 돌이킬 수는 없으니 말입니다.

난 유토피아를 글로 써볼 생각을 줄곧 해왔습니다. 만약 쓰게 된다면 내가 상상한 우리 민족의 미래 모습을 이야기할 겁니다. 지금 나는 그 일을 하기에 더할 나위 없이 유리한 위치에 있습니다. 추방과 망명으로 점철된 삶을 살다 보니, 결국엔 모든 것으로부터 단절되고, 심지어 시간의 흐름으로부터도 벗어난 낯선 외지인이 되고 말았습니다. 하지만 이보다 더 좋은 조건이 어디 있겠습니까? 백 년이 지난 뒤 우리 조국은 과연 어떤 모습일까요? 우리를 기억해줄 이가 있을까요? 누가 우리를 기억할까요? 이러한 미래의 모습에 대해 써보도록 하겠습니다.

그렇습니다. 나는 미래에 대해서 글을 쓸 겁니다. 과거는 떠올리고 싶지 않으니까 말입니다. 누구든 다가올 것에 대해 생각합니다. 예컨대 이런 식이죠. '지금 분명히 보이는 것을 그때는 왜 보지 못했을까?' '현재에서 미래의 방향을 알려주는 신호를 보려면 어떻게 해야 할까?' 이 문제 외에 내 삶에 대해서도 줄곧 생각해왔고, 그래서 여러

* 엔트레리오스를 지배하던 연방주의 호족(1786~1821).

분에게 이를 글로 써서 보여드릴까 합니다.

조만간 여러분에게 제 자서전을 보내드리겠습니다. 누구든 마흔이 가까워지면 자신의 삶을 글로 써야 합니다.

고독에 대한 이 두려움은 대체 어디서 비롯된 걸까요? 내 마음속에 매춘에 대한 억누를 수 없는 욕망이 있다는 사실을 잘 알고 있습니다. 내 친구인 그 어린 창녀의 이름은 리제트 가젤입니다. 그녀는 비상하는 바닷새의 모습을 보고 미래를 읽어내는 재주를 가졌죠. 그녀는 고양이만큼이나 신비스러운 존재입니다. 그녀의 피부는 검은 비단처럼 부드러워요. 나는 그녀가 마르티니크 섬의 스페인어로 말을 할 때마다 돈을 쥐여줍니다. 틀린 말들 그리고 여러 가지가 한데 뒤섞인 크리올* 말투.

친애하는 루시아노 씨에게

언제나 당신 생각을 하면서 지내고 있습니다. 한동안 편지를 못 쓴 건 최근 몇 달 동안 제게 뜻하지 않은 역경(참 아름답고 비유적인 표현이죠)이 닥쳤기 때문입니다. 또다시 다른 곳으로 자리를 옮겨야 할 것 같습니다. 사실, 전 그간 이곳 콩코르디아에서 편안하게 잘 지냈습니다. (다른 것보다) 우선 그 이름을 듣고 무척 평온한 느낌이 들어서 선택한 곳이었으니까요.** 한동안 이곳에 정착해서 잘 지냈습니다. 그런데 사람들 말마따나, 전 아무래도 한 곳에 오랫동안 머무를 팔자가 아닌 듯합니다. 더군다나 이 시대가 한 곳에 오래 머무르도록 우리를 내버려두질 않는군요. 상원의원님, 사실 그 넓디넓은 방에서 홀로

---

* 남아메리카의 스페인 식민지에서 태어난 유럽계 백인 또는 그 혼혈.

** 지명인 '콩코르디아'는 '일치, 조화, 화합'이라는 뜻이다.

모든 고통을 감내하기도 벅찬 일인데, 당신이 기억하고 싶은 것 외엔 아무것도 못 보도록 하루 종일 갇혀 계시잖아요. 그래도 이 세상에 당신 같은 분이 있다는 사실만으로도 전 너무나 행복합니다. 이건 진심으로 드리는 말씀이에요. 복잡한 사건일수록 너무 가까이 다가가다 보면, 되레 멀리 보이는 법입니다. 하지만 이 나라에서는 모든 게 맑은 물처럼 분명해 보입니다.

전 여태껏 엔리케 오소리오에 관한 연구를 계속해왔습니다. 특히 그분이 뉴욕에 계실 때의 삶은 무척이나 인상적이에요. 상원의원님처럼 그분도 세상으로부터 고립된 채 홀로 자신이 어디에서, 그리고 어떤 점에서 과오를 저질렀는지를 알아내려고 애쓰셨더군요. 1850년 8월에 알베르디에게 보낸 편지를 우연히 찾아냈는데, 너무도 감동적이었습니다. 혹 기억하실지 모르겠습니다만 몇 줄 옮겨보겠습니다. "모든 것을 의심하라. 전 그 원칙을 잘 알고 있습니다." 그에게 쓴 편지 내용입니다. "그리고 전 알고 있습니다. 당신과 뜻을 같이하는 훌륭한 분들, 그중에서도 우선 후안 바우티스타 당신, 늘 원칙을 지켜온 당신 앞에 절망과 망명이라는 어두운 운명의 그림자가 드리워져 있다는 걸 전 잘 알고 있습니다. 저 길모퉁이에서 우리, 특히 후안 바우티스타 당신을 기다리고 있는 비극적인 운명이 눈앞에 훤히 보이는군요. 그리고 당신이 그 무엇과도 타협하지 않으리라는 걸 잘 알고 있습니다. 당신은 타협을 모르는 분이니까요. 후안 바우티스타, 당신처럼 원칙과 대의를 중시하는 분에게 닥쳐올 운명은 망명 아니면 죽음, 이 둘 중 하나일 겁니다. 다른 이들, 특히 당신의 동료라고 하는 이들 중 일부는 오히려 사회적으로 성공을 거두게 될 겁니다. 이 나라는 그런 상황이 목전에 와 있습니다. 저 넓은 평야와 팜파스가 다 자기들 것인데 성공 못할 이유가 어디 있겠어요? 우리나라에서는 언제나 눈치 빠르고 경박한 자들만이 출세하죠. 훌륭한 성품을 가졌거나 정직하게 살아오신 분들, 그리고 진정으로 조국을 사랑하고 걱정하는 분들은 결코 성공할 수 없는 세상입니다. 당신은 어떨까요? 후안 바우티스타, 당신은 어떤 영화도 누리지 못하겠지만, 그렇다고 끔찍한 불행이 당신을 덮치지도 못할 겁니다." 이상은 그가 쓴 편지의 일부입니다. 현재와 미래를 꿰뚫어 보는 예지력이 예사롭지 않은 듯합니다. 어느 누구도 그의 말을 귀담아 듣지 않았죠. 그는 늘 혼자였으니까 말입니다. 역설적인 얘기지만 그런 상황 덕분에 오히려 더 날카로운 사유능력을 얻게 된 것인지도 모릅니다. 보통 더 이상 잃을 게 없는 사람들의 사고에서 그런 특징이 나타나는 것과 마찬가지죠.

하여간 주변 상황이 급변하다 보니 혼란스럽기도 하고 또 제 앞날이 조금은 걱정이 되기도 합니다. 사실은 여러 가지로 복잡한 일이 제게 몰려오고 있는 터라 집을 여러 번 옮겨야 할 것 같습니다. 그래서 여러모로 생각해본 결과, 오소리오의 기록(그가 남긴 여러 문서와 메모 그리고 그것들에 관해 지금까지 제가 쓴 글을 다 포함해서)을 믿을 만한 사람에게 넘기는 것이 최선의 방법인 듯합니다. 만약 제 계획대로 된다면, 그 사람은 제가 해온 연구 작업을 계속 진행시켜 마무리를 지은 뒤, 글로 옮기고 최종 수정을 거쳐 출간하는 일까지 모두 도맡아야 할 겁니다. 제가 볼 때 무엇보다 중요한 것은 오소리오의 기록을 안전하게 보존하는 일입니다. 그의 기록은 (그것을 제대로 이해할 수 있는 사람이라면 누구에게나) 불운한 우리 공화국의 과거를 밝혀줄

뿐만 아니라, 지금 이 순간 일어나고 있고, 또 가까운 미래에 닥쳐올 여러 가지 사건의 의미를 분명하게 이해하도록 도와줄 지침이기 때문입니다.

상원의원님께 저간의 사정을 알려드리고자 편지를 드리고 싶었습니다. 사실 상원의원님이나 저는 퍽이나 서로를 잘 알고 있는 데다, 제 문제로 인해 지금보다 더 걱정하진 않으시리라는 것을 잘 알고 있기 때문에 모든 일을 있는 그대로 말씀드리고 싶었습니다. 모든 시련과 고통에도 다 끝이 있는 법입니다. 지금까지 그래왔듯이 우리를 짓누르고 있는 악몽도 언젠가는 모두 사라지고 말 겁니다.

이상입니다. 이 편지를 통해서 제가 늘 당신을 생각하고 있다는 점을 알려드리고 싶습니다. 이제 곧 뵙게 될 날이 올 겁니다. 그날까지 기다리겠습니다. 그럼 건강 조심하십시오, 사랑하는 루시아노 씨. 이만 줄이겠습니다.

마르셀로 마기

추신. 며칠 내로 제 조카가 찾아 뵐 겁니다. 조만간 그 아이와 만나면 상원의원님의 근황을 알려주겠죠. 그럼 안녕히 계십시오.

1850년 7월 6일. 나의 자서전.

나의 선조들 1.

할아버지 중 한 분은 병든 노예를 사서 치료해준 뒤 다시 건강한 노예로 만들어 (최고의 가격을 받고) 되파는 식의 인도주의적인 사업으로 돈을 많이 버셨다고 한다. 이윤추구와 박애정신을 결합시킨 사업을 통해서 할아버지는 부자가 될 수 있었다. 모든 사람들의 건강을 지켜준 덕분에 성공하신 게 아닐까 싶다. 어릴 때 노예들의 모습을 그린 판화를 본 적이 있다. 거기에는 영양실조에 걸려 뼈만 앙상하게 남고 피부가 온통 고름으로 뒤덮인 노예들의 모습이 그려져 있었다. 반면 다른 판화에는 같은 노예들이, 온몸이 고름으로 뒤덮이고 해골 같던 그 노예들이 다시 건강한 모습으로 웃고 있고, 그 옆으로는 할아버지가 매우 흡족한 표정을 지으며 채찍 끝으로 이들을 가리키고 있었다. 일흔이 되자 이 할아버지는 가족을 버리고 황후라고 불리던 열네 살짜리 자메이카 여자애와 동거를 시작했다. 내가 어렸을 때, "남자 나이 일흔이면 아직 청춘이지. 이 세상이 이토록 늙어버린 건 바로 프랑스 대혁명 때문이야"라고 하시던 할아버지 말씀이 기억난다.

나의 선조들 2.

아버지는 평생을 환멸 속에서 사셨던 분이다. 아버지는 본인의 희망과는 달리 군인의 길을 걸었다. 그 당시에는 의당 그래야만 했기 때문이다. 영국 대침공 시기 동안에는 영국군과 맞서 싸웠고, 그 후에는 벨그라노*와 함께 북부 정벌에 나서기도 했다. 하지만 한 번도 이기지 못한 채 병들고 부상 입은 몸을 이끌고 쓸쓸히 귀국했다. 도무지 가라앉지 않는 열병 때문에 그는 더 이상 해방전쟁에도, 그리고 시민전쟁

* 아르헨티나의 독립운동 지도자(1770~1820).

에도 참가할 수 없게 되었다. 그 때문에 그는 죽는 날까지 자신의 고향인 산타페 주에 대한 죄책감에서 벗어날 수 없었다. 그는 자신의 공로를 인정하지 않으려는 정부와 소송을 벌인 끝에 결국 필요하지도 않은 연금을 받아내기도 했다. 집에서 하인들은 그를 '장군님'이라고 불렀지만, 사실 아버지는 장군으로 진급하지 못했다. 자신을 괴롭히는 육체적 고통과 회한 때문에 잠을 이루지 못했던 아버지는 밤마다 회랑을 돌아다니며 날이 새기만을 기다렸다. 불면증으로 하얗게 밤을 지새우는 날이면 아버지는 어김없이 「전쟁 기술에 관한 좌우명」을—아버지는 그 글을 그렇게 불렀다—쓰셨다. 그중 기억나는 부분만이라도 여기에 옮겨보도록 하겠다.

1. 나는 전쟁으로서 모든 것을 생각한다. 우리는 전에 이런 구호를 만든 적이 있다. 여기서 생각하라, 모든 전쟁이 이 나라에 몰고 온 참상에 대해.

2. 군인에게 포화의 세례보다 더 값진 세례는 없다.

3. 전쟁은 결코 자비로운 것이 아니다. 전쟁의 폭력은 모든 문화적 허식 뒤에 존재하는 틈을 파고들 뿐이다.

나는 아버지가 "(말 탄) 엔트레리오스 사람들이야말로 이 세상에서 가장 훌륭한 군인이다. 마누엘 벨그라노 장군은 절대로 땀을 흘리지 않는다. 그리고 전쟁에서 가장 끔찍한 것은 먼지바람에서 나는 똥냄새다"라고 말씀하시는 걸 들은 적이 있다.

나의 선조들 3.

우리 어머니는 이 세상을 정처 없이 떠돌아다니면서도 자존심이 세기로 유명한 보헤미안 혈통의 후손이었다. 하지만 정작 어머니는 그 사실을 까맣게 모르고 계셨다. 사실 내 핏속에 흐르는 le mal du siècle (세기말 병)이나, 말할 때 모음을 질질 끄는 버릇은 어쩌면 어머니로부터 물려받은 것인지도 모른다. 어머니는 결코 아버지를 사랑하지 않았다. 스스로 그렇게 말하곤 했다. 겉으로 보기엔 어린애처럼 순수한 어머니였지만, 속으로는 모진 면모가 있었던 것 같다. 어머니는 거짓말과 위선 속에 웅크리고 있는 수치스러움보다는 차라리 진실 속에 꿈틀거리는 작지만 따뜻한 힘이 더 소중하다고 믿었던 분이니까 말이다. 애당초 패배의 산증인이었던 남자와 낭만적인 정열을 추구했던 여인이 서로 어울릴 리가 없었다. 당시 부에노스아이레스 주재 프랑스 영사였던 발레프스카 백작(그는 나폴레옹 보나파르트와 마리아 발레프스카 사이에서 태어난 사생아였다)은 여러 달 동안 갖은 수단을 다 동원하여 우리 어머니를 유혹하고 있었다. 따지고 보면 이 모든 사건은 질투심을 느낀다고 할 정도로 지나치게 사생아와 유럽인을 경멸하던 아버지 때문에 비롯된 일이었다. 괴팍하면서도 세련된 풍모를 지닌 백작은 어머니를 여러 차례 극장에 초대했을 뿐만 아니라 가끔 편지를 보내기도 했는데, 그가 쓴 특이한 고딕체의 글씨에는 에로틱한 욕망이 꿈틀거리는 듯했다. 아버지가 읽지 못하도록 그는 늘 프랑스어로 편지를 썼다. 어느 날 밤, 나는 라피에다드 거리를 걷다가 마차에서 내리는 어머니를 본 적이 있다. 어머니는 검은색 만티야*를 쓰고 있었는데, 그때의 표정이나 동작으로 봐서는 나를 못 본 것 같았

* 스페인이나 중남미의 부인들이 외출할 때 쓰는 머릿수건.

다. 어머니는 스스로 절망함으로써 (그리고 아마 수치스럽게 여김으로써) 자신의 가슴속에 품고 있던 환상과 희망에 걸맞은 은밀한 삶을 즐길 수 있었던 것 같다. 어머니는 알프레드 드 뮈세*와 조르주 상드를 읽었고, 파리에 살면서 스탈 부인**의 살롱에 드나들기를 원했다. 하지만 정작 어머니는 그 부인이 오래전에 세상을 떠났고, 어머니가 몸을 바친 그 사생아의 아버지에 의해 박해받았다는 사실조차 모르고 계셨다.

나의 선조들 4.

태어났을 때 원래 내 이름은 엔리케 데 오소리오였다. 그러나 '데' ***라는 말이 풍기는 뉘앙스가 우리 시대의 대의를 욕되게 하는 면이 있어 과감하게 없애버렸다. 사실 가문의 영광 따윈 우리 시대가 원하는 것도, 그렇다고 나 자신이 간절히 추구하는 바도 아니었다. 무엇보다 난 나 자신의 힘으로 모든 걸 이루고 싶었다.

나, 엔리케 오소리오는 반역자이자 첩자이며, 충직하지 못한 친구였다. 그러므로 나는 지금 우리 동시대인들에 의해 심판받고 있는 것처럼, 앞으로도 역사의 준엄한 심판을 받게 될 것이다.

일전에 내가 당신들에게 보낸 몇 가지 기밀 정보가 누설됐더군요. 지금

---

* 프랑스 낭만파 시인이자 극작가(1810~1857). '프랑스의 바이런'이라고도 한다.
** 프랑스 소설가(1766~1817). 열렬한 자유주의자이자 낭만주의의 선구자.
*** 스페인 귀족들이 자신의 성 앞에 관례적으로 붙이는 전치사.

이곳에서조차 나를 의심의 눈초리로 바라보고 있는 상황입니다. 저들이 뭔가 낌새를 채고 누가 반역자인지(저들 얘기대로 하자면) 결론짓고자 하지 않았다면 대체 어떻게 그걸 알 수 있었겠습니까? 그렇다고 내가 지금 두려움에 떨고 있다고 생각하지는 마십시오. 하지만 당신들이 일부러 나를 궁지에 몰아넣을 생각이 아니었다면 좀 더 좋은 기회가 오기를 기다려야 했습니다. 나는 여기 호랑이 굴에서 혈혈단신의 몸으로 견디고 있는 처지니까 말입니다.

당시에 쓴 글을 지금 다시 읽고 있다. 그런 일이 일어난 지도 벌써 10년이 넘게 흘렀건만 다시금 반역자의 자리에 놓인 듯한 느낌이 든다. 혹시 정말로 그리 된 건 아닐까? 여러분은 분명히 그렇다고 장담할 것이다. 그렇다면 그것이 내가 타고난 운명이란 말인가? 대체 왜 그럴까? 여러분은 물을 것이다. 반역자라. 또다시? 과거의 내가 나 자신의 미래를 배신한 반역자였듯이, 지금의 나는 나 자신의 과거를 배신한 반역자이다. 여러분은 우리가 저지른 많은 오류와 과오에 여전히 집착하고 있을 것이며, 또 지금 우리 눈앞에서 벌어지는 상황도 그 당시에 이미 충분히 예측하고 예견할 수 있었다고 생각하고 싶을 것이다. 그러나 사실은 그렇지 않았다는 것을 난 잘 알고 있다. 나는 그런 사실을 알기 위해 꼭 있어야 할 곳에 있었다.

J. R. 레이(혹은 레이프)라는 자가 이곳에 사는 어떤 주민에게 이상한 편지 한 통을 써서 보냈습니다. 그 편지에는 밀고자 또는 첩자들이나 할 수 있

는 말이 쓰여 있었지요. 이를 수상히 여긴 사람들이 내게 그것(편지)의 사본을 만들어달라고 부탁하는 바람에 그 내용을 소상히 알 수 있게 된 겁니다. 그 레이라는 자 말인데, 얼마나 극악무도한 자인지 모릅니다. 그게 아니라면 레이가 뭐하는 자란 말입니까? 아무쪼록 앞으로 후회할 일이 생기지 않도록 여러분도 매사에 신중에 신중을 거듭해주기 바랍니다. 그리고 앞으로 이런 수상쩍은 편지가 오더라도 우리의 대의에 유리한 방향으로 대처해야 하겠지요.

좋습니다. 앞으로 암호 편지를 쓸 땐 반드시 지정된 방식에 의거해서 쓰도록 하겠습니다. 그리고 여러분이 제게 요청한 대로(불필요한 일이지만), 우리가 정한 안전한 절차뿐만 아니라 조금 전에 언급한 그 문제에 대해서도 최대한 신중하게 대처할 것임을 약속드립니다.

2

이 편지들 중 하나는 암호로 쓴 것이다. 아니면 모두 다 암호를 썼을지도 모르지. 아로세나는 편지들을 책상 위에 죄다 펼쳐놓고는 다시 정리했다. 우선 편지봉투부터 꼼꼼히 검토한 뒤에 신속하게 첫번째 분류 체계를 만들어냈다. 카라카스. 뉴욕. 보고타. 오하이오로 가는 편지. 런던으로 가는 편지. 부에노스아이레스, 콩코르디아, 다시 부에노스아이레스. 그러고는 편지마다 번호를 매겼다. 그는 최근에 읽은 편지들, 즉 마르셀로 마기가 오소리오에게 보낸 편지들을 옆으로 밀어놓았다. 그리고 카드를 집어 거기에 사람 이름을 적어두었다.

후안 크루스 바이고리아, 앙헬리카 에체바르네, 에밀리오 렌시, 엔리케 오소리오, 이런 식으로. 천장에 있는 형광등 불빛이 조금 어두워 그는 스탠드를 켰다. 그러고는 불빛이 책상 복판에 오도록 조절했다. 불빛이 책상 가장자리에서 똑같은 거리에 모이도록 한 다음, 그는 생각에 잠겼다. 그 뒤로 그는 전등갓을 거의 움직이지 않았다. 얼마 후, 그는 타자기로 친 편지봉투 하나를 집어 들었다. 그 안에는 **베네수엘라 카라카스(4563). 시몬 볼리바르가(街) 687번지. 오리노코 출판사.** 이런 머리글이 인쇄되어 있는 편지지가 들어 있었다. 그는 편지지를 꺼내 들어 전등 불빛에 비추어보았다. 그러고는 다시 책상 위에 놓고 읽기 시작했다.

지금 여기는 찔 듯이 더운 것 빼고는 그다지 새로운 소식은 없다네. 이런 도시에서 미겔 카네*가 『후베닐리아』를 썼다고 생각해보게. 알프레도가 말한 것처럼, 이런 데서 살 바에야 떠나는 게 상책이지. 그런데 대체 어디로 간단 말인가? 여기나 멕시코나 다 거기서 거기 아니겠나. 요즘 난 하루 종일 방 안에 틀어박혀 번역에 매달리면서 살고 있다네. (지금은 토마스 베른하르트**의 뛰어난 작품을 옮기고 있지.) 외출이라고 해야 영화 보러 가는 게 다야. 참, 자네에게 말했는지 모르겠는데, 내게 베네수엘라 애인이 생겼다네. (요새 그녀에게 마테 차 끓이는 방법을 가르쳐주는 중이네.) 그런데 말이야, 요즘 내 꿈속에

* 아르헨티나의 문인이자 정치가(1851~1905). 로사스 독재정권이 붕괴되고 자유민주주의 바람이 불기 시작한 시점에 등장한 1880년대 세대의 대표적 문인. 대표작인 『후베닐리아』(1884)는 작가의 자전적 소설로, 활기차고 새로운 세계의 모습을 낭만적인 필치로 그렸다.

** 오스트리아의 소설가이자 극작가(1931~1989).

이미 고인이 된 사람들과 친구들(자네도 그중 하날세)이 자꾸 나타나는데, 이게 대체 무슨 조화란 말인가. 세월이 하수상하니 그런가 보다 싶긴 하지만 말이야. 요샌 만나고 싶은 사람이 있으면 무조건 자면 된다네.

일전에 라울이 여길 들렀네. 그 친구가 말하길, '해외'(그 친구의 표현일세)에 있는 아르헨티나인들이 모여 철저하게 계획을 세운 뒤에 힘을 합쳐 태평양에 있는 섬 하나를(기왕이면 후안페르난데스 섬*이면 더 좋겠고) 사는 게 어떨까 하더군. 우선 밀을 심고, 소도 키우고 말일세. 이와 동시에 내륙 지역에 수공업자들과 장인들을 거주케 하고 이들을 보호해야 한다는 말도 잊지 않더군. 그러면 우리는 저 스페인 황실로부터 독립하게 될 걸세. 그렇다고 우리가 프랑스 쪽에 얽매인다는 얘긴 아닐세. 그리고 세관을 설치해서 거기서 징수되는 모든 관세를 국유화하고, 우리나라의 병폐인 대토지소유제를 뿌리부터 없애기 위해 리바다비아가 제안한 영대차지권(永代借地權)**을 거부할 걸세. 마리아노 모레노는 대위원회***의 전횡에 맞서기 위해 유럽으로

---

* 칠레 해안에서 서쪽으로 667킬로미터 떨어진 곳에 있는 화산섬.

** 아르헨티나의 초대 대통령 리바다비아(1780~1845)가 1826년 실시한 토지개혁 관련법. 원래는 소농 및 이민자들을 보호하려는 취지였으나, 대토지소유주들을 기반으로 하는 과두체제를 강화시키는 역효과를 낳았다.

*** 1810년 5월 혁명 동안 아르헨티나의 민족지도자들은 스페인 부왕청에 대항하기 위해 각 지방 대의원들로 구성된 제1차 위원회를 소집했다. 1810년 12월, 제1차 위원회는 대위원회로 확대 개편되었고, 이후로 지방 대토지소유주들을 중심으로 하는 연방주의 세력과 도시 엘리트 계급 출신의 자유주의자들(중앙집권주의자들) 사이의 투쟁, 즉 아르헨티나 역사를 관류하는 중심적인 모순과 대립이 본격화되었다. 아르헨티나 중앙정부의 기능을 담당하던 대위원회는 1812년 제1차 3두 정치로 계승되었다.

가는 대신 국내에 계속 머무를 것이네. 라울에 따르면, 계획대로만 된다면 우린 세계 최초의 민족주의적 유토피아를 건설하게 된다는 거지.

지금처럼 우리 조국이 낯설어 보일 때도 없네. 어쩌다 조국의 소식을 들으면 우울하고 참담한 기분을 금할 수 없다네. 그런데 자네가 무얼 하느라 거기에 버티고 있는지 아무도 이해하지 못하고 있다네. 만나는 사람은 있나? 글이라도 발표할 데가 있나? 어찌 보면 자넨 최후의 모히칸 같으이. 하지만 자기 종족에 대한 충성심을 반드시 지리적인 공간에만 국한시킬 필요는 없다는 점을 명심했으면 하네. 언젠가 내가 들은 얘긴데 (자네가 존경해 마지않는 브레히트가 쓴 글일세) 옛날 중국의 시인과 철학자들은 우리가 학술원에 가듯이 곧잘 망명길을 떠나곤 했다네. 자신의 명예를 지키며 살 수 있는 훌륭한 관습이 아닌가? 셀 수 없이 많은 이들이 조국을 등졌다네. 그들에게 글을 쓴다는 건 자신의 명예와 관련된 문제였던 것 같아. 그러다 보니 생각을 하고 글을 쓰는 사람이면 누구든 적어도 한 번 정도는 조국 땅을 떠날 수밖에 없었을 거야.

우리 모두 자네를 그리워하고 있다네. 막달레나와 아이들에게도 안부 전해주게. 그럼 편지 주게. 오늘따라 자네가 몹시 보고 싶군. 로케.

추신. 가끔 (절대로 비꼬는 말은 아닐세) 우리도 37세대*가 아닐까 하는 생각이 들기도 한다네. 영원한 디아스포라 속에서 길을 잃고 헤

* 1837년에 등장한 아르헨티나의 애국주의적 청년지식인 집단. 에체베리아, 알베르디 등이 주축이 된 37세대는 로사스와 그의 연방주의 헤게모니 권력에 대항하는 중앙집권주의 연합전선의 성격을 띠고 있었다.

매는 이들 말일세. 우리 중 과연 누가 『파쿤도』*를 쓰게 될까?

1850년 7월 14일

오늘은 유토피아란 무엇일까 생각해봤다. 과연 유토피아란 무엇인가? 완벽한 공간? 지금 그런 얘기를 하려는 건 아니다. 난 무엇보다 망명생활이 유토피아라고 생각한다. 유형생활, 엑소더스, 시간, 정확히 말해 두 시간 사이에 걸쳐 있는 공간. 지상에 그런 장소는 존재하지 않는다. 가끔 우리 마음속에 한 움큼 정도 남아 있는 조국에 대한 추억이 떠오르곤 한다. 그럴 때면 미래에, 우리가 조국의 품으로 되돌아갈 즈음에 우리나라가 과연 어떻게 될까(어떤 모습으로 변해 있을까) 상상하곤 한다. 과거와 현재 사이에서 죽어 있는 시간, 나에게는 그 시간이야말로 진정한 유토피아다. 따라서 망명생활이 곧 유토피아다.

망명생활로 인한 공백과 더불어 난 또 다른 유토피아 경험을 해왔다. 이 경험을 통해 내가 쓰고자 하는 로망에 대해 생각할 수 있게 되었다. 캘리포니아의 황금, 아니 열병에 걸린 듯 서쪽으로 끝없이 몰려가던 모험가들의 긴 행렬이 바로 그것이다. 그들이 그토록 간절히 찾던 게 유토피아, 다시 말해 황금이라는 유토피아가 아니었다면 대체 뭐란 말인가? 그들이 힘겹게 찾아낸 것은, 그리고 그들이 강바닥에서

* 원제는 『파쿤도, 문명과 야만—후안 파쿤도 키로가의 일생』. 아르헨티나 국민문학의 효시이자 라틴아메리카 문학의 기념비적인 작품으로 꼽힌다. 주인공 파쿤도 키로가는 1820년대와 1830년대에 아르헨티나를 공포의 도가니로 몰아넣었던 가우초인데, 작가 사르미엔토는 당시 독재자이던 로사스를 파쿤도의 후계자로 간주하고 그의 폭정을 풍자하기 위해서 이 책을 썼다.

건져 올린 것은 엄청난 행운이자 보물이었다. 그들에게 황금은 유토피아의 쇳덩어리이자 연금술로 만들어진 유토피아였다. 미지근한 모래가 그들의 손가락 사이로 흘러간다. 나리, 두고 보세요. 우린 이제 갑부가 될 거니까요, 캘리포니아의 황금으로 말이에요, 웰스 파고* 역마차에 탄 남자들은 목이 터져라 그 노래를 부르곤 했다. 그게 뭘 의미하는지 난 잘 알고 있다. 매일 밤, 잠자리에 들 때마다 허리에 붙어 있던 그 황금빛 꿈의 무게를 느끼곤 했으니까. 그건 몰래 숨긴 죄악처럼 개인적인 비밀이기도 했다. 리제트조차 모르고 있었을 정도니까 말이다. 거기에 뭐 있는 거 아니에요? 그녀는 틈날 때마다 내게 묻곤 했다. 그럴 때마다 나는 척추 탈구 때문에 통증이 심해서 의사가 착용하라고 한 구리 복대라고 어물쩍 둘러대곤 했다. 그건 사실이었다. 당시 난 꽤나 오랜 시간 동안 노예처럼 구부정한 자세로 살아왔으니까. 역사가 내게 강요한 어정쩡하고 불편한 자세를 고치기 위해서 단단한 황금으로 만든 코르셋을 사용해야 한다고 해도 요즘 사람들은 아무도 놀라지 않을 것이다. 굴종과 반역의 쓰디쓴 추억을 치유할 수 있는 건 오직 황금뿐이리라.

반면에 풀 한 포기 안 자라는 뉴멕시코 사막을 가로질러 유토피아를 향해 가던 카라반 속에서 난 악몽에서조차 상상할 수 없는 끔찍한 범죄와 공포를 직접 목격했다. 한 남자가 강가에 먼저 도착하려고 동료의 팔을 삽날로 잘라버린 사건이 발생한 것이다. 내친 김에 말하자면, 그는 그 강바닥을 샅샅이 뒤졌지만 금 조각 하나 발견하지 못했

* 미국 서부 개척 열풍이 불던 1852년에 등장한 마차 수송 회사.

다! 맹목적으로 유토피아를 좇던 착란의 세계에서, 그 끔찍한 경험으로부터 내가 얻은 교훈이 뭐겠는가? 유토피아를 추구하는 과정에서는 모든 범죄가 다 일어날 수 있다는 것이다. 그리고 또 하나. (나처럼) 심하게 타락해가면서도 목숨을 부지할 줄 아는 자만이 평온하고도 행복한 진짜 유토피아 왕국에 도달할 수 있다는 것이다. 우리가 흔히 유토피아라고 부르는 아름다운 꿈은 반역자들과 비열한 자들, 그러니까 나 같은 자들의 마음속에나 떠오르는 법이다.

내 상상력에 불을 지핀 세번째 경험은 바로 배반이다. 반역자는 유토피아적 영웅의 고전적인 지위를 차지하고 있다. 자기 자리가 없는 반역자는 두 개의 충성심 사이에서 살 수밖에 없다. 그는 언제나 이중적 의미 속에서, 그리고 위장 속에서 살아야 한다. 그는 자기 본심을 숨기면서 배신이라는 척박한 황무지에서 살아야 한다. 자신의 비열한 행위가 언젠가는 충분한 보상을 받게 될 것이라는 불가능한 꿈을 믿으면서 말이다. 그런데 배신자의 비열한 행위는 미래에 어떤 보상을 받게 될까?

어떤 경우에도 물질적 이해관계가 제 행동의 동기였던 적은 없다는 점을 알려드렸는지 정확히 기억나지 않는군요. 그런데 당신이 제게 돈을 주시겠다니, 저로서는 놀라울 뿐만 아니라 심히 유감스럽기까지 합니다. 돈이라고요, 그것도 제게 말입니까? 그래도 같은 뜻을 나눈 사이라 지금 제 마음속에 끓어오르는 분노와 슬픔을 간신히 억누르고 있습니다. 지금까지 자존심을 버리고 구차하게 살지는 않았다고 자부합니다. 제가 아무리 어려운 상황에 처해 있다 해도 결코 이러한 원칙을 저버릴 수는 없는 일입니다. 사탄은 명예를 목숨처럼 소중히 여기는 사람들도 굴복할 수밖에 없도록 사악한 구실을 만들어 우리를 시험하는 법입니다. 어쨌든 간에 그런 불쾌한 제안을 다시 할 생각일랑 접으시기 바랍니다. 그건 저뿐만 아니라, 당신 자신에게도 모욕적인 일이니까 말입니다. 그렇습니다. 제 평생 개인적인 영광 따윈 바란 적도 얻은 적도 없으며, 오히려 늘 고난만 받고 살아왔다는 사실을 잘 알아두기 바랍니다.

미래의 소설을 쓰기 위해 나는 과거에 쓴 글들을 다시 읽어보고 있다. 과거와 미래 사이에는 아무것도 존재하지 않는다. 그러니 이 현재(이러한 공백이자 미지의 땅) 또한 유토피아라고 할 수 있으리라.

1850년 7월 15일

오늘날 몽상가들이 꿈꾸는 유토피아는 다음 한 가지 면에서 그 장르의 고전적 규칙과는 구분되어야 할 것이다. 즉, 지상에 존재하지 않는 공간을 재구성하려는 시도를 단호하게 거부하는 것. 따라서 결정적인 차이점은 유토피아를 상상 속에나 존재하는 미지의 공간(가장 흔한 경우, 섬)에 설정하지 않는 것이다. 반대로 꿈처럼 멀게만 느껴지는 어느 날(1979년)의 우리나라와 만나는 것이다. 그러나 세상에 그런 장소는 존재하지 않는다. 오직 시간 속에서만 존재할 뿐. 아직 그런 장소는 없다. 나는 이것이야말로 올바른 유토피아적인 관점이라고 믿고 있다. 130년 후 나타날 아르헨티나의 모습을 상상하는 것, 이는 향수(鄕愁)를 일상적으로 실천하는 행위이자, 진정한 로망 필로소피크*이다.

제목: 1979년

제사(題詞): 모든 시대는 이전 시대를 꿈꾼다. 쥘 미슐레

나는 리제트와 내 소설의 주제에 관해 이야기를 나누었다. 그녀가 물었다. 거기에 나처럼 밤하늘을 나는 새들의 모습에서 미래를 읽을 줄 아는 여자가 나오나요? 내가 말했다. 내 소설 속에는, 아마 누구 눈에도 보이지 않는 것을 볼 줄 아는 너 같은 여성 예언자가 나올 거야.

존경하는 선생님께,

제 기억으로는 분명 세구롤라 거리 900번지에 있던 마에스트로 피수르노 학교에서 선생님을 뵌 적이 있는 것 같아요. 전 그 학교에서 1학년부터 6학년까지 다녔습니다. 제 이름은 에체바르네 앙헬리카 이네스예요. 흔히들 아나이라고 부르곤 한답니다. 주지사님, 전 5, 6학년 때 늘 벤치 끄트머리에 걸터앉아 있곤 했던 그 아이예요. 신문에 나온

* 원래는 철학적 소설이라는 의미지만, 여기서는 사드 후작이 쓴 서간체 소설 『알린과 발쿠르』(1795)의 부제를 암시하는 것으로 보인다. 사드처럼 엔리케 오소리오도 서간체 형식을 이용하여 유토피아 소설을 구상하고 있다.

주지사님 사진을 보자마자 곧바로 알아볼 수 있었답니다. 기억 안 나세요? 복도 끝에 있는 벤치에 걸터앉아 있곤 하던 여자아이 말예요, 6학년 B반이었는데. 언젠가 주지사님께서 제게 아름다운 연애편지를 보내신 적이 있었어요. 안타깝게도 제 건강을 염려하던 부모님이 그 편지를 모두 없애버리고 말았답니다. 하여간 〈크로니카〉 신문에 나온 주지사님의 사진을 보고 아련하게 떠오르는 옛 추억 덕분에 용기를 내서 감히 다음과 같은 사실을 알려드리고자 합니다. 주지사님, 그리고 관계자 여러분, 최근 들어 이 도시 북남 방향 그리고 남남동에서 서쪽 방향으로 여러 가지 모습들이 자꾸 제 눈에 어른거립니다. 단적인 예로 쌍둥이들을 들 수 있을 듯합니다. 그들 중 한 명의 이름은 파르노스고, 다른 하나는 엘하포네스*(도쿄 출신의 일본인입니다)라고 합니다. 이들이 여러 가지 일을 한다 해도 모두 검은색 에나멜 부츠를 신고 있어서, 주지사님이 쉽게 알아보실 수 있을 겁니다. 그건 그렇다 치더라도, 아까 말씀드린 그 방향을 주목하셔야 합니다. 남남동에서 서쪽 방향(그러니까 먼로 거리 쪽) 말입니다. 주지사님, 그간 제가 어떤 일을 겪었는지 말씀드릴게요. 누군가가 제 몸을 절개한 뒤, 심장 동맥 사이에 몰래 송신 장비를 설치했어요. 제가 잠든 사이에 저들이 제 몸속에 작은, 아주 작은 소형 장비를 집어넣은 거예요. 물론 뭔가를 송신할 수 있도록 하기 위해서죠. 유리로 만든 소형 캡슐인데, 작은 유리구슬처럼 생겼어요. 그런데 거기서 모든 영상이 다 보이는 거예요. 저들이 제 몸에 심어놓은 그 장비 덕분에 TV 화면처럼 모든 게

* 스페인어로 일본인이라는 뜻이다.

다 보여요. 누구든 눈앞에 펼쳐진 저 황량한 땅을 볼 수 있죠. 하지만 거기서 제가 무얼 봤는지는 상상도 못할 겁니다. 무어라 형언하기조차 어려운 극심한 고통이었습니다. 처음엔 그저 죽은 사람 모습만 보였어요. 그를 철제 침대 위에 뉘어놓았는데, 위에다 신문지로 대충 덮어두었더군요. 그런데 자세히 보니 그 사람만 있는 게 아니었어요. 평평하게 다져놓은 흙바닥으로 된 복도 깊숙한 곳에 다른 사람들이 있는 거예요. 저들이 저지른 끔찍한 만행을 보지 않으려고 전 눈을 감아버렸답니다. 그 사람의 처참한 모습을 안 보려고 일부러 노래를 부르기도 했습니다. 전 그가 당한 고통을 보고 싶지 않았어요. 그래서 노래를 불렀죠. 전 공식 가수니까요. 그 유리구슬에 비친 여러 가지 모습을 말씀드려도, 아무도 믿으려고 하지 않아요. 왜 하필이면 제게 그런 짓을 한 거죠? 왜 그 무서운 장면을 모두 봐야 하는 거죠? 그것도 하필이면 제가요? 예를 들어볼까요? 늘 절 쫓아다니는, 그러니까 절 만나고 싶어 하는 남자가 있습니다. 폴란드인이에요. 폴란드. 전에 사진을 본 적이 있어요. 철조망에 둘러싸인 채 공포에 떨고 있는 유대인들을 죽이는 사진이었죠. 팔레스타인의 베들레헴에 화장로가 있어요. 그리고 북쪽, 그래요, 저 북쪽 카타마르카 주의 벨렌*에도 있어요. 새들이 원을 그리며 하얀 재 위를 날고 있어요. 혹시 그건 에비타 페론이 한 말이 아닌가요? 그녀도 저처럼 모든 걸 다 볼 수 있었죠. 그녀

* 작품에서 서로 다른 두 지역, 베들레헴과 벨렌(스페인어로 베들레헴을 '벨렌'이라고 한다)을 연결하는 것은 단순히 같은 지명이어서라기보다는 오늘날 팔레스타인에서 벌어지고 있는 학살과 아르헨티나에서 자행된 '추악한 전쟁(1976년 쿠데타로 집권한 군사정권이 좌익 게릴라 소탕이라는 명분 아래 수만 명을 납치, 고문, 살해한 사건)' 사이의 공통점, 즉 국가폭력의 문제를 드러내기 위한 의도로 풀이된다.

가 죽은 후, 사람들은 그녀의 내장을 다 들어내고 그 안에 헝겊을 채워 넣었어요. 인형처럼 말이에요. 암세포가 전이돼서 피부가 마치 파란 거미줄로 뒤덮인 것 같았어요. 철제 침대 위에 뉘어놓은 남자. 왜 하필이면 제가 그런 끔찍한 장면을 봐야 하는 거죠? 아마도 전 그 모든 고통과 슬픔을 볼 수밖에 없는 운명인지도 모르겠습니다. 하지만, 주지사님, 저도 이젠 더 이상 못 견디겠습니다. 그들의 끔찍한 모습을 보지 않으려고 눈을 감기도 하고, 그들의 고통을 애써 잊으려고 노래를 부르기도 한답니다. 말씀드렸듯이, 전 공식 가수예요. 노래를 부를 때만큼은 이 세상의 모든 고통과 시름을 잊을 수 있답니다. 제가 찬가를 불러드릴게요. **저 하늘 높이, 용감한 독수리 한 마리가, 승리의 날갯짓을 하면서, 대담하게 비상하네.*** 제가, 리토랄**의 여왕인 아나이가 이렇게 노래를 부르고 있답니다. 또다시 신경쇠약에 시달리지 않으려고 노래를 부르고, 또 부르고 있습니다. 그래서 전 계속 노래를 불러야 한답니다. 전 공식 가수가 되어야 해요. 제가 공식 가수로 임명될 수 있을까요? 부디 제가 공식 가수로 임명될 수 있도록 주지사님께 간곡하게 부탁드리고 싶습니다. 이런 부탁 드려도 괜찮겠죠? 가수든, 노래꾼이든, 소리꾼이든 주지사님께서 원하는 대로 부르셔도 됩니다. 마에스트로 피수르노 학교 6학년 B반 시절, 늘 벤치에 함께 앉아 있던 촐라라는 친구를 통해 제게 보내주신 그 쪽지만 생각하면 지금도 마음이 설렌답니다. 세구롤라 거리 900번지, 6학년 B반, (전 늘 벤치 끝에 걸터앉아 있었죠) 우리가 함께했던 옛 추억을 떠올리며 주지사

---

* 아르헨티나 국기(國旗) 찬가인 〈아우로라〉의 가사.

** 우루과이, 파라과이와 인접한 아르헨티나의 주.

님께 정중히 인사드립니다. 그때 당신이, 아니 주지사님께서 편지에 쓰신 달콤한 말을 지금도 잊을 수가 없군요. 예언자라는 이 끔찍한 운명에 휩싸여 있는 지금도 말입니다. 당시 우리 반 담임 선생님은 올가라는 분이셨어요. 키는 조금 작았지만, 눈은 하늘빛이었어요. 선생님은 매일 아침 교실에 들어오실 때마다 미소를 지으며 "안녕, 여러분"이라고 말씀하셨죠. 그러면 우리들은 (당신, 아니 주지사님도 포함해서요. 그땐 주지사님도 어렸을 때니까) 합창을 하듯 "선생님, 안녕하세요" 하고 외치곤 했죠. 그리고 국기를 게양하는 동안 우린 모두 〈아우로라〉를 불렀어요. 이토록 많은 세월이 흘렀는데도 다행히 전 그 노래, 국기 찬가를 잊지 않았답니다. 그래서 눈앞에 보이는 끔찍한 고통과 괴로움을 더 이상 견딜 수 없을 때마다 그 노래를 다시 부르곤 한답니다. 하늘빛의 파란 날개, 바다색의 파란 날개. 저, 아나이가 그렇게 노래를 부른답니다. 주지사님께, 다시 한 번 정중한 인사를 드립니다. 에체바르네 앙헬리카 이네스.

그에겐 늘 이런 식의 편지가 온다. 주지사님, 도지사님, 부영사님, 라모 장관님, 당국자 귀하, 이런 식이다. 가끔 그는 그 편지들을 복사해서 재미 삼아 집으로 가져가서 보기도 한다. 언젠가는, 아로세나는 생각했다, 나도 이런 편지를 받게 될 거야. 아니면 내가 그런 편지들을 쓰게 될 수도 있겠지. 그는 그 편지를 다른 편지들과 분리해서 놓아두었다. 그러고는 다음 편지를 집어 들었다. 노트 종이에 연필로 힘들여 쓴 편지였다. 이런 젠장, 그 편지를 읽자마자 아로세나는 투덜거렸다. 이 후안 크루스 바이고리아란 자는 대체 어디서 나타난 거야?

1850년 7월 18일

내가 쓰고자 하는 소설과 내가 알고 있는 유토피아(토머스 모어, 캄파넬라*, 프랜시스 베이컨) 사이에는 근본적인 차이점이 있다. 내 경우엔 다른 시대나 다른 장소를 이야기(혹은 묘사)하려는 것이 아니다. 그보다는 미래에 대한 가능한 증언이 평범하고 일상적인 형식으로 제시되는 이야기를 구성하려는 것이다. 마치 역사가가 과거의 문서들을 접하듯이 내 소설의 주인공은 저 미래의 누군가가 쓴 글들을 만나게 될 것이다.

미래의 문서를 연구하는 역사가. (이것이 내 소설의 주제이다.) 서사의 모델은 내가 쓴 글과 문서들이 보관되어 있는 궤짝이다. 백 년이 흐른 뒤 이 글을 읽게 될 이에게 이 문서 외에는 아무것도 없고 그가 재구성하려는 이 시대와 삶에 대해서도 특별한 지식이 없다면, 여기서 뭘 얻어내고 무슨 생각을 할 수 있을까?

1850년 7월 23일

오랫동안 나를 괴롭혀온 고통이 다시 도지기 시작했다. 머리가 깨질 듯이 아프다. 마치 금속처럼 차가운 물체가 내 두개골 사이에 박혀

* 이탈리아의 철학자이자 신학자(1568~1639).

있는 듯한 느낌이다. 통증은 뇌에 난 모든 주름을 거쳐서 뇌 전체로 퍼져간다. 진통제 복용량을 늘려보기도 했지만 별 차도가 없고, 차를 마셔도 아침에만 효과가 있을 뿐이다. 앉아 있는 시간이 점점 더 줄어들고 있다. 그래서 하는 수 없이 방 안을 이리저리 서성거리기 시작했다. 그러나 무슨 일이 있어도 내 희망이나 다름없는 그 소설에 대한 생각을 한시라도 놓쳐서는 안 된다.

소설의 '실제' 시간은 1837년 3월에서 1838년 6월(프랑스에 의한 봉쇄,* 공포)이다. 그 기간 동안, 적절한 서사적 방법을—이는 내가 해결해야 할 문제다—통해서, 주인공은 1979년 아르헨티나에서 쓰인 문서를 발견하게 (그리고 그것을 수중에 넣게) 된다. 그 문서를 읽으면서 그는 미래의 시대가 어떻게 될까를 재구성(상상)한다.

한 가지 중대한 발견. 통증을 잊으려고 방 안을 이리저리 서성거리던 중에 갑자기 내가 쓰고자 하는 유토피아 소설의 적절한 형식이 떠올랐다. 주인공이 미래로부터 온 편지를 (물론 그에게 보낸 것은 아니지만) 받게 된다. 바로 이것이다.

그러면 그것은 서간체 소설이 될 것이다. 왜 하필이면 한물 간 서간문 형식인가? 유토피아 자체가 이미 과거에 속하는 문학 형식이기 때문이다. 우리, 19세기 사람들이 보기에 유토피아는 서간체 소설처럼 시대에 뒤떨어진 낡은 형식에 불과하다. 그러니 현대 소설가들 (예컨대 발자크나 스탕달이나 디킨스) 가운데 그 누구도 유토피아 소설을 쓸 생각조차 하지 않았던 것이다. 나는 우리 시대 작가들의 작품을 가

---

* 프랑스 함대가 1838년 3월 28일부터 1840년 10월 29일까지 부에노스아이레스 시와 항구를 봉쇄한 사건.

급적 읽지 않으려고 한다. 대신에 한물 간 과거의 작품들에서 나의 문학적 영감을 얻고자 한다(L. 메르시에르의 『서기 2004년』, 몽테스키외의 『페르시아인의 편지』, 볼테르의 『캉디드 혹은 낙관주의』, 디드로의 『라모의 조카』, 사드의 『알린과 발쿠르 혹은 필로소피크 로망』 그리고 라클로의 『위험한 관계』*).

고통 때문에 침대에서 보내는 시간이 점점 늘어나고 있는 형편이다. 눈 위에는 물에 적신 수건을 덮고 있다. 위기는 반드시 지나갈 것이다.

1850년 7월 24일

내 유토피아 소설이 서간문 형식이어야 한다는 것을 어떻게 알아낼 수 있었을까? 첫번째, 편지는 그 자체로 유토피아의 형식이다. 편지를 쓴다는 것은 미래로 메시지를 보내는 것이기 때문이다. 편지를 쓰는 동안, 우리는 그 자리에 없을 뿐 아니라, 지금 어떤 상태인지도(기분은 어떤지, 또한 누구와 함께 있는지) 모르는 사람과 현재시제로 대화를 나누다가, 나중에서야 서로의 이야기를 읽게 된다. 편지는 유토피아적인 대화 형식이다. 왜냐하면 편지는 현재를 폐기함으로써 미래를 유일한 대화 공간으로 만들기 때문이다.

그 밖에 두번째 이유가 있다. 서로 멀리 떨어져 있거나, 각자 다른 장소와 도시에 흩어져 있는 친구들, 가장 사랑하는 벗들 사이의 관계

* 이들 작품은 시간을 가로질러 미래 인간과 편지를 교환하고, 이를 통해 현실이라는 악몽을 벗어날 역사적 전망을 획득한다는 공통점이 있다.

를 글로 대신할 수밖에 없게 만드는 상황이 망명과 추방 외에 또 뭐가 있단 말인가? 그리고 가끔씩 가족들 소식과 함께 친구들이 보낸 편지들(때로는 장황하고 진부하다가도, 또 때로는 뭔가를 숨기는 듯한 편지들)이 전해주는 우리나라 현실에 대한 이야기를 읽는 것 외에 우리가 잃어버린 나라, 우리가 떠날 수밖에 없었던 나라와 대체 무슨 관계를 유지할 수 있단 말인가? 우리가 볼 수조차 없는 그 땅에 대해 달리 무슨 생각을 할 수 있단 말인가?

따라서 내가 망명, 추방 중에 망명, 추방에 의해 쓰이는 소설의 형식을 선택한 것은 참으로 잘한 일이다.

사랑하는 아들 보아라.

우리, 그러니까 나와 네 엄마는 그럭저럭 살고 있단다. 무엇보다 네가 무사히 이 편지를 받았으면 한다. 네 엄마는 갈수록 신경이 날카로워지고 있단다. 밤에는 눈도 거의 못 붙일 정도니까. 혹시 네게 무슨 일이라도 생길까 봐 노심초사하고 있구나. 그래, 넌 지금도 오하이오 와인즈버그에 있니? 지금껏 네게도 말을 못했다만, 아무리 뼈 빠지게 일을 해도 웬일인지 벌이가 갈수록 줄어드는구나. 특히 우리 장군님* 이 돌아가신 뒤로는 우리 같은 가난뱅이들을 보살펴주는 사람은 눈 씻고 찾아봐도 없구나. 혹시라도 내가 이 문제에 대해 편지를 쓰는 거라고는 생각지 마라. 얼마 전 우린 감자도 심고, 호박과 사탕무도 조

* 가난한 자들을 위한 정책을 편 페론 대통령을 가리킨다.

금씩 심었단다. 그리고 지금은 가지와 토마토도 한번 심어볼까 생각 중이지. 그게 수익이 괜찮거든. 서리가 내리면, 나도 '차우 에스프론세다'*라고 해봐야지. 돌아가신 네 할아버지가 '차우 에스프론세다' 라고 속삭이듯 말씀하시던 모습이 기억나는구나. 그리고 1921년 우리가 멘도사에 있었을 때, 네 할아버지가 "하늘엔 별이, 들판엔 가시나무가, 그리고 내 가슴속엔 카를로스 워싱톤 렌시나스**가"라고 노래하듯이 웅얼거리시던 모습도 떠오르는구나. 렌시나스는 정치인이었는데, 코리엔테에서 온 자에게 총격을 받고 세상을 떴지. 지금 이곳엔 걱정거리가 한둘이 아니란다. 우린 그저 네가 오하이오 와인즈버그에서 무사히 지내기만을 바랄 뿐이다. 거기가 어딘지 지도에도 안 나오는구나. 전에 돈 크레스포란 사람의 집에 간 적이 있는데, 거기서 미합중국이란 나라와 오하이오 주를 지도에서 찾아봤단다. 하지만 네가 산다는 와인즈버그는 지도에 안 나오더구나. 네 엄마는 걱정이 이만저만이 아니란다. 잠도 잘 못 이룰 정도니까. 참, 베버네 집 장남 있잖냐? 그 녀석은 날 볼 때마다 네 소식을 묻곤 한단다. 그래도 그 집 안에서 내게 다가와 말을 거는 건 그 녀석뿐이야. 여동생은 결국 절름발이 오르티고사와 결혼했고. 아무리 생각해도 이제 시골에서는 살아갈 방도가 없구나. 뼈 빠지게 농사를 지어봐야 소작료도 못 낼 정도니 말이다. 그래서 내 대부인 안셀모 아르날도 마이다나 씨에게 편지를 써볼 요량이다. 지금은 부에노스아이레스 주 에스펠레타에 있는 국영

---

* 이탈리아어 'ciao'에서 유래한 말로 작별할 때 쓰는 인사말. 라틴아메리카 사람들이 자주 사용한다.

** 아르헨티나 멘도사 출신의 진보적인 정치인(1888~1929).

빵가게에서 일하고 있지. 나도 수도에 정착해서 새로운 삶을, 시쳇말로 제2의 인생을 살아볼 생각이다. 1946년경에 거기 가서 살 뻔했지. 지금 생각해봐도 참 좋은 시절이었단다. 모든 게 꿈만 같았으니까 말이다. 그때였다면 넌 그런 일을 겪지 않았을 텐데. 아니, 이런 빌어먹을 시골에 누가 숨어 있겠니? 하지만 저들은 너희 모두를 미친 개 사냥하듯 다 잡아가버렸지. 그 바람에 이곳 연맹조직은 완전히 붕괴되고 말았단다. 돌아가신 네 할아버지는 미트레가 정권을 잡은 뒤부터 우리 같은 가난뱅이들은 아주 엿 같은 신세가 되고 말았다고 늘 투덜거리곤 하셨지. 하지만 얘야, 어떤 일이 있어도 희망을 잃어선 안 된다. 매사에 늘 신중하고 당당하게 임해야 한다. 세상은 돌고 도는 법이다. 그러니 미쳐 날뛰는 이 세상도 언젠가는 올바른 길을 가지 않겠느냐. 나는 벌써 예순세 살이나 먹었지만 아직 마음만은 청춘이다. 게다가 젊은 놈들 뺨 칠 정도로 건강하단다. 아무리 힘든 일이라도 척척 해치울 정도로 팔팔하지. 그런데 지금 이 나이에 누가 일감을 주겠느냐. 얼마 전 이 근방에 있는 필라에 서커스단이 온 적이 있었지. 물론 어릿광대들과 사자들도 왔단다. 그런데 한 사람이 공중에 매달린 외줄 위에서 균형을 잡으며 걷는 묘기를 했어. 그토록 높은 곳에서 아슬아슬하게 걷는 모습을 보다 보니 내가 다 아찔해지더구나. 마치 공중에서 균형을 잡기 위해 날개를 쫙 편 새처럼 보였지. 서커스 공연 중 압권은 어떤 이가 「가우초 마르틴 피에로」를 읊는 장면이었어. 검은 옷을 두르고 감정을 제대로 살려서 읊조리는 그 모습은 감동 그 자체였단다. "이 세상을 따뜻하게 만들어줄 불은 저 아래에서 오리니." 이 대목에 이르자 순간 눈앞으로 페론 장군의 모습이 떠오르더구나. 오하이오 와인즈버그에도 소가 있니? 녀석, 참 멀리도 갔구나. 아무리 봐도 거긴 세상 끄트머리같이 느껴지니 말이다. 지금까지 잘 살아왔으니, 앞으로도 좋은 기회가 없진 않을 거다. 그러니 어떤 일이 있어도 주눅이 들거나 좌절해서는 안 된다. 내 생각엔 말이다, 네가 이 세상의 이치를 조금씩 깨달아가는 것이 좋을 듯하다. 내가 1946년, 1947년경 연방 수도에 가려고 마음먹었을 때 그랬던 것처럼 말이다. 하지만 난 뜻을 접고 여기에 눌러앉았단다. 지금도 이따금씩 그곳, 즉 볼리바르 쪽을 바라보며 생각에 잠기곤 한단다. 어찌 생각해보면 이 땅은 날 영원히 놓아주지 않을 것 같구나. 왜냐고? 그건 말이다, 내 생각엔, 한 인간이 가질 수 있는 유일한 땅이 있다면, 그건 결국 자신이 묻힐 때 얻는 땅이니까 말이다. 네 엄마는 끔찍이도 널 그리워한단다. 가끔 부엌에 가보면 네 엄마가 혼자 울고 있더구나. 내가 모른 척하고 옆을 지나가면, 네 엄마는 냄비에서 나는 연기 때문에 눈이 매운 것처럼 손으로 눈을 비비곤 하지. 그럼, 잘 있어라. 네 아버지, 후안 크루스 바이고리아.

참 솔직하고도 소박한 글이군, 아로세나는 생각했다. 하지만 그 정도에 정신을 빼앗길 그가 아니다. 오하이오 와인즈버그라, 편지에 세 번이나 나왔지. 엉망으로 쓴 글이지만 여기에도 일정하게 반복되는 패턴이 있음을 그는 직감적으로 알아챘다. 그리고 그것을 카드에 적어놓고는 글자 수를 세어보았다. 뒤이어 그 숫자를 편지에 사용된 단어의 개수와 연결시켜보았다. 그는 그 숫자에 따라 알파벳의 모음을 분류하는 식으로 편지의 의미를 분석했다. 아로세나는 이 편지에 어떤 식으로든 암호화된 메시지가 숨어 있다는 가정하에 작업을 진행했다. 그의 눈에는 편지에 있는 모든 것이 비밀 메시지를 발견하는 데 중요한 단서가 될 수 있을 것으로 보였다.

1850년 7월 25일

다시 통증이 도져 온몸이 얼어붙은 듯하다. 작은 얼음 덩어리 한 개가 뇌혈관을 타고 흘러 다니는 느낌이다.

나의 적들은 목적을 이루기 위해서라면 수단과 방법을 안 가릴 인간들이다. 저들은 문서를 그럴싸하게 만들어낸 뒤, 거짓 증인과 위조 편지 등을 동원해서 최대한 우려먹을 것이고, 내가 쓴 글과, 또 내 글에 대해 다른 이들이 쓴 것을 제멋대로 왜곡할 것이 뻔하다. 뿐만 아니라 저들은 못사는 사람들에게 돈을 먹여 내가 숨어 있는 곳과 내 문서가 보관되어 있는 곳에 불을 지를 것이다. 내가 믿을 만한 사람에게 4실링을 주고 밤새 내 주변을 지키게 한들, 그 정도의 일도 못해낼 위인들이 아니다.

라가타와 나른한 오후 시간을 함께 보내는 이 방, 이스트 강변에 있는 이 방이야말로 내게 가장 안전한 장소이리라. 그런데 만일 그녀가 스파이라면? 마르티니크 출신의 흑인 창녀가 저렇게 스페인어를 잘하고, 게다가 내 말을 그토록 유심히 듣는다는 게 좀 수상쩍지 않은가? 난 밀고자들이 보통 어떤 식으로 행동하는지, 또 그들이 위장하는 방법에 대해선 어느 정도 알고 있다. 그간의 내 경험을 통해서 말이다. 그녀에게 너무 많은 말을 한 건 아닐까? 오늘 오후에도 뭔가 의심스러운 생각이 들어 넌지시 떠보았더니 리제트가 대뜸 말했다. 무슨 생각을 하시는 거예요? 분명 그렇게 말했다. 침대에 편히 누워 한 쪽 무릎을 세우고, 손으로 다리 사이의 푸른빛을 띤 작은 숲을 살포시 가린 채 말했다. 무슨 생각을 그리 하시는 거죠? 이 세상 어떤 여자도 리제트만큼 충직하지는 못할 것이다. 전에 말씀드리지 않았나요? 제 꿈에서 우리 두 사람 사이에 뭔가 안 좋은 일이 일어날 것 같은 징조를 보았다고요. 제가 말씀드렸죠(그녀는 내게 말했다), 지금 당신과 함께 있어도 솔직히 두려워요. 안 좋은 일이 언제 일어날지, 또 무슨 일이 일어날지 저 자신도 알 수 없긴 하지만 그래도 전 당신과 함께 있잖아요. 무슨 생각을 하시는 거예요? 촉촉하고 부드러운 목소리로, 하지만 꿈에 나타난 징조를 언제나 믿었던 그녀이기에 다소간 떨리는 목소리로 리제트가 말했다. 무슨 생각을 그리 하시는 거죠? 라가타는 말을 하면서 자신의 젖꼭지 주변의 매끄러운 피부를 나른해 보일 정도로 느리게 애무하기 시작했다. 당신이 겪는 불행한 일이 내게 닥칠지 어찌 알겠어요?

(새벽녘)

계속 글을 쓰고 있다. 저녁에 시작된 통증이 여전히 내 몸을 옥죄고 있다. 난 글 쓰면서 생각하기를 좋아하기 때문에 지금 방 안에는—펜촉이 종이에 긁히는 소리만 들릴 뿐—죽음의 침묵이 떠돌고 있다. 표현하지 못한 채 우리 마음속에 담겨 있는 생각을 어떤 물질에라도 옮겨줄 수 있는 기계가 아직 발명되지 않은 이상, 이런 정적이 나에겐 최상의 환경이다. 내 마음이 허우적거리고 있는 잉크병과 가위 그리고 내 말을 기다리는 하얀 종이가 내 앞에 놓여 있다. 나는 글을 쓰고 있다.

우리 집에서 그리 멀지 않은 곳에 아주 선량한 여자 수도사 한 분이 살고 있다. 그녀의 정직한 마음씨에 반해 나는 이따금씩 그녀를 찾아가곤 한다. 리제트 가젤이라는 그녀의 이름이 내 마음 깊숙한 곳에 자리 잡고 있다. 난 그녀를 머리끝부터 발끝까지 죄다 알고 있다. 어떤 면에선 나 자신보다 더 정확히 알고 있다고 할 수 있다. 오래전 그녀는 화사하고 날씬한 수도사였고, 난 의사였다. 난 마침내 그녀의 피부를 검게 만들고 몸에 살도 더 오르게 하고, 또 스페인어도 익히게 하는 방법을 터득했다. 그녀의 언니뻘인 미스 레바는 그녀의 남편 역할을 하며 함께 살고 있다(둘은 레즈비언이다). 솔직히 말해 그녀(언니)는 살이 너무 쪄서 내 취향에 맞지 않지만 나는 그녀를 삐쩍 마른 모습으로 만들 수도 있다. 피부와 뼈만 남은 시체처럼, 아니 진짜 시체처럼 만들 수도 있다. 난 의사다. 요즘 그녀는 서서히 죽어가고 있다. 이제 머지않아 시체 해부를 할 수 있다는 생각에 들뜨기조차 한다.

내 눈앞에 가위와 잉크병 그리고 내 말을 기다리는 하얀 종이 몇 장이 보인다. 난 글을 쓰고 있다.

내가 궤짝에 보관하고 있는 저 옛날 문서들은 내 개인적인 동물원이다. 도마뱀과 쥐 그리고 차가운 살갗을 지닌 살모사까지, 실제보다 작은 야수들이 그 속에 웅크리고 있다. 뚜껑만 열면 내 혈관을 타고 흐르는 얼음 덩어리만큼이나 작은 야수들이 들끓는 모습을 볼 수 있다. 나는 무리 지어 사는 이 동물들을 역사라는 우리 속에서 기르고 있다. 그리고 나 자신의 생각을 살코기 삼아 이들에게 먹이로 주고 있다.

내 앞에 내 말을 기다리는 하얀 종이가 몇 장 보인다. 나는 글을 쓰고 있다. 방 안에는 펜촉이 종이에 긁히는 소리만 들릴 뿐이다.

어젯밤, 내가 쓴 글을 모아둔 궤짝 속에 오른손을 집어넣었더니 작은 짐승들이 밖으로 나오려고 다리와 더듬이를 사납게 흔들어대면서 내 팔뚝까지 기어올랐다. 과거 속으로 더 깊숙이 손을 집어넣자 엄청나게 많은 파충류들이 내 피부를 타고 기어오르려 했다. 그때의 혐오감은 말로 표현할 수 없을 정도였다. 그러나 그 순간 내 손끝으로 전해오던 촉감들, 즉 비늘로 덮인 배와 뾰족한 발톱에서 느껴지던 그 섬뜩한 느낌은 내가 누구인가, 지금까지 어떻게 살아왔는가를 확인하려고 할 때마다 치러야 하는 대가라는 사실을 난 잘 알고 있다.

내 앞엔 가위 하나가 놓여 있다.

검은 비단을 찢을 때, 종이를 불에 태울 때와 비슷한 기분 나쁜 소리가 난다.

아로세나는 다시 한 번 그 편지를 정리하면서 문단별로 나누었다.

하지만 어떤 방법을 써봐도 핵심적인 단서, 그러니까 일치하는 패턴이 발견되지 않았다. 거기엔 아무것도 없었다. 거기엔 아무것도 없다? 그는 포기하지 않고 엉망으로 쓴 그 편지를 또다시 분석했지만, 결국 포기하기로 마음먹었다. 그는 이내 다음 편지를 찾았다. 엔트레리오스 주 콩코르디아 사서함 12 마르셀로 마기 앞. 사르미엔토가(街) 1516번지 에밀리오 렌시 보냄. 아로세나는 전등 불빛을 조절한 뒤 그 편지를 읽기 시작했다.

3

마르셀로 외삼촌께

외삼촌이 보낸 아름다운 처녀 또는 외삼촌의 제자(그런데 이 제자라는 단어는 에로틱한 느낌이 들어요. 신기하게도 그 말에서는 엄한 가르침과 매춘이라는 상반된 이미지가 동시에 연상되거든요)인 앙헬라가 얼마 전에 절 찾아왔더군요. 전 앞으로 삼촌의 미스터리한 (그리고 열정적인) 지시를 충실히 따를 겁니다. 누가 보더라도 삼촌의 삶에는 뭔가가 숨겨져 있다고 생각할 거예요. 정원의 꽃처럼 삼촌이 몰래 간직하고 있는 비밀 같은 것 말이에요. 제 생각에, 그건 삼촌이 직접적으로 말씀하시거나 암시한 내용 때문이 아니라, 역사학자로서 하시는 일 때문에 그런 것 같아요. 다른 사람들(혹은 다른 사람, 즉 엔리케 오소리오)의 미스터리한 삶에서 뭔가를 찾아내려고 애쓰는 외삼촌이 지금은 연구대상이 된 것처럼 보이기까지 합니다.

어찌 됐든 간에 전 이번 달 27일 오전 열시경에 콩코르디아에 도착하게 될 겁니다. 물론 기차를 타고 갈 거예요. 주소와 번지수까지 다 알고 있으니까, 지금 당장에 더 필요한 건 없어 보입니다. 이 편지를 쓰는 건, 제가 도착하는 날짜와 시간을 확인시켜드리기 위해서입니다. 이제 머지않아 (마침내) 만나게 되겠죠. 그러면 우린 각자가 알고 있는 이야기(역사)에 대해 그 의미가 분명하게 밝혀질 때까지 원없이 얘길 나눌 수 있을 거예요. 일단 지금 외삼촌께 드리고 싶은 말씀은 이거예요. 역에서 내리면 전 계단(콩코르디아 역에는 물론 계단이 있겠죠?) 앞에 서 있을 겁니다. 참, 제 인상착의를 말씀드려야겠네요. 전 키가 굉장히 작은 편이에요. 곱슬머리고 안경을 쓰고 있습니다. 그리고 텐트 천으로 된 가방을 들고 있을 거고요. 다른 손(나머지 손)으론 검은 표지의 책을 가슴에 꼭 대고 있을게요. 그 책은 여행 중에 읽으려고 방금 산 마르티네스 에스트라다의 『단편 모음집』일 겁니다. 삼촌 말씀대로 우린 전에 한 번도 만난 적이 없는 데다 서로 잘 알지도 못하죠. 그러니까 이번 기회는 서로 모르는 두 사람 사이의 만남이라고 할 수 있을 거예요. 그럼, 안녕히 계세요. 라모의 조카, 에밀리오 렌시.

추신. 그리고 상원의원님도 (또한) 만나 뵐 생각입니다. 그래서 이번 일요일에 약속을 잡아놨는데, 말씀드린다는 걸 깜박 잊을 뻔했습니다. 그러니까 지난번 편지를 쓰고 난 다음 날, 12일이던가요, 바로 그날 약속을 했어요. 외삼촌께 말씀드리진 않았지만, 그날 큰 소동이 있었어요. (찾아 뵐 약속을 정하려고) 전화를 걸었어요. 처음에 얘거서 크리스티 소설에나 나올 법한 집사가 전화를 받더니만, 제가 하는 말은 제대로 듣지도 않고 곧바로 애거서 크리스티 본인에게, 그러니까 어느 노파(아니면 노파의 목소리를 가진 어느 여인이든가)에게 수화기를 건네더군요. 그래서 어쩔 수 없이 자신을 상원의원의 며느리라고 밝힌 노파에게 아까 집사에게 했던 말을 되풀이했죠. (그러니까 루시아노 오소리오 박사와 직접 통화하고 싶다고 말이죠.) 그 노파가 잠시 기다리라고 했는데, 30분이 지나서야 아들이라는 사람이 전화를 받더군요. 마르셀로의 조카이고 따라서 에스페란시타의 시댁 조카가 된다고 제 신분을 밝혔는데도, 그는 제 말을 전혀 믿을 수 없다는 듯이 이것저것 물어보기 시작했습니다. 마치 제가 KGB 요원인 것처럼 대하더군요. (그들이 저를 CIA 요원처럼 대했다고 말할 순 없을 것 같습니다. 왜냐하면 그들이 CIA에 대해 훨씬 더 우호적인 생각을 가지고 있을 게 분명했기 때문입니다.) 그래서 전 외삼촌이 제게 부탁한 것도 있고 해서 상원의원님과 꼭 통화하고 싶다고 말했어요. 하지만 그 남자는 거기에 대해 자기는 아는 바도 없고, 또 알고 싶지도 않다고 하더군요. ("뭐 하게요? 뭐라고요? 그건 안 됩니다. 그분은 좀 쉬셔야 해요." 그자가 전화에 대고 한 말입니다.) 그러나 잠시 후에, 전혀 예상치 못한 일이 일어났어요. 그자가 갑작스럽게 생각을 바꾸고 유연하게 나오는 거예요. 그 순간 아, 이런 게 바로 상류층의 특성이구나 하는 생각이 들더군요. 그자는 (갑자기) 제게 상냥하게 굴더니 조금만 기다려주면 이 건물의 반대편, 자기 아버지가 '거처'하고 있는 방으로 전화를 옮겨주겠다고 하는 겁니다. 전화를 받은 그자가 절 햄릿 왕자의 아버지 유령과 연결시켜주려고 엘시노어 성의 뒷길을 거쳐 계단과 회랑을 뛰어다녔는지는 모르겠지만, 하여간 그 후로 일곱 시간 정도를 기다렸습니다. 미로와 같은 침묵이 흐른 뒤, 수화기에서 상원의원님의 목소리가 흘러나왔어요. 참 신비로운 목소리를 가지셨더군요. 마치 다른 세계에서 말을 하는 것처럼 거리가 느껴지면서도 동시에 빈정대고 과시하는 듯한 화려한 말투였습니다. 한마디로 아르헨티나 특유의 말투여서 (제가 아르헨티나인의 목소리라고 생각한 것과 너무나 비슷했거든요) 그 스타일로 볼 때 제가 후안 마르틴 데 푸에이레돈*이나 다른 귀족들과 통화하고 있는 게 아닌가 하는 착각마저 들 정도였어요. 다소 당황한 저는 외삼촌의 부탁으로, 그러니까 외삼촌을 대신해서 안부를 전해드리려고 전화를 했고, 가능하다면 직접 찾아가서 만나 뵙고 싶다고 말씀을 드렸어요. 외삼촌의 소식을 듣자 갑자기 노인네 목소리에 생기가 도는 듯하더군요. 하지만 기쁨도 잠시, 그는 다시 심각한 목소리로 자신이 '거처'하고 있는 엘시노어 성의 별채로 오는 방법을 조목조목 일러주기 시작했습니다. 예를 들면, 복도 끝에 있는 측면 계단을 따라 올라오는 방법에서 시작해서, 절대로 엘리베이터는 타지 말 것이며, 무엇보다 자기 아들이나 친척이 안내해주겠다고 해도 절대 허락하지 말 것 등등, 아주 꼼꼼하게 말해주었어요. "내 자식 놈들이나 며느리들은 물론이고 손자들도 내 근처에 얼쩡거리는 게 싫소. 알겠소? 당신 혼자 올라와야 합니다. 어떤 일이 있어도 그들이 따라오지 못하게 하시오. 그 인간들도 가끔은 자식의 도리를 해야 한다고 느끼는지 내가 죽었는지 보려고 이곳에 불쑥 찾

* 독립전쟁 시기에 활약했던 아르헨티나의 정치인이자 군인(1776~1850).

아오곤 한다오." 상원의원이 그렇게 말하더군요. "내 말이 이해가 되시오, 젊은이? 그러니 당신은 먼저 복도를 가로질러서 계단으로 곧바로 올라오시오. 응접실에서 당신을 기다리고 있을 테니 말이오." 지금까지 말씀드린 대로 꽤나 간단한 절차를 거쳐 결국 모레 상원의원을 만나기로 약속을 했습니다. 이번 달 27일에 외삼촌과 제가 (외삼촌의 응접실에서) 만나게 되면 모든 걸 자세하게 말씀드리도록 할게요. 안녕히 계세요. 에밀리오.

일단 위기는 넘겼다. 하지만 내 지병이라고 하는 그것이 다시 악화되고 있는 듯하다.

요즘 소설이 순조롭게 진척되고 있다. 자나 깨나 내 머릿속에는 그 생각뿐이다. 다른 시대로부터 온 편지를 기초로 해서 한 시대와 그 시대의 역사적 의미를 재구성하는 것. 소설의 주인공은 미래를 다루는 역사가처럼 그 문서들을 검토하고 연구한다. 그런데 여기서 반드시 짚고 넘어가야 할 점이 있다. 그는 왜 그런 편지들을 받는 걸까? 또 어떤 방식으로 받게 될까? 이 문제에 대해선 아무런 설명도 없다. 이러한 상황이 갑자기 나타난 이유에 대해 소설은 그 어느 것도 분명하게 밝혀주지 않는다. 모든 것은 소설의 시작과 더불어 나타날 것이다. 일종의 환상소설인 셈이다. (여러분 중에서 〈볼티모어 헤럴드〉에 실린 에드거 앨런 포의 단편소설을 읽어본 사람이 있는가?) 미래의 아르헨티나인들끼리 주고받은 딱히 주목할 만한 점이 없는 평범한 내용의 편지 몇 통. 그리고 시간 속에서 길을 잃은 편지들. 그 편지들을 읽으면서 주인공은 뭔가를 서서히 깨닫기 시작한다. 그는 보통 사람의 눈에는 띄지도 않는 몇 가지 징후를 포착한 뒤, 이를 토대로 미래에 일어날 일을 밝혀내려고 한다.

(누가 미래에서 온 편지를 읽을 수 있을까.)

신문에 오빠 얼굴이 나왔던데. 지금 우린 오빠가 더없이 자랑스러워. 지난 토요일에 클럽에 갔더니 모두 다 오빠 얘길 하느라 정신이 없더라고. 신문 스크랩한 걸 오빠에게 보낼게. 사진에는 좀 어리게 나오긴 했지만 얼굴은 그대로던걸. 그래도 참 귀여워 보여. 오빠 때문에 엄마도 많이 놀라셨나 봐. 그런데 내색을 안 하려고 엄청 애쓰고 계셔. 어쨌든 오빤 참 대단한 인물이 되었어. 최근에 무슨 일이 있었는지 오빤 모르지? 그 일이 있고 곧 엄마 아빠는 언쟁을 벌이셨어. 이번엔 예상 외로 엄마가 아빠에게 사납게 대드셨어. 엄마 말씀은, 애당초 오빠가 물리학을 공부하겠다고 했을 때 아빠가 탐탁지 않게 여겼다는 거지. (그런데 그게 사실이야?) 처음부터 반대해놓고 이제 와서 오리발을 내민다는 거야. 엄마 말씀에 따르면, 아빤 "남자란 무릇 앞날을 내다볼 줄 알아야 해"라고 하면서 오빠가 법학을 공부해서 큰 회사를 경영하기를 원하셨대. 그 말을 생각하면 난 지금도 소름이 끼쳐. 지금 유럽엔 한파가 몰아닥쳤다는 끔찍한 소식이 들리던데, 괜찮아? 그런데 요즘 알레한드라가 너무 풀이 죽어 있어서 보기가 안됐어. 웬만하면 편지라도 한 통 보내지 그랬어? 절대로 외국 여자애에게 마음을 뺏겨선 안 돼. 오빠가 더 잘 알겠지만, 어떤 일이 있어도 알레한드라에게 마음의 상처를 줘선 안 돼. (런던에는 흑인 창녀들도 많다던데, 그게 사실이야?) 그건 그렇고, 난 예전처럼, 여전히 내 방식대로 살고 있어. 어떤 면에선 난 몽유병자야. 그런데 이게 아편처럼 굉장한 환각 효과가 있나 봐. 부에노스아이레스가 내 눈엔 카타마르카 주처럼 보이니 말이야. (수도의 비계 덩어리들, 이젠 더 이상 못 봐주겠어.* 스피네타가 한 말이었나?) 가끔 극장이나 카바레에 가? 아니면 하루 종일 방 안에 처박혀 공부만 해? 우리 학교엔 젊고 아주 잘생긴 역사 선생님이 계셔. 수업시간에 제1차 3두 체제를 공부하고 나면, 여자아이들은 손을 들어 질문을 해. 요전에 아빠가 상황이 나빠지지만 않으면 올 여름에 유럽에 갈 거라고 하시더라고. (또 다른 비밀, 아무리 봐도 아버진 파리에 집을 한 채 장만하려고 하시는 것 같아.) 정말로 가게 되면 모두 다 구경시켜줘야 돼, 알았지? 그리고 이건 딴 얘긴데, 집을 나갈까 심각하게 생각 중이야. 아빠 때문에 집 안에 있으면 숨이 막힐 지경이야. 장차 우리나라의 운명을 짊어져야 할 청년들이 (나 들으라고 하는 얘기지) 이처럼 생각이 없으니 참 큰일이다, 저들의 목에 고삐라도 묶어서 끌고 다녀야 할 판이다(아빤 승마 용어를 자주 사용하셔), 이대로 두었다가는 (청년들, 그리고 특히 내가) 우리나라를 결딴내고 말 것이다. 특유의 표정을 지으며 말씀하시는 아빠 모습, 상상이 가고도 남을 거야. 이 세상에 아빠 같은 사람만 있다면 아마 군주제를 실시하고, 종교재판소를 다시 설치한다고 난리를 부릴 게 뻔해. 우리 역사 선생님은, 참 잘생기고 완벽한 분인데, 가끔 이해하기 어려운 말씀을 하기도 해. 예를 들어, 선생님 말씀에 따르면, 산마르틴 장군은

* 스피네타(그룹 '알멘드라'를 이끌었던 아르헨티나의 전설적인 록 가수)가 한 말이 아니라, 찰리 그라시아가 이끌던 아르헨티나 록그룹 '세루 히란'이 1979년에 발표한 앨범 타이틀이다.

군주제를 지지한 사람이다, 우리의 불행은 영국 대침공 시기에 이 땅에서 영국인들을 몰아낼 생각을 한 순간부터 시작되었다 등등이야. 어른들 말을 듣고 힘을 내고 싶은데 어떻게 해야 하는 건지 도무지 알 수가 없어. 이런저런 말을 하다 보니 같은 말을 되풀이하고 말았네. (글이 자꾸 끊어지는 것 같아.) 그런데 오빤 그 나라 말을 어떻게 해? 아이 엠 더 시스터. 디스 이즈 어 펜슬. 이렇게 하는 거야? 오빠가 너무 부러워. 난 왜 남자로 태어나지 않았을까? 그나저나 나 요즘 책을 무척 많이 읽고 있어. 하루에 열다섯 시간, 아니 열여섯 시간 정도는 책에 매달려 살고 있지. 주로 심리학이나 정신분석학에 관련된 책들이야(지그문트 프로이트 등등). 앞으로도 그 방향으로 공부할 생각이거든. 오빠 생각은 어때? (중요한 문제, 급하게 물어볼 게 하나 있어. 오빠가 보기엔 내가 똑똑한 것 같아? 얼마 전부터 혹시 내가 바보가 아닌가 하는 생각이 자꾸 들어. 내 질문에 딱 한 번만이라도 진지하게 대답해줄 수 있겠어? 내게 워낙 중요한 문제라서 말이야. 그러니까 솔직하게 대답해줘. 만약 오빠가 보기에 내가 평균 이하의 지능인 것 같으면, 그렇다고 솔직하게 말해줘. 오빠 말 듣고 자살한다거나 그러지는 않을 테니까 걱정하지 마.) 얼마 전부터 머리가 점점 더 멍해지는 느낌이 드는 거야. 그래서 요즘은 하루 종일 집 앞을 지나다니는 홀수 번호판 차량을 세고 있어. 그런데 이게 생각보다 재밌어. 하루라도 안 하고는 못 배기니까 말이야. 아침에 일어나면 제일 먼저 창가로 가서 집 앞을 지나가는 홀수 번호판 차량이 5분마다 몇 대씩 지나가나 세곤 해(평균 잡아 20대가 지나다녀). 좀 우습지 않아? 아까 물어본 거 있잖아. 내겐 아주 중요한 문제니까 꼭 대답해줘야 해. 지금처럼 방 안에 틀어박혀 지나가는 차나 세고, 또 지그문트 프로이트 책이나 읽으면서 평생을 보낼 순 없잖아(프로이트 책에서 내가 이해할 수 있는 건 12.5퍼센트 정도밖에 안 돼). (지금은 『일상생활의 정신병리학』을 읽고 있어. 엄청난 책이야. 오빤 읽어봤어? 솔직히 말해 이해하기가 힘들어. 홀수 번호판 차량을 세는 것도 따지고 보면 정신병리학적인 행동이야. 그렇지 않아?) 더군다나 아빠가 원하는 게 뭔지 알아? 나더러 공증업무나 배우라는 거야. 가끔 아빠가 괴물처럼 보일 때가 있어. 이젠 더 이상 견딜 수 없을 정도야. 아빤 지금이 제1차 3두 체제 시대인 줄 아나 봐. (더군다나 아빠 눈엔 지금 사람들이 너무 앞서가는 것으로 보이나 봐. 내 생각엔 그런 것 같아.) 나더러 공증인이나 되라니! 나 같으면 열두 시간 내내 머리를 짜내도, 그런 걸 공부하라는 터무니없는 생각을 하진 않을 거야. 그래서 얘긴데, 난 이미 심리학자가 되기로 마음을 완전히 굳힌 상태야. 이 편질 받는 즉시 나랑 결혼하자. 근친상간은 아주 흥미로운 문제야, 현대식 죄라고나 할까. (사랑하는 오빠, 지그문트 프로이트에 따르면 오세아니아나 호주 같은 데선 지금도 친남매가 아무렇지도 않게 결혼할 수 있대.) 이건 내게 아주 중요한 일이니까 꼭 대답을 해줘야 해. 그렇지 않으면 내 창문 아래로 지나가는 첫번째 홀수 번호판 차량으로 뛰어내리고 말 테니까. 아참, 얼마 전에 오빠하고 대학을 같이 다닌 사람 중에 고양이처럼 생긴 남자 있잖아(에르네스토라고 했던가, 이름이 정확히 기억은 안 나지만 하여간), 그 남자가 우리 집에 왔어. 그런데 말이야, 오빠. 그 남자 보고 난 기절하는 줄 알았어. 건장한 체격에 얼굴은 또 얼마나 하얗던지, 옴므 파탈이라고나 할까. 하여간 곁눈질로 쳐다보는 모습이 어찌나 남자답던지 그 모습을 본 여자라면 누구라도 홀딱 반하지 않고는 못 배길 거야. 그 남자 말이 지금 앙헬라가 많이 아프대. 응급실에 갔다가 곧바로 입원했다나 봐. 그러니 당분간은 앙헬라에게 편지 쓰지 말라고 하더라고. 그 소식을 전하려고 우리 집에 온 거야. (14일에 입원했대. 그러니 당분간은 그녀에게 편지 쓰지 말라고. 그런데 이 얘길 수십 번도 더 하더라고. 그런 걸 보면 그 남잔 날 저능아라고 생각한 게 틀림없어.) 그러니까 오빤 앙헬라라는 여자를 숨겨두고 있었던 거구나, 그렇지? 오빠, 참 못됐다. 이젠 절대로 나랑 결혼 못할 줄 알아. 알고 보면 남자들은 참 무서워. 난 평생 독신(아니, 독신녀라고 해야 하나?)으로 살 거야. Adieu, mon semblable, mon frère(동료이자 오빠, 안녕). (파리에서 만날 때를 위해서 난 다시 오빠와 손을 잡기로 했어.) 벌써 열한시나 됐네. 나의 정신병리학적 요구에 따를 시간이야. 창가로 가야겠어. (이해할 수 없는 일이긴 하지만) 통계상으로 볼 때 정오 무렵에 홀수 번호판 차량이 나타나는 빈도가 훨씬 높아지거든. (5분마다) 평균 20대꼴로 나타나던 홀수 번호판 차량이 열두시 무렵엔 (5분마다) 거의 27대로 미친 듯이 늘어나. 어, 저기 또 지나간다. 잘 있어, 못된 오빠야. 난 오빠를 미치도록 사랑하고 연모하고 있고, 아마 오빠에게 홀딱 빠진 것 같아. 안녕, 치사한 남자여. 미친 후아나.

아로세나는 편지봉투에서 나온 신문 스크랩을 꺼내 읽었다. 9일 런던(AFP 통신). 시상식 소식. 옥스퍼드 대학교 물리학과 대학원생인 마르틴 카란사는 어제 박사과정 연구 부문에서 올해 최우수 논문상을 받았다. 상이라, 그는 생각했다, 많이 발전했군. 요즘엔 엄마 치마폭에서 자라난 사내자식들은 물리학을 공부하고 딸년들은 『악의 꽃』을 보고 자위를 하는구먼. 그는 한 시간 가깝게 이 편지를 분석했다. 일단 편지 내용을 소단락으로 나눈 뒤, 각 단락을 어구로, 또 각 어구를 단어로 나누었다. 그리고 애너그램*식 표현이나 반복된 단어가 있는지 찾기 시작했다. 편지의 내용을 거의 외울 정도로 여러 번 읽은 끝에 그는 그 속에 내재된 논리를 분명하게 인식할 수 있었다. 파리, 5번. 런던, 7번. 그는 다시 편지를 읽기 시작했다. 그 순간, 이 편지에서 강조된 단어들 사이에 일정한 반복, 그러니까 일종의 고정된 반복 패턴이 있음을 알아챘다. 그렇다면 각 부분의 끝에 있는 글자들에 암호가 있을 가능성이 높았다. 아로세나는 그 글자들을 모아 전면적으로 재구성했다. 하지만 아무런 단서도 나타나지 않았다. 앞뒤가 맞지 않는 구석이 있었다.

그렇다면 이 편지의 암호를 어떻게 풀어낸단 말인가? 편지가 예고하는 것이 대체 무엇인지 어떻게 알아낼 수 있을까? 모든 건 편지 속에 있다. 특히 이런 편지들 속에는 비밀 메시지가 숨어 있기 마련이다. 더군다나 이 편지들은 모두 미래에서 온 편지들이 아닌가. 암호화된 메시지. 하지만 지금으로선 그걸 풀어낼 사람은 아무도 없다.

편지에 나오는 것, 그리고 거기서 예고하는 것이 무슨 의미인지 어떻게 알아낼 수 있단 말인가? 주인공은 늘 모든 걸 의심하고, 집착하고, 또 맹목적으로 움직인다.

---

* 비밀 메시지를 전달하기 위해 의도적으로 단어의 철자 순서를 뒤집은 표현.

아직도 두 통의 편지가 남았다. 그중 한 통은 부에노스아이레스로 보낸 편지인데, 주소가 아무래도 이상하다. 보고타에 있는 어느 호텔 이름이 인쇄된 종이에 손으로 쓴 편지인데, 내용을 보니 절망적인 상태에서 쓴 듯하다. 어느 교회에 갔다가 가진 걸 모두 털리는 바람에, 자기가 일하는 수입회사 사무실에 급히 송금을 부탁하는 내용이다.

도둑놈들과 똥냄새뿐인 이 도시에서 난 알거지가 되고 말았소. 갑자기 네 놈이 다가오더니 내 옆구리에 칼을 들이대면서 동전까지 다 털어 가버렸지 뭡니까. 그것도 신부님이 강론을 하는 도중에 그런 일이 벌어진 거요. 그래서 서류고 지도책이고 뭐고 다 털렸소. 그야말로 땡전 한 푼 없는 신세가 되고 말았소. 내가 기억할 수 있는 거라곤 사무실 주소밖엔 없었어요. 그래서 이 편지를 쓰게 된 겁니다. 제발 좀 도와주기 바랍니다. 예컨대 회사 예비비라도 조금 떼서 보내주든지, 그게 안 되면 4개월치 봉급을 가불해달라고 페랄타 씨에게 전해주시오. 먼저 이 사무실이 어디에 있는지부터 확인해 봐야 했다. 아무래도 거리 이름이 좀 수상쩍었다. 게다가 아로세나는 이런 거리를 들어본 적이 없었다.

닥치는 대로 움직이면서 이곳이 아닌 다른 어딘가에서 일어날 사건, 정확히 말하면 미래에 일어날 어떤 것, 표면에 드러난 내용이 너무 모호하고 수수께끼 같아서 도무지 이해할 수 없는 어떤 것을 포착하려는 것처럼 보인다. 아로세나의 작업 방식은 우선 편지에 직접적으로 드러난 내용이나 단어의 의미를 무시하고, 글 속에 그러니까 글자 사이에 감추어진 암호 메시지를 찾아내는 것이다. 이런 식으로 작업하다 보면 결국 단편적인 글이나 문맥에서 분리된 어구 그리고 토막 난 단어 등만이 남게 되는데, 이런 것들로부터 혹시 있을지도 모르는 의미를 재구성하는 것이다. 그렇긴 하지만 (그는 생각했다) 오히려 암호화되지 않은 메시지에서 단서를 찾아낼 수 있을지도 모르는 일이다. 아로세나는 원점에서 다시 시작해보기로 마음먹었다. 그 덕분인지 마지막 편지를 읽자마자 첫눈에 단서가 드러났다. 편지 속에 또 다른 글이 숨어 있었던 것이다. 그는 자신의 능력에 흡족해하면서도 기분이 다소 언짢아졌다. 이건 너무 쉬운걸, 그가 생각했다, 마치 대놓고 보라고 써놓은 것 같으니 말이야. 그는 문제의 편지를 펴보았다. 뉴욕 이스트 강 부근에서 보낸 건데, 노란색 편지지에 파란색 잉크로 쓴 편지였다.

최근에 제게 참 희한한 일들이 하도 많이 일어나는 바람에 펜을 들었습니다. 그러니 개인적인 소식은 굳이 말씀드리지 않아도 될 듯합니다. (그것과는 상관없이 전 잘 지내고 있습니다. 박물관을 다니고 있죠.) 대략 일주일 전쯤에 전 솔 벨로의 소설(『새믈러 씨의 행성』)을 읽고 있었어요. 그 소설은 비자 갱신을 하려고 기다리는 동안 시간을 때우려고 부근의 가판대에서 산 겁니다. 그날 전 42번가로 가는 버스를 타고 자리에 앉아 책을 읽기 시작했습니다. 순간 이상한 기분이 들어 고개를 들어보니까 소매치기가 어떤 여자의 가방을 털고 있는 겁니다. 그자는 몸집이 육중한 편이었고, 거북딱지 무늬 뿔테 선글라스에, 옷도 아주 맵시 있게 입었더라고요. 전 그자가 하는 짓거리를 넋 놓고 바라보고만 있었습니다. 그런데 갑자기 그자가 고개를 돌리더니 절 쳐다보는 거예요. 마치 아무 일도 없었다는 듯이 침착한 표정으로 말입니다. 그때 얼마나 놀랐는지 모릅니다. 그래서 저도 모르게 눈을 내리깔고 계속 책을 읽었지요. 그런데 잠시 후에 정말 놀라운 일이 일어난 거예요. 조금 전 버스에서 일어난 일이 제가 읽고 있던 책에 그대로 나오는 게 아닙니까? 그것도 글자 하나 틀리지 않고요. 제 말이 믿기지 않으면 랜덤하우스판 3페이지를 한번 보세요. 거기 보면 다음과 같은 글이 나올 겁니다. "육중한 몸집에 거북딱지 무늬 뿔테 선글라스를 끼고 아주 맵시 있게 옷을 차려입은 한 남자가 42번가로 가는 버스에서 한 여자의 물건을 훔치고 있다."

당시 전 너무나도 어리둥절해서 꼼짝할 수도 없었어요. 얼마 후 정신을 차리고 보니, 이미 상황은 끝난 뒤였지요. 검은색 안경을 쓴 그 자는 온데간데없더라고요. 그렇다면 제가 허깨비를 본 건 아닐까 하는 생각이 들었습니다. 얼마 뒤, 영사관 앞에서 줄을 서서 기다리는 동안 마음을 가다듬으면서 생각해보니 모든 게 다 우연의 일치인 듯했습니다. 아마도 그 소매치기는 그 버스 노선에서 주로 일을 하던 자일 테고, 솔 벨로도 버스에서 이와 비슷한 장면을 목격한 뒤에 그 작품을 썼을 수도 있을 거라고 말입니다. 우리 생각과는 반대로, 자연이 예술을 모방하는 법입니다. 북아메리카 소설가들의 장황한 리얼리즘 작품을 한번 보세요. 하여간 얼마 지나자 그 사건은 제 뇌리에서 (거의) 사라져버렸습니다. 그런데 그로부터 나흘 뒤 브로드웨이에 있는 한 영화관에 갔어요. 천박한 여자들과 갱스터들이 나오는 그런 시시한 영화였죠. 그곳은 24시간 내내 연속으로 영화를 상영하는 곳이었어요. 제가 그곳에 들어갔을 때가 오전 열시였습니다. 딱히 뭘 보려고 한 게 아니라 그냥 추위를 피하기 위해 무작정 들어가서 자리에 웅크리고 앉았죠. 시간이 그렇다 보니까 영화관은 거의 텅 비어 있었고요. 그런데 불을 다 안 껐는지 실내엔 뿌연 빛이 감돌고 있었어요. 커다란 영사막 속에서 여자들은 난도질당하고 있었고, 갱들은 처참하게 죽어 나가고 있었어요. 바로 그 순간, 키가 큰 남자가 영화관에 들어오더니 3번 열에 있는 자리에 앉더군요. 제 근처였습니다. 그 남자는 그에게 등을 보이고 있던 다른 이와 이야기를 나누기 시작했어요. 그런데 다른 남자는 1번 열 왼쪽에 자리 잡고 앉아서 그의 모습을 제대로 볼 수가 없었지요. 속삭이던 그들의 목소리가 영화의 음악소리와 뒤섞인 채 들려왔습니다. "힘들겠지만 브라운 씨를 찾아가보는 게 좋을 걸세." 앞자리에 앉아 있던 남자가 이야기하더군요. 영사기의 빛 때문에 실루엣으로 보이던 그들의 모습은 마치 꿈속의 한 장면 같았습니다. "브라운 씨는 아량이 넓은 분이니까." 1번 열에 앉아 있던 남자가 영화에서 눈을 떼지 않은 채 말했어요. 한동안 침묵이 이어지더니, 마침내 자리에서 일어난 두 남자는 영사막 앞을 가로질러 아크릴 표지판에 'EXIT'라고 쓰인—그 안에는 빨간 전구가 켜져 있었어요—옆문으로 나가버렸어요. 물론 전 그 자리에 그대로 앉아 있었지요. 영사막에는 여자 배우들이 빙글빙글 도는 모습이 나오고 있었습니다. 집에 돌아온 뒤, 저는 집 안을 왔다 갔다 하다 결국 도널드 바셀미*의 『칼리가리 박사여, 돌아오시오』란 책을 찾아냈습니다. 거기에 단편이 하나 있는데, 「영화」란 제목이에요(참고로 스크라이브너스 1970년도판 176페이지입니다). 그때 말없이 자리에 앉아 유리창을 통해 거리를

* 미국의 소설가(1931~1989). 포스트모더니즘 소설의 아버지로 불린다.

물끄러미 내려다보던 기억이 납니다. 전 가끔 책을 읽다가 강한 열정에 사로잡히는 경우가 많아요. 책을 읽다가 감동적인 장면이 나오면, 즉시 삶에서 그것을 경험해보고 싶은 욕망을 느끼곤 합니다. 예를 들어, 몇 년 전에 『위대한 개츠비』를 다 읽었을 때 전 무엇보다 자부심 강하고 열정적인 삶을 살고 싶은 충동, 그러니까 제 마음속에 품고 있던 환상을 실제 삶으로 바꾸어놓고 싶은 충동에 사로잡혔어요. 그 소설의 주인공들처럼 저도 우아한 생활을 하고 있고, 또 다소간 절망감에 빠져 있긴 하지만, 그래도 이 세상에서 내가 못할 일은 아무것도 없다는 자신감에 가슴이 뿌듯해짐을 느낄 수 있었습니다. 말로 정확하게 표현하기는 어렵지만 그건 일종의 분위기, 아니면 어떤 느낌 같은 것이라고 할 수 있을 듯합니다. 그런 느낌, 아니 인상은 우리 마음속에서 음악의 메아리가 지속되는 동안만 계속되다가 덧없이 사라지기 마련입니다. 그런데 이 점만은 달라요. 그건 절대로 환상이 아니라는 겁니다. 즉, 소설 속의 사건은 현실에서도 그대로 일어나니까요. 그래서 제가 그 증거를 대려고 했던 겁니다. 전에 우연히 어떤 책을 집어 들었습니다(그레이스 페일리*가 쓴 『우연한 인간』이었을 거예요). 책장을 펼치니 하늘색 옷을 입은 어떤 여자아이가 센트럴파크에서 굴렁쇠를 굴리면서 〈Some of These Days〉**란 노래를 부르는 장면이 나왔어요. You'll miss me honey(사랑하는 그대, 내가 없어 외

---

* 미국의 작가이자 정치 활동가(1922~2007). 여기 언급된 『우연한 인간』이란 작품은 존재하지 않는다. 아마 페일리의 단편집인 『인간의 작은 걱정거리*The little disturbances of Man*』(1954)를 변형한 것으로 추정된다.

** 쉘튼 브룩스가 작곡한 재즈곡. 사르트르의 『구토』에 구원의 가능성을 암시하는 라이트모티프로 등장했던 곡이다.

로울 거야). 그때 한 남자아이가 호수에서 스케이트를 타려고 왔어요. 끈으로 스케이트를 묶은 채 어깨에 메고 있었지요. 두 아이는 대화를 나누기 시작했습니다(안녕, 라켈, 잘 지냈니? 등등). 그들의 옆쪽에선 한 여인이 늙은 남자에게 키스를 하고 있었어요. 그 장면을 본 여자아이는 까닭 없이 울고 싶어졌어요. 그땐 해가 질 무렵이었는데, 부드러우면서도 탁한 빛이 거리에 내려앉고 있었어요. 전 무작정 거리로 나갔습니다. 그러곤 지하철을 타고 8번로와 81번가 사이에서 내렸어요. 길을 건너 센트럴파크로 들어간 뒤 호수 쪽으로 갔습니다. 마침 빈 벤치가 있기에 거기에 앉았어요. 사방이 쥐 죽은 듯 조용했어요. 그 순간 포석이 깔린 길 위로 어떤 여자아이가 걸어오는데, 자세히 보니까 하늘색 옷을 입고 굴렁쇠를 굴리면서 놀고 있는 거예요. 게다가 〈Some of These Days〉란 노래를 부르고 있지 뭡니까. 그리고 끈으로 묶은 스케이트를 어깨엔 멘 남자아이가 그쪽으로 걸어오고 있었어요. 그 옆에선 한 여인이 늙은 남자에게 키스를 하고 있었고요. 노래를 부르는 여자아이의 표정에는 울지 않으려고 애쓰는 기색이 역력했습니다.

제가 이런 말 한다고 정신 나간 놈으로 여기진 마세요. 하여간 제가 겪은 일련의 경험, 그 의미에 관해 차분하게 생각해봤습니다. 그걸 통해 제가 얻은 결론은 바로 문학과 미래의 불가해한 관계 혹은 책과 현실의 기이한 연관성이었습니다. 제가 그런 장면을 바꿀 수 있을까요? 다시 말해, 제가 거기에 개입할 수 있는 방법이 있는 걸까요? 아니면 전 단지 구경꾼에 불과한 걸까요? 어쨌든 센트럴파크의 벤치에 앉아 있는 지금 전 이루 말할 수 없이 행복합니다. 〈Some of These Days〉를 부르면서 굴렁쇠를 갖고 노는 여자아이를 볼 수 있고, 더군다나 그

아이가 곧 울음을 터뜨릴 것이고 벤치의 노인은 여인과 키스를 하리라는 걸 이미 알고 있기 때문이죠. 그런 가슴 벅찬 기쁨을 전 잃고 싶지 않습니다.

편지를 읽은 아로세나는 두 가지 핵심적인 사항을 알아냈다. 첫째, 책 제목이나 책 내용에는 아무런 단서가 없다는 것이다. 너무 분명하게 드러나기 때문에 굳이 거기에 비밀을 숨겨놓을 리는 없기 때문이다. 둘째, 그 이야기를 이용해서 관심을 다른 데로 돌리려고 하는 것 같다는 것이다. 그러니까 핵심적인 단서는 표면적인 이야기가 아니라 다른 데 있는 것이 분명하다. 각 문단의 시작 단어는 모두 열한 글자이고, 각기 다른 모음으로 시작한다. 그 열한 글자는 문장을 구성하는 어구의 순서를 표시할 뿐만 아니라, 비밀 메시지의 규칙을 지배하는 암호를 알려준다. 침착하게 작업을 진행한 아로세나는 한 시간 만에 편지에 숨겨진 메시지를 재구성해냈다.

새로운 것은 없다. 연락을 기다린다. 나는 8번로와 브로드웨이 42번가 사이에 있는 센트럴파크 호텔에 묵을 것이다. 10일 이전에 연락이 없을 시에는 지시 사항 9.8을 따를 것이다. 예상치 못한 일로 내가 철수해야 하는 상황이 발생하면 즉시 내게 전보를 보내달라. 전보 제목: 축하한다, 라켈.

그는 타자기 앞에 앉아 글을 쓰기 시작했다. **뉴욕에서 보낸 암호 편지. 발신 엔리케 오소리오. 수신 마르셀로 마기.** 자신이 해독해낸 비밀 메시지를 옮겨 적었다. 그리고 아래에는 다음과 같은 말을 덧붙였다. **엔**

리케 오소리오에게 전보를 보낼 것. 뉴욕 센트럴파크 호텔. 전보 제목: 축하한다, 라켈.

어떤 녀석인지 상상력 하나는 풍부하군, 아로세나는 속으로 중얼거렸다. 이런 정도의 녀석들이라면 차라리 환상문학이나 쓰는 게 제격일 것이다.

그는 자리에서 일어나 편지를 정리했다. 그러고는 카드에 다음과 같이 썼다. 앙헬라 14일 '들어가다.'* 콩코르디아. 렌시, 27일 도착(마기). 마르틴 카란사, 옥스퍼드 대학원생. 조만간 양자 물리학이나 금붕어들에 관한 새로운 메시지가 당도할 것이다. 그는 콜롬비아에서 온 편지를 물끄러미 바라보았다. 이건 아니야, 그는 마음속으로 결정을 내렸다. 그러나 그는 알거지 신세가 된 채 보고타의 허름한 여인숙에서 오도 가도 못하는 신세가 되어버린 그 남자를 상상하면서 쓴웃음을 지었다. 정신 나간 놈 같으니, 그는 생각했다, 있는 돈을 다 싸들고 미사에 가다니 말이야. 그 순간, 성당에 침입해 그자의 돈을 털어간 강도들의 모습이 떠오르면서 암호에도 어떤 메시지가 숨겨져 있을지도 모른다는 생각이 불현듯 들었다. 그래, 다시 암호를 해독하면 그들이 보내려던 메시지의 내용이 드러날 거야, 그는 생각했다.

그는 방금 해독해낸 비밀 메시지를 다시 읽기 시작했다(새로운 것은 없다. 연락을 기다린다. 나는 8번로와 브로드웨이 42번가 사이에 있는 센트럴파크 호텔에 묵을 것이다. 10일 이전에 연락이 없을 시에는 지시 사항 9.8을 따를 것이다. 예상치 못한 일로 내가 철수해야 하

* 스페인어로 'internar'는 원래 '들어가다' 또는 '입원하다'란 뜻이지만, '추악한 전쟁' 당시 아르헨티나에서는 비밀정보기관에 '끌려가다'라는 의미로 사용되었다.

는 상황이 발생하면 즉시 내게 전보를 보내달라. 전보 제목: 축하한다, 라켈). 그리고 메시지의 글자 수를 세고 단어를 분류했다. 3×2+5=11. 11이라. 같은 숫자군. 단어 속에서 모음들은 건너뛰어 있던가, 아니면 연속으로 나타났던가? 그리고 자음은? 방금 풀어낸 암호를 토대로 그는 두 시간 만에 비밀 메시지를 완벽하게 재구성했다.

라켈은 10일 22.03 비행기로 에세이사 공항에 도착 예정임.

그는 그 문장을 바라보았다. 비밀 메시지는 종이 위에, 그렇게 적혀 있었다. 라켈은 22.03 비행기로 에세이사 공항에 도착 예정임. 만약 그게 아니라면? 이를 누가 믿겠는가? '라켈(Raquel)'을 약간 변형시키면, 그래 '아켈(Aquel)', 즉 '거기'가 된다. 그는 카드에 'Aquel(거기)'이라고 적었다. 그는 그 단어를 따로 분류했다. 그리고 이젠 '에세이사' 차례다. 모음 배열을 보면, 'e/e/i/a' 순이다. 그리고 'z'가 두 개. 일종의 두운법(頭韻法)인가? 그리고 숫자는 22.0310이 있다. 메시지에서 e는 6번, 그리고 a는 4번 반복되고 있다. 또 o와 i는 각 1번. 각 단어가 메시지일 수도 있다. 그러면 각 글자는? 대체 누가 온다는 걸까? 누가 온단 말인가? 숫자들 '2.20.31.0' 모음 'E/e/a/i/u/o.' 그리고 z가 두 개. Raquel. 애너그램. 누가 오는 걸까? 대체 누가 온다는 것일까? 그 누구라 해도 나를 속일 수는 없을 거야, 아로세나는 속으로 생각했다.

4

1850년 7월 30일

나는 미래의 첫번째 편지를 쓰고 있다.

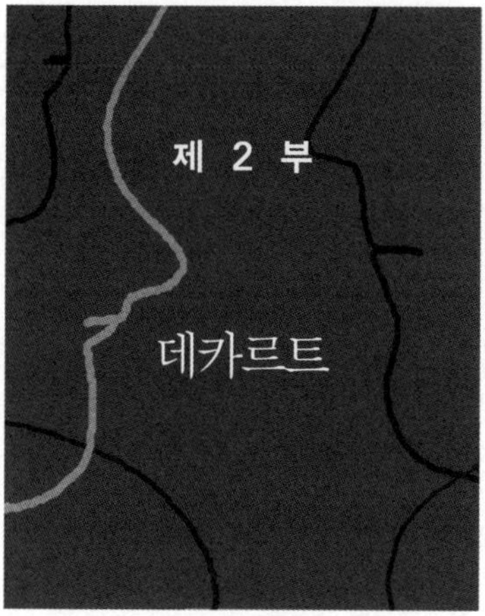

제 2 부

데카르트

Ⅳ

1

오전 열시, 부에노스아이레스발 기차에서 내리는 그의 모습이 보였다. 약간 혼란스러운 듯, 그는 계단 앞에서 걸음을 멈추었다. 그러고는 지나가는 사람에게 강이 어느 쪽에 있냐고 물어보았다. 우리는 여섯 시에 만나기로 되어 있었다. 그리고 여기에 도착하면 전화로 연락하기로 미리 약속해두었다. 저, 에밀리오 렌시입니다, 그가 내게 말했다. 그는 콩코르디아로 아주 특별한 여행을 온 것이다. 타르돕스키*, 아니 타르뎁스키. 그에게 내 이름을 알려주었다. 두번째 모음에 악센트를 넣어 타르뎁스키라고 정확하게 발음해주었다. 그리고 그에게 클럽에 오는 길과 거기서 나를 찾는 방법을 알려준 뒤, 전화를 끊었다.

* 원래 이름은 '타르뎁스키'지만 아르헨티나 문화에 미친 유럽인들의 영향력을 희화적으로 표현하기 위해 의도적으로 바꾸어 부른 것이다.

만나게 돼서 반갑습니다, 기타 등등. 누구하고 통화하셨다고요? 엘비라가 내게 물었다. 교수님 조카하고요. 그 친군 여기에 있는 서류를 가지러 온 겁니다. 하지만 그녀는 내 말을 곧이곧대로 믿지 않는 눈치였다. 모국어를 쓸 수 없는 상황에서 진실을 말하기란 어려운 법이다. 부디 조심하세요, 아무하고나 만나지 마세요, 그녀가 내게 말했다. 물기에 서려 투명하게 빛나는 그녀의 눈이 매우 인상적이었다. 물기에 서려 투명하게 빛난다? 언어가 바뀔 때 가장 아쉬운 것은 사물을 정확하게 설명하는 능력일 것이다. 아무하고나 만나지 마세요, 아셨죠? 그런데 여긴 왜 온 거죠? 그녀가 물었다. 누구 말입니까? 내가 그녀에게 되물었다. 그 청년 말이에요, 여긴 뭐 하러 온 거예요? 별일 아닙니다. 교수님이 여행을 가시는 바람에 이렇게 된 겁니다. 교수님이 조카한테 얘기를 다 해놓았답니다. 여기 오거든 날 만나라고 말입니다. 아마, 내가 말했다, 교수님은 오늘 돌아오실 거예요. 하지만 엘비라는 숨기지 말고 사실대로 말해달라고 졸라댔다. 거짓말하지 마세요, 그녀가 말했다. 제발, 저한테는 아무것도 숨기지 마세요.

하지만 난 그녀에게 아무것도 숨긴 게 없다. 아무래도 내가 거짓말을 하지 않았다는 것을 그녀에게 보여주어야 할 것 같다.

나는 소시알 클럽에서 마르셀로 마기 교수를 알게 됐다. 거기서 우리는 거의 매일 저녁을 먹고 체스를 두었다. 그러나 그가 자신의 얘기를 모두 털어놓지 않았다는 사실은 (그 점은 나도 마찬가지다) 이쯤에서 밝혀두어야 할 것 같다. 그가 내게 알려주고 싶어 하는 것도 그의 말을 통해서가 아니라 그의 삶을 통해서 알게 되었다. 그렇다면 그에겐 숨겨놓은, 아니 숨기고 싶은 생활이 있었던 걸까? 하긴 살다 보면 누구나 숨기고 싶은 비밀이 있기 마련이다.

열흘쯤 전이었나? 하여간 어느 날 오후에 마기 교수가 나를 만나러 이곳으로 온 적이 있다. 그가 이곳까지 온다는 것은 참 드문 일이었기에 다소 놀랐다. 그는 오자마자 내게 뭔가 부탁할 일이 있다고 했다. 하지만 그것에 관해 어떤 질문도 하지 않았으면 좋겠다는 말도 덧붙였다. 그리고 내게 물어보고 싶은 게 있으면, 그가 말했다, 지금 그러니까 내가 뭔가를 부탁하기 전에 해주면 좋겠습니다. 하지만 난 그때 딱히 그에게 물어볼 말이 없었다. 그러자 그는 내 집에서 하룻밤만 재워달라고 했다.

그는 그날 밤을 우리 집에서 보냈다. 우리는 새벽녘까지 대화를 나눴다. 잠도 안 자고 무슨 얘기를 그리 길게 할 수 있을까?

그날 밤, 대화가 무르익자 그는 자기가 지금 쓰고 있는 책의 초고와 주석을 내게 맡기고 싶다는 말을 했다. 그 책에 관해서라면 우리는 이미 여러 차례 이야기를 나누었던 차였다. 그는 자기가 돌려달라고 하거나 누군가에게 전해달라고 할 때까지 그 문서철을 보관해주기를 바랐다.

그날 밤, 그는 또 과거에 함께 살던 여자에게 작별 인사를 하러 우루과이에 갔다 와야 할 것 같다는 말도 했다. 굳이 우루과이까지 가서 작별 인사를 하려고 하는 이유는, 지금 그녀가 멀리 떠나기로 작정한 터여서 어쩌면 영영 그녀를 만나지 못할 수도 있기 때문이라고 했다.

우리는 이틀 후 같은 시각에 소시알 클럽에서 만나기로 약속했다. 혹시 예상치 못한 일로 예정된 날짜에 도착하지 못하게 되면, 늦어도 27일까지는 돌아올 거라고 말했다.

이틀 후, 그는 클럽에 나오지 않았다. 그다음 날도 마찬가지였다. 그때 이후로 (오늘이 27일이다) 그에 대해 아무런 소식도 듣지 못했다.

이것이 오늘 오후 여섯시, 렌시와 클럽에서 만난 자리에서 내가 말해줄 수 있었던 전부다. 그 후로는요? 그가 내게 물어보았다. 아무 소식도 없어요, 그에게 말했다. 함께 기다려봅시다. 도착하게 되면 곧바로 이리로 달려올 테니까. 만약 도착하게 되면 그렇겠죠, 그가 힘없이 말했다. 물론이죠, 내가 말했다. 만일 오늘 내로 올 수만 있다면 말이에요. 그건 그렇다 치고요, 그가 말했다. 좀 이상하지 않아요? 이틀이나 계속해서 안 보이는데 말입니다. 교수님은, 내가 렌시에게 말했다, 자신이 무엇을 하고 있는지 잘 알고 있는 것 같더군요. 평소 교수님은 모든 걸 시시콜콜하게 다 말해주는 그런 사람은 아니었어요. 그런 그가 왜 그날 밤 내게 뭔가를 말하려고 했던 걸까요? 아마 여기를 떠나기로 결심했기 때문일 겁니다, 내가 말했다, 그게 전부예요. 알겠습니다, 그가 대답했다. 그런데 그날 밤 마르셀로 삼촌이 왜? 렌시가 말했다. 그건 아마도, 내가 그의 말을 가로막았다, 나와 함께 밤을 보내려고 일부러 그랬던 것 같아요. 동이 틀 때까지 함께 이야기를 나눌 사람이 있다는 것, 교수님이 굳이 그날 밤 우리 집에서 보낸 건 아마 그런 이유 때문이었을 걸로 생각됩니다. 최근 몇 년 동안, 교수님과 나는 장기를 두면서 아주 친하게 지냈어요. 그에겐 친구가 그리 많지 않았죠. 주로 강의를 하면서 학생들을 만나는 것 외엔 사람들과 거의 접촉을 하지 않았어요. 이따금씩 학생들이 그를 찾아가긴 했지만 말입니다. 얼마 전부터, 내가 말했다, 그는 강변에 있는 호텔에서 살았어요, 광장 건너편에 있는 호텔 말입니다. 아마 여기 오다가 봤을 겁니다. 그는 마치 자기 자신을 잊어버리고 싶어 하는 사람처럼 보였어요. 자기 속내를 털어놓는다든가 하는 일은 그다지 좋아하지 않았죠. 하긴 지금 같은 시대에 누군가 속마음을 털어놓는다 해도 뭐 그리 대단한 일이겠습니까?

하여간 렌시는 마기 교수 문제에 대해 내가 뭔가를 알고 있다고 생각하는 듯했다. 그에게 무슨 일이 있는지 어떻게 알겠습니까? 난 이 일의 직접적인 당사자가 아니라서 말이에요. 다른 사람의 행동에 대해 판단을 내리고 명료하게 설명하려면, 내가 그에게 말했다, 먼저 실상을 정확히 파악해야 하겠죠. 그런데 나는, 뭐랄까 사람들로부터 좀 떨어져 살고 있는 처지라서 그런 일에 적합한 사람이 아닙니다. 가끔 난 그가 우리 우정을 돈독하게 만들어주었다고 생각해요. 그걸 우정이라고 부를 수 있다면 말입니다. 그가 그렇게 한 것도 따지고 보면 자신이 줄곧 도피를 준비해왔고, 그러다 보니 나, 블라디미르 타르뎁스키가 필요했거나, 아니면 나 같은 망명객이나 외국인의 존재가 필요했기 때문일 겁니다. 몇 년 전만 하더라도 나 같은 사람에게 신경 쓰는 이는 아무도 없었어요. 솔직히 말해 개인적으로 나를 찾아온 건 당신이 처음입니다. 전에 영사가 나더러 귀화하라고 여기로 찾아온 이래로 말입니다. 물론 거절하기는 했지만.

잠시 후, 나는 마기 교수 같은 사람이 아니라고 렌시에게 말했다. 사실 나는, 그에게 말했다, 변화를 그다지 좋아하지 않는 편이에요. 변한다는 것, 그건 참 힘든 일이죠. 그렇지 않나요? 세상은 모두 변하고, 바뀌기 마련이죠. 하지만 사람은요? 변한다는 것은 사람들이 흔히 생각하는 것보다 훨씬 더 힘들뿐더러 때론 위험하기까지 하다고 나는 그에게 말했다.

렌시는 그날 밤 교수님과 내가 무슨 이야기를 나누었는지 알고 싶어 했다. 그날 밤 마기 외삼촌은 자신이 왜 여길 떠나기로 했는지, 그 이유를 말했거나 아니면 넌지시 비쳤을 것 같아요. 그런 생각이 들어요, 렌시가 말했다, 외삼촌은 처음부터 자신이 무슨 일을 하고 있고, 또 뭘 하고자 하는지 잘 알고 있었던 것 같습니다. 삼촌이 제게 편지를 쓰기 시작한 것도 어떤 면에선, 렌시가 말했다, 도피를 준비하려고 했던 게 아닌가 하는 생각이 들어요. 저를 공모자로 만들려고 했던 거죠. 그리고 삼촌 예상대로 실제로 그런 일이 일어날 경우에 지금처럼 제가 여기 와서, 그가 말했다, 당신과 함께 자신을 기다리길 원했던 거겠죠. 그래서 제 생각인데요, 그날 밤 두 분이 나눈 대화를 부분적이나마 재구성해본다면 외삼촌의 의도와 행적을 이해하는 데 도움이 될 만한 실마리나, 그가 말했다, 최소한 어떤 원칙이라도 발견해낼 수 있을 것 같습니다.

나는 한 사람이 자신의 인생을 걸고 하려는 일은 일일이 다 말로 설명하지 않는 것이 좋을 거라고 그에게 말해주었다. 어떤 경우든 간에, 내가 그에게 말했다, 그 문제에 관해서는 우리가 서로를 더 잘 알게 되었을 때 이야기를 나누어도 늦지 않을 테니까 말입니다. 나는 그에게 진을 더 마시지 않겠느냐고 묻고는 웨이터를 불렀다.

여기선, 내가 렌시에게 귀띔해주었다, 다른 사람들 눈치 안 보고 마음대로 마셔도 됩니다. 저기 앉아 있는 남자 보입니까? 점퍼 입은 뚱보 말이에요. 저 사람은 매일 밤 저렇게 취해 있어요. 늘 혼자서 술을 마시지만 단 한 번도 주정을 부린 적은 없어요. 사람들 얘기를 들으니까, 내가 렌시에게 설명했다, 저 친구에게도 가슴 아픈 사연이 있더군요. 어느 날 엽총을 청소하다가 사고로 아내를 죽였답니다. 결혼한 지 석 달 만에요. 그건 분명 사고였지 살인은 아니었어요, 내가 그에게 말했다. 이 세상 어느 누가 결혼한 지 석 달 만에 그런 식으로 아내를 죽인답니까? 딴 데도 아니고 얼굴에 엽총을 쏴서 말이에요. 미친놈이 아니라면 그런 짓을 할 수 없죠. 게다가 그 사고 이후로, 그에게 말했다, 넋이 나간 사람처럼 살고 있어요. 하는 일이라고 해야 저렇게 술에 절어 사는 것밖에 없어요. 그러다가 그때 생각이 나면 아내를 죽인 총에 저주를 퍼붓곤 하죠. 진 두 잔 더, 예, 맞아요, 나는 웨이터에게 주문을 했다. 아, 그리고 얼음도 좀 갖다주구려. 당신이라면, 내가 렌시에게 말했다, 우리 동포인 코르제니옵스키*의 글을 읽어봤을 것 같은데, 맞습니까? 영어로 글을 썼던 폴란드 소설가죠. 사실대로 말하자면, 반역자이자 형편없는 낭만주의자였던 사람이죠. 그는 항상 그런 유의 사람들, 즉 마음 깊숙한 곳에 비밀을 품고 사는 사람들의 삶에 매료되었어요. 그런데 이 세상에 비밀 하나 없는 사람이 어디 있겠습니까? 길거리에 있는 시시껄렁한 자들도 사람들 앞에 데려다놓아 보세요. 그런 이들이 개인적인 삶의 비밀을 털어놓기 시작하면 우리도 모르게 거기에 빨려 들어갈 테니까 말입니다. 자기 아내를 엽총으로 쏴 죽일 필요도 없는 거죠. 저기, 기둥 옆에 있는 친구 보입니까? 이리아르테라고 하는 자인데, 시계 장수죠. 쓸모없는 인간인데, 아주 전형적인 스타일이에요. 그런데 저 친구도 한때 대단한 인물이 될 수

---

* 조지프 콘래드를 말한다.

있었나 봅니다. 술만 적당히 들어가면 꿈꾸는 듯한 표정을 지으며 그 순간을 그리워하곤 해요. 저런 이의 삶에도 숨길 수밖에 없는 사연이 있겠지요. 그건 우리도 마찬가지 아닙니까. 우리 마음속에는, 나는 그에게 말했다, 저마다 각별한 순간이랄까, 아니면 영웅적인 환상의 레퍼토리 같은 게 있기 마련이지요. 그렇죠, 렌시가 내게 말했다. 하지만 차이가 있다면 어떤 이는 그런 걸 실현시킬 수 있다는 거겠죠. 환상 말입니까? 그건 나이에 따라 다를 겁니다. 남자 나이 서른이 넘으면, 내가 그에게 말했다, 삶이라는 게 엽총으로 쏴 죽인 여자들에 대한 서글픈 추억과 한때 가슴 설레게 하던 환상으로 뒤범벅이 되기 마련이에요. 그런데 말입니다, 내가 렌시에게 말했다. 자기 자신만 생각하면서 산다는 게 무슨 의미가 있겠습니까?

렌시는 마기 교수님이 그런 사람은 아니었다고 말했다. 제가 외삼촌의 삶을 훤히 꿰뚫고 있다고 할 수는 없겠지만, 그가 말했다, 그분이 어떤 생각을 하면서 살았는지는 잘 알고 있습니다. 당신 생각엔 그분이 어떤 생각을 했던 것 같습니까? 내가 그에게 물었다. 자기 자신에 반(反)하여, 다시 말씀드리자면, 삼촌은 늘 자신을 상대로 생각하셨어요, 렌시가 말했다. 렌시가 보기에 이는 명징한 인식에 도달할 수 있는 가장 확실한 방법이었다. 아주 탁월한 사유 방법이지요, 그가 내게 말했다. 자기 자신에 반하여 생각한다, 내가 그에게 말했다, 그래요, 적절한 표현인 것 같군요. 그는, 그러니까 마르셀로 삼촌은, 렌시가 내게 말했다, 늘 자신에 대해 회의를 품고 있었어요. 너무 오랫동안 일방적으로 길들여지다 보니 우리의 사고는 유치하고 어리석은 수준을 못 벗어날 뿐 아니라, 결국엔 습관처럼 굳어져버리기 마련이지,

마르셀로 삼촌이 자주 하던 말이에요, 렌시가 내게 말했다. 우리 머릿속에 떠오르는 생각은 백이면 백 모두 그릇된 거란다, 외삼촌이 말하곤 했어요, 일종의 조건반사 같은 것이지.

언제나 자기 자신에 반하여 사유하고 3인칭의 관점으로 살아야 한다. 마기 교수님이 렌시에게 보낸 편지에 썼던 말이라고 했다. 자, 그럼 우리 그분을 위해 건배합시다, 내가 그에게 말했다. 자기 자신에 반하여 사는 법을 터득한 마르셀로 마기 교수님을 위해서. 건배, 렌시가 말했다. 건배합시다, 이번에는 내가 그에게 말했다.

잘 알고 있겠지만 마기 교수님 역시 자신이 할 수 있는 일을 했던 거지요, 세상 모든 사람들처럼 말입니다, 내가 렌시에게 말했다. 내 생각인데, 언젠가부터 그는 여길 떠나서 삶을 변화시키기로 마음먹었던 것 같습니다. 그리고 다른 곳에서, 거기가 어딘지 누가 알겠소만, 하여간 다른 곳에서 새로운 삶을 시작하려고 했던 거지요. 따지고 보면 그가 하고자 했던 것은 모든 현대인들이 마음속에 품고 사는, 잠시 뜸을 들였다가 그에게 말했다, 환상이 아닐까요? 우린 늘 그런 욕망을 가지고 있죠. 우리 모두, 내가 그에게 말했다, 모험을 꿈꾸며 삽니다. 그러나 렌시는 이제 이 세상에는 더 이상 경험도, 모험도 존재하지 않는다고 했다. 이젠 모험 따윈 존재하지 않습니다, 그가 말했다. 이 세계엔 패러디만 있을 뿐이죠. 패러디는 과거에 티냐노프 그룹의 학자들이 생각했던 것처럼 단지 문학 체계의 변화를 알리는 징후가 아닙니다. 패러디는 오늘날 삶의 중심 그 자체가 되어버렸습니다. 그렇다고 제가 무슨 새로운 이론 따위를 만들어내려는 건 아닙니다, 렌시가 말했다. 패러디는 본래의 기능에서 벗어나 삶의 모든 영역으로 확대되고 있는 것 같습니다. 심지어 우리의 몸짓이나 행동 속으로까지 침투하고 있으니까요. 과거에 사건과 경험 그리고 열정 등이 존재하던 곳에 이젠 패러디만 남아 있어요. 그래서 전 마르셀로 삼촌에게 보낸 편지에서 그 문제에 관해 여러 차례 언급했습니다. 편지에 이렇게 썼죠. "이제 패러디가 완전히 역사의 자리를 차지해버리고 말았어요." 혹은 "패러디라는 건 역사 자체의 부정이 아닐까요?" 1921년 트리에스테 카니발에서 텔레마코스로 가장한 그 아일랜드인이 말했던 것처럼 가시적인 것의 불가피한 양태*, 돌연 렌시가 수수께끼 같은 말을 했다. 잠시 뒤, 그는 내가 정말로 제임스 조이스와 아는 사이였냐고 물었다. 마르셀로 삼촌 말로는 당신이 조이스를 만난 적이 있다고 하던데 정말 대단한 일이에요, 렌시가 내게 말했다. 전에 조금 알던 사이였죠, 내가 말했다. 두어 번 만난 적이 있어요. 지독한 근시인 데다 굉장히 무뚝뚝한 사람이었죠. 그리고 체스 실력은 형편없었어요. 그런데 아마 그가 들었다면 당신의 패러디론에 전적으로 공감했을 겁니다. (덧붙여 말하자면 사실 조이스 자신이 셰익스피어의 패러디가 아닐까요?) 하지만 이 세상에 더 이상 모험이 존재하지 않는다는 주장은 받아들이지 못할 거예요. 솔직히 말하면, 나는 렌시에게 고백했다, 나부터도 그 주장에는 선뜻 동의하기가 꺼려지는군요. 내가 유럽인이라서 그런 걸까요? 교수님은 가끔 내게 이런 말을 하곤 했어요. 아마 유럽인들이 이 나라에서 뿌리내리고 살아온 전통도 내게 와서 종말을 맞이하게 될 거라고 말입니다. 그의 말에 따르면, 내가 페드로 데 앙

---

* 『율리시스』의 제1부 3장에서 스티븐 디덜러스가 해변을 걸으면서 모든 사물의 본질에 관해 생각하며 했던 독백에서 비롯된 말이다.

헬리스에서 우리 동포인 비톨트 곰브로비치*에 이르는 긴 명단의 마지막 인물이라는 겁니다. 그 유럽인들 덕분에, 이건 교수님이 말한 겁니다, 무어인들이 스페인을 점령한 이래로 그 어떤 민족 문화도 겪지 못한 커다란 열등감이 생겨나게 된 거죠. 페드로 데 앙헬리스가 그런 계열의 첫번째 인물인 셈이지요, 교수님은 종종 이런 말을 하곤 했어요, 내가 렌시에게 말했다, 세련된 인물인 데다 학식 또한 풍부했죠. 비코와 헤겔에 대해 탁월한 식견을 갖고 있었을 정도니까 말입니다. 그리고 요아힘 뮈라** 자녀들의 가정교사이기도 했고, 상트페테르부르크 궁정 문정관이기도 했죠. 〈백과전서 리뷰〉의 기고자이자 쥘 미슐레와 데스튀트 드트라시***의 친구였던 그는 결국 부에노스아이레스로 와서 로사스의 오른팔로 변신했습니다. 그에 비하면 에체베리아나 알베르디 그리고 사르미엔토 같은 이들은 왜소해 보이기까지 합니다. 기껏해야 서구 사상을 필사적으로 모방하거나 어디서 들은 지식을 가지고 떠벌여대는 딜레탕트에 불과하죠. 그런데 마기 교수님에 따르면, 내가 그 사슬의 마지막 고리라는 겁니다. 케임브리지 대학에서 비트겐슈타인과 함께 수학했지만, 지금은 결국 아르헨티나 엔트레리오스 주 콩코르디아에서 개인교습이나 하면서 근근이 살아가는 폴란드 지식인인 내가 그 전통을 매듭짓는다는 거지요. 이런 의미에서,

---

* 폴란드 태생의 소설가이자 극작가(1904~1969). 인간 심리에 내재하는 부조리함과 패러독스를 섬세한 필치로 다룬 작가로, 우연한 기회에 대서양 횡단선을 타고 아르헨티나로 왔다가 제2차 세계 대전이 발발하는 바람에 체류하게 되었다. 아르헨티나 문인들과 교류하면서 많은 영향을 미쳤으나 1963년 다시 유럽으로 돌아갔다.

** 나폴레옹이 총애하던 프랑스의 육군 원수(1767~1815).

*** 프랑스 계몽주의 철학자이자 사상가(1754~1836).

그에게 말했다, 교수님이 보기엔 내가 아르헨티나 문화의 근본적인 요소인 유럽주의*의 발전과 진화의 가장 순수한 메타포였던 겁니다. 그런 전통의 모순은 아르헨티나에서 뿌리내리고 살았던 유럽 지식인들에게서 가장 잘 드러나죠. 난 그 전통이 서서히 붕괴되는 과정에서 필연적으로 나타날 수밖에 없는 전형적인 예에 불과합니다. 그 문제에 대해서라면, 렌시가 말했다, 저도 잘 알고 있습니다. 마르셀로 삼촌이 제게 보낸 편지에서 다 얘기해주었거든요. 참 특이한 생각이죠? 내가 그에게 말했다, 그건 그렇고 갑자기 왜 그 생각이 난 걸까요? 조금 전까지 다른 얘길 하고 있었는데, 아! 그래요, 내가 말했다, 이 세상에 더 이상 모험은 존재하지 않는다는 당신의 주장을 받아들이기 어렵다는 말을 했었죠. 그리고 내가 선뜻 그 주장에 동의할 수 없는 건 아마 내가 유럽 출신이라서 그런 것 같다고 말한 것까지 기억이 납니다. 그래서 아마 데 앙헬리스 생각이 났던 모양입니다. 사실 내 생각으로는, 그에게 말했다, 아르헨티나 사람들, 좀 더 일반화시켜 말한다면, 남아메리카 사람들은 모험이라는 것에 대해 지나칠 정도로 서사적인 관념을 가지고 있는 것 같습니다. 그 일례로 제가 경험한 일을 말씀드리지요. 옛날에 바르샤바에 있는 병원에 입원한 적이 있습니다. 당시 전 병실 침대에서 꼼짝도 못하고 있었어요. 팔다리도 움직일 수 없을 정도였으니까 말입니다. 제 주변에는 늘 음울한 환자들만 득실거렸죠. 단조롭고 지루한 생활의 연속이었습니다. 할 수 있는 일이라곤 생각하는 것밖엔 없었죠. 제가 있던 곳은 온통 흰색이 칠해진 큰

* 유럽의 모델을 따라 아르헨티나 사회를 구성해야 한다는 주장.

방이었는데, 병상이 죽 늘어서 있어서 마치 감옥에 갇혀 있는 것 같았습니다. 게다가 외부 세계와 통하는 곳이라곤 저 안쪽에 있는 작은 창문 하나밖에 없었으니까요. 그 방에는 암 환자가 하나 있었는데, 이름이 기라고 했던가, 하여간 프랑스 사람이었어요. 늘 고열로 신음하는데다 너무 수척해서 산송장처럼 보였죠. 그런데 어느 날, 그가 그 창문 바로 옆 침대를 차지하는 행운을 얻게 된 겁니다. 그 자리에서는 힘들게 몸을 일으키지 않아도 바깥세상을 볼 수 있었거든요. 거리도 볼 수 있고요. 그에게 정말로 멋진 구경거리가 생긴 거죠! 광장, 분수, 비둘기, 지나다니는 사람들, 죄다 볼 수 있었습니다. 완전히 별천지였던 겁니다. 그 사람은 온종일 창문에 매달려 자기가 본 것을 우리에게 이야기해주었어요. 그 병실에서 그 친군 최고의 행운아였습니다. 우린 그 친구에게 질투심을 느끼기 시작했습니다. 우린 모두, 그냥 솔직히 말할게요, 그 자리를 차지하고 싶은 마음에 그자가 하루라도 빨리 죽기만을 기다렸어요. 모르긴 몰라도 그 방에 있던 사람치고 마음속으로 날짜를 세지 않았던 이는 없을 겁니다. 결국 그는 죽고 말았어요. 여러 작전도 펼치고 뇌물도 먹인 끝에 난 어렵사리 방 끝에 있는 그 자리로 옮기게 되었어요. 결국 그 자리를 차지하고 만 거죠. 너무 좋았어요, 내가 렌시에게 말했다. 그땐 날아갈 듯이 기뻤습니다. 그런데 말이에요, 설레는 마음으로 창밖을 내다봤더니 뭐가 보였는지 압니까? 그때 내 눈에 보인 건 잿빛 담벼락과 우중충한 하늘 한 조각뿐이었어요. 그런데 신기한 것은, 저도 그 친구처럼 광장에 대해서, 그 위를 날아다니는 비둘기와 거리의 활발한 움직임에 대해서 주변 환자들에게 이야기하기 시작했다는 겁니다. 왜 웃는 거죠? 재미있으니까요,

렌시가 내게 대답했다. 마치 폴란드판 플라톤의 동굴 우화 같군요. 물론이죠, 그에게 말했다. 내가 그 경험을 통해 깨달은 것은 어디에서든 모험을 찾을 수 있다는 것이었어요. 꽤나 멋지고 쓸모 있는 교훈이 아닐까요? 교훈이 담긴 우화군요, 그가 내게 말했다. 맞습니다, 내가 그에게 말했다.

내 말 한번 들어보세요, 나는 말하기 시작했다. 내가 이 마을에 발을 디딘 게 지금으로부터 30년 전의 일이었어요. 그때부터 내내 떠돌이처럼 살았지요. 또 언제 떠날지 모르는 신세니까. 사람들 말을 빌리면 난 그저 지나가는 철새 같은 존재일 뿐이죠. 그런데도 난 30년 넘게 한 곳에 머물고 있습니다. 언제나 같은 곳에 머물고 있어요. 하지만 늘 떠돌이처럼 살고 있습니다, 그에게 말했다. 교수님과 나도 그렇고, 아마 당신도 그럴지도 모르죠, 나는 렌시를 보면서 말했다. 삶의 뿌리를 잃은 군상들, 시대에 뒤처진 사람들, 이제 곧 지구상에서 사라질 혈통의 최후 생존자들.

그리고 이 세상에서 살아남을 수 있는 유일한 방법은 모든 환상을 죽이는 것이라고 그에게 말했다. 내면세계를 성찰하고 모든 환상을 없애야 한다고. 그러니 늘 자신의 삶을 반성하고 성찰해야겠지요. 예컨대 교수님은 원칙에 대해 깊이 생각하는 사람이었어요. 다시 말해, 내가 그에게 말했다, 그는 원칙을 가장 중시하는 사람이었습니다. 이젠 지구상에선 거의 사라져버린 종류의 인간이죠. 이런 거지 같은 세상에서 버티고 살아가려면 원칙 외에 다른 방법은 없어요. 그날 우리 집에서 함께 밤을 보내면서 교수님이 한 말이에요. 그는 추상적 사고, 내가 렌시에게 말했다, 사람들이 흔히 추상적 사고라고 하는 것에 대해 확고한 믿음이 있었지요. 추상적 사고를 통해 그는 실제적이고도 효과적인 결정을 내릴 수 있었습니다. 이런 과정 속에서, 내가 말했다, 그의 사고는 추상적 성격을 벗어날 수 있었던 거죠.

그때 렌시는 내가 왜 자신에게 성찰을 요구하는지, 그리고 모든 환상을 버리고 대체 무엇에 대해 성찰해야 하는 건지 물어보았다. 그에 관해서죠, 그러니까, 내가 대답했다, 교수님에 대해서, 그리고 그의 모험에 대해서 말입니다. 빨리 외삼촌을 만나고 싶어요. 다른 것보다, 렌시가 내게 말했다, 외삼촌이 제 기억 너머로 추상화되는 건 싫으니까요. 곧 만나게 될 테니 걱정 마세요. 교수님이 그렇게 말했으면 반드시 오늘 올 겁니다. 그가 굳이 오늘로 정해놓은 건 그만한 이유가 있어서 그랬을 테니까요. 그러니 기다려봅시다, 내가 그에게 말했다. 그가 여길 떠나고 싶었다면, 또한 돌아오고 싶어 할 수도 있을 테니까요, 그에게 말했다. 또 밤새도록 기다린다 한들 뭐가 대수겠어요? 오늘 안으로 꼭 돌아올 테니 기다려봅시다. 아직 시간은 충분하니까 말입니다, 내가 그에게 말했다, 아, 그리고 새벽 여섯시에 부에노스아이레스로 가는 열차가 있어요. 만에 하나 교수님이 오늘 돌아오지 않는다면 그 기차를 타고 가도록 하세요. 하여간 교수님이 돌아올 때까지 기다려봅시다, 내가 그에게 말했다. 새벽까진 나도 자리를 지킬 테니. 그때까지 교수님이 오지 않으면 일단 우리 집으로 가도록 해요. 우리 집에 가면, 내 기억이 틀리지 않는다면, 교수님이 나와 함께 보낸 그 날 밤, 내게 건네준 노트가 있을 거예요. 조금 전에 내가 얘기했던 바로 그 노트지요. 하여간 그때까지 교수님이 돌아오지 않으면 그걸 읽어드리리다. 아직은 여기, 클럽에서 조금만 더 기다려보도록 합시다. 요기라도 하지 않겠어요? 여긴 내 삶의 공간입니다. 저기 홀에만 들어가면 누구라도 자기 세계 속으로, 꿈결 같은 세상 속으로 빠져들죠. 그러다 보니 저기에 있으면 시간도 멈춰 선 것처럼 느껴져요.

저 테이블 보입니까? 내가 렌시에게 말했다. 저기 우리에게 인사하는 사람들 말이에요. 내 친구들입니다. 마기 교수님을 제외하면 저들이 내게 가장 소중한 친구들이죠. 토크라이와 마이에르예요. 아마 우리 모두 국외 망명자 신세여서 그런지 참 가깝게 지내고 있어요. 외지인들. 유럽 전쟁의 격랑에 밀려 이곳 해안으로 쓸려온 찌꺼기들인 셈이죠. 우리 중 가장 나이가 많은 이는, 잘 보일까 모르겠는데, 안경을 쓰고 짙은 색 양복을 입은 저 사람이에요, 안톤 토크라이라고. 러시아 귀족의 서자로 태어났는데, 러시아 혁명의 여파로 집안이 풍비박산 나는 바람에 고생이 이만저만이 아니었답니다. 부모로부터 유산 한 푼 받지 못하고 이곳으로 도망 온 모양입니다. 적군(赤軍)이 아버지 소유의 대농장을 점령했을 당시 저 친군 불과 열여덟 살이었답니다. 그런데 그 일이 있기 2년 전부터 그는 사제 수업을 받으려고 수도원 생활을 하고 있었대요. 당시엔 차르 시대라 귀족의 서자들 중에서 교단의 엘리트를 선발하는 관행이 있었답니다. 바로 그때 혁명이 터진 거죠. 노동자들, 농민들 그리고 병사들이 수도원을 급습해서는 신학생, 수도사, 그리고 이건 내 추측인데 조시마 장로*까지, 하여간 이 사람 저 사람 가리지 않고 끌고 나와 벽 앞에 일렬로 세워놓았답니다. 그러고는 이젠 더 이상 차르가 러시아를 지배하지 않는다는 사실을 알고 있냐고 물어보았다고 하더군요. 그러면 하느님의 은총과 자비로 이루어진 이 땅을 대체 누가 통치한단 말입니까? 그 순간 수도사 중 한 명이 물었답니다. 내 생각에 그 사람은 아마, 내가 그에게 말했다, 조시마 장로가 아닐까 해요. 이제 이 세상을 다스리는 건 노동자, 농민, 병사 들이오, 노동자, 농민, 병사 들이 소리쳤답니다. 하느님? 그들이 말했답니다, 그 하느님께선 바티칸에 있는 교황청 지하실에 피신하려고 천국의 신하들과 함께 러시아를 떠난 지 오래요. 이 사건을 계기로 토크라이 백작은, 참 저 친구는 최근 러시아에서 일어난 역사적 변화를 틈타서 스스로 귀족 작위를 되찾았어요. 하여간 이제 더 이상 사제 수업을 계속하기가 어려워졌다고 판단한 토크라이 백작은 그 길로 곧장 핀란드로 넘어갔답니다. 핀란드에서 산전수전 다 겪은 토크라이는 파리로 가서 자신을 유대인 농부라고 속였대요. 당시 바론 히르슈**가 추진하던 유대인 이주단에 끼어 아르헨티나로 가려고 그랬던 거죠. 아르헨티나에 도착한 뒤 팜파스에 있는 외지인 소유 농업 공동체에서 얼마 동안 머물다가 결국 엔트레리오스 주 콩코르디아로 와서 정착하게 된 겁니다. 얼마 지나지 않아 그는 살롱을 열어 이곳 사람들을 상대로 개인교습을 했지요. 주로 식사 때나 사교계에서 고상한 신사 숙녀로 대접받으려면 어떤 예법과 관습을 따라야 하고, 또 몸가짐은 어떻게 해야 하는지를 가르쳐주었답니다.

---

* 도스토옙스키의 『카라마조프 가의 형제들』에 나오는 러시아 정교회의 영성 지도자. 여기서 작가는 허구적 인물을 현실화시키는 보르헤스적인 방법을 이용하고 있다.

** 유대계 독일 기업가이자 박애주의자(1831~1896). '세계 유대인 동맹'을 통해 러시아에서 탄압받고 있던 유대인들을 아르헨티나 등지에 소유하던 대단위 농업 공동체에 이주시켰다.

처음엔 그런대로 장사가 잘됐대요. 그런데 교수님 말에 따르면, 얼마 후 페론주의가 등장하면서부터 찾는 이가 하나 둘 줄어드는 바람에 결국 문을 닫을 수밖에 없게 됐답니다. 그땐 귀족적 관습을 따르는 풍조를 무척이나 경멸했잖아요. 망명생활을 하도 오래해서 그런지 그는 속세를 초월한 사람처럼 매사에 무관심할 뿐 아니라 자기 세계 에 빠져 있어요. 때론 그에게서 미래의 내 모습을 보기도 한답니다. 반면에 루돌프 폰 마이에르는 나치 당원이었던 게 분명해요. 다른 나치들처럼 그도 당에 들어갔을 겁니다. 교수님 말마따나, 실업자, 인플레이션, 볼셰비즘, 하여간 독일 민족을 괴멸 직전까지 몰고 갔던 모든 재앙에 맞서 싸워야 한다는 총통의 생각에 모든 독일인들이 원칙적으로 공감했다는 사실을 절대로 잊어선 안 됩니다. 그리고 다른 독일인들이 그랬듯이 그도 유대인 수용소 문제에 대해서는 뉘른베르크 재판이 열릴 때까지 전혀 모르고 있었답니다. 그의 말에 따르면, 자기는 부에노스아이레스에서 〈아르헨티니셰 타게블라트〉*를 통해 겁에 질린 채 재판 진행과정을 지켜보았다고 하더군요. 그런데 그는 전쟁에 참여하지는 않았던 모양입니다. 그가 전쟁 때 한 일은 유전공학 연구를 전담하던 나치 친위대 소속 과학 도서관과 서고에서 각종 문서와 서적을 정리하는 것이었다고 해요. 조금 이따 얘길 나눠보면 알겠지만, 저 친구 머릿속에는 생물학 이론과 전문적인 과학 지식이 뒤죽박죽 섞여 있어요. 과학이라면 거의 신비주의적으로 받아들일 정도니까요. 그게 다 그때 경험에서 나온 겁니다. 그런데 저 친구하고 페드로 아레기가

---

* 1878년 부에노스아이레스에서 창간된 독일어 신문.

얘기를 나눌 때만큼, 내가 렌시에게 말했다, 재미있는 장면은 없을 거예요. 저기 테이블 옆쪽에 앉아 있는 사람인데, 보입니까? 마이에르의 입에서 두서없이 쏟아져 나오는 현란한 지식을 들어주는 이는 이 세상에서 아레기밖에 없을 겁니다. 마이에르가 무슨 말을 하든 저 친군 넋을 잃고 듣거든요. 그래서인지 마이에르는 자기가 아는 바를 아낌없이 그에게 들려주려고 해요. 환상적인 한 쌍이죠. 아레기처럼 남의 말을 잘 들어주는 사람은 아마 눈 씻고 봐도 없을 겁니다. 게다가 지식에 대한 그의 믿음은 그야말로 무궁무진합니다. 교육적인 측면에서 저 두 사람은 완벽한 듀엣을 이루고 있는 거죠. 저들은 이 근처에 있는 하숙집에서 같은 방을 쓰고 있는데, 카타스트로 시청에서 공무원으로 일하는 아레기의 월급으로 생활하는 것 같아요. 함께 살면서 마이에르는 늘 아레기에게 가르침을 줍니다. 내 생각으로는, 한 사람이 밖에서 일하는 동안 나머지는 집에서 그날 가르칠 내용을 준비하는 게 아닌가 싶어요. 마이에르는 저기, 우리 정면에 앉아 있는 저 사람이에요. 지금 우리한테 미소 짓고 있는 저 친굽니다. 잘 보면 알겠지만, 저 친구의 얼굴은 전형적인 게르만 혈통이 아니에요. 우리가 흔히 게르만인의 얼굴이라고 부르는 것이 실제로 존재한다면 말입니다. 솔직히 말하면 저 사람처럼 독학으로 백과사전 못잖게 방대한 지식을 쌓은 자가 엔트레리오스 같은 변방에 있다는 게 참 신기할 따름이에요. 저 친구 얘기가 들립니까? 이왕 그 자리에 앉았으니, 내가 렌시에게 말했다, 저 친구 얘길 한번 들어보세요.

골상학(骨相學)은, 마이에르의 목소리가 들렸다, 물론 인간의 도덕적 측면에 적용할 수 있는 몇 안 되는 정밀과학 중 하나지. 지금은 빈의 미신 때문에 상당 부분 퇴색했지만 말일세. 빈이라고? 이번엔 아레기의 목소리가 들렸다. 그래. 오스트리아 빈 말일세. 거기에 어떤 친구가 살고 있었는데 말이야, 1897년 어느 날 밤 자기 삼촌 꿈을 꾸었다고 하더군. 그 이유인즉 대학에서 유대인 교수들을 모조리 몰아내버렸기 때문이었다네. 하여간 골상학(Frenología)의 어원을 살펴보면, 먼저 'Freno'는 라틴어에서 온 'frenar', 즉 '억제' 또는 '구속'이란 의미를 갖고 있지. 예를 들어, '카이사르를 막아라' 같은 경우지. 혹은 '통제'를 뜻하기도 해. 그리고 'Logía'는 라틴어 'logia'에서 비롯된 말이야. 그 첫번째 의미는 '비밀결사' 혹은 '비밀조직'이고, 두번째로 '논리(학)' 혹은 인식을 의미하지. 그러니까 어원을 종합해보면 '통제의 논리과학'이란 의미가 되는 거란 말일세. 다시 말해서 그 말 속엔 두개골 형상에 따라 사람들을 분류함으로써 범죄자나 사회부적응자들을 사전에 통제한다는 뜻이 담겨 있는 거라고. 가장 중요한 것은, 마이에르가 말했다, 두개골의 형태일세. 인간이 저지르는 악은 언제나 기하학적 구조에 의해 결정되기 마련이라네. 예를 들어 사람들이 악순환에 대해 이러쿵저러쿵하는데, 대체 왜 그러는 걸까, 응? 악순환. 언어 속에 침전된 모든 표현이 다 그렇듯이, 옛 지식은 항상 언어를 향해 흘러가는 법이라네. 따라서 내친 김에 말하자면, 마이에르가 말했다, 인간의 지식은 항상 어원에 뿌리를 두고 있는 것일세. 그러니 기하학(순환-원)과 골상학의 이론적 기초인 도덕(악)이 그 표현 속에서 은밀하게 결합되어 있다는 건 분명하지 않은가 말이야, 우리는 마이에르가 하는 말을 들었다.

부바르와 페퀴셰*, 렌시가 말했다, 꼭 부바르와 페퀴셰 같아요. 계속 들어봐요, 내가 그에게 말했다.

물론이지. 상대성 이론을 한번 생각해보게. 관찰자의 위치에 따라 관찰되는 현상의 구조가 변한다는 이론 말일세. 그래서 상대성 이론은, 그 명칭에서 볼 수 있듯이, 상대적 행동 이론이라고 할 수 있지. 여기서 '상대적(relative)'이란 말은 'relata'에서 유래한 것이니까, 결국은 '이야기하다'란 뜻을 내포하고 있는 거지. 이야기하는 자, 즉 화자, 내레이터는, 마이에르가 말했다, 그러니까 '아는 사람'을 의미한다네.

마이에르와 아레기, 이 두 사람의 관계 속에는 마기 교수님이 깊은 관심을 가지고 있던 문제의식이 함축적이고도 극단적으로 드러나고 있어요. 아르헨티나에 정착하게 된 유럽 지식인이 세계 보편적인 지식의 전형이자 상징처럼 군림해왔다는 교수님의 주장 말입니다. 교수님은 그동안 아르헨티나 문화계에서 벌어진 여러 논쟁과 대립 관계 그리고 변모과정 등을 통해서 짝을 이루었던 전형적인 인물들과 그들이 형성한 일련의 발전 단계를 추적했어요. 로사스 시대에는 데 앙헬리스-에체베리아, 1880년대에는 폴 그루사크**-미겔 카네, 1890년

* 플로베르의 미완성 작품인 『부바르와 페퀴셰』의 주인공들. 파리에서 필경사로 일하다 우연히 만나게 된 이들은 뜻밖의 유산을 이용해서 시골생활을 계획한다. 농촌에 적응하기 위해서 각종 서적을 탐독하지만 이들의 시도는 당시 부르주아 사회의 냉대에 의해 번번이 좌절되고 만다. 책을 통해 현실을 이해하려고 하며 자기 세계에 철저하게 갇혀 있다는 점에서 마이에르-아레기는 부바르-페퀴셰의 완벽한 동형이다.

** 프랑스 태생의 아르헨티나 철학자, 역사학자이자 문학비평가(1848~1929).

대엔 수상(Soussens)*-루고네스 그리고 1920년대에는 허드슨**-구이랄데스***, 1940년대에는 곰브로비치-보르헤스가 그 대표적인 인물들이었죠. 그 이후로도 이런 관계가 지속되기는 했지만, 유럽주의가 쇠퇴해감에 따라 점차 내리막길로 들어서게 된 거죠. 결국엔 저기 있는 마이에르-아레기의 관계로까지 이어졌으니 말입니다. 오랫동안 지속되어온 이 계열의 마지막 흐름이, 교수님이 말한 겁니다, 바로 이곳, 엔트레리오스로 흘러들어온 겁니다. 기분이 좋을 땐, 교수님은 마이에르-아레기뿐만 아니라 우리도, 그러니까 그분과 나의 관계도 같은 구조를 형성하는 거라고 말하더군요. 그런 관계에서 유럽 지식인은 언제나, 특히 19세기 동안 전형적이고도 모범적인 모델의 역할을 했다는 겁니다. 다른 사람들이 모두 따르고 싶어 한 모델이었던 거죠. 그런데 사실은 이곳에서 위세를 떨친 유럽 지식인들도 알고 보면 플라톤이 말한 또 다른 모델의 그림자이거나 날조된 모방에 불과한 사람들입니다. 물론입니다. 샤를 드 수상이, 렌시가 말했다, 그 대표적인 예인데—그 자리에 교수님이 함께 있는 것처럼 분위기를 만들기 위해 우리는 마기 교수님의 이론을 재구성하려고 애쓰고 있었는데, 얼마 동안 렌시가 그의 핵심 이론을 훌륭하게 설명해주었다—베를렌을 국내에서 써먹으려고 만든 일종의 모방품, 그게 바로 수상입니다. 그는 술집 테이블에 앉아 프랑스어로 시를 썼다고 하더군요. 어쩌면

* 스위스 태생의 시인(1865~1927). 아르헨티나에서 생을 마감했다.

** 미국 이주민의 후손으로 부에노스아이레스에서 태어난 조류학자이자 소설가(1841~1922).

*** 아르헨티나 소설가이자 시인(1886~1927). 가우초들의 삶을 토대로 풍속문학의 결정판인 『돈 세군도 솜브라』(1926)를 남겼다.

그의 삶은 우리가 흔히 생각하는 저주받은 시인의 주변적 형태일지도 모르죠. 게다가 그는 철저하게 보헤미안처럼 살았고요. 가난에 찌들 대로 찌든 그는 밤만 되면 술에 취한 채 거리를 돌아다니면서 주변 사람들에게 친구였던 베를렌에 대한 일화를 들려주곤 했답니다. 반면 정부 관료로서 융통성이라고는 눈곱만치도 없던 루고네스는 자신의 유령인 분신이었던 수상의 무절제한 방종에 대해 틈날 때마다 변호해주곤 했지요. 그건 시인의 과도한 열정에서 비롯된 단순한 허물일 뿐이지 결코 비난받을 만한 일은 아니라고 말입니다. 루고네스는 분명 술 따윈 입에 대지 않았을 겁니다. 틈날 때마다 검술을 연마했던 사람인데 오죽하겠어요. 그리고 철학에 대해 헛소리를 늘어놓거나 그리스어를 한 자도 모르면서 호머를 번역하기도 했죠, 렌시가 말했다. 솔직히 말해서, 우리 문단에서 이 루고네스처럼 우스꽝스러운 사람도 없을 겁니다. 그는 명색이 국민 시인으로 평가받는 작가예요. 그런데 만약 요즘 사람들이 그가 쓴 글을 읽으면 뭐라고 할 것 같습니까? 아마 아르헨티나 문학에서 가장 코믹한 작가라고 할 겁니다. 당신은 아마 이걸 두고 불수의적(不隨意的) 희극성이라고 하겠지요. 하지만 전 바로 그 점에 그의 탁월성이 있다고 생각합니다. 본의 아니게 코믹한 인물로 둔갑할 수도 있을 만큼 엄청난 능력 덕분에 그는 우리 문화의 버스터 키튼*이 된 거지요. 혹시 『가우초들의 전쟁』**이란 책 읽어보셨나요? 누구라도 그 책을 읽어보면 루고네스의 희극적 재능을 발견할

* 미국 무성 영화 시대에 가장 유명했던 희극배우이자 영화 제작자(1895~1966).

** 루고네스가 1905년에 쓴 소설. 애국적인 가우초 군대와 스페인 왕당파 군대 사이의 전쟁을 가우초의 언어로 그렸다.

수 있을 거예요. 그런데 그 재능이 얼마나 세련되고 자연스러운지, 그것과 비교하면 마세도니오 페르난데스의 경구나 재담 따윈 시시하게 여겨질 정도입니다. 마세도니오의 글은 어떤지 한번 볼까요? "루고네스처럼 아는 것도 많고, 책도 많이 읽고, 또 문학에 대해서도 그토록 많은 연구를 한 사람이 왜 여태껏 책 한 권 쓸 생각을 못했는지 도통 이해가 가지 않는다." 이 글을 보면 아시겠지만, 마세도니오 페르난데스의 재담은 루고네스의 텍스트와 비교해보면 재미라고 할까, 뭐 그런 게 전혀 없는 편입니다. 언어의 희극배우. 그게 바로 루고네스예요, 렌시가 말했다. 마크 트웨인 정도의 재능을 지닌 유머 작가라고 할 수 있을까요? 렌시가 뭐라고 더 말하려는 찰나 토크라이가 우리 쪽으로 오는 바람에 나는 그의 말을 막았다. 미안합니다, 내가 렌시에게 말했다. 이리로 오고 있는 사람, 지금 우리 쪽으로 오고 있는 저 친구가 바로 토크라이 백작입니다.

실례합니다, 토크라이 백작이 말했다. 아닙니다, 백작님, 내가 그에게 답했다. 타르뎁스키 선생, 별고 없으신지요? 백작이 물었다. 덕분에 잘 지내고 있습니다, 내가 그에게 말했다. 여기 앉으시지요, 이쪽은 에밀리오 렌시라고, 마기 교수님의 조카입니다. 잠깐만요, 백작이 말했다. 그럼 잠깐만 앉아 있다 가겠습니다, 토크라이 백작이 의자에 앉으면서 말했다. 그러시군요, 젊은이. 이렇게 만나 뵙게 되어 영광입니다. 그리고 백작은 자신은 밤을 새우는 것에 익숙하지 않아서 조금만 앉아 있다가 일어날 거라고 말했다. 사실, 그가 말했다, 내가 일찍 자는 이유는 첫째 꿈이 가장 달콤하기 때문입니다. 모든 시름을 잊게 해주죠. 난 잠들 때마다 오늘은 고향 꿈을 꿀 수 있기를 간절히 바라곤 합니다. 전에 한번은, 백작이 말했다, 무슨 일인지는 모르겠지만, 하여간 무슨 기념식이 있다고 파라나 주재 러시아 영사로부터 칵테일 파티에 초대받은 적이 있었어요. 내가 그런 데 꼭 가야 합니까? 왠지 불길한 농담 같지 않아요? 백작의 말에 따르면, 사실 공식 초대장을 받았고 거기엔 영사관에서 점심을 겸한 소연회가 열린다는 내용이 적혀 있었다고 한다. 솔직히 말하면, 백작이 말했다, 그게 왠지 장난 같기도 하고, 또 나를 함정에 빠뜨리려는 계략 같기도 했지만, 한동안은 거기에 참석하고 싶은 유혹에 빠지기도 했어요. 그런데 내가 왜 그런 유혹에 빠졌는지 아시겠어요? 50년 넘도록 러시아 말을 쓰는 사람과 한 번도 만나본 적이 없어서 그랬던 겁니다. 우리 조상들의 말을 들을 수 있는 건 오로지 꿈속에서뿐이죠. 가끔 러시아 영화를 볼 때가 있는데, 그건 오로지 러시아어 대화를 듣기 위해서지요. 그런데 그런 때조차도 할리우드 영화를, 예를 들면 월트 디즈니 영화를 러시아어로 더빙해서 듣는 것 같은 느낌을 지울 수가 없어요. 그래서인지 영화를 보고 나면 기분이 영 개운치 않습니다. 요즘 러시아 사람들이 하는 말을 듣고 있으면 저 위대한 푸시킨의 언어조차 마치 영어에서 번역한 것처럼 들리더군요. 우리나라 말이 지닌 음악성이 어떤 것인지, 아마 여러분은 상상조차 못할 겁니다. Vesta fiave soglidatay krasavitsa movosti jvat, 토크라이 백작이 암송했다. 오, 우리 조국의 언어여, 그가 외쳤다, 그 아름다운 음악을 어찌 꿈엔들 잊으랴! 그리고 그 초대장의 진의를 의심하게 만든 또 하나의 대목은, 잠시 후 그가 말했다, 초대장에 안톤 토크라이 선생이라고 쓰여 있었다는 겁니다. 안톤 토크라이 선생. 의도적으로 내게 모욕을 주려고 그렇게 썼던 게 분명해요. 하지만 그래봤자 아무 소용도 없지. 여러분도 짐작했겠지만, 러시아에서 백작이라는 내 칭호가 인정받을 것이라고 확신했다면, 아마, 아마라고 했습니다, 조국으로 돌아가기로 마음을 굳혔을 겁니다. 솔직히 그렇게 할까 몇 차례 생각도 해봤어요, 그가 말했다. 돌아갈까 심각하게 고민한 적이 두어 번 있었죠. 심지어, 그가 말했다, 돌아가면 내가 과연 뭘 할 수 있을까 진지하게 생각해보기도 했답니다. 그런 와중에 좋은 아이디어가 하나 생각났어요. 백작은 러시아로 돌아간다면 박물관에서 가이드로 일할 수 있을 거라고 생각하는 듯했다. 우리 조국 러시아의 위대한 역사를 간직한 기념물의 가치와 의미를 청년 세대에 가르칠 수 있을 거예요. 그리고 나 스스로가, 백작이 말했다, 박물관이 될 수도 있다는 생각도 들었죠. 단 한 사람으로 이루어진 박물관이 존재한다는 게 가능할까요? 물론 그걸 증명할 방법은 없지만, 나 스스로가 그런 박물관이 될 순 있을 겁니다. 하긴 그건 그리 어려운 일은 아니지요. 오래된 궁전의 방을 골라 과거 모습대로 장식을 꾸미고, 또 하인들을 내주기만 해도 충분할 테니까. 그렇게만 되면 난 제정 러시아 시대의 관습과 풍속에 관한 살아 있는 박물관이 될 거예요. 그러면 혁명 이전에 러시아 귀족이 어떻게 살았는지 눈으로 직접 볼 수 있을 겁니다. 특히 청소년들에게는 아주 값진 경험이 되지 않겠습니까? 그렇게만 되면 많은 학생들과 지방 파견단, 심지어 외국 관광객들도 날 보러 오겠지요. 그렇지만 그건, 백작이 말했다, 밀랍 인형이나 세워둔 그런 박물관과는 전혀 달라요. 살아 있는 박물관이니까요. 사람들은 나를 통해서 과거의 예절과 생활양식 그리고 언어 사용법 등을 관찰할 수 있을 겁니다. 역사의 거친 파도조차 휩쓸어버리지 못한 고결한 기품과 품격을 말입니다. 지금 내가 자신있게 할 수 있는 말은, 백작이 말했다, 사람들이 날 동물원의 원숭이 보듯 해도 난 결코 불쾌하지 않을 거란 겁니다. 오히려 그 반대죠. 난 그런 일을 결코 모욕이나 현 체제와의 노골적인 타협으로 여기지 않습니다. 사실 그건 차르와, 지금까지 내가 보존하고 지켜온 찬란했던 러시아 귀족의 문화와 관습에 대한 충성심을 보여주는 한 예에 불과한 겁니다. 지금도 내 마음속에는 행복했던 그 시대에 대한 기억이 살아 숨 쉬고 있어요. 그때 우린 모두 요람에서부터 프랑스어로 말했고, 가정교사도 모두 프랑스 여자였죠. 그리고 알파벳도 프랑스어부터 배웠고, 기도하고 글 쓰는 것도 모두 프랑스어로 배웠어요. 내가 지금 말씀드린 것에 관해선 분명 레프 톨스토이 백작의 책에서 모두 확인할 수 있을 것입니다. 그렇지만 그 경우엔 이야기가 좀 다릅니다. 단순히 책을 통해 한 시대를 경험하는 것과 그 시대를 직접 보는 것은 전혀 다르니까요. 비록 그 시대의 마지막 증인 중 한 사람으로서 내 경험이 아무리 제한적이라 할지라도 말입니다. 그러니, 백작이 말했다, 설사 내가 박물관으로 지정이 된다 하더라도 여러분은 내가 단순히 현 체제와 타협하려고 그런 거라고 생각하지 마세요. 오히려 그 반대지요. 우선 우리 과거 문화를 한 점 왜곡 없이 원형대로 보존하는 것이 그 첫째 목적이고, 다른 한편으로는, 갑자기 백작이 목소리를 낮추면서 속삭이듯 말했다, 그렇게 하면 과거에 영웅적으로 투쟁했지만 불운하게도 좌절하고 말았던 백군(白軍)의 왕정복고 임무와 프로그램을 다시 부활시키는 계기가 될 거라고 믿기 때문이에요. 그러니까 내 말은, 내가 고안한 그 박물관은 러시아 청년들에게 중요한 성찰의 기회를 제공해

줄 게 분명하단 말입니다. 우리나라 청년들이 나를 통해서 과거의 생활양식과 오늘날의 삶, 즉 onereux et bizarres(비싸고 괴상하게 생긴) 아파트 블록에 살고 있는 자신의 삶을 비교하기만 해도 충분할 것입니다. 다른 건 필요 없습니다. 그 두 가지 삶만 비교해봐도 청년들은 완전히 다른 세계를 발견할 수 있을 테니까요. 이 정도면 현 체제를 타도하고 왕정복고를 이루기 위한 의식개혁 운동의 출발점이 될 수 있지 않을까요? 그는 향수에 젖어 우울할 때마다 자신이 생각한 박물관 계획을 편지로 알리기 위해 펜을 든 적이 한두 번이 아니라고 했다. 그러나 그때마다 과거 러시아 귀족들의 화려한 생활이 무지 속에서 교육받고 있는 청년 세대들에게 훌륭한 모범이 될 거라는 자신의 주장을 저들이 받아들여줄 리 만무하다는 생각에 슬그머니 펜을 놓는다고 했다. 가끔 그는 넵스키 대로*, 상트페테르부르크의 봄 그리고 잃어버린 옛 영화의 산증인이자 모델이었던 자신의 삶을 떠올리면서 고국으로 돌아가는 모습을 상상한다고 했다. 하지만, 백작이 말했다, 시간이 흐를수록 그런 희망마저도 시들해지고 말았죠. 이젠 아무런 희망도 없습니다, 그가 말했다. 하느님께서 조금이라도 날 가엾게 여기신다면 고향 꿈만이라도 꿀 수 있도록 은전을 베풀어주셨으면 하는 게 이제 제게 남은 유일한 희망입니다. 그런데 마지막 희망마저 사라져버리고 허무의 늪에서 허우적거리고 있을 무렵 문제의 그 초대장이 온 거예요. 초대장 말입니다, 그가 말했다. 공식 초대장을 받으면 그땐 어떻게 해야 하는 거죠? 백작은 자문하듯 말했다. 신사가 초대장

* 러시아 상트페테르부르크에 있는 거리 이름.

을 받으면 어떻게 해야 할까요? 지금 난 정식으로 예의를 갖춘 그 편지를 앞에 두고 적지 않게 마음이 흔들리고 있어요. 그토록 예의를 갖추는 걸 보면, 그곳도 상황이 많이 변했다는 걸 알 수 있어요. 하긴 들리는 바에 따르면 이젠 과거처럼 광신도들이 아니라 기술 관료들, 그러니까 음산한 현실주의자들이 세상을 지배하고 있다고 하더군요. 더군다나, 그가 미소를 지으며 말했다, 현실주의자란 사실만으로도 그들이 조금 더 친근하게 느껴지긴 합니다. 나도 현실주의자니까 말이에요, 백작이 말했다. 차르는 이제 상징적인 존재에 불과하죠. 저들은 현실주의자예요. 상퀼로트*들이 만든 초라하고 끔찍한 유토피아를 버린 지는 이미 오래됐죠. 지금 그들에게 더 중요한 것은 효율성과 기술입니다. 그렇긴 하지만 그 초대장이 혹시나 함정이 아닐까 두려운 건 사실이에요. 게다가 그런 데서 사람들과 어울려봐야 뭐 하겠어요? 지금도 캐비아의 맛을 잊을 수가 없어요. 그렇지만 참아야 합니다, 그가 말했다. 그런데 안타깝게도 아름다운 내 모국어가 마치 영어를 번역한 것처럼 들립니다. 하여간 내가 알고 있는 바에 따르면, 파라나 주재 러시아 영사는 그다지 불쾌한 사람은 아닌 듯해요. 7월 9일, 콘셉시온 델 우루과이에서 외교관을 위한 러시아 볼쇼이 발레단 공연이 있었는데, 그때 아래 좌석에 앉아 있던 그를 관찰할 기회가 있었어요. 나도 그날 거기에 갔었답니다, 극장 맨 윗자리에서, 그가 말했다, 불멸의 차이콥스키 음악을 듣고 감격에 젖어 있는 동안에도 난 쌍안경으로 러시아 영사의 모습을 집요하게 관찰하고 있었어요. 품위 있는

* 프랑스 혁명 때 혁명적인 민중 세력. 여기서는 러시아의 볼셰비키를 의미한다.

사람 같더군요, 왠지 opaque mais distingué(쓸쓸해 보이면서도 고상한) 그런 사람이었죠. 엔지니어일 거라는 생각이 들어요, 그가 말했다. 지금 거긴 엔지니어 천국인 모양이에요. 노동자들이 더 이상 없으니 엔지니어, 군인 그리고 기술 관료 들의 나라가 된 거죠. 그 영사도 아마 엔지니어 계층에 속해 있을 겁니다. 음악가 같은 분위기도 풍기지만 아무리 봐도 그는 엔지니어인 게 분명해요. 실제로 영사는 그의 눈에 좋은 사람으로 비친 모양이었다. 그의 이름은 이고르 수슬로프, 내 기억이 틀리지 않으면 그의 어머니는 우리 할아버지의 여동생의 조카의 사촌뻘 됩니다. 아마 그런 연유로 나를 초대한 건지도 모르지요, 그가 말했다. 어떤 면에서 우린, 그러니까 엔지니어와 나는 친척이니까 말입니다. 그래도 난 가지 않을 겁니다. 귀족의 칭호와 지위는 영구적으로 보장받는다는 사실이 국제법에 분명하게 명시되어 있으니까 말입니다. 토크라이 선생이라고? 백작이 말했다. 니에트*. 이건 내 명예가 달린 문제예요. 그때 그는 홀 안쪽 벽에 걸려 있는 시계를 쳐다보며 말했다. 필요 이상으로 너무 오래 떠든 것 같군요. 그러고는 렌시에게 이 도시가 마음에 드는지, 열대 지방 같지는 않은지 물어보았다. 얼마 후 그는 갑자기 목소리를 낮추며 말콤 퍼민의 사망 소식을 내게 알려주었다. 그가 죽은 사실을 알고 있었어요? 그가 내게 물었다. 욕조에서 목뼈가 부러진 채로 발견되었답니다, 술을 너무 많이 마신 것 같아요, 그가 말했다. 그런데 확실한 것은 목욕탕에서 미끄러져 욕조 모서리 부분에 부딪히는 바람에 머리가 oeuf(계란)처럼 깨졌다

* 러시아어의 'No'에 해당하는 말.

는 겁니다. 장례식에 갔어야 했는데, 그가 말했다, 그런데 너무 늦게 소식을 통보받았어요. 결국엔 술과 좋지 못한 평판 그리고 불운 탓에 일찍 저세상으로 가버리고 만 겁니다. 벌거벗은 채 죽었답니다, 그가 말했다. 이 세상에 처음 태어났을 때처럼 말이에요. 벌거벗은 채로. 그런 점에서 우리도 언제 무너질지 모르는 삶의 pont(다리) 위에 서 있는 우리의 쓸쓸한 상황을, 그 서글픈 모습을 봐야 합니다. 얘기가 나왔으니 말인데, 토크라이 백작이 거의 들릴 듯 말 듯한 목소리로 말했다, 저, 타르뎁스키 선생. 가능하다면 나한테 몇 코페이카만, 그러니까 내 말은, 돈 좀 꿔줄 수 있나요? 그 영국인의 무덤에 꽃이라도 바쳐야 하지 않겠어요? 기다리고 있는 돈이 아직 안 와서 말입니다. 그러니 돈 좀 빌려도 될까요? 아주 조금이면 되는데. 그렇게만 해준다면 금방 돌려드리겠습니다. 꽃 한 송이라도 바쳐야 어두침침한 곳에 누워 있는 내 친구한테 면목이 서지 않겠습니까? 그렇게 하시죠, 백작님, 내가 그에게 말했다. 고마워요, 정말 고마워요. 타르뎁스키 선생의 따뜻한 마음씨에 감동했어요. 그럼 여기서 만나도록 합시다, demain(내일은) 어때요? 괜찮아요? 나는 그렇게 하자고 말했다. 젊은이, 그는 자리에서 힘들게 일어서면서 말했다, 이렇게 만나게 돼서 반가웠어요. 그런데 말입니다, 그가 말했다. 잘 보니 삼촌하고 판박이로구먼. même figure(똑같이 생겼어). 그렇지 않아요, 볼로디아? 저 젊은이, 삼촌 젊을 때 모습이랑 놀라울 정도로 닮았어요. 그건 그렇고, 백작이 말했다, 클럽에서 교수님 본 지가 오래된 것 같은데. 여행 중입니다, 내가 말했다. 여행 중이라고요? 아, Parfait(그렇군요). 건강이 좋지 못하단 얘기가 들리던데. 아이고, 시간이 벌써 이렇게 됐네. 이젠 그만 가봐야 할 것 같습니다. 그럼 잘들 계세요, 또 봅시다. 인사를 나눈 뒤 토크라이 백작은 밖으로 나갔다.

저 사람 걷는 모습 봤어요? 내가 렌시에게 말했다. 옛날 프랑스 가정교사들은 러시아 귀족 소년들, 서자까지 포함해서 말입니다, 그들이 공공장소를 지나갈 때 신사답게 걷도록 가르쳤답니다. 그런데 백작의 걸음걸이는 그런 교육의 영향이 그릇되게 남아 있는 단적인 예라고 할 수 있지요. 몸을 곧게 세우고, 그렇지 않아요? 발이 지면 위를 거의 미끄러지듯이 걷고 있잖아요. 그러니까 사람들과 헤어질 땐 최대한 위엄을 갖추어야 한다는 러시아 귀족들의 강박관념을 보여주는 사례라 할 수 있겠지요. 그릇되게 사용된 인용이지요, 내가 렌시에게 말했다. 하지만 패러디는 아니에요. 백작에겐 분명 감상적이고 우울한 면이 있지만, 그에게 말했다, 의도적이건 아니건 패러디하려는 측면은 없어요. 그는 어떤 상황에서도 위엄을 잃지 않으려고 애쓰지만 이젠 겨우 생색만 낼 뿐입니다. 우리 여섯 명이 힘을 모아, 다시 말해서 엔트레리오스에서 망명생활을 하고 있는 유럽인들이 십시일반으로 몇 푼씩 모아 저 사람의 생활을 책임지고 있는 형편입니다. 아까 봐서 잘 알겠지만, 매번 새로운 구실을 만들어 한 사람씩 찾아가서, 매달 얼마씩, 비록 얼마 안 되는 돈이긴 하지만 손을 벌리곤 하죠. 하지만 오늘 내게 말한 핑계는 사실입니다. 불행하게도 퍼민이 죽었어요. 그런데 그 영국인의 죽음이 백작의 미래에 한층 더 어두운 그림자를 드리우게 된 겁니다. 왜냐하면 퍼민은 그에게 매달 얼마씩 주던 여섯 명 중 하나였기 때문이죠. 내 생각엔, 퍼민 다음으로 우리도 언젠가 한 명씩 한 명씩 죽을 거라는 두려움에 짓눌려 토크라이 백작도 이

제 발 뻗고 편히 자기는 힘들 거예요.

그렇기는 해도 마기 교수님 이론의 근거가 됐던 유럽인들이, 내가 렌시에게 말했다, 다 토크라이 백작 같진 않아요. 내 말은 이주민이나 여행 와서 아르헨티나에 대해 글을 쓴 사람들이 아니라, 아르헨티나 문화에 융합돼서 거기서 특수한 기능을 행해왔던 유럽 출신의 지식인들 얘기를 하려는 겁니다. 그들이 행한 기능은 아르헨티나 내에서 지배적인 역할을 해온 유럽주의의 성격을 고려하지 않는다면 제대로 이해할 수가 없을 거예요. 이 땅에서 그들의 존재가 일관되게 표상해온 것이 유럽주의의 지속적인 지배력과 그 변형 과정이 아니라면 대체 뭐겠습니까? 교수님이 보기에 가장 분명한 본보기는 바로 그루사크의 경우였어요. 실제로 마기 교수님은 아르헨티나로 이주한 유럽 지식인들의 기능을 가장 단적으로 드러내준 인물로 그루사크를 꼽았어요. 교수님이 그렇게 생각한 이유는 무엇보다 그루사크가 활약하던 시대가, 다름 아닌 유럽주의가 아르헨티나의 헤게모니적 요소로 형성되어가던 바로 그 무렵이었기 때문입니다. 그루사크는 1880년대 세대의 대표적인 지식인이지, 교수님이 전에 이렇게 말했어요. 무엇보다 아르헨티나에서 활동하던 유럽 지식인이었죠. 그런 연유로 그는 아르헨티나 문화의 결정권자이자 심판관으로, 그리고 궁극적으로는 문화의 독재자로 군림할 수 있었던 겁니다. 이 신랄한 비평가가 한마디 하면 그 누구도 반론을 제기하지 못했어요. 그런데 그가 그토록 막강한, 아니 누구도 함부로 넘볼 수 없을 정도로 절대적인 권위를 누릴 수 있었던 이유가 뭘까요? 그 이유는 단 한 가지, 그가 유럽인이었기 때문입니다. 그가 휘두르던 전가의 보도는 바로 '정통 유럽의 관점'이란 것이었어요. 그걸 이용해서 그는 그 당시 맹목적으로 유럽을 추종하려고 애쓰던 우리 문화를 자기 마음대로 재단할 수 있었던 겁니다. 유럽에서 건너온 사람이 (유럽인의 탈을 뒤집어쓴) 이곳 토박이들을 제물로 삼아 마음껏 즐긴 셈이죠. 그는 모든 이들을 조롱했습니다. 이곳에서 저명한 작가라고 해봐야 그의 눈에는 남아메리카 골짜기에 처박혀 있는 문인 나부랭이로밖에 안 보였을 테니까 말입니다. 사실대로 말하면, 그 그루사크도 그저 과시하기 좋아하는 프랑스인 중 한 명에 지나지 않아요. 어쩌다 운이 좋아 이곳 라플라타 강변에 왔기에 망정이지, 만일 유럽에 계속 살았더라면 아마 십중팔구는 무명 작가로 평생을 살았을 겁니다. 아무리 좋게 말해도 그저 그런 평범한 인물에 지나지 않으니까 말입니다. 만일 그루사크가 파리에서 계속 살았다면 어떻게 됐을 것 같아요? 모르긴 해도 삼류 기자 노릇이나 했을 게 뻔합니다. 그런데 그런 사람이 여기 와서는 한 나라의 문화를 좌지우지하는 최고 권위자가 된 겁니다. 그처럼 불쾌하고도 역설적인 인물이 권위적인 지위를 누렸다는 사실은 우리 문화에 드러난 하나의 징후로 이해할 수 있습니다. 다시 말해서 유럽주의의 맹신이 지배하던 문화의 총체적 가치관이 그를 통해 함축적으로 드러났던 겁니다. 그래도 보르헤스는, 렌시가 내게 말했다, 그를 비웃지 않았습니까? 그루사크를요? 내가 그에게 반문했다, 글쎄요 내 생각엔 아닌 것 같은데요. 물론입니다, 그렇게 보일 리는 없지요, 렌시가 말했다. 우리도 잘 알고 있다시피 보르헤스는 기회가 있을 때마다 그루사크에 대해 이런저런 언급을 하면서 찬사를 보냈지요. 하지만 보르헤스의 진심은 그와는 다른 각도에서, 그러니까 제 말씀은, 그가 쓴 허구 텍스트에서 찾아야 한다는 겁니다. 다른 건 볼 필요도 없어요. 그의 「피에르 메나르—돈키호테의 작가」*를 한번 생각해보세요. 그 작품은 폴 그루사크를 무자비하다 싶을 정도로 심하게 패러디한 작품입니다. 혹시 아실지 모르겠지만, 렌시가 내게 말했다, 과거에 그루사크가 돈키호테 위작**에 관해 책을 쓴 적이 있지요. 현학적이고 과시하기 좋아하고 거짓말 잘하는 이 프랑스인이 부에노스아이레스에서 프랑스어로 쓴 이 책에는 두 가지 목적이 숨어 있어요. 첫째는 그 문제에 관해 전문가들이 이전에 펼쳤던 모든 주장과 논쟁을 자신이 한 번에 모두 해결했음을 알리는 것이고, 둘째는 돈키호테 위작을 쓴 진짜 작가의 정체를 밝혀냈음을 세계만방에 고하는 것이었어요. 그루사크가 쓴 그 책은 공교롭게도 『문학의 수수께끼』란 제목을 달고 있는데(보르헤스가 쓴 「피에르 메나르」에 붙여도 큰 무리가 없는 제목이기도 합니다), 이는 우리나라 지성사에 벌어진 믿기 어려울 정도로 수치스러운 사건이기도 합니다. 하여간 그는 자신이 상상할 수 있는 범위 내에서 온갖 증거를 다 끌어다가 두서없이 주장을 펼치고 있습니다. 그런 거 보면 참 부지

---

* 보르헤스의 『픽션들』에 삽입된 단편. 보르헤스가 창조해낸 가상의 프랑스 작가 피에르 메나르는 단순히 『돈키호테』를 번역하는 데 만족하지 못하고 원작을 참조하지 않은 채 원작과 똑같은 작품을 다시 쓰려는 야심찬 계획을 밝힌다. 결과적으로 메나르의 『돈키호테』는 원작과 한 글자도 다른 데가 없지만 다른 역사적 콘텍스트를 내포하기 때문에 훨씬 풍요로운 것으로 드러난다. 이 작품은 근본적으로 글쓰기라는 행위가 다른 텍스트를 읽고 다시 쓰는 것에 다름 아니라는 보르헤스의 생각을 허구화시킨 텍스트라고 볼 수 있다.

** 1605년 세르반테스의 『돈키호테 데 라만차』가 엄청난 성공을 거두자, 1614년 스페인의 타라고나에서 알론소 페르난데스 데 아베야네다란 필명으로 돈키호테의 위작(『기발한 기사 돈키호테 데 라만차』 제2부)이 출간되었다. 아직도 이 위작을 쓴 아베야네다가 누구인지 밝혀지지 않았다.

런한 사람이에요. 일례로, 그는 세르반테스가 쓴 소네트에서 한 구절을 뽑아서 철자의 순서를 바꾸는 애너그램을 통해 자신의 주장을 증명하죠. 하여간 그런 어수선한 과정을 통해 그는 가짜 돈키호테의 작가가 바로 호세 마르티라는 터무니없는 결론에 도달한 겁니다. (쿠바의 독립 영웅과 이름은 같지만, 물론 전혀 관계 없는 사람입니다.) 그루사크가 이 책에서 보여주는 논증방식과 결론 또한 평소 스타일대로 여전히 단호하고 자신감에 차 있지만, 동시에 뭔가를 속이려는 듯한 느낌 또한 지울 수가 없어요. 물론 돈키호테 위작의 작가가 누구냐에 대해 온갖 종류의 억측이 난무하고 있는 건 사실이지만, 렌시가 말했다, 그루사크처럼 현실적으로 불가능한 주장을 편 이는 아무도 없습니다. 『문학의 수수께끼』란 책에서 유력한 후보로 거명된 호세 마르티란 사람은 1604년 12월에 죽었습니다. 만약 그게 사실이라면 세르반테스를 표절한 것으로 추정되는 속편 작가가 진짜 돈키호테의 제1부조차 못 봤다는 얘기가 되는 거죠. 반면 보르헤스는 그토록 박학한 프랑스인이 저지른 실수 속에서 「피에르 메나르—돈키호테의 작가」의 패러독스를 엮어나갈 원리와 근거 그리고 눈에 보이지 않는 플롯을 찾아냈던 겁니다. 다만 지금까지, 렌시가 말했다, 그 누구도 그 연관성을 발견한 사람이 없다는 게 신기할 따름입니다. 일종의 위작이지만 진짜와 똑같은 돈키호테를 스페인어로 쓰는 프랑스인, 늘 우울하면서도 예리한 면을 지닌 그 피에르 메나르란 인물은 돈키호테 위작을 쓴 작가가 원작이 출판되기도 전에 죽었다는 치명적인 논리적 오류를 범한 그 폴 그루사크란 인물의 보르헤스적 변용이라고 할 수 있지요. 그루사크가 발견해낸 작가가 자기 작품의 모델인 돈키호테 원작을 읽기도 전에 위작을 쓸 수 있었다면, 메나르란 인물이 원작과 동일하면서도 다른 돈키호테를 쓰는 위업을 달성하지 못하라는 법이 어디 있겠습니까? 그러니까 보르헤스의 텍스트에서 메나르가 보여준 그러한 읽기 방법을 최초로 사용한 사람은, 가짜 돈키호테의 작가가 죽고 난 뒤에 원작이 출간되었다는 논리를 펼친 그루사크였던 거죠. 이 경우 보다 적절한 표현을 찾는다면, 렌시가 말했다, 물론 본인이 의도적으로 그런 건 아니겠지만, 새로운 기법을 통해 미숙하고도 앞뒤가 맞지 않는 모순된 읽기 방법을 더 풍부하게 만든 사람이 바로 그루사크라는 겁니다. 그가 사용한 새로운 기법이라는 건 '의도적인 시대와 연도 착오'와 '원작자 설정의 오류'라고 할 수 있습니다.

이런 썰렁한 데서 보르헤스를 입에 담는 이가 대체 누구인고? 근처 테이블에 있던 마르코니가 말했다. 이런 아르헨티나 내륙의 변방에서 대체 누가 보르헤스를 읊는단 말인가? 마르코니가 자리에서 일어서며 말했다. 악수나 할까요? 그가 우리에게 다가왔다. 그 기법은 말이오, 그야말로 무한하게 적용될 수가 있소. 예컨대 『오디세이』가 마치 『아이네이스』보다 뒤에 쓰인 것처럼 읽을 수도 있단 말이오, 마르코니가 시를 암송하듯 말했다. 그런 기법을 이용해서 읽으면 가장 조용한 책조차도 갑자기 놀라운 사건들로 들끓게 되기 마련이라오. 그건 문학이라는 게 일종의 기술이기 때문이오. 마르코니는 하던 말을 잠시 멈췄다. 앉아도 되겠소? 문학이라는 건 언제 자신이 침묵해야 할지를 예측하고, 또 어떤 과정을 통해 처참한 종말에 이르게 될지를 아는 기술이기 때문이오. 난 바르톨로메 마르코니라고 합니다. 볼로디아, 잘 지냈는가? 바르톨로메라는 이름은 대통령을 지냈던 그 미트레* 때문이 아니라, 수도사 바르톨로메 데 라스카사스 때문에, 이곳 엔트레리오스 지방에선 별로 환영받지 못하는 이름이오. 바르톨로메, 자리에 앉은 마르코니의 말이 계속되었다, 그 수도사는 1517년 앤틸레스 제도에 있던 생지옥 같은 금광에서 초죽음이 될 때까지 일하던 인디오들을 보고 너무 마음이 아팠던 나머지 당시 스페인 왕이던 카를로스 5세에게 가서 인디오 대신에 그 지옥에서 일할 흑인들을 수입할 것을 건의했다오. 그 박애주의자의 급작스러운 변신 덕분에, 마르코니가 말했다, 내가 그 이름을 얻게 된 겁니다. 내 성(姓)은 말이오, 전화를 발명한 사람과 같은 성인데 바다 건너 여기에 정착하게 된 거요. 볼로디아. 그 사람이 발명한 게 전화든가 라디오든가? 내 생각엔 라디오 같은데, 내가 말했다. 참, 여기 이 청년은 렌시라고, 잠시 후 내가 말했다, 작가일세. 장차 아르헨티나 문학을 빛낼 유망주라고 할 수 있지. 그래? 마르코니가 말했다, 그것 참 부럽군. 항구로서 부당한 특권을 누리고 있는 이 나라의 중심인 부에노스아이레스에선, 청년 작가들이 지옥 같은 33년을 보내고도 여전히 청년일 뿐이오. 만약 랭보나 키츠가 이런 도시에서 살았다면 어떻게 되었을까요? 그랬다면 그들이 쓴 작품의 진가를 제대로 평가하기는커녕 아동문학의 하위 장르쯤으로 여겼을 게 뻔합니다. 솔직히 말하면, 마르코니가 말했다, 내 마음의 상처에서는 지금도 여전히 피가 흐르고 있소. 그런데 이런 시골 골짜기에서 속으로 분노를 삭이면서 잡다한 글을 쓰는 내가, 도무지 끝이 보이지 않는 36년을 보내고도 여전히 청년 작가라는 소리를

---

* 미트레의 이름도 바르톨로메이다.

듣는 내가 어떻게 해야 아르헨티나 문학의 미래를 이끌 유망한 작가가 될 수 있단 말이오? 진 좀 더 마시겠소, 마르코니가 말했다, 볼로디아? 렌시? 마르코니 씨, 너무 상심하지 마세요, 렌시가 말했다, 아르헨티나 문학은 더 이상 존재하지 않으니까요. 더 이상 존재하지 않는다고? 마르코니가 말했다. 그럼 영원히 사라져버린 거요? 참 애석한 일이군. 그런데 렌시, 아르헨티나 문학이 사라진 지 얼마나 됐소? 마르코니가 물었다. 말을 낮춰도 되겠나? 우리 함께 그 문제에 대해서 비유적으로 접근해보자고, 그가 말했다. 그러니까 아르헨티나 문학은 죽었다. 말하자면, 마르코니가 말했다, 아르헨티나 문학은 이미 고인이 된 코레아 씨*라는 거군. 그래요, 렌시가 답했다, 나쁘지 않네요. 이미 잘려나간 끈이라. 그럼 그 끈은 언제 잘린 건가? 마르코니가 물었다. 1942년이지요, 렌시가 대답했다. 1942년이라고? 마르코니가 말했다, 왜 하필이면 그해인가? 바로 그해 아를트가 죽었거든요, 렌시가 말했다. 그의 죽음과 더불어 아르헨티나 근대 문학도 끝난 거지요. 그 후로 우리 문학은 어두운 그림자가 드리운 황무지의 연속일 뿐이에요. 그의 죽음과 더불어 모든 게 끝났단 말인가? 마르코니가 말했다. 그럼 보르헤스는? 보르헤스는, 렌시가 말했다, 19세기 작가예요. 19세기의 가장 위대한 아르헨티나 작가가 바로 보르헤스예요. 그럴 수도 있겠군, 마르코니가 말했다. 그래, 그가 말했다, 맞는 말이야. 보르헤스는 1880년대 세대가 꿈꾸던 작가상이 완벽하게 현실화된 경우라고 할 수 있지요, 렌시가 말했다. 폴 발레리를 읽은 1880년대 세

---

* 스페인어로 '코레아(correa)'는 가죽 끈, 벨트 등을 의미한다.

대의 문인 말예요, 렌시가 말했다. 그게 한 가지 이유고, 렌시가 말했다, 다른 이유로는, 그는 19세기 아르헨티나 문학을 종결시키려는 의도적인 목적을 가지고 허구 텍스트를 썼다는 점이에요. 보르헤스 허구 문학의 의미는 오로지 그러한 관점에서만 제대로 이해될 수 있어요. 다시 말해 19세기 아르헨티나 문학을 규정하는 기본적인 두 가지 계열을 자신의 글쓰기 속에서 통합시키면서 거기에 종지부를 찍는 것. 이것이 바로 보르헤스의 문학이에요. 좀 더 구체적으로 말해 줄 수 있겠나? 마르코니가 물었다. 첫번째, 유럽주의의 계열이 있지요. 당신이 오기 전에 이 문제에 대해 타르뎁스키 씨와도 잠시 얘기를 나누었어요. 잘 아시겠지만, 이 땅의 유럽주의는 『파쿤도』의 첫 페이지에서 시작되지요. 그러니까 『파쿤도』의 첫 페이지는 아르헨티나 근대 문학의 초석을 이룬 텍스트인 거예요. 거기에 뭐라고 쓰여 있던가요? 렌시가 물었다. 아시다시피 프랑스어로 된 문장이 나오지요. 그 책은 그렇게 시작된다고요. 아르헨티나 문학이 마치 프랑스어로 쓰인 그 문장과 더불어 시작된다고 말하는 것 같지 않아요? 그 문장은 이런 내용이에요. On ne tue point les idées(그 누구도 사상을 죽일 순 없다). (우리나라 사람이라면 학교 다닐 때 다 배우는 문장이지요. 지금은 우리말로 번역되어 있지만요.) 그런데 사르미엔토가 『파쿤도』를 어떻게 시작하지요? 망명생활을 시작하면서 어떻게 프랑스어로 된 그 신조를 쓰게 되었는지부터 이야기해요. 그의 정치적 제스처는 절대로 그 문장의 내용에 있는 게 아니에요. 다른 말로 하면 단지 그 내용에만 있는 게 아니란 거지요. 사르미엔토가 노린 정치적 의도는 무엇보다 그 문장을 프랑스어로 썼다는 사실에 있는 거예요. 권력을 차지한 야만인들이 사르미엔토가 쓴 그 외국어 문장을 봤다 한들, 무슨 소린지 이해할 수 없었을 테니까요. 아마도 누군가가 와서 번역을 해 주어야 했겠지요. 그래서? 렌시가 말했다. 당연한 얘기지만, 그가 말했다, 문명과 야만의 단절은 바로 그곳에서 비롯된 거예요. 소위 야만인들은 프랑스어를 읽을 줄 모른다는 거죠. 정확히 말하면, 프랑스어를 이해하지 못한다는 **그 이유만으로** 그들은 야만인이 되어버린 거예요. 그리고 사르미엔토는 그 점을 부각시키려고 했던 겁니다. 그 때문에 그는 프랑스어로 된 그 문장으로 책의 첫머리를 장식한 거죠. 그런데 놀라운 점은 사르미엔토가 쓴 바로 그 문장(**그 누구도 사상을 죽일 순 없다.** 학교에선 이렇게 배우죠), 그가 쓴 것이라고 누구나 알고 있는 그 문장이 사실은 그의 것이 아니라 인용이라는 점입니다. 사르미엔토는 프랑스어로 된 문장을 인용했을 뿐이에요. 본인 입으로 푸르톨(Fourtol)*이라는 사람이 쓴 것이라고 밝히면서 말이지요. 그런데 이번에도 그 자상한 그루사크가 재빠르게 끼어들어 그건 사르미엔토의 착각이었다고 주장했어요. 그에 따르면 그 문장은 푸르톨이 아니라, 볼네**의 글이라는 겁니다. 그러니까 결론은, 렌시가 말했다, 아르헨티나 문학은 프랑스어 문장에서 시작되었다는 거지요. 그것도 날조된, 잘못된 인용에서요. 사르미엔토는 실수로 잘못 인용을 한 셈이에요. 그 당시 사르미엔토는 유럽 문화 정도는 쉽게 다룰 수 있다고 과시하고 싶었던 거고, 이에 무지와 야만에 찌든 모든 이들이 그의 앞에서 무릎을 꿇은 거지요. 조금 전에도 타르뎁스키 씨와 얘기했듯이,

---

* 원래 이름은 포르툴(Fortoul)이다.

** 프랑스의 철학자, 역사학자, 동양학자(1757~1820).

사르미엔토뿐 아니라 이후 그의 추종자들과 그루사크에 이르기까지, 거짓된 지식을 그럴싸하게 포장해서 허세를 부리려는 태도와 두 개 언어를 사용함으로써 날조된 백과사전적 지식을 과시하려는 태도가 바로 그 순간부터 우리 문화에서 그토록 광범위하게 퍼져나가기 시작한 겁니다. 바로 거기에 보르헤스의 허구 텍스트를 구성하는 첫번째 계열이 자리하고 있는 셈이에요. 거짓으로 꾸며내고, 허위로 조작한 인용문이 줄줄이 등장하고, 간접적으로 전해 들은 외국 문화를 최대한 희화화시키고 과장해서 드러내는 데다, 그나마도 감상적이고 현학적인 태도로 뒤덮어버리는 그의 텍스트를 생각해보세요. 보르헤스는 그런 태도를 한껏 조롱한 거예요. 그러니까, 렌시가 말했다, 보르헤스는 19세기 아르헨티나 문학의 상당 부분을 규정하고 지배하던 거짓 코스모폴리턴적인 사상의 계열, 즉 날조된 현학의 계열을 과장하고 극단화시킨 거란 말입니다. 하지만 한 가지가 더 있어요, 렌시가 말했다. 진 좀 더 하겠나? 마르코니가 말했다. 그러죠, 렌시가 답했다. 볼로디아는? 얼음 좀 넣어서 주게, 내가 그에게 말했다. 그런데 한 가지 계열이 더 있습니다. 그건 보르헤스의 민중주의적 민족주의라고 부를 수 있지요. 내 말은, 렌시가 말했다, 보르헤스는 글쓰기를 통해서 유럽주의와는 다른 흐름, 즉 그것과는 정반대의 계열 속으로 파고들고자 했던 겁니다. 그래서 그는 가우초 문학*을 그 토대로, 그리고 「마르틴 피에로」를 모델로 삼았던 것이지요. 보르헤스는 자신의 작품을 통해서 19세기 아르헨티나 문학을 규정하던 또 하나의 흐름에도 종지

* 19세기 말 아르헨티나와 우루과이의 민족국가 형성기에 탄생한 문학 형식으로, 주로 가우초들의 삶과 언어(특히 구어체), 그리고 자연과 그들의 세계관을 담고 있다.

부를 찍고자 했던 거예요. 이를 위해 과연 보르헤스는 뭘 했을까요? 렌시가 말했다. 그는 「마르틴 피에로」를 이어서 썼어요. 그 작품이 끝난 곳에서 새로운 작품을 쓴 겁니다. 그건 말이에요, 그가 「끝」이라는 작품을 통해서 그 계열에 종지부를 찍었기 때문만은 아닙니다. 담배요? 렌시가 말했다. 나중에요. 그러니까 그가 그 계열의 결말을 썼을 뿐만 아니라, 1890년과 1900년 사이로 시대를 설정하여—이것도 우연은 아닌 것 같지만—이 작품의 주인공을 가우초에서 도시 변두리의 인물로 바꾸었기 때문이에요. 그뿐만이 아닙니다, 렌시가 말했다. 단지 주제의 문제로만 봐선 안 되죠. 보르헤스는 좀 다른 관점에서, 좀 더 핵심적인 각도에서 문제를 바라봤어요. 그러니까 그는 민중의 언어와 소리를 글로 옮겨 적은 것이 바로 가우초 문학의 본질이라고 파악했던 거지요. 그는 구이랄데스처럼 교양 있고 유려한 언어로 가우초 문학을 쓰지 않았어요. 그렇다면 보르헤스가 이룬 문학적 성과는 뭘까요? 렌시가 말했다. 그건 보르헤스가 아르헨티나 문학에서 「마르틴 피에로」 이후로 구어의 억양과 리듬 그리고 어휘를 사용한 최초의 텍스트를 썼다는 점이죠. 그 텍스트는 바로 「장밋빛 길모퉁이의 사나이」예요. 그래서인지, 렌시가 말했다, 보르헤스의 두 단편은 첫눈엔 완전히 다른 작품으로 보여요. 「장밋빛 길모퉁이의 사나이」와 「피에르 메나르—돈키호테의 작가」는 보르헤스가 19세기 아르헨티나 문학을 양분했던 그 두 전통과 지속적으로 접속하고 결합하는 방식이자, 동시에 그 이중적 전통에 종지부를 찍는 방법을 드러내주는 작품이라고 할 수 있어요. 그때부터 보르헤스의 작품은 두 갈래로 갈라지기 시작해요. 한편에는, 남부의 칼잡이들을 다룬 것과 이를 다소 변형시킨 작품들이 있어요. 다른 한편에는, 말하자면 매우 현학적인 단편들이 있는데, 현학적인 태도와 문화적 표현 등이 과장되고 극단적으로 드러나고 있지요. 이런 유의 작품에서 보르헤스는 문화주의라는 미신을 맹렬하게 패러디할 뿐 아니라, 위작, 표절, 일련의 거짓 인용문, 날조된 백과사전적 지식 등의 본질에 관해 연구하고 있는 거예요. 따라서 현학이 이야기의 형식 그 자체를 규정하고 있는 셈이지요. 그러니까 보르헤스에게 자신이 쓴 것 중에서 가장 훌륭한 텍스트를 꼽으라면 아마 주저없이 「남부」라고 할 거예요. 그 작품 속에서 19세기 아르헨티나 문학을 가로지르던 두 계열이 서로 교차하면서 하나로 합쳐지기 때문이지요. 따지고 보면 지금까지 제가 말한 것은, 렌시가 말했다, 보르헤스가 19세기 문학의 근본적인 계열들, 즉 상호 모순되고 충돌하던 두 계열을 자신의 작품 세계 속에서 통합시키고 매듭지었다는 점을 감안할 때, 그의 작품은 반드시 19세기 아르헨티나 문학 체계 내부에서 읽어야 한다는 논리에 다름 아닙니다. 그런 의미에서 보르헤스는 늘 19세기를 응시하면서 그 시대에 종지부를 찍은, 시대착오적이고 과거 지향적인 작가입니다. 반면에 새로운 시대를 연, 새로운 시대의 개막을 알린 작가는 바로 로베르토 아를트지요. 아를트는 모든 걸 새롭게 시작했어요. 20세기 아르헨티나 문학이 낳은, 진정한 의미에서 현대적인 작가가 있다면 그건 바로 아를트예요. 부에노스아이레스 지식인들이 가진 분명한 장점 중 하나는, 마르코니가 말했다, 부러울 정도로 말을 잘 한다는 것이네. 그렇지요, 렌시가 말했다, 특히 진이 적당히만 들어가면 이론 같은 건 입에서 술술 풀려 나온답니다. 그러면, 마르코니가 말했다, 이번엔 로베르토 아를트에 대해 자네의 답변을 들어볼까? 물론이죠, 렌시가 대답했다, 한숨 좀 돌리고 나서 아르헨티나 문학에서 아를트가 차지하는 중요성에 대해 빠르게 훑어드리지요. 그런데, 마르코니가 말했다, 지금 우리가 마치 올더스 헉슬리 소설의 한 장면 속에 있는 것 같네. 헉슬리라고요? 렌시가 말했다. 내 생각엔 그보다 아일랜드의 텔레마코스인 스티븐 디덜러스가 나오는 「국립도서관—스킬라와 카립디스」의 한 장면이 더 어울릴 것 같은데요.* 그렇다면 햄릿에 대해 토론해보는 게 어떤가? 마르코니가 말했다. 어이, 마르코니, 렌시가 말했다, 여기 콩코르디아엔 박학한 이들이 아주 많은데요. 자 그럼 시작해보자고, 마르코니가 말했다. 아니면 이건 어떤가? 햄릿의 손자가 셰익스피어의 할아버지이고, 또 그 자신이 바로 아버지의 유령이라는 사실을 대수학을 통해 증명해보는 건 어떨까? 어때, 벅 멀리건**? 마르코니가 물었다. 아이쿠, 이 양반 보게, 당신 기억력 앞에선 그 유명한 호세 에르난데스도 울고 가겠군요, 렌시가 말했다. 그 시인에겐 기억 따윈 존재하지도 않아, 마르코니가 말했다. 그는 흉악한 범죄자가 될 수도 있었지만 품위를 찾는 바람에 그런 운명을 면한 사람일 뿐이야. 기억이 없는 시인, 그건 모순어법이지. 시인은 언어의 기억이나 마찬가지거든. 그건 그렇고 내가 아를트에 대해 한번 이야기해보는 게 어떨까? 그러니까 여기

* 『율리시스』의 제2부 9장 「국립도서관—스킬라와 카립디스」에서 스티븐 디덜러스가 자신의 예술론을 설파한다.

** 제임스 조이스의 『율리시스』에서 의대생으로 나오는 인물로, 평소엔 쾌활하고 사람들과도 잘 어울리지만 근본적으로 세계와 인간 조건에 대해 냉소적인 견해를 지니고 있다. 대화할 때 언제나 철학자와 시인 등의 말을 인용하고 재치있게 패러디한다는 점에서 렌시와 유사한 인상을 풍긴다.

계신 분들이 모두 양해한다면, 내가 하고 싶은 말은, 〈엘문도〉에 여러 이야기를 연재하던 사실*을 논외로 한다면 과연 아를트란 어떤 작가였을까 하는 거야. 맞는 말이에요, 렌시가 말했다. 그는 세상의 기록자예요. 나중에 당신이 얘기할 것 같아서 내가 미리 말해두는데요, 그는 이 세상 모든 것을 기록하는 사람이 될 수도 있었지만, 문제는 그가 글을 잘 못 쓴다는 데 있었습니다. 맞는 말일세, 마르코니가 맞장구쳤다. 나도 그 점에 대해서 말하려고 했네. 아를트는 작가치곤 글솜씨가 참 없는 편이었지. 그래서 말인데, 그에 관해서 자네의 이론을 듣고 싶군. 그건 그렇다 치고, 마르코니가 말했다, 솔직히 말해서 글도 참 개떡처럼 썼지 않나? 누구 말입니까? 렌시가 물었다, 아를트요? 아니, 조이스 말일세, 마르코니가 말했다. 아를트, 물론 아를트도 마찬가지지, 그가 말했다. 그래도 아를트는 존경할 만한 작가임에는 틀림없네. 도스토옙스키를 읽으면서 깨달은 마조히즘, 즉 알료샤 카라마조프처럼 삶의 고통에서 즐거움을 느끼던 아를트는 그런 관점을 통해 자신만의 독특한 스타일을 만들어낼 수 있었지. 간단히 말해 아를트는 문자 그대로 굴욕감을 느끼려고 글을 쓴 것이네, 마르코니가 말했다. 그가 탁월한 문학적 재능을 가지고 있었다는 사실에 대해선 의문의 여지가 없네. 그런데 말이야, 아무리 글을 못 쓴다 해도 아를트보다 더하지는 않을 거야. 그런 점에 있어서 그는 아주 독특한 인물임에 틀림없어. 그게 끝인가요, 마리코니**, 렌시가 말했다. 마르코니일세, 마르코니가 말했다. 내 이름은 마르코니야, 정신을 어디다 갖다

* 실제로 아를트는 부에노스아이레스에서 발간되던 〈엘문도〉에 1926년부터 칼럼니스트로서 기고해왔다.

둔 거야. 진정하게, 내가 끼어들었다. Pacem in terris(지상의 평화). 기분을 가라앉히는 데는, 마르코니가 말했다, 라틴어만 한 게 없지. 그건 그렇다 치고 아를트가 글을 못 쓴다는 데는 이의가 없었지. 물론이지요, 렌시가 대답했다. 그의 글 솜씨는 엉망이에요. 그런데 그 말이 지닌 규범적인 의미에서 그렇다는 거예요. 그 자체로만 본다면 참 서툰 글일 뿐 아니라, 사악하다는 느낌마저 주거든요. 아를트의 문체는 아르헨티나 문학의 스타브로긴***이라고 부를 만하죠. 우리의 비유법을 사용한다면, 문학의 피베 카베사**** 정도라고나 할까요. 하여간 범죄의 냄새가 물씬 풍기는 글이에요. 아를트는 절대 해서는 안 되는 것, 올바르지 못하다고 여겨지던 것에 과감하게 도전했어요. 금기의 영역을 넘어선 거죠. 그러다 보니 지난 50년 동안 이 빛바랜 공화국을 지배해온 좋은 글의 기준을 한 번에 무너뜨리고 만 거지요. 보르헤스가 한 말이지, 마르코니가 끼어들었다. 빛바랜 공화국. 우리 이모인 마르가리타를 포함해서 초등학교 선생님들이 아를트의 글을 본다면 아마 지면이 새까맣게 될 때까지 고쳐놓을 겁니다. 하지만 그 누구도 실제로 아를트처럼 글을 쓸 순 없어요. 물론이야, 마르코니가 말했다. 그건 절대로 불가능한 일이네. 아를트를 제외한 그 누구도 그런 글을 쓸 순 없을 걸세. 잠깐만, 미안하네, 한마디만 하고 이젠 더 이상 말 끊지 않겠네, 마르코니가 말했다, 진 좀 더 하겠나? 그러죠, 렌시

** 렌시는 마르코니의 이름을 고의로 '마리코니(Marriconi)'라고 부르고 있는데, 이는 동성애자나 여자 같은 남자를 가리키는 속어인 '마리콘(maricón)'을 연상시킨다.

*** 도스토옙스키의 『악령』에 나오는 주인공.

**** 아르헨티나의 레오폴도 토레 닐손 감독이 1975년에 제작한 동명 영화에 나오는 주인공으로, 1930년대 아르헨티나에서 이름을 떨치던 갱스터였다.

가 말했다. 볼로디아는? 마르코니가 물었다. 좋지, 내가 대답했다. 아를트는 사실 문체라는 관념에 반하여 글을 쓴 거야. 다시 말해서, 학교에서 좋은 글이라고 가르치는 그런 기준 있잖나, 예컨대 분사를 사용하지 말고 같은 단어를 불필요하게 반복하지 말 것, 그리고 가급적 깔끔하고 간결하게 쓸 것 등등, 안 그런가? 하여간 그는 이런 기준에 반해서 글을 쓴 셈이지. 따라서 아를트가 받을 수 있는 최고의 찬사는 그가 절정기에 이르렀을 때 쓴 작품들조차 읽기가 어렵다는 말일 거야. 실제로 어떤 비평가들은 무슨 소린지 도무지 알 수가 없다고 투덜거리기도 했지. 그들 관점에서 아를트를 읽으면 당연히 이해하기가 불가능하지. 아를트의 문체는, 렌시가 말했다, 아르헨티나 문학에서 억압된 요소라고 할 수 있어요. 모든 비평가들(두 명의 경우는 예외겠지만), 특히 아를트에 관해 글을 쓰는 모든 이들을 말하자면, 이쪽 끝에서 저쪽 끝까지, 좌에서 우까지, 말하자면 카스텔누오보*부터 무레나**에 이르기까지 각자 성향은 다양하지만, 한 가지 문제에선 의견이 일치하고 있지요. 그건 아를트의 글이 작가로서는 너무 서투르다는 거예요. 아르헨티나 문학 사상 어떤 문제에 대해 이처럼 의견이 일치하는 경우도 거의 없을걸요. 아를트 문학에 대해 논의할 때면 비평가들은 모두 깃발을 내리고 어김없이 합의에 도달합니다. 고인에게

---

* 우루과이 태생의 시인이자 언론인(1893~1982). 아르헨티나 공산당의 핵심 당원이었으며, 혁명적 좌파 진영 내에서 논쟁을 주도한 전투적인 지식인이다.

** 아르헨티나의 소설가이자 시인, 문학비평가(1923~1975). 문학잡지 〈수르〉 편집에 참여했으며, 하이데거 등 독일 철학을 아르헨티나에 소개하는 데 큰 역할을 했다. 반면 문학은 시대의 문제와 일정한 거리를 두어야 한다고 주장하는 등, 다소 보수적인 입장을 견지했다.

안된 일이지만, 렌시가 말했다, 참 감동적인 화해 아닌가요? 하긴 그들 말에도 일리는 있어요. 왜냐하면 아를트는 그들과 같은 위치에서 글을 쓰지도 않았고, 그들과 같은 원칙에서 글을 쓰지도 않았으니까요. 이런 점에서 아를트의 문학은 현대적인 셈입니다. 적어도 그는 자신을 비난하는 얼치기들보다 한 발짝은 앞서 있었어요. 그런데 아르헨티나 문학에서 문체라는 관념, 다시 말해 훌륭한 작품과 그렇지 않은 작품을 구분해주는 가치 기준으로서 좋은 글이라는 관념이 언제 등장했는지 아세요? 아주 최근이랍니다. 문체라는 건 문학이 정치의 영향력으로부터 벗어나 자율성을 확보하고서야 비로소 나타난 관념이거든요. 문체라는 관념의 등장은 아주 중요한 논점이에요. 최근에 문학은 특수한 가치들, 말하자면, 순전히 문학적인 가치들에 의해 평가받아왔어요. 19세기처럼 정치적이거나 사회적인 가치들에 의해 평가받던 시대가 지난 거지요. 사르미엔토나 에르난데스의 경우를 예로 들어보자고요. 그들이라면 자기가 글을 잘 쓴다는 생각은 절대로 하지 않았을 거예요. 문학의 자율성, 그리고 그것과 연관된 것으로서 오늘날 모든 작가들이 따라야 하는 문체라는 관념은 이민의 영향에 대한 반작용으로 나타난 거예요. 특히 이민이 언어에 미친 영향을 말하는 거지요. 지배계급의 입장에서 보면, 거센 파도처럼 밀려오는 이민이 너무나 많은 것을 파괴하고 있는 것으로 보였을 겁니다. 안 그런가요? 저들이 들어오는 바람에 우리의 민족 정체성도, 우리의 전통적 가치관도 모조리 파괴되고 있다고 생각한 겁니다. 문학 관계자들은 이민으로 인해 우리 민족의 언어가 문란해지고 파괴되고 있다고 떠들어댔고요. 아르헨티나에서 문학의 기능이 변한 것도 바로 그때였죠.

이젠 문학도 기능, 말하자면 아주 특수한 기능을 갖게 되었어요. 이데올로기적이고 사회적인 기능을 여전히 유지하되, 오로지 문학 그 자체로서의 기능도 담지하게 된 겁니다. 특수한 활동으로서의 문학이라는 관념이 자리를 잡은 거지요. 그동안 사람들이 쉴 새 없이 떠들어댔던 것처럼, 문학은 이제 새롭고도 신성한 임무를 띠게 되었어요. 물론 그 임무는 이민의 유입으로 인해 야기된 혼란과 혼돈 그리고 분열에 맞서서 우리 민족 언어의 순수성을 지키고 보존해야 한다는 것이지요. 문학이 맡게 된 새로운 이데올로기적 기능은 어떤 것이 우리 민족 언어의 훌륭한 어법인지, 또한 바람직한 모델인지 제시하는 것이었어요. 이와 더불어 작가가 민족 언어의 순수성을 지키는 수호자로 떠오르게 되었습니다. 그 무렵, 그러니까 1900년대경, 지배계급은 진정한 민족 언어의 모델을 대중들에게 보여주고 가르치는 기능을 작가들에게 부여했어요. 아르헨티나에서 이런 새로운 기능을 가장 분명하게 드러낸 작가가 있다면, 그건 바로 레오폴도 루고네스일 겁니다. 루고네스는 사르미엔토나 에르난데스와는 달리 아르헨티나 사회에서 이러한 새로운 정치적 기능을 수행한 최초의 작가지요. 루고네스가 누군가요? 국민 시인이자 언어의 순수성을 지키는 수호자 아닌가요? 조금 전에도 타르뎁스키 씨와 함께 그의 문체에 대해서 얘기를 나눴으니 더 이상 언급하지는 않겠습니다. 그런데 이 점만은 짚고 넘어가야 할 것 같아요. 다른 건 몰라도, 루고네스는 아르헨티나에서 문체라는 관념을 형성하고 규정하는 데 결정적인 역할을 한 사람이에요. 그래서 루고네스의 텍스트가 과연 어떤 글이 훌륭한 글인가를 보여주는 본보기가 된 거죠. 결론적으로 말해, 그는 문학적 글쓰기의 새로운 패러다임을 구체적으로 규정했어요. 그런데 보르헤스가 약간은 후회하는 투로 이런 말을 한 적이 있어요. 우리 모두, 특히 마르코니 당신이 잘 들어두어야 할 대목이에요, 렌시가 말했다. "당시 우리에게 글을 잘 쓴다는 것은 루고네스처럼 글을 쓰는 것을 의미했다." 당연한 일이지만 루고네스는 일일이 사전을 찾아보면서 아주 공들여 자신의 문체를 다듬었어요. 이 점에 대해서도 보르헤스가 여러 차례 언급한 적이 있지요. 그의 문체는 이민 현상이 민족 언어에 남긴 모든 흔적을, 다시 말해 어떤 종류의 찌꺼기든 가리지 않고 모조리 지워버렸습니다. 아마도 루고네스의 경우는 여러 이질적인 요소들이 한데 뒤섞이는 것을 극도로 두려워했기 때문에 자기만의 훌륭한 문체를 만들어낼 수 있었던 게 아닐까 하는 생각이 들어요. 물론 아를트는 그와는 정반대로 글을 썼던 거지요. 우선 그는 남겨진 것, 언어의 바닥에 침전된 것을 가지고 글을 썼어요. 다시 말해, 찌꺼기들, 갈기갈기 찢긴 조각들, 그리고 여러 요소들이 잡탕이 되어버린 언어로 글을 쓴 거예요. 진정한 의미의 민족 언어를 가지고 작업한 거지요. 그에게 언어란 통일성을 지닌 것, 일관성 있고 매끄러운 어떤 것이 아니었어요. 반대로 그가 생각하는 언어는 모든 게 뒤섞인 덩어리, 대중들의 은어와 소리가 밀물처럼 밀려오는 어떤 것에 가까웠지요. 아를트에게 민족 언어란 여러 가지 특징을 지닌 언어들이 공존하고, 또 때론 맞서기도 하는 자리였어요. 바로 여기서 아를트 특유의 문체가 형성된 겁니다. 그런 언어가 바로 아를트 문체의 재료가 되었다는 얘기예요. 뿐만 아니라 아를트는 그 재료를 다양하게 변형시켜서, 그의 표현을 인용하자면 아를트 문학이라는 '다면체 기계' 속으로 집어넣었어요. 아를트는 그 모든 걸 변형시킨 거지, 그대로 옮겨 적은 게 아니에요. 아를트의 작품을 살펴보면, 당시 대중의 언어를 그대로 모방한 경우는 없다는 걸 알 수 있어요. 그러니까 아를트는 비오이 카사레스*, 페이로우** 그리고 초기의 코르타사르***처럼 보르헤스를 둘러싼 작가들에게서 공통적으로 나타나던 그런 환상에 시달리지 않았던 거죠. 이들 작가들은 글을 아주 '잘' 썼지요. 세련되고 '우아'하게 말입니다. 때때로 '하층' 계급들의 다채로운 말투를 자신들도 모방하고 옮겨 적을 수 있다는 걸 보여주기도 했지만요. 반면에 아를트의 문체는 부글부글 끓어오르는 덩어리와도 같아요. 그 표면에는 전혀 어울리지 않는 것들이, 서로 모순된 요소들이 한데 뒤섞여 있어요. 그리고 거기엔 대중들의 언어를 그대로 모방한 것도, 더군다나 사람들의 보통 말투를 생경하게 베낀 것도 전혀 없지요. 토막 난 말을 다루다 보니 아를트는 우리 언어가 단일한 것이 아니라는 점을 인식하게 된 거예요. 그리고 학교에서 학생들에게 어법을, 즉 언어의 그런 올바른 사용법을 강요하는 건 다름 아닌 지배계급이라는 사실도 알게 되었고요. 결론적으로 말해, 그는 우리의 민족 언어가 여러 가지 요소가 한데 뒤엉킨 덩어리와 같다

---

* 아르헨티나의 소설가(1914~1999). 보르헤스와 함께 오노리오 부스토스 도메크라는 필명으로 많은 작품을 남겼다.

** 아르헨티나의 소설가이자 언론인(1902~1974). 〈수르〉와 〈라프렌사〉에 소설과 문학비평을 기고했으며, 절친한 친구였던 보르헤스의 도움을 받아 영화비평가로 활약했다. 초기 작품은 보르헤스의 영향을 받아 탐정소설이 주를 이루었으나 후기로 갈수록 사실주의적인 성격으로 변모해갔다.

*** 아르헨티나의 소설가(1914~1984). 보르헤스, 마르케스 등과 함께 라틴아메리카 문학을 세계로 알리는 데 큰 역할을 했다. 일상성 속에 은폐된 기괴한 욕망을 환상적으로 드러내는 데 탁월한 면모를 보였다.

는 점을 인식하게 된 거예요. 그게 아를트 문체가 지닌 한 가지 측면이라고 할 수 있어요, 렌시가 말했다. 반면에 아를트는 2개 언어를 사용하는 문화적 전통으로부터 일찌감치 벗어나 있었습니다. 다시 말해 그 전통의 외부에 있었던 거지요. 알다시피 아를트는 번역본을 통해 외국문학을 접했으니까요. 19세기 내내, 그러니까 보르헤스에 이르기까지, 국어인 스페인어와 평소에 작가들이 읽는 언어가—대부분의 경우 외국어겠지만—서로 괴리된 상태에서 민족 문학의 기초는 형성되었습니다. 역설적인 현상이라고밖에 할 수 없는 일이지요. 그리 어렵게 생각할 필요는 없어요. 사르미엔토, 카네, 구이랄데스의 작품에 빈번히 나타나는 프랑스어풍 표현을 생각하면 쉽게 이해할 수 있을 겁니다. 하지만 아를트는 외국어, 즉 읽는 언어와 쓰는 언어 사이의 균열로 인해 시달릴 필요가 전혀 없었지요. 대신 아를트는 번역본을 읽었던 탓에 작품이 원래 언어에서 스페인어로 옮겨지는 과정에서 필연적으로 발생하는 낯설고도 기이한 표현 양식의 영향을 받게 되었답니다. 다른 한편으로 아를트는 우리나라에서 처음으로 번역본을 옹호한 사람이기도 해요. 『화염방사기』의 서문에서 아를트가 제임스 조이스에 관해 한 말*을 떠올려보세요. 그가 어디서 문체의 모델을 얻었다고

* 아를트는 싸구려 번역본이 지배계급의 언어사용뿐 아니라, 아르헨티나의 지배적인 문학체제를 해체하고 탈중심화시키는 기능을 하는 데 그 의미가 있다고 보았다. 『화염방사기』 서문에서 그는 다음과 같이 말한다. "제임스 조이스의 작품이 아직 스페인어로 번역되지 않았기 때문에 그의 문학에 대해 몇 마디만 해도 매우 훌륭한 취향을 가진 사람으로 인정받게 된다. 그러나 우리나라 사람 모두가 제임스 조이스의 작품을 구하는 날이 오면(대중적인 번역본이 나오면), 사회의 모든 지면이 정말로 관심이 있는 몇 사람 외에는 읽지도 않을 새로운 우상을 앞다투어 만들어낼 것이 뻔하다."

생각하세요? 아를트는 자신이 읽은 곳에서, 다시 말해 도스토옙스키나 안드레예프*의 스페인어 번역본에서 자신의 문체를 찾아냈어요. 형편없는 스페인어 번역본에서, 토르 출판사의 싸구려 책에서 자신의 스타일을 찾아낸 거예요. 바로 그게 아를트의 문체를 형성한 두번째 재료인 셈이지요. '하멜고(jamelgo)' '모살베테(mozalbete)'**, 그의 텍스트엔 이런 말로 가득해요. 스페인어 번역가들이 글을 옮길 때 자신도 모르게 상투적인 어구나 어휘로 끼워놓은 것을, 아를트는 자기 글의 일차적인 재료로 삼거나 변형시켰기 때문이지요. 결국 아를트는 당시 아르헨티나에서 글을 '잘' 쓴 사람들, 그리고 자기만의 멋들어진 '문체'를 만들어낸 사람들과는 전혀 다른 자리에서 등장했어요. 아를트의 문체는 그 어떤 것과도 비교할 수 없어요. 아마 아를트의 문체만큼 기존의 질서를 심각하게 위반한 경우도 없을 거예요. 그러나 그게 다가 아니에요, 렌시가 말했다. 이제 다 끝나가니까 조금만 더 들어보세요. 모든 게 뒤엉킨 덩어리이자 찌꺼기로 이루어진 아를트의 그 유명한 문체는, 때로 마술적일 뿐 아니라 관습 파괴적이고 괴팍하기까지 한 그 문체는 소설의 주제를 언어로 다듬어서 옮겨놓은 것에 다름 아니에요. 결론적으로 말해 아를트의 문체는 그의 허구 문학 그 자체예요. 자신의 특이한 문체에 관한 허구 문학. 둘 중 하나가 없다면 나머지도 존재하지 않는 거지요. 아를트는 자신이 이야기하고자 하는 것을 글로 쓴 거예요. 이렇게 말하면 어떨까요? 아를트는 바로

* 러시아의 극작가이자 단편소설 작가(1871~1919).

** 두 단어 모두 부에노스아이레스 속어인 '룬파르도(Lunfardo)'로, '하멜고'는 너무 약해 쓸모없는 말이나 사람을, '모살베테'는 나이가 어린 남자, 즉 총각을 의미한다.

그의 문체다. 왜냐하면 언어학적 측면에서 봤을 때 아를트의 문체는 그의 소설의 주제를 구성하는 것과 같은 질료로 구성되었기 때문이지요. 가끔 아를트에 대해 아주 관대한 척하면서 이렇게 말하는 친구들이 있어요. "문체가 좀 문제이긴 해도 아를트는 훌륭한 작가야." 이런 말을 들으면 쓴웃음이 나요. 이런 자들의 생각에 따르면, 아를트처럼 세상에 대해 하고 싶은 말이 그토록 많은 작가는 그의 '내면세계'가 뿜어내는 엄청난 힘 때문에 작품의 형식 따윈 무시할 수밖에 없다는 거지요. 이런 자들은 흔히 한 작가가 (그들이 즐겨 쓰는 말을 빌리자면, 세상에 대해 '진지'할수록) 밖으로 드러내고자 하는 진실이 많을수록, 글은 엉망이 될 수밖에 없다고 생각해요. 형식에 대해선 전혀 신경 쓰지 않고 그냥 생각나는 대로 쓴다는 것이 그의 내면세계가 지닌 엄청난 힘과 본질을 그대로 증명해준다는 거지요. 하지만 아를트는 그런 것과는 아무런 관계가 없어요. 그런 의미에서라면 글을 못 쓰는 작가들이 적지 않지요. 그러나 아를트는 절대 그런 부류의 작가가 아니라고요. 아를트의 문학은 말하자면 한 가지 재료만 소모하는 기계라고 할 수 있어요. 하지만, 렌시가 말했다, 아르헨티나 문학에서 아를트가 어떤 의미인지 설명하려면 족히 일주일은 걸릴 거예요. 좀 실망스럽군, 렌시, 마르코니가 말했다. 우리 대화의 시작은 참 괜찮았네. 그런데 만약 자네가 말한 식으로 아를트를 읽는다면 보르헤스는 절대로 읽지 못할 걸세. 아니면 다른 방식으로 읽을 수도 있겠지요, 렌시가 끼어들었다. 예컨대 아를트의 관점에서 보르헤스를 읽는다든지요. 그럴지도 모르지, 마르코니가 말했다, 아를트로부터 보르헤스를 읽는다면 참 좋을 걸세. 보르헤스로부터 아를트를 읽는다면 아무것도 남지 않을 테니까 말일세. 그건 그렇다 치고, 아를트의 글을 읽으면서 보르헤스를 상상한다니 생각만 해도 서글퍼지는군. 내 생각인데 말이야, 자네가 아를트의 문체라고 규정한 그런 글을 두 줄만 읽어도 그 노인네*는 아마 발작을 일으키면서 온몸이 굳어버릴 걸세. 더군다나 보르헤스라면 수고스럽게 그런 글을 읽으려고 하지도 않을 거야, 마르코니가 말했다. 아를트를 읽지 않는다고요? 렌시가 말했다. 그런 말 마세요, 절대로 그럴 리가 없어요, 그가 말했다. 자, 보세요. 보르헤스의 『브로디의 보고서』란 책에 나오는 단편 「비열한 자」를 한번 떠올려보세요. 저는 여러 번 읽어봤다고요. 그러니 당신도 다시 한 번 읽어보세요. 그건 분명히 『미친 장난감』**이란 말이에요. 그러니까 내 말은, 렌시가 말했다, 「비열한 자」는 아를트의 작품을 전형적인 보르헤스 스타일로 다시 쓴 작품이라는 거죠. 다시 말하자면, 『미친 장난감』이 다루고 있는 주제의 축소판이다, 이 말이에요. 잘 아시겠지만, 그 작품에는 범죄의 세계에 매료된 젊은이가 나와요. 범죄 세계를 상징하는 주변부 인물이 나타나 젊은이를 그 세계로 끌어들이기 시작해요. 그런데 세상, 다시 말해서 법의 세계에서 벗어나 범죄자의 길로 들어서는 그 순간, 주인공은 그를 경찰에 밀고해버려요. 두 텍스트의 핵심적 주제가 같은 셈이지요, 렌시가 말했다. 더군다나 두 텍스트에서 밀고가 가장 핵심적인 역할을 하고 있는 점도 똑같아요. 그런데, 렌시가 말했다, 보르헤스 작품에서 주인공이 친구를 밀고하려고 만나는 경찰의 이름이 뭔지 기억하세요? 보르헤스의 작품에 나오는 그 경찰의 이

* 보르헤스를 의미한다.

** 아를트가 쓴 최초의 장편소설로 1926년에 출간되었다.

름이 바로 알트*예요. 보르헤스 작품에서 인물들의 이름이 갖는 중요성에 대해선 분명 당신이 저보다 더 잘 아실 겁니다. 그런데 제가 흥미로운 사실을 하나 발견했어요. 텍스트엔 분명 그 경찰의 성(姓)이 뭔지 나오지 않아요. 하지만 그의 이름 앞엔 빠져 있는 성이, 그러니까 제 말은, 'R'이라는 머리글자가 다른 인물의 이름 앞에 붙어 있는 게 우연이라면 납득이 가세요? 그건 마치 「알렙」에서 보르헤스가 그냥 재미 삼아 여자 인물에게 베아트리스 비테르보란 이름을 붙여주고, 또 다네리란 이름은 단테 알리기에리**란 이름을 줄인 게 아니라고 주장하는 것과 마찬가지예요. 보르헤스는 그렇게 순진한 작가가 아닙니다, 렌시가 말했다. 사람들은 아를트더러 나이브한 작가라고 얘기들 하지만, 보르헤스는 아를트만큼 순진한 작가가 아니에요. 그러니 로베르토 아를트가 아니라면 보르헤스의 작품에 나오는 그 하찮은 자가 대체 누구란 말예요? 아르헨티나 문학에서 가장 한심한 작가, 그가 바로 아를트예요. 결론적으로 보르헤스가 자기와 필적할 만한 유일한 동시대 작가로 여겼던 아를트에게 바치는 헌사가 아니라면, 「비열한 자」란 작품이 대체 무슨 의미가 있을까요? 당신이 저보다 더

---

* 보르헤스가 다른 작가를 비평할 때 허구를 이용한다는 점을 고려한다면, 동시대 소설가인 아를트를 그냥 넘겼을 리가 없다. 「비열한 자」에 등장하는 경찰의 이름이 R. 알트, 즉 로베르토 아를트라는 것이 렌시의 주장이다.

** 단테가 한때 사랑했던 베아트리체를 영원히 잊지 않기 위해 『신곡』 속의 인물로 등장시킨 것처럼, 보르헤스도 사랑했던 베아트리스가 죽은 뒤, 알렙이라는 구체를 통해 세계의 비밀을 발견하게 된다. 베아트리스의 사촌인 다네리는 단테의 베르길리우스처럼 보르헤스가 알렙을 목격할 수 있게 안내자 역할을 한다. 결국 「알렙」은 베아트리체와 단테를 인간적 욕망을 지닌 인물로 패러디함으로써 『신곡』의 신학적 의미를 세속화시킨 작품이라고 할 수 있다.

잘 아시겠지만, 렌시가 말했다. 집어치우게, 갑자기 마르코니가 말했다, 내가 알고 있는 게 뭔지 판단하는 일 따윈 그만두게. 난 자네가 알고 있는 것, 그리고 자네가 하는 말을 끈기를 가지고 주의 깊게 듣고 있단 말이야. 하지만 내가 알고 있는 것에 관해선 내 입으로 말할 테니까 자네가 앞서서 이러니저러니 얘기하지 않았으면 하네, 마르코니가 말했다. 그럼 한 판 뜨자는 건가요? 렌시가 물었다. 한 판 뜬다, 그것도 대중의 말투를 흉내 낸 거지, 마르코니가 말했다. 그러니까 치고받고 싸우잔 얘기군, 그가 말했다. 하지만 난 싫네. 난 워낙 평화를 사랑하는 사람이라서 말이야. 로페스 호르단*을 몰아낸 후로 이곳 엔트레리오스 사람들은 아주 평화롭게 지내고 있다네. 그리고 우리가 겪었던 항구 지방**과의 갈등도 이젠 과거지사가 되고 말았지. 간단히 말해서, 자네가 말을 꺼낼 때마다 습관처럼 '당신이 저보다 잘 아시겠지만'이라고 하는데, 난 그게 영 마음에 안 든다는 거야. 그런데, 내가 이들의 대화에 끼어들었다, 하던 얘기는 어떻게 됐어요? 별건 아닙니다만, 렌시가 말했다, 제 생각에 보르헤스는 아르헨티나 문학에 대한 (덧붙여 말하자면 아르헨티나 문학만을 대상으로 한 건 아니지만요) 자신의 생각과 그것에 바치는 헌사를 허구 작품으로 쓴 것으로 보입니다. 그래서 아르헨티나 문학에서 보르헤스가 어떤 작가들을 높이 평가했는지를 알고 싶으면 그가 말한 것에 너무 신경 써서는 안 된

* 아르헨티나의 정치인이자 군인(1822~1889). 중앙집권주의자들에 대한 투쟁을 포기한 우르키사에 반발해 반란을 일으켰다가 정부군에 패해 암살당했다. 엔트레리오스 지방을 중심으로 발전해온 연방주의의 몰락을 상징하는 인물이다.

** 부에노스아이레스 지역을 말한다.

다는 거죠. 그렇지 않으면 보르헤스가 마예아*, 카르멘 간다라** 그리고 그 밖에 문체의 대가들에 보낸 찬사라는 늪에 빠져 옴짝달싹 못하게 되니까요. 우선 보르헤스가 어떤 작가들에 대해서 허구 작품을 썼는지 봐야 합니다. 다시 말해서, 그가 어떤 아르헨티나 작가들을 자기 작품의 주제로 삼았는지를 파악해야 한다는 겁니다. 보르헤스가 작품의 주제로 삼은 작가들은 다음과 같아요, 렌시가 말했다. 1. 호세 에르난데스 (「타데오 이시도로 크루스의 전기」 「끝」 그리고 정확히 기억은 안 나지만 『창조자』에 실린 몇몇 작품들). 2. 사르미엔토 (「죽은 자들의 대화」). 3. 폴 그루사크 (「피에르 메나르—돈키호테의 작가」). 4. 레오폴도 루고네스 (『창조자』의 처음에 나오는 작품). 5. 로베르토 아를트 (조금 전에 언급한 그 작품). 이봐요, 마르코니, 렌시가 말했다, 당신은 어떻게 생각하세요? 아니면 아직도 언짢아요? 아니, 마르코니가 말했다, 난 분노나 열정을 마음속에 오래 담아두지 못하는 편이라서 말이야. 그러면 내 의견에 동의한다는 뜻인가요? 아니, 물론 그건 아니지, 마르코니가 말했다. 자네 생각은 지나치게 화려해서 내 취향에 맞지 않네. 하지만, 그가 계속 말했다, 이 자리에서 마음씨 좋은 주인 역할을 다하기 위해서 하는 말인데, 보르헤스가 가장 훌륭한 19세기 작가라느니 하는 문제는 더 이상 논의하지 않기로 자네와 내가 합의를 하는 건 어떨지 생각해보게. 그러니까 우리 앞을 가로막고 있는 강 따윈 전혀 신경 쓰지 말고—이건 매우 플라톤적인 사유방식이지—마치 물이 전혀 없는 것처럼 태평스럽게 우루과이 강을 걸어

* 아르헨티나의 작가이자 문화 비평가, 외교관(1903~1982).

** 아르헨티나의 여성 작가(1901~1977).

서 건너기로 결심하듯이, 보르헤스 문제를 아예 제쳐두기로 한다면 어떨지 한번 생각해보란 말이네. 만약 버클리 주교* 같은 사람에게나 가능한—우리가 더 이상 논의하지 않기로 한 그 사람이 자주 인용하던 이들 중 한 사람의 말을 인용하자면 말일세—신중하고 조심스러운 철학적 사유 덕분에 지금 이 자리에서 보르헤스 문제를 논의하지 않아도 된다면, 우리는 자연스럽게 보르헤스를 제쳐둘 수 있게 되는 거지. 버클리가 지각의 세계를 제쳐두었듯이 말이야. 그러면 어떻게 될까? 이건 우리를 만나기 위해 멀리 수도에서 온 젊은 작가의 답변을 얻기 위해 던지는 수사학적인 질문이라네. 그러면 어떻게 될 것 같은가? 그렇다면, 렌시가 말했다, 제가 말한 그 가정에서 논의를 시작해보는 건 어떨까요? 그러니까 보르헤스는 아르헨티나 19세기 문학에 종지부를 찍고 종결시킨, 19세기 작가다 등등 말이에요. 반면 아를트는 1942년에 사망했어요. 지금 제가 묻고 싶은 게 있는데요, 렌시가 말했다. 아르헨티나 문학이 아직 죽지 않았다는 사실을 증명할 만한 현대 작가가 있다면 대체 누굴까요? 많이 있지, 마르코니가 답했다. 예를 들자면? 렌시가 물었다. 많지만 우선 무히카 라이네스**를 들 수 있지, 마르코니가 말했다. 누구라고요? 렌시가 물었다. 무히카 라이네스, 마르코니가 말했다. 그는 잡종이에요, 렌시가 말했다. 무히카 라이네스는 일종의 잡종이라고요. 카프카의 단편 「잡종」의 제목과 정확하게 같은 의미에서 잡종이라고요. 잡종 말이에요, 렌시가 말했다. 그게 바로 무히카 라이네스의 본모습이라고요. 말하자면, 우고 바

* 아일랜드 출신의 철학자이자 성공회 주교(1685~1753).

** 아르헨티나의 소설가이자 전기 작가, 비평가(1910~1984).

스트*와 엔리케 라레타**의 혼종인 셈이죠. 그게 바로 무히카 라이네스입니다, 렌시가 말했다. 우고 바스트와 엔리케 라레타 사이에서 태어난 어이없는 잡종이란 말입니다. 그는 나차 레굴레스***나 읽을 법한 '세련된' 베스트셀러 작품을 썼어요. 당신을 비난할 생각은 없지만, 렌시가 말했다, 우리 다시 문체 문제로 되돌아가지요. 문체에 관해 말하자면, 무히카 라이네스가 쓴 작품을 통틀어봐도 아를트 작품의 단 한 페이지에도 미치지 못해요. 끝났는가? 마르코니가 물었다. 더 할 말은 없네요, 렌시가 말했다. 그럼 문체에 관련해서 다른 증거는 있나? 마르코니가 말했다. 지금은 없어요, 렌시가 답했다. 그런데, 마르코니가 말했다, 난 자네 생각에는 동의할 수 없네. 안타깝군요, 렌시가 말했다. 먼저 자네가 제시한 증거를 들었다면 사도 토마스도 울고 갔을 걸세. 참, 볼로디아. 그게 사도 토마스였나, 아니면 성 아우구스티노였나? 마르코니가 내게 물었다. 증거 문제 말인가? 내가 그에게 말했다, 그건 사도 토마스일세. 좋아, 마르코니가 말했다, 적어도 증거에 관한 한 사도 토마스가 렌시보다 한 수 아래인 건 확실해. 하여간, 마르코니가 말했다, 잘난 체를 좀 하긴 하지만 자네가 참 마음에 드네. 그런데 언제 갈 건가? 아직은 잘 모르겠어요, 렌시가 말했다.

---

* 아르헨티나의 소설가로, 철저한 반유대주의와 가톨릭 민족주의 이데올로기의 대변자였다(1883~1962).

** 아르헨티나의 소설가(1875~1961). 서정적이고 의고적인 문체로 과거 유럽 귀족 사회에 대한 향수를 그렸다.

*** 아르헨티나 소설가 마누엘 갈베스(1882~1962)의 작품인 『나차 레굴레스』(1919)의 여주인공. 창녀인 나차와 주변 사람들의 삶을 통해 1920년대 아르헨티나의 사회적 모순을 고발했다.

우린 지금 교수님을 기다리고 있는 중일세, 내가 말했다. 교수님을? 마르코니가 말했다. 교수님이라면 조금 전에 광장에서 본 것 같은데. 살토우루과요 쪽에서 오시는 것 같더라고. 마르셀로 삼촌을 만났다고요? 렌시가 물었다. 내가 보기엔 분명 마르셀로 교수님이었어, 마르코니가 말했다. 물론 증거를 댈 순 없지만 말이야. 어둡긴 해도 인상착의가 꼭 마르셀로 교수님 같았어. 오늘 꼭 안 가도 되면, 마르코니가 말했다, 멋지게 판을 벌이는 게 어떨까? 할 일은 많으니까 말이야. 예컨대 토론회라든지, 모임이라든지 도서관에서 할 수 있는 건 많잖아. 안 그런가, 볼로디아? 사람들을 모아놓고 아까 얘기하던 그 문제에 대해 신나게 토론을 할 수도 있고. 물론, 렌시가 말했다, 오늘 여기에 머무르게 된다면 그것도 괜찮을 것 같은데요. 아까 그 사람이 정말 마르셀로 삼촌일까요? 렌시가 내게 물었다. 그럴 수도 있겠죠, 내가 대답했다. 자, 그럼 호텔로 가봅시다. 교수님이 정말로 왔다면, 거기 있을 테니까. 그럼 난 이만 가겠네, 마르코니가 말했다, 너무 늦게까지 앉아 있었구먼. 가시려고요? 렌시가 물었다. 우리와 함께 호텔로 가는 게 어때요? 아냐, 됐어, 마르코니가 말했다. 시간이 너무 늦었어. 사실은 지금 곧바로 신문사로 가서 나보코프의 신작 소설에 대해 서른여섯 줄짜리 서평을 써야 하거든. 신문사에서 일하세요? 렌시가 물었다. 일이라, 굳이 원한다면 그렇게 말할 수도 있겠지, 마르코니가 말했다. 그럼 그 일 말고는 뭐하세요? 나 말인가? 마르코니가 말했다. 아무 일도 안 해. 보르헤스를 읽기도 하고 가끔 소네트를 쓰기도 한다네. 소네트라고요? 렌시가 물었다. 그렇다네, 마르코니가 말했다, 여긴 워낙 시골이라서 모든 게 늦게 도착하단 말이야. 자네도 알겠지만,

지금도 이곳 사람들은 아를트의 글이 너무 엉망이라고 생각하고 있다네. 여기만 그런 건 아니에요, 렌시가 말했다. 뉴욕이나 파리 같은 데서 품위 있게 사는 사람들도 여전히 그렇게 생각하고 있으니까요. 그건 그렇고 소네트를 쓰신다고요? 렌시가 물었다. 그렇다네, 마르코니가 답했다. 나도 이곳 내륙에서 엔리케 방크스 같은 시인이 될 수 있는지 알고 싶네. 있잖아, 그가 말했다, 이곳 사람들은 문학의 규약 같은 건 전혀 다룰 줄 모른다네. 문학의 규약? 지금 규약이라고 하셨나요? 농담하지 마세요, 렌시가 말했다. 농담이 아니라네, 마르코니가 말했다. 원래 여기가 그렇다니까. 이곳 사람들은 싸움이나 전투는 잘해도 다른 이들에게 앙심을 품거나 해코지를 하진 않는다고. 그런데 이보게, 부에노스아이레스에선 아직도 언어학 갖고 우려먹고 있나? 글쎄, 뭐 그 정돈 아니고요, 렌시가 말했다. 지금은 정신분석학이 대세이긴 합니다. 왜 그런지 자넨 잘 모르겠지만, 마르코니가 말했다, 지금 당장 부에노스아이레스로 가야 할까 봐. 여기에 눌어붙어 살다 보니까 자꾸 시대에 뒤떨어지는 것 같아서 말이야. 이곳 콩코르디아에선 이제야 언어학이 인기를 끌기 시작했다네. 한참 뒤처진 셈이지. 인기를 얻고 있다고요? 렌시가 물었다. 언어학 말이야, 마르코니가 말했다. 오늘 안투냐노가 내게 들려준 얘기를 들었다면, 그는 내게로 얼굴을 돌리며 말했다, 렌시도 내륙 지방의 현실을 금방 알아차렸을 텐데 말이야. 자네, 이곳엔 아직도 가우초들이 있다는 거 알고 있나? 마르코니가 물었다. 예, 한 명 봤어요, 렌시가 말했다. 오늘 아침 기차에서 내리는데, 불그스레한 빛깔의 봄바차 바지에 참베르고*를 쓴 친구가 눈에 띄더군요. 처음엔 비밀경찰일 거라고 생각했어요. 그건 아닐세, 마르코니가 말했다. 그 친군 분명 가우초일세. 이곳, 콩코르디아 지방에 살고 있는 가우초들만 해도 250명이나 된다네. 그런 이유로 여기선 아직도 가우초 문학이 살아남아 있지, 마르코니가 말했다. 그런데 요즘엔 가우초 문학조차도 언어학의 영향을 피하지 못하고 있는 실정이라네. 가우초 문학도요? 렌시가 물었다. 가우초 문학과 가우초들 자신도 말이네, 마르코니가 말했다. 안투냐노가 오늘 내게 말한 게 사실이라면 그렇단 얘길세. 내가 이 자리에서 그가 말한 내용을 그대로 전해줄 테니 잘 듣고 우리 조국의 살아 있는 민속 전통을 부에노스아이레스로 가져가게나. 엔트레리오스 지방 가우초들 중의 옐름슬레우** 혹은 가우초 문학의 기호학 연습이라고나 할까, 마르코니가 말했다, 주도(州都)에서 70킬로미터 떨어진, 우바하이와 데리다 사이에 위치한 자기 소유의 가게인 라콜로라다에서 벌어진 사건을 현장에서 목격한 안투냐노의 설명에 따르면 이야기는 이렇게 시작된다네. 어느 날 오후, 마르코니는 안투냐노가 들려준 이야기를 그대로 전해주었다, 어느 날 오후 가게 안에 있던 여러 명의 가우초들이 글쓰기와 음성학에 대해 대화를 나누기 시작했다네. 산티아고델에스테로*** 출신인 알바라신은 글을 읽을 줄도, 쓸 줄도 몰랐지만, 그가 보기에 카브레라는 자신이 문맹이라는 사실도 모르는 것 같았네. 알바라신은 '트

* '봄바차'는 가우초들이 입는 바지로 대개 가죽으로 만든다. '참베르고'는 가우초들이 쓰는 챙이 넓은 모자이다.

** 덴마크의 언어학자(1899~1965).

*** 아르헨티나 북부에 위치한 주. 19세기 중반까지도 거의 개발되지 않은 상태로 남아 있던 삼림지역으로, 지금도 농업과 목축업이 경제활동의 중심을 이루고 있다.

라라'*는 글로 쓸 수 없는 단어라고 주장했지. 반면, 역시 일자무식인 크리산토 카브레라는 일단 말로 표현할 수 있는 것이라면 글로도 쓸 수 있다고 강력하게 주장했어. 만일 자네가 '트라라'라는 말을 쓴다면, 알바라신이 그에게 말했다네, 여기 있는 모든 이들에게 내가 술 한 잔씩 돌리지. 좋아, 카브레라가 대답했네. 그는 나이프를 꺼내더니, 땅바닥에 칼끝으로 뭔가를 휘갈겨 썼다고 하더라고. 그때 뒤에 있던 알바레스 영감이 고개를 내밀어 땅바닥을 보더니, 브라보, 이건 분명히 '트라라'야 하고 소리를 질렀다네. 좋네요, 렌시가 말했다. 아주 멋진 얘기예요, 그가 마르코니에게 말했다. 제 생각인데, 그 소네트인가 뭔가는 이제 집어치우고, 당신이 살고 있는 이곳의 모습이나 그럴싸하게 써보는 게 어때요? 글쎄, 마르코니가 말했다. 지금 난 가우초들의 언어로 소네트를 쓰고 있는 중이네. 사실 말이야, 내가 쓰고 있는 작품 속에서 일라리오 아스카수비**의 언어와 스테판 말라르메***의 형식을 종합해보고 싶다네. 자네도 눈치 챘겠지만, 그런 면에선 나도 보르헤스적이라고 할 수 있을 걸세. 좀 더 자세히 말해볼까? 마르코니가 말했다, 어젯밤 난 꿈속에서 한 편의 시를 썼다네. 정말이야. 어제 친구들이 저녁을 먹으러 우리 집에 왔는데, 그들이 가져온 칠레

---

* 스페인어로 '트라로(traro)'는 야생에 사는 짐승의 무리를 의미하는데, 이것의 여성형 명사 '트라라'는 존재하지 않는다. 원래 소리, 즉 자연과 운명의 세계 속에서만 살아가던 가우초들이 최근 문명과 자본의 영향으로 문자의 체계(글쓰기와 음성학) 속으로 포섭되었음을 희화적으로 그린 에피소드이다.

** 아르헨티나의 시인(1870~1875). 우루과이의 바르톨로메 이달고와 더불어 최초의 가우초 시인으로 평가받고 있다. 팜파스와 거기서 살아가는 가우초들의 삶을 섬세하고 시각적인 언어로 묘사했다.

*** 프랑스의 상징주의 시인(1842~1898).

산 포도주가 한마디로 말해 기가 막힌 거야. 그 바람에 모두 나가떨어지고 말았네. 난 곧바로 곯아떨어졌지. 그런데 새벽녘에 잠에서 깼는데, 시 한 편이 뇌리에 남아 있는 거야. 그래서 곧바로 적어놓았다네. 자, 한번 들어보게, 그가 말했다.

나는
허공에 걸린
철조망 위를
맨발로
걷는
곡예사

마르코니는 꿈속에 떠오른 시를 읊었다. 물론 이건 소네트는 아닐세, 하지만 내 꿈속에 나타난 시라고, 정말이야. 일종의 하이쿠라고 할 수 있지, 안 그런가? 그런데 솔직히 말해서 너무 서사적이야, 그가 말했다. 그리 대단한 작품은 아니지만 내 꿈속에 떠올랐던 건 사실이네. 콜리지*가 경험했던 일이 내게도 일어날 수 있을까? 그런데 꿈속에서도 제목은 안 나오더군, 그가 말했다. '예술가의 초상'이란 제목은 어떨까요? 렌시가 말했다. 그건 안 돼, 마르코니가 말했다. 내용을 잘 드러내주긴 하지만, 제목치곤 너무 분명해서 말이야. 예술가를 그린 시

* 영국의 시인이자 비평가(1772~1834). 서양 최초의 초현실주의 시라고 평가되는 「쿠빌라이 칸」(1816)을 쓸 때 꿈속에서 본 모습을 토대로 몽골의 궁전을 묘사했다는 일화가 전해진다.

에서 예술가라는 단어가 나오면 좀 곤란하지 않겠나? 적어도 제목만큼은 그렇지. 이것도 일종의 법칙이라고 할 수 있지 않겠나? 문학에서, 그가 말했다, 가장 중요한 것을 언어로 표현해선 절대로 안 된다네. 이것이야말로, 그가 말했다, 길게 이어진 이 지적인 토론 혹은 유희에 종지부를 찍을 만한 경구인 셈이지. 그럼 잘 있게, 이번엔 진짜일세, 그가 말했다. 나보코프에 관한 글을 써야 하는데 너무 늦었어, 말을 마친 뒤 마르코니는 길을 나섰다.

재미있는 분이네요, 렌시가 말했다. 전형적인 시골 사람이지요, 내가 그에게 말했다, 이곳 사람들도 다 저렇습니다. 여기에선 모든 사람들이 다 중요하다고 생각해요. 하긴 지방에 살면서 좋은 게 있다면 바로 그 점이겠죠. 아까 그 친구 표정 봤어요? 넋을 잃고 당신 얘길 듣고 있더군요, 렌시에게 말했다. 내일쯤이면 당신한테 들은 이야기를 마치 자기 생각인 양 동네방네 떠들고 다닐 게 뻔합니다. 그거야 뭐 어때요? 렌시가 말했다. 자, 일단 나가봅시다, 내가 그에게 말했다. 그런데 그분이 봤다는 사람이 진짜 마르셀로 삼촌일까요? 렌시가 내게 물었다. 그럴 수도 있겠죠, 내가 그에게 말했다. 아닐 거라고 생각하시는 것 같군요, 그가 내게 말했다. 아닙니다, 그럴 리가 있나요. 어쨌든 간에 곧 알게 되겠지요. 이리로 갑시다, 내가 그에게 말했다. 이 클럽은 과거 우르키사 장군이 여름에 이용하던 별장 중 하나였어요. 그 사람은 거울을 무척이나 좋아했죠, 렌시가 말했다. 복도치곤 참 희한하죠? 이리로 나가면 됩니까? 그가 물었다. 아니요, 이쪽이 더 나을 겁니다, 내가 그에게 말했다, 이 문으로 나가면 곧바로 대로가 나오니까. 바깥 공기가 꽤나 상쾌하네요, 렌시가 말했다. 걸어가는 게 어떨까요? 그럽시다, 내가 대답했다. 멀지 않으니까. 이 길을 따라 가다 오른쪽으로 돌아가면 호텔이 나옵니다. 대략 열 블록 거리예요. 가는 길에 시내 구경도 시켜드리죠. 하긴 오늘 오후에 시내를 둘러봤겠지만 말입니다. 충분히 짐작이 가겠지만, 이곳에는 비밀 같은 건 일절 없어요, 내가 그에게 말했다. 그럴 것 같군요. 다는 아니라 해도 말예요, 렌시가 말했다. 물론 다는 아니지요. 전 이런 강변 도시가 마음에 들어요, 렌시가 말했다. 늘 멜랑콜리한 분위기가 감돌고 있는 것 같거든요. 저 건물은 뭐죠? 렌시가 물었다. 그건 감옥이에요, 내가 대답해주었다. 그런데 조금 전에 당신이 마르코니와 얘기하는 걸 들었는데요. 제가 좀 지나쳤던 것 같습니다, 렌시가 말했다. 갑자기 흥분해서 할 말 안 할 말 다 해버렸으니. 진을 너무 많이 마셨나 봅니다. 아니에요, 내가 그에게 말했다, 그런 말을 하려는 게 아닙니다. 사실 당신이 마르코니와 얘기하는 걸 들으니 당신 외삼촌 생각이 납디다. 두 사람이 어떻게 저렇게 비슷할 수가 있을까 하는 생각이 들었어요. 그것도 중요한 면에 있어서 말입니다. 오늘은 만나는 사람마다 그 얘길 하네요, 렌시가 말했다. 뭐라고 설명하긴 어렵지만, 그가 말했다, 전 그분에게 많을 걸 배웠습니다. 외삼촌과 제가 편지를 주고받은 건 거의 1년이 되었지만, 외삼촌이 이를 통해 제게 뭔가를 설명하고 싶어 한다는 사실을 알게 된 건 최근 일이었어요. 마르셀로 삼촌은 교육자적 소질을 타고난 사람 같아요, 그가 내게 말했다. 참 재미있는 분이지 않나요? 렌시가 내게 물었다. 그런데 믿기지 않는 것은, 제가 그분을 모른다는 사실입니다. 물론 개인적으로 말이에요. 그분과 직접 얘기를 나눈 적도, 본 적도 없으니까요. 제가 태어난 무렵엔 가끔 우리 집에 오시곤 했답니다. 하지만 그 이후로 발길을 끊었어요. 종종 주변 사람들이 외삼촌에 대해 말하는 걸 엿들은 적은 있지만 만나지는 못했어요. 결국 그분을 뵈러 이곳까지 오긴 했는데 만날 수 있을지 잘 모르겠습니다. 이 문제에 대해 생각을 하면 할수록, 그가 말했다, 도무지 이해가 안 가는 게 너무 많아요. 그는 내게 늘 존댓말을 했어요, 내가 말했다. 그리고 때론 당신이 보낸 편지를 내게 읽어주기도 했고요. 또 당신과 이런저런 논쟁을 벌이면서 어린아이처럼 즐거워하기도 했어요. 아, 지금도 기억이 나는군요. 어느 날 저녁이었어요. 에밀리오는, 그가 내게 말했어요, 에밀리오는 말이에요, 문학이 이 세상에 존재하는 유일한 것이라고 생각하고 있습니다. 에밀리오가 그런 한계를 넘어서는, 교수님이 내게 한 말이에요, 내가 렌시에게 전해주었다, 그 순간을 그 아이와 함께 직접 확인할 수 있다면 얼마나 좋을까요. 하여간 그때가 되면 에밀리오도 가족이니 뭐니 하는 어설픈 문제를 넘어설 수 있게 될 겁니다. 무슨 말인지 이해가 가지 않는데요, 렌시가 내게 말했다. 나도 마찬가집니다, 내가 대답했다. 하지만 그런 말을 하더군요.

얼마 후 렌시는 과거에 내가 제임스 조이스를 만난 적이 있다는 사실에 또다시 커다란 관심을 드러냈다. 글쎄요, 잘 알고 지낸 사이라고 하긴 어려울 것 같은데요, 그에게 말했다. 취리히에서 두어 번 만났을 뿐이니까요. 조이스는 말수가 적었어요. 아니 거의 말을 하지 않았다고 하는 편이 정확할 겁니다. 그는 체스 시합이 열리는 바에 들르면 언제나 주인이 받아 보던 아일랜드 신문을 읽곤 했죠. 구석 자리에 앉아 돋보기를 들고 신문을 읽기 시작했어요. 신문지에 얼굴을 파묻다시피 했죠. 그러곤 한쪽 눈으로, 그러니까 왼쪽 눈으로 마치 이 잡듯 신문 구석구석을 뒤져보곤 했어요. 바에 한번 들어오면 자리에 앉아서 몇 시간이고 꼼짝도 하지 않았지요. 맥주도 마시면서 그렇게 신문을 처음부터 끝까지 죄다 읽었어요. 심지어는 광고나 부고기사까지 말입니다. 그러다가도 가끔씩 혼자 조용히 웃기도 했어요. 웃음이라기보다는 일종의 속삭임 같다고 하는 편이 더 나을지도 몰라요. 어쨌든 우리로서는 도무지 이해할 수 없는 그런 웃음이었죠. 하루는 '나비'란 단어가 폴란드어로 뭐라고 하느냐고 내게 묻더군요. 조이스가 내게 직접 말을 건 것은 아마 그때가 처음이자 마지막이었을 겁니다. 또 언젠가 바에 들어가니 그가 어떤 프랑스인과 대화를 나누고 있었어요. 그런데 이 프랑스인이 한다는 말이, 자기가 보기에 『율리시스』의 내용이 너무 일상적이라는 거예요. 맞습니다, 조이스가 대답하더군요. 좀 일상적인 반면에 이상적이기도 하죠.* 정말이에요? 렌시가 물었다. 대단하군요. 내 친구 중에 조이스의 집에 찾아갔던 이가 있었는데, 아르노 슈미트라고 대단히 예리한 비평가였죠. 결국 전쟁에서 목숨을 잃었지만 말입니다. 어느 날 오후에 용기를 내서 집으로 찾아가도 되겠냐고 조이스에게 물어봤답니다. 그런데 무슨 일이시죠? 조이스가 그에게 묻더래요. 어, 그러니까, 아르노가 대답했어요, 조이스

---

* 원래 '일상적이다'란 의미의 스페인어 'trivial'은 '세 갈래의 길이 한데 모이는' 혹은 '매우 흔한'이라는 어원에서 비롯되었다. 이에 조이스는 비평가의 피상적인 견해를 조롱하기 위해 '네 갈래로 나뉘는'이라는 의미를 가진 'cuatrivial'을 사용한 것이다. 유머와 아이러니에 기초를 둔 조이스의 언어 감각이 단연 돋보이는 대목이다. 여기서는 '일상적이다'와 대응되는 의미로 '이상적이다'라는 말로 옮겼다.

씨, 사실 전 당신 작품을 굉장히 좋아합니다. 정말 훌륭해요. 그래서 찾아 뵙고 얘기를 나누고 싶습니다. 그래요? 그렇다면 내일 다섯시에 오세요, 우리 집으로요. 조이스가 흔쾌히 응하더랍니다. 그날 아르노는 일종의 질의서 같은 걸 만들어서 내일 물어볼 말을 생각나는 대로 다 적느라 밤을 꼬박 새웠답니다. 마치 다음 날 중요한 시험을 앞둔 학생처럼 초조하기 이를 데 없었던 거죠. 여기서 길을 건너는 게 좋겠군요, 내가 렌시에게 말했다. 다음 날, 약속한 시간에 갔더니 조이스가 직접 문을 열어주더래요. 가구 한 점 없는 탓인지 집 안은 다소 을씨년스러워 보이더랍니다. 부엌에서는 노라가 콩팥 요리를 하고 있고 루시아*는 거울로 자기 이를 보고 있더랍니다. 긴 복도를 지난 뒤, 방으로 들어가자마자 조이스는 의자에 털썩 앉더래요. 방 안 분위기가 지옥 같더랍니다. 어색한 분위기를 누그러뜨리기 위해 아르노는 당연히 당신의 문학세계를 흠모해왔다, 당신의 에피파니 기법**은 체호프 이래로 단편소설의 기법을 한 단계 발전시켰다 등등의 말을 쏟아냈겠죠. 이런저런 말을 하던 아르노는 인물의 측면에서 보면 스티븐 디덜러스가 햄릿과 같은 수준에 도달한 인물 같다고 했대요. 누구하고 같은 수준이라고요? 갑자기 조이스가 그의 말을 끊더랍니다. 지금 무슨 소리를 하는 겁니까? 햄릿은 16세기 영국인들처럼, 조이스가 말했답니다, 땅딸막하고 뚱뚱할 거요. 반면에 스티븐은 키가 178센티미터나

* 노라와 루시아는 제임스 조이스의 부인과 딸의 이름이다.

** 원래 그리스어로 '현현(顯現)'을 의미하는 에피파니는 단편소설에서 인물이 예외적인 사건을 경험함으로써 삶과 세계의 감추어진 비밀을 깨닫고, 그로부터 존재의 근본적인 변화를 경험하는 계기로 작용한다.

된단 말이오.* 아니, 아르노가 황급하게 끼어들었죠, 제 말은 같은 위상의 인물이라는 겁니다, 그러니까 스티븐 디덜러스가 햄릿과 동급의 인물이라는 거죠. 맞는 말이네요, 렌시가 말했다. 스티븐은 예수회 소속의 햄릿이라고 할 수 있어요. 그리고 두 인물 사이에는 공통점이 있어요, 렌시가 내게 말했다. 두 사람 모두 젊은 유미주의자예요, 안 그런가요? 그들이 하는 일이라곤 꿈과 몽상 속에서 사는 것 외엔 아무것도 없어요. 게다가 글을 쓰는 대신 자신의 생각과 이론을 떠들어대면서 세월을 보냅니다, 렌시가 말했다. 제가 볼 땐 서양 문학에서 햄릿, 스티븐 디덜러스 그리고 퀜틴 캄슨** 같은 인물들이 하나의 독자적인 계열을 형성하고 있는 것 같습니다. 퀜틴 캄슨은, 렌시가 설명했다, 윌리엄 포크너의 인물이죠. 그렇죠, 내가 그에게 대답했다. 하여간 내 추측으로는 그 뒤로 아르노가 이런저런 이야기를 했을 거예요. 그런데도 조이스는 일언반구 대꾸가 없더랍니다. 내내 아르노를 바라보고, 가끔 부드러운 손을 얼굴을 갖다댈 뿐 아무 말이 없더라는 거죠. 여기가 바로 대로예요, 내가 렌시에게 설명했다. 여기서 광장만 지나가면 바로 호텔이 나옵니다. 그래서 어떻게 됐죠? 궁금증을 참지 못한 렌시가 물었다. 하는 수 없이 아르노는 보다 직접적인 질문을 던지기 시작했대요. 평소 궁금하던 게 있어서 그런데, 좀 여쭤봐도 되겠습니까? 예를 들어, 조너선 스위프트는 좋아하세요? 로렌스 스턴에

---

* 아르노 슈미트가 햄릿과 스티븐 디덜러스를 비교할 때 'estatura'란 단어를 썼는데, 이는 '키'을 의미하기도 하고, 때로는 '위상'을 뜻하기도 한다.

** 포크너의 『음향과 분노』 『압살롬 압살롬』 등에 나오는 주요 인물. 지적이고 예민한 성격으로, 과거에 일어났던 비극적 사건의 비밀을 파헤치려고 애쓰는 캄슨 가의 아들이다.

대해 어떻게 생각하십니까? 프로이트를 읽어봤습니까? 뭐 이런 식으로 물었대요. 그런데도 조이스는 예, 아니요로 짧게 대답하고 말더랍니다. 아! 그들이 나누었다는 대화 한 토막이 기억나는군요. 그들이 그날 나눈 얼마 안 되는 대화 중에 하나일 겁니다. 아르노가 아주 상냥하게 질문을 했답니다. 조이스 씨, 거트루드 스타인에 대해 어떤 의견을 가지고 계신가요? 아르노가 물었죠. 누구요? 조이스가 되묻더래요. 거트루드 스타인 말입니다, 미국의 여성 작가 있잖습니까. 그녀의 작품에 관해선 잘 알고 계시죠? 아르노가 그에게 물었죠. 그러나 조이스는 한동안 아무런 말도 하지 않고 가만히 있더라는 거예요. 마침내 침묵을 깬 그가 이렇게 묻더랍니다. 도대체 어떤 거트루드를 말하는 겁니까? 아일랜드에서는 암소한테나 그런 이름을 붙이거든요. 그러고는 또다시 15분 동안 아무 말도 하지 않았답니다. 그걸로 대화는 끝난 거죠. 그도 그럴 게 그는 이 세상엔 눈곱만큼도 관심이 없었으니까요, 렌시가 말했다. 조이스는 주변 세상 따윈 전혀 신경 쓰지 않았죠. 그리고 근본적으로 그런 그의 태도는 타당한 것이었어요. 조이스 작품을 좋아하세요? 내가 렌시에게 물었다. 조이스 작품요? 전 조이스에 비견할 만한 작가는 아무도 없다고 생각합니다, 그가 내게 말했다. 그런데, 내가 그에게 물었다, 조이스가 조금은, 뭐랄까 지나칠 정도로 리얼리즘적이라고 생각지는 않습니까? 리얼리즘적이라고요? 리얼리즘적이라. 물론이죠. 그런데 리얼리즘이란 뭘까요? 그가 말했다. 현실에 대한 해석을 바탕으로 한 재현, 그게 바로 리얼리즘입니다, 렌시가 말했다. 근본적으로, 얼마 후 렌시의 말이 이어졌다, 조이스가 제기한 문제는 단 한 가지였어요. 실제 사건들을 어떻게 이야기할 것인가? 바로 이 문제였습니다. 무슨 사건이라고요? 내가 물었다. 실제로 일어난 사건들이요, 렌시가 내게 대답했다. 아! 그랬군요, 내가 그에게 말했다. 난 조금 전에 도덕적 사건들로 들었거든요. 자, 여기가 바로 호텔입니다. 그런데 '나비'를 폴란드어로 뭐라고 하죠? 렌시가 내게 물었다. 참, 잊어버리기 전에 미리 여쭤보는 게 좋겠군요. 담배는 어디서 사죠? 여기, 이 바에서 팝니다. 괜찮다면 내 걸 피우시죠, 내가 그에게 말했다. 아니요, 괜찮습니다. 어차피 사야 하는데요 뭐, 그가 말했다.

지금 트로이 영감과 시간을 때우는 중이야, 여기 길모퉁이에서 말이야, 바의 카운터 앞에 선 남자가 말했다. 아무 일도 아냐, 그냥 우리끼리 있는 거야. 옆에 곤살레스가 있는데 내가 어떻게 거짓말을 하겠어. 그러니까 나하고 트로이 영감 그리고 곤살리토, 이렇게 셋이서 말이야. 트로이 영감이 지나가면서 내게 말했다, 이봐 촐로*, 누가 오는지 잘 살펴보게. 꼼짝도 않고 있으니까 걱정 마세요. 여기가 바로 그 길모퉁이인 것처럼 잘 지켜보고 있다고요. 탁자 위에 놓인 컵처럼 옴짝달싹 않고 있다고요. 게다가 트로이 영감님도 여기 계시고. 안 그래, 곤살리토? 맞아, 곤살리토가 말했다. 잘 지켜보게, 촐로, 트로이 영감이 내게 말했다. 그러니까 누가 오는지 잘 보고 있으라는 거지, 카운터 앞에 선 남자가 말했다. 담배 좀 주시겠어요, 렌시가 말했다. 여기서 이러고 있으려니까 좀이 쑤셔 죽을 지경이야. 아, 자동차 정비소 옆쪽으로 고니(Goñi)가 오고 있어. 와, 꼭 왕자님처럼 폼 나게 차

* 원래 유럽인과 인디오 사이에서 난 혼혈을 가리키는 말인데, 여기서는 폴란드 출신인 타르뎁스키를 지칭하는 것으로 보인다.

려입었구먼. 곤살리토, 안 그래? 맞아, 곤살리토가 대답했다. 내가 늘 말하지만 요즘 같은 세상에 활개 치고 돌아다니는 놈들은 저런 개새끼들하고 미친놈들밖엔 없다니까, 카운터 앞에 선 남자가 말했다. 내가 입버릇처럼 말하는 거지만 말이야, 그가 말했다. 그런데 고니 저 새끼를 보고 있으려니까 배알이 꼴리는구먼. 그런데 촐로, 트로이 영감이 내게 말했다, 절대로 바보 같은 짓은 하지 말라고, 그가 내게 말했다, 어리석은 짓 하지 말라고. 그런데 저 사람 보이세요? 내가 트로이 영감에게 말했다, 저기 정신 나간 친구 있잖아요, 저 사람 보이세요? 내가 그에게 말했다. 물론 보이지, 그가 내게 말했다. 슬픈 친구야, 하지만 비둘기처럼 자유롭게 살아가고 있네. 자네도 아는 친구 아닌가? 아니 제 말은 그게 아니라, 내가 트로이 영감에게 말했다, 이거 해도 너무한 거 아니냐 이 말이에요. 세상이 뒤집혀도 유분수지. 촐로, 진정하게나, 트로이 영감이 내게 말했다. 아니 영감님, 진정이고 나발이고 세상에 이럴 순 없는 일입니다. 저길 한번 보세요, 보시라고요, 내가 그에게 말했다. 보고 있네, 트로이 영감이 내게 말했다. 보이세요? 사람의 탈을 쓰고 어떻게 저럴 수 있단 말입니까? 뭐가 잘못돼도 크게 잘못됐어요, 내가 트로이 영감에게 말했다, 이놈의 세상이 도대체 어떻게 되려고 이런단 말입니까. 혹시 저 슬픈 고니가 자기 다섯 형제들을 하나씩 죽인 사실을 벌써 잊어버린 건 아닙니까? 저 친군 자기 다섯 형제들을 차례대로 죽였단 말예요, 그것도 대바늘로 말입니다. 저자는 자기 형제 다섯을 하나씩 하나씩 죽였어요. 자기 형제들이 모두 피를 흘리며 쓰러져 있는데도 말이에요. 그래도 저 친구, 저 슬픈 고니는 아랑곳하지 않고 대바늘로 그들 몸을 마구 찔러댔답니다. 마치 몸을 갈기갈기 찢으려는 듯이, 한 번은 여기 목에, 또 한 번은 여기 숨통을 짼 거죠. 아시겠어요? 게다가 여기 아래, 목 아래쪽도 그어버렸대요. 곤살레스, 거기 한번 만져봐. 가운데 쑥 들어간 곳 있지? 카운터 앞에 선 남자가 말했다. 콜로라도 시가 좀 주시겠어요? 렌시가 말했다. 거기 움푹 들어간 데 있잖아, 카운터 남자가 말했다. 맞아, 곤살레스가 대답했다. 거기를 한번 째보라고, 길게 말이야. 그러면 아마 금방 숨이 끊어지고 말 거야. 저놈은 정신병자라고요. 저 꼬마 녀석 한번 보세요. 자기가 무슨 왕자라도 된 줄 아는지 머리끝부터 발끝까지 죄다 흰색으로 칠갑을 하고 있잖아요? 게다가 갈고리같이 생긴 저 코 위에 달린 째진 눈 좀 보세요. 저기 오고 있잖아요? 세상에! 저놈 좀 보라고요. 잘 보세요, 저기요, 잘 좀 보라고요, 내가 트로이 영감에게 말했다. 진정하게, 촐로, 영감이 나에게 말했다. 흥분하지 말라고, 내 혈압이 오르는 걸 눈치 챘는지 그가 나를 진정시켰다. 어떻게 흥분을 안 할 수 있어요? 저놈은 자기 형제 다섯이 모두 피를 흘리고 뻗어 있는데도 마치 아무 일도 없다는 듯이 하나씩 대바늘로 찔러 죽인 놈이란 말이에요. 남도 아니고 제 형제들을 말입니다. 대체 나라 꼴이 이게 뭡니까? 차례로 하나씩 제 형제들 목을 따다니요. 저 개자식 머릿속에 도대체 뭐가 들었기에 그런 잔인무도한 짓을 저질렀을까요? 하여간 하늘이 보살핀 덕에 막내는 살아남았죠. 곤살레스, 막내가 어떻게 살아남았는지 알고 있나? 그 남자가 물었다. 아니, 곤살레스가 대답했다. 저놈은 막내를 붙잡아서 바라데로*행 버스표를

* 부에노스아이레스 주에 속한 해안 도시.

사 오도록 버스 터미널로 보냈어요. 터미널은 꽤나 먼 거리에 있다는 점을 잘 생각해보세요. 저놈은 막내에게 단단히 일러주었죠, 자 당장 가서 바라데로행 버스표를 사 오너라. 편도로 한 장만 사면 돼, 그가 말했어요. 바라데로행 버스야, 절대로 잊으면 안 돼. 그가 왜 하필이면 바라데로로 가려고 했는지 알겠어요? 거긴 연방경찰의 힘이 미치지 못하는 곳이니까 일단 거기에 숨어 지내면서 고비를 넘기려고 했던 겁니다. 그래서 어떻게 됐게요? 카운터 앞에 선 남자가 물었다. 저놈 말이 끝나자마자 고니 형제의 막내는 곧장 경찰서로 달려가서 신고를 한 거예요. 뭔가 끔찍한 일이 터졌음을 직감한 경찰은 즉시 아이와 함께 현장에 출동했죠. 경찰이 보기엔 그 아이가 모자라거나 그러진 않았으니까, 말하자면 그 아이의 말이 절대로 헛소리일 리는 없다고 판단했던 거죠. 당시 막내가 일고여덟 살 정도 됐을 거예요. 지금은 다 커서 트럭 운전사가 돼서 산타페-차코 주 레시스텐시아*-산타페 노선을 운행하고 있답니다. 곤살리토, 그 노선이 맞아? 그 남자가 물었다. 맞아, 곤살리토가 대답했다. 막내 고니는 시시덕거리던 저놈의 표정을 보고 직감적으로 뭔가 끔찍한 일이 일어날 거라는 생각이 들었죠. 그래서 곧장 경찰들과 함께 현장으로 왔지만, 이미 사건이 모두 끝난 뒤였어요. 콱, 목도 찌르고, 그렇게 해서 모두 죽어 있었던 거예요. 고니의 어린 다섯 형제는 결국 죽은 채 안마당에 일렬로 누워 있었죠. 안마당에서, 다섯 형제가 모두 싸늘한 시체로 변해버리고 만 거죠, 그 남자가 말했다. 콜로라도 시가요? 바텐더가 물었다. 예, 렌시

* 아르헨티나 북부 차코 주에 있는 도시 이름. '레시스텐시아'는 원래 '저항'을 의미한다.

가 대답했다, 한 갑 주세요. 그때의 참상은 아마, 그 남자의 말이 계속 이어졌다, 산쾬틴 학살사건 현장과 맞먹을 정도였어요. 모두 포도나무 아래 처참하게 뻗어 있었어요, 다섯 형제가 모두 말입니다, 잘 들어봐요, 예? 그들의 목 아래쪽에는 모두 벌건 구멍이 나 있었어요. 멀리서 보면 마치 빨간 넥타이핀을 꽂고 있는 것처럼 보였죠. 이를테면, 루비로 장식을 해 넣은 넥타이핀처럼요. 뭘 가지고 장식을 했다고요? 문 근처 테이블에 앉아 있던 남자가 불쑥 질문을 던졌다. 루비요, 비유적으로 말하자면 그렇단 얘기지요, 카운터 앞에 선 남자가 말했다. 목 아래 움푹 들어간 데 있잖아요? 거기가 벌겋게 벌어져 있더라고요. 거길 대바늘로 짼 거예요. 맙소사! 그런 끔찍한 장면이 또 어디 있겠어요? 망할 놈의 세상하고는, 그 남자가 말했다. 그의 다섯 동생이 모두 발가벗은 채 거기, 안마당에 쓰러져 있었어요. 다섯 명이 모두 발가벗은 채 안마당에서 죽어 있었다니까요. 동생들이 모두 잠들어 있을 때 저놈이 덮친 거예요. 그 바람에 모두 벌거벗은 채로 죽고 만 거죠. 범행 후, 고니는 마치 아무 일도 없었다는 듯이 정장에 모자를 쓴 채 벤치에 앉아 있었답니다. 막내가 바라데로행 버스표를 사 오기를 기다리고 있었던 거죠. 얼마나 엄청난 사건인지 이제 아시겠어요? 지금 우리가 길모퉁이에 서서 기다리고 있는 건 바로 그 일 때문입니다. 안 그래, 곤살리토? 잘 보고 있으라고, 트로이 영감이 내게 말했다. 저기, 정신병자 놈이 걸어오고 있구먼, 아이쿠! 쫙 빼입고 차분하게도 걸어오는군. 아무 일도 없었다는 듯이 말이야, 그 남자가 말했다. 자, 여기요, 바텐더가 담배를 내밀었다. 고맙습니다, 렌시가 말했다. 뭐가 잘못됐나 봐. 모든 게 다 노랗게 보여. 정말이라고. 내 눈엔 모두 다 노랗게 보인다고, 내가 곤살리토에게 말했다. 이봐, 곤살리토. 이제 뭘 해야 하겠나? 알아, 몰라? 알아, 곤살리토가 대답했다. 이제 가볼까요? 내가 렌시에게 말했다. 그런데 저 자식 한번 보세요. 내가 렌시에게 말했다, 전에 당신에게 말한 적이 있는지 모르겠지만, 이 나라에선 당신이 만약 개새끼라면, 그것도 그냥 개새끼가 아니라 개새끼들 중에 개새끼라면 말이에요, 내가 그에게 말했다, 당신은 조만간 왕자처럼 호의호식하면서 살게 될 겁니다. 전에 그런 말 한 적이 있지, 트로이 영감이 내게 말했다. 놈이 이제 이리로 오고 있네요, 카운터 앞에 선 남자가 말했다. 이리로, 바로 이곳으로 오고 있어요. 자, 그럼 이제 어떻게 할까요? 내가 트로이 영감에게 말했다. 자, 그럼 가보죠, 렌시가 내게 말했다. 저 사람 꽤 열 받은 것 같은데요, 렌시가 내게 말했다. 예, 화가 아주 많이 나 있죠, 내가 그에게 말했다. 마르코니하고 붙여놓으면 딱 맞겠어요, 렌시가 내게 말했다. 길 건널 때 조심해야 해요. 여긴 일방 통행 도로가 아니라서 말입니다. 그런데요, 렌시가 내게 말했다, '나비'를 폴란드 말로 뭐라고 하죠? '알라이카', 내가 대답해주었다. '알라이카'라고 해요. 여기가 호텔입니다, 내가 말했다. 여기가 교수님이 머무르고 있는 바로 그 호텔이에요.

2

호텔은 1900년 무렵에 지어진 것으로 보였다. 정면은 검은 대리석으로 되어 있고, 광장을 향해 커다란 창문이 달려 있었다. 이쪽으로 오세요, 타르뎁스키가 말했다. 일단 프런트로 가봅시다. 마기 교수님이 돌아왔는지 알 수 있을까요? 타르뎁스키가 물었다. 프런트 직원은 자기도 방금 근무 교대를 해서 잘 모르겠지만, 열쇠가 없는 걸로 봐서는 아마 누가 돌아온 것 같다고 말했다. 그럼 한번 올라가보도록 하죠, 타르뎁스키가 말했다. 정말 돌아왔다면 지금쯤 곯아떨어져 있을 겁니다, 그가 말했다. 어쩌면 당신이 와 있는 줄도 모를 거예요. 우리는 한걸음에 4층으로 달려 올라가 외삼촌의 방에 노크를 했다. 그러나 아무 인기척도 없고 문도 열려 있어 우린 방 안으로 들어가기로 했다. 놀랍게도 방 안에는 아무도 없었다. 혹시 교수님이 클럽에서 우릴 찾고 있는 건 아닌지 모르겠군요, 그가 말했다. 평소에 자기에게 연락할 일이 있으면 먼저 전화해서 호텔에 있는지 알아보는 게 좋을 거라고 말하긴 했는데. 방에 나 있는 커다란 창 앞에 서니 버드나무 숲 사이로 흐르는 강이 보였다. 방 안에는 작은 책상 하나가 벽 쪽으로 붙어 있었고, 침대와 옷장 그리고 소파가 하나 있었다. 선반에는 몇 권의 책이 가지런히 세워져 있었다. 내가 선반에 있는 책들을 살펴보는 동안 타르뎁스키는 클럽에 전화를 걸어 혹시라도 교수님이 거기에 오면 집으로 연락해달라고 부탁하고 있었다. 나는 선반에 있는 책들을 하나하나 살펴보았다. 이라수스타의 『편지를 통해서 본 후안 마누엘 로사스의 생애』, 이그나시오 베이스의 『페드로 데 앙헬리스 이전의 유럽인들』, 로베르 라쿠르의 『미국의 일상생활 1830～1860』, 마예르의 『알베르디와 그의 시대』, 호세 카를로스 치아라몬테의 『민족주의와 자유주의』, 자크 뒤프레의 『알렉상드르 뒤마, 로사스 그리고 몬테비데오』 그리고 툴리오 알페린의 『혁명과 전쟁』. 잠시 뒤 책상 쪽으로 가봤는데, 깨끗하게 정리되어 있었다. 책상 위엔 연필꽂이용으로 쓰던 마자와티* 차 깡통과 빨간 색연필, 자, 지우개 그리고 금속 클립을 빼곤 아무것도 없었다. 책상 한편에는 '앙헬라에게 전화할 것(월요일)'이라고 쓰인 메모지가 놓여 있었다. 그 뒤에도 뭔가를 연필로 쓴 것 같은데 빨간 색연필로 지워버려 무슨 내용인지 알아볼 수가 없었다. 그중에서 세미나란 단어는 선명하게 보이는데, 그 뒤에 이어진 단어는 프로젝트(proyecto)인지 프로세소(proceso)**인지, 아니면 애국투사(prócer)인지 알아보기가 거의 불가능했다. 메모지 한복판에는 여러 개의 삼각형과 원 그리고 다양한 종류의 기하학 도형 등이 연필로 그려져 있었다. 그리고 왼편에는 일련의 숫자들이 세로로 적혀 있었는데, 뭔가를 계산한 것 같았다.

6.750
12.800
17.300
8.970
22.500

---

* 영국 최고의 차(茶) 제품 이름.

** 프로세소(proceso)는 이 소설의 중심 모티프인 아르헨티나의 군사정권을 암시하는 것으로 보인다. 아르헨티나 군부는 1976년 3월 24일 쿠데타를 통해 페론 사후 대통령직을 승계한 이사벨을 축출하고 민족재건 위원회라는 이름의 새로운 군사 정부조직을 구성했다. 1976년에서 1983년에 이르는 군사독재 시대(일명 '추악한 전쟁')의 서막을 연 이 조직의 이름을 줄여서 프로세소라고 부른다.

그러고는 책상 서랍을 열어봤다. 교수님은 늘 도서관에서 작업을 하셨어요, 타르뎁스키가 내게 말했다. 가시는 곳이라고 해야 도서관 아니면 주정부 서고였으니까요. 서랍 속에는 신문 기사를 스크랩해서 클립으로 묶어놓은 뭉치가 여러 개 눈에 띄었는데, 그중에서도 특히 〈라프렌사〉와 그보다 5주 뒤에 나온 〈부에노스아이레스 헤럴드〉*의 기사들이 많았다. 그리고 간장약(노보-프로헤파트) 상자와 아스피린, 또 파라나와 산타페를 운행하는 엘콘도르 노선 지난 달 자 버스표 한 장도 있었다. 내려가보는 게 좋을 것 같네요, 타르뎁스키가 내게 말했다, 자, 이제 집에 갑시다. 난 다른 서랍을 열어보았다. 거기엔 액자에 넣은 사진 한 장이 있었다. 사진 속에는 젊은 시절의 마르셀로 삼촌이 코카로 보이는 어떤 여자와 함께 마르델플라타의 람블라 거리에 있는 노천 바에 앉아 있었다. 그럼 그렇게 하시죠, 내가 타르뎁스키에게 말했다. 우리가 집에 있을 거라고 클럽에 있는 이들에게 말해뒀으니까 만약에 거기로 갔다면 곧 연락이 올 겁니다. 그리고 혹시 길이 엇갈릴 경우에 대비해서 여기에 쪽지를 하나 남기고 가도록 하죠, 그가 말했다. 방 안은 왠지 황량한 기분이 들었다. 그림이라고 해야 왼쪽 벽에 걸린 액자 하나가 전부였다. 사실 그건 그림이 아니에요. 잡지 표지에 나온 사진을 오려서 하얀 마분지 위에 붙여놓은 거죠. 사진에 대규모 군중이 모여 있죠? 제 생각인데, 이 장면은 아마 이폴리토 이리고옌

* 〈라프렌사〉는 1869년 부에노스아이레스에서 창간된 일간지로 보수주의 및 아르헨티나 내에서의 영국의 경제적 이해관계를 대변한 신문이다. 반면 〈부에노스아이레스 헤럴드〉는 1876년 창간된 영자 신문으로, 주간지였으나 후에 일간지로 바뀌었으며, 1976년부터는 군사독재체제에 저항하는 입장을 취하다가 많은 박해를 당했다.

의 장례식 때 찍은 걸 겁니다. 옷장을 열어봤다. 책상에 앉아 있는 타르뎁스키의 모습이 옷장 거울에 비쳤다. 그는 마자와티 통에서 연필 한 자루를 꺼낸 뒤, 메모지 앞장에 뭔가를 쓰기 시작했다. 그러나 종이에 뭘 쓰고 있는지는 보이지 않았다. 분명 그 메모지를 찢어버린 것 같은데, 바닥에는 아무것도 없었다. 옷걸이에 걸린 하얀색 여름옷 한 벌과 아래쪽 선반에 놓인 낡은 샌들을 제외하곤 옷장에 아무것도 없었다. 자, 그럼, 타르뎁스키가 말했다, 갑시다. 마기 교수님, 타르뎁스키는 이렇게 메모지에 써놓았다, 조카 에밀리오와 전 지금껏 교수님을 기다리고 있었습니다. 벌써 12시 반(0시 30분)이 됐어요. 내일 수도행 기차가 떠날 때까지는 우리 집에 있을 테니 오시면 곧 연락 주십시오. 기다리고 있겠습니다, 볼로디아 씀. 이건 여기 놓고 갑시다. 눈에 가장 잘 띌 테니까요, 그가 말했다.

1층으로 내려간 뒤, 프런트에 들러 만약 마기 교수님이 돌아오면 늦어도 좋으니 타르뎁스키의 집으로 연락해달라고 당부해두었다. 그러자 프런트 직원은 다소 놀란 표정으로 엉겁결에 고개를 끄덕였다. 하지만 메모지에 따로 적어두진 않았다. 그가 한 말이라고는 고작 "잘 알겠습니다"뿐이었다. 그리고 자기 근무는 오전 여섯시면 끝난다는 사실만 여러 차례 되풀이했다. 우리 말을 제대로 알아듣지 못한 것 같은데요, 내가 타르뎁스키에게 말했다. 불쌍한 친구 같으니, 졸려서 정신을 못 차리네요, 타르뎁스키가 말했다.

호텔에서 나온 우리는 광장을 건너 강을 따라 대로를 걸어갔다. 걸어가는 동안 타르뎁스키는 살토그란데 댐* 공사에 관해 말해주었다. 그의 말에 의하면 강변에 살던 많은 주민들이 이 공사로 인해 삶의 터전을 잃고 있다고 한다. 저쪽 있잖아요, 그는 강의 굽이를 손으로 가리키며 말했다, 저긴 댐 공사 때문에 곧 수몰될 겁니다. 하여간 내가 볼 때 자연은 이미 우리 곁에 존재하지 않아요, 그는 자연에 대한 자신의 생각, 즉 우리가 자연이라고 부르는 것이 지닌 인공적 성격에 대해 말하기 시작했다. 사실 그 문제에 관해서라면 이미 마르셀로 삼촌이 내게 보낸 편지를 통해서 어느 정도 알고 있었다.

내가 여기 처음 왔을 때가 1945년도였죠, 그가 내게 말했다, 그때만 해도 여긴 풀 한 포기 나지 않는 황무지였습니다. 유럽에서 온 뒤 처음 몇 해 동안은 부에노스아이레스에서 살았어요, 그가 말했다, 폴란드 은행에서 일했죠. 그런데 그 무렵 콩코르디아에 지점이 개설되는 바람에 이곳으로 전근 오게 되었다고 한다. 집으로 가는 내내 그는 자신의 인생 이야기를 해주었다. 난 바르샤바에서 태어났지만, 스물세 살 되던 무렵, 그가 말했다, 영국으로 건너갔어요. 당시 케임브리지에는 비트겐슈타인이 있었는데, 그분 지도하에 철학 박사과정을 공부하러 간 거죠. 그러던 어느 해 바르샤바에서 여름휴가를 보내고 있는데, 마침 그때 전쟁이 터졌어요. 다행히 난 폴란드 군의 탈영병들 틈에 끼어 도망칠 수 있었어요. 그러곤 곧장 중부 유럽을 가로질러 마르세유로 갔죠. 거기서 마지막 배를 타고 대서양을 건넜습니다. 잠수함을 이용한 공격이 본격화되기 직전이어서 무사하게 항해할 수 있었죠. 당신이 내 입장이라 해도, 그가 말했다, 이런 세계의 한구석에서 설마 40년을 보내게 되리라고는 전혀 생각지 못했을 겁니다. 가끔은,

* 우루과이 살토 시와 아르헨티나 콩코르디아 시의 북쪽에 위치한 수력 발전소.

그가 말했다, 만약 유럽에 그대로 눌어붙어 있었다면, 아니면 전쟁이 끝난 뒤에라도 다시 돌아갔더라면, 내 삶이 어떻게 됐을까 궁금하기도 합니다. 모르긴 해도 포로수용소에서 죽었을 수도 있고, 아니면 1939년에 바르샤바에서 여름휴가를 보내지 않고 런던에 그대로 있었다면, 그리고 무자비한 폭격에서 살아남았다면, 그랬다면 아마도 박사과정을 마쳤을 것이고, 지금쯤 영국이나 미국의 어느 대학에서 철학 교수를 하고 있을지도 모르죠. 그래서인지, 그가 말했다, 삶이란 것에 대해서, 그리고 내 운명을 엮어내는 우연에 대해서 많은 생각을 하곤 합니다. 우리는 강을 따라 대로를 걸어가는 동안 내내 그 문제에 대해서 이야기를 나눴다. 저 멀리, 우루과이 강변에서 희미한 불빛이 어른거렸다. 어떤 면에서, 타르뎁스키가 내게 말했다, 내 삶은 실패했다고 할 수도 있을 겁니다. 그런데 내 청년 시절을 곰곰이 돌이켜보면, 그때 이래로 내가 줄기차게 추구해온 것이 바로 그게 아니었나 하는 생각이 들어요. 케임브리지에서 공부할 당시, 그가 말했다, 난 술독에 빠져 살다시피 했어요. 말하자면, 그가 말했다, 지금보다 훨씬 더 마셔댔죠. 적어도 일주일에 두 번은 인사불성이 될 정도로 마셔야 직성이 풀렸으니까 말예요. 얼큰하게 취해서 집에 돌아오면 곧장 파스칼의 『팡세』를 읽곤 했어요. 항상 머리맡에 두었던 책이죠. 가끔 그는 취했을 때 읽은 파스칼을 은밀하면서도 의도적으로 비트겐슈타인의 명징한 철학 논리와 대조시키곤 했다고 한다. 초고와 노트에 기록한 단상들 그리고 아직 체계화되지 않은 생각 등을 모아놓은 파스칼의 책 속에서 그는 훌륭한 지성인이 실패한 삶을 기리기 위해 지어놓은 거대한 기념비의 모습을 보았다고 했다.

그의 말에 따르면, 실패에 매력을 느끼기 시작한 것은 바르샤바에서 보낸 어린 시절부터였다고 한다. 그러니까 케임브리지에서 술에 취한 채 파스칼의 『팡세』를 읽기 훨씬 전의 일이라는 것이다. 이상하게도 난 실패하고 좌절한 사람들의 삶에 마음이 끌렸어요, 그가 말했다. 그런데 실패한 사람이란 대체 뭘 의미할까요? 일반적으로 말하자면 뛰어난 재능이 없는 이들을 말하겠지요. 당연히 성공한 사람들은 평범한 사람들보다 훨씬 더 많은 재능을 가지고 있겠죠. 반면 실패한 사람들도 이들만큼 훌륭한 재능을 가지고는 있어요. 다만 이를 제대로 이용하지 못하는 겁니다. 그래서, 그가 말했다, 결국 자신의 삶을 파괴하고 마는 거죠. 굳이 고백하자면, 타르뎁스키가 말했다, 난 그런 사람들의 삶에 한없이 빠져들었어요. 실패자들은 지식인 세계 주변을 어슬렁거리면서도 마음속으로는 늘 책을 쓰겠다는 당찬 포부를 가지고 있죠. 난 그런 이들의 삶에 깊은 관심과 애착을 갖게 된 겁니다, 그가 말했다. 주변을 잘 살펴보면 그런 이들이 적지 않아요. 특히 흥미로운 건 그들이 나이가 들어가면서 자신의 모습을 철저하게 깨닫기 시작할 때죠. 그런 사람이 있으면 곧바로 좇아가곤 했어요, 그가 말했다, 마치 깨달음을 얻기 위해 현인들을 찾아다니는 것처럼 말이죠. 한때 내가 문지방이 닳도록 자주 찾아가던 사람이 하나 있었어요. 폴란드에 있을 때 말입니다. 그런데 이 사람은 졸업은커녕 대학에 마냥 눌어붙어 사는 거예요. 졸업을 하려면 시험을 통과해야 하는데 죽어도 그걸 안 보려고 했던 겁니다. 사실 그는 수학 학사학위를 얻기 직전에 대학을 그만두고 말았어요. 그것도 모자라 결혼식 날 신부를 내팽개치고 어디론가 사라지고 말았죠. 그런데 그는 어떤 일이든 반드시 끝내야 할 필요성을 못 느낀 겁니다. 달리 말하면 그래봤자 무슨 가치가 있겠냐는 거였죠. 그러던 어느 날 밤에, 타르뎁스키가 내게 말했다, 여러 명이 같이 만난 적이 있었습니다. 갑자기 그가 어떤 여자를 소개해주는 겁니다. 제 마음에 아주 쏙 드는 그런 여자였어요. 참 마음에 들었습니다. 내 마음을 눈치 챘는지 그가 내게 물었죠. 저 여자 어때요? 혹시 오른쪽 귀 봤어요? 오른쪽 귀요? 내가 그에게 말했죠. 무슨 소립니까? 난 그딴 것엔 관심 없어요. 그러지 말고 한번 잘 보라고요, 그가 내게 말하더라고요, 타르뎁스키가 내게 말했다. 잘 봐요. 자, 한번 보라니까요. 대체 저 여자 귀 뒤에 뭐가 있기에 저러는지 마지못해 한번 쳐다봤죠. 그랬더니 거기에 끔찍하게도 큰 사마귀가 있지 뭡니까? 어쨌든 사마귀였어요. 내 마음속에 피어오르던 환상이 한순간에 모두 무너져버렸죠. 그놈의 사마귀 때문에 말입니다. 무슨 말인지 알겠어요? 그는 악마 같은 자였어요. 그가 하는 일이라곤 다른 사람들의 열정을 의도적으로 파괴하는 것밖엔 없었으니까 말입니다. 그자는 사람들의 마음을 훤히 꿰뚫어 보고 있었죠. 타르뎁스키의 말에 따르면 젊었을 땐 그런 사람들이 너무도 흥미롭게 보였다고 한다. 말하자면, 그가 말했다, 모든 걸 늘 필요 이상으로, 그러니까 지나치게 많은 걸 보려는 사람들이죠. 결국 문제는 바로 그겁니다, 그가 말했다. 근본적으로 사물을 보는 특이한 방법, 그게 문제인 셈이에요. 거기에 적합한 러시아 용어가 있죠, 당신도 잘 알고 있겠지만 말입니다, 그가 내게 말했다. 아까 얘기하는 걸 보니까 러시아 형식주의자들에게 관심이 많은 것 같던데. 하여간 그 용어는 바로 '낯설게 하기'예요. 예, 맞아요, 내가 그에게 말했다. 러시아 형식주의에 아주 관심이 많습니다. 제 생각으론 브레히트의 거리 두기도 바로 그 개념에서 나왔다고 봅니다. 난 미처 그것까진 생각 못했어요, 타르뎁스키가 내게 말했다. 브레히트는 러시아 형식주의자들의 이론뿐만 아니라, 1920년대 러시아 아방가르드 예술의 경험에 대해서도 아주 잘 알고 있었죠, 내가 그에게 말했다. 주로 세르게이 트레티야코프*를 통해서 말입니다. 정말로 뛰어난 인물이죠. 사실문학 이론을 창안한 것도 바로 그였어요. 세계 여러 곳을 돌아다니며 새로운 경험을 한 그는, 이 시대의 진정한 문학이라면 각종 기록과 사람들의 증언, 목격담 등을 기초로 해서, 여러 텍스트들을 몽타주한 뒤 르포 형식으로 쓰여야 한다고 생각하게 됐어요. 픽션은 인민의 아편입니다, 나는 트레티야코프의 말을 타르뎁스키에게 인용해주었다. 그는 브레히트와는 아주 절친한 사이였죠. 그래서 브레히트도 분명히 그를 통해서 낯설게 하기의 개념을 알게 됐을 겁니다. 흥미로운 얘기로군요, 타르뎁스키가 말했다. 아까 하던 얘기로 되돌아가자면, 사물을 보는 그런 방법이야말로 내가 낯설게 하기라고 부르는 것이라고 할 수 있죠. 다시 말해, 기존의 자리에서 벗어나 다른 곳에서 거리를 두고 존재하는 것, 그래서 익숙한 것들과 관습의 장막 너머에 존재하는 실재를 보는 것, 그게 바로 낯설게 하기의 핵심이 아닐까요? 역설적인 얘기지만, 실패자의 시선은 동시에 여행자의 시선이기도 하지만, 궁극적으로는 철학자의 시선이라고 할 수 있습니다. 그러니까 내 말은, 철학이라는 게 그 이상일 리가 절대로

* 러시아의 구성주의 시인이자 극작가(1892~1937). 스탈린의 대숙청 시기에 체포되어 사망했다. 그가 당국의 눈 밖에 난 것은 당시 유럽의 많은 예술인들, 특히 브레히트 등과 교류했던 것이 결정적으로 작용했다.

없다는 거죠. 말하자면 철학은 소크라테스 때부터 그렇게 시작된 거예요. 이것은 무엇인가? 이런 소크라테스의 질문에서부터 철학은 시작된 겁니다. 물론 이 세상 모든 사람이 다 그런 건 아니겠지만, 실패한 사람, 그중에서도 어떤 종류의 실패한 사람은 그런 시선을 통해서 모든 걸 볼 수 있습니다. 하지만 비정상적일 정도로 사물을 깊이 꿰뚫어 보는 능력 때문에 오히려 실패의 늪 속으로 점점 더 깊이 빠져들게 되는 거죠. 바로 그런 이유 때문에 청년 시절 내가 그런 사람들을 마음속 깊이 흠모하게 된 겁니다. 내 눈에 그들의 삶은 마치 악마적인 매력으로 다가왔던 거예요. 당시엔 그런 사람들이야말로 언제나 파괴적일 수밖에 없는, 인식의 진정한 기능을 실천하는 이들임에 틀림없다고 믿었죠. 말하는 사이에 벌써 집에 도착했네요, 타르뎁스키가 말했다. 그는 문을 열기 위해 현관으로 다가갔다.

하얀색으로 칠한 나직한 단층집이었다. 왜 그런지는 잘 모르겠지만, 꼭 새장 같은 인상을 주었다. 잘 가꿔놓은 정원을 지나 문을 여는데 꽤 많은 시간이 걸렸다. 들어오세요, 잠시 후 그가 말했다. 여기 앉읍시다, 그는 가구라고는 거의 없는 거실 복판에 있는 의자를 가리키며 내게 말했다. 냉장고에 백포도주가 조금 남아 있을 텐데.

타르뎁스키가 포도주를 가지러 주방에 가자 거실엔 나 혼자 남게 되었다. 방 안에는 의자 몇 개와 검은색으로 칠한 팔각형 탁자를 빼면 가구라고 할 만한 게 없었다. 다만 한구석에 서랍과 문 두 개가 달린 장롱이 있었다. 정면 벽에는 확대한 사진 한 장이 압정으로 붙어 있었다. 사진 속 주인공의 얼굴은 어렴풋하게나마 기억이 나는데, 정확히 누구인지는 알 수가 없었다.

여기서 혼자 살고 있습니다, 포도주 병과 잔을 들고 오며 타르뎁스키가 말했다. 매일 어떤 여자 분이 와서 집안일을 해주고 있어요. 엘비라라고 하는데, 내 집에서 일한 지도 벌써 꽤 되지요. 그런데 그녀의 생활에 대해선 아는 게 전혀 없어요. 내가 아는 거라곤 이름이 엘비라라는 것과 도시 근교에 살고 있다는 것뿐입니다. 교수님은 그녀를 참 마음에 들어하곤 했죠, 타르뎁스키가 말했다. 그러고는 이내 자기가 한 말을 정정했다. 마음에 들어하곤 했다는 것은 교수님이 지금도 그녀를 좋아한다는 말입니다. 이런 어이없는 실수를 자꾸 저지르게 되네요, 겸연쩍은 표정을 지으며 그가 말했다. 어떤 이가 몇 시간 동안만 자리를 비워도 우리는 그가 마치 죽은 사람인 것처럼 말하기 십상이죠. 꿈속에서 일어나는 현상과는 정반대로 말입니다.

잠시 후, 자리에 앉은 그는 부엌에 있는 동안 클럽에서 내가 마르코니와 나눈 얘기에 대해 잠시 생각했다고 했다. 그런데 그 즉시로 자신이 전에 마르코니와 나눴던 대화가 떠오르더라는 것이다. 그때 마르코니가 어떤 여자에 대한 기막힌 사실을 말해주었다고 했다. 오래전에 우리 둘이 클럽에서 만난 적이 있는데, 그가 말했다, 마르코니가 여자들 얘기를 하면서 자연스럽게 대화가 시작되었어요.

마르코니는 자기 입으로 말했듯이 촌사람이에요. 말하자면 일종의 시골 시인인 셈이죠. 그런데 자기 말대로 꿈에서 영감을 받아서 시를 쓰는 일은 없을 겁니다. 사실 마르코니는 시를 그리 많이 쓰는 편이 아니지만 이미 시집을 몇 권 내기도 했어요. 내가 판단하기엔, 그가 내게 말했다, 그의 작품은 전반적으로 괜찮아요. 세련된 신비주의 시풍이라고나 할까요? 아니면 광적으로 난해한 세계를 추구한다고 할 수도 있겠네요. 내가 아까 말했던 것처럼 이번에는, 타르뎁스키가 내게 말했다, 포도주를 마시면서 마르코니가 주장한 여자들의 특성에 대해서, 더 정확히 말하자면 마르코니가 여자들과 맺었던 관계의 특성에 관해서 이야기를 나눠보도록 하지요. 난 보통 아주 어린 애들, 그러니까 열다섯 살에서 열여섯 살 정도의 여자아이들을 유혹하지. 물론 더 나이 든 여자도 있지만, 그럴 경우 어중간한 나이보단 차라리 아주 나이 든 여자들을 유혹한다네, 마르코니는 내게 이렇게 말했어요, 타르뎁스키의 이야기가 계속되었다. 이따금씩 소네트를 기고해서 그런지 그가 일하는 신문사로 편지가 많이 오곤 한단다. 적어도 일주일에, 마르코니가 내게 말했어요, 두어 통은 받는데, 전부 여자들한테서 온 거야. 그것도 다양한 유의 여자들로부터 말이네. 물론 그중에 간혹 눈에 띄는 편지도 있기는 해. 자네도 충분히 상상이 가겠지만, 타르뎁스키의 말이 계속 이어졌다, 정말로 갖가지 편지들이 다 온다네. 예를 들어, 내 시에 푹 빠진 나머지 경박하고 감상적인 편지를 써 보내는 여자아이들도 있고, 평소 문학에 관심이 많았지만 결혼생활과 아이들, 또 가정생활 등등에 시달리느라 자신의 재능을 살리지 못한 채 일상생활의 늪 속으로 점점 더 깊이 빠져들고 있다는 하소연을 비밀리에 써 보내는 부인네들도 있다네. 하여간 많은 여자들이 내게 편지를 보내 이런 이야기를 털어놓고 있네. 하지만 그와는 차원이 다른 편지들도 오지. 아주 대단한 편지들이라고 할 수 있어. 예컨대 음란한 내용의 편지들 말일세, 마르코니가 내게 말한 겁니다. 늘 신문사로 편지를 보내는 여자들이 있다네. 그런데 말이야, 이 여자들의 편지를 읽다 보면 얼마나 야한지 온몸에 전율이 일 정도라니까. 물론 내가 그런 편지의 직접적인 대상이라고 할 순 없을 걸세. 더군다나 그 여자들이 날 생각하면서 그런 편지를 쓴다는 건 상상할 수도 없는 일이지. 간단히 말해서 난 그 편지의 수취인일 뿐이야. 그런 여자들이 편지에 써놓은 내용은 주로 지금의 애인 또는 정부와 은밀한 모험을 즐기고 있다느니, 과거의 섹스가 어땠느니 하는 이야기를 질펀하게 늘어놓는 식이라네. 또 어떤 여자들은 자신의 성적 도착증을 환상적으로 표현하기도 한다네. 이런 경우엔 대개 외설적인 그림이나 신체 부위에 대한 해부학적 설명을 덧붙임으로써 자신이 겪은 에로틱한 경험이나 환각의 내용을 구체적으로 표현하지. 대단하지 않나? 그날 밤 클럽에서 마르코니가 그러더군요, 타르뎁스키가 내게 말했다. 그런 편지를 내게, 그것도 시인인 내게 보낼 생각을 하다니 대단하지 않난 말일세. 보통 그런 여자들은 답장 따윈 바라지 않지. 다만 참을 수 없는 욕망에 못 이겨 내게 모든 걸 다 털어놓고 싶은 거야, 결국 그는 그간 숨겨왔던 이야기를 내게 털어놓더군요, 타르뎁스키가 말했다. 솔직히 말해 그동안 여자들한테서 엄청나게 많은 편지를 받았다네. 가끔은 한 여자가 여러 달 동안 계속해서 편지를 보내는 경우도 있었지. 하지만, 그가 내게 말하더군요, 난 여자들이 어떤 편지를 보내도 일절 답장을 하지 않는 것을 원칙으로 하고 있네. 그뿐 아니라, 내가 받은 편지의 내용을 내 소네트에서 슬그머니 암시한다거나 교묘한 방식을 동원해서 감춰두거나 한 적은 일절 없었어. 그런데 말이야, 마르코니의 말을 타르뎁스키가 전해주었다, 그녀의 편지는 예사롭지 않았어. 그래서 감히 말하는 건데, 그가 내게 말하더군요, 타르뎁스키가 말했다, 소재가 독창적일 뿐만 아니라, 내 시세계에 매우 심오한 영감을 주었네.

한동안, 마르코니가 내게 한 말입니다, 그녀가 아주 훌륭한 편지를 보내기 시작했어. 그런데 그 편지들은 예전에 받던 외설적이고 경박한 그런 편지들과 전혀 달랐네. 누가 보더라도 감탄할 만큼 훌륭한 글이었어. 기존의 편지들과는 전혀 다른 의미에서 뛰어난 편지였네. 하여간 여러모로 대단한 글이었어, 그날 마르코니가 한 말을 타르뎁스키가 그대로 전해주었다. 뭐랄까, 아주 문학적인 편지라고 할 수 있었네. 내 표현이 적절하다면, 마르코니가 그러더군요, 범상치 않은 재능을 지닌 작가가 쓴 글이라고 해도 과언이 아닐 정도였지. 우선은 약간 고풍스럽다고 할 수 있는 문체였어. 말하자면 케베도* 스타일이라고나 할까? 여하튼 그녀의 스페인어는 너무도 순수하고 맑아서 그걸 읽고 있으면 내 글 따윈 참을 수 없을 정도로 엉성하고 조잡하게 보인다네. 그녀가 보낸 편지와 내 글을 비교해보려는 생각만 해도 온몸이 돌덩이처럼 굳어버릴 정도라니까. 반면 그 여자는 자신에 대해서는 편지에서 일언반구의 언급도 하지 않았네. 편지에는 늘 환상적인 내용의 이야기들, 그리고 비유를 통해 단단하고도 치밀하게 엮어낸 이야기들을 써 보냈지. 그런데 그녀는 늘 편지 말미에 같은 어구를 적어놓았네. 생각해보면 그건, 마르코니가 이렇게 말하더군요, 그 편지에서 내게 전하는 유일한 메시지였어. 그녀는 언제나 편지 끝에 "**그럼 안녕히 계세요**"라고 쓰고는 그 아래 자기 이름과 성으로 서명을 하곤 했지. 아쉽게도 직접 보여줄 수는 없지만 말일세, 그날 밤 클럽에서 마르코니가 한 말을 타르뎁스키가 전해주었다. 그리고 서명 아래엔 우편번

* 스페인 황금시대의 대표적인 풍자 시인(1580~1645).

호와 전화번호를 적어두었다네. 그녀가 보낸 편지는 늘 그렇게 끝났지. 하지만 내용은 편지마다 전혀 달랐고 늘 완벽했네. 내가 태어나서 지금까지 읽은 그 어떤 문학작품보다도 완벽한 글이었어. 석 달 뒤 난 결국 답장을 쓰기로 결심했어, 마르코니가 그러더군요, 타르뎁스키가 말했다. 그녀에게 답장을 했다네. 거기에 직접 만날 생각은 없으니 전화번호 따윈 쓸 필요가 없으며, 앞으로도 답장할 계획은 전혀 없다고 썼지. 하지만 이 말만은 꼭 해주고 싶어서 결국 펜을 들었다고 했네. 내가 뭐라고 썼는지 아나? 내가 볼 때 당신은 지금 쓸데없는 짓을 하고 있는 것 같소. 되지도 않을 일에 괜스레 헛수고 하지 않길 바라오. 당신이 쓴 글을 보면 비유도 앞뒤가 전혀 안 맞는 데다, 하여간 형편없는 글이오. 그럼 잘 지내길 바라오. 바르톨로메 마르코니 씀. 그랬더니 그 뒤로 보름 동안은, 마르코니가 말했지요, 타르뎁스키가 내게 전해주었다, 잠잠하더라고. 그런데 곧 다시 편지가 오기 시작한 거야. 크게 달라진 것은 없더군. 그러니까 어떤 면에서 그건 내 견해에 어떤 이의도 제기하지 않겠다는 뜻이었네. 나에 대한 예우인 셈이지. 또한 그건 한없이 순수한 크리스털과 샤를 보들레르의 소네트에 나오는 부드러운 고양이의 우아한 자태를 연상시키는 스페인어로, 다시 말해서 마치 내게 최면을 거는 듯한 언어로 예전의 환상적이고 아름답기 그지없는 이야기들을 계속해서 써 보냈다는 말이네. 그러던 어느 날 오후였지, 마르코니의 말입니다, 타르뎁스키가 내게 전했다, 난 음악을 듣고 있었네. 난 특히 베토벤의 현악 4중주를 좋아하거든. 마르코니가 덧붙여 말했어요, 타르뎁스키가 말했다, 베토벤의 곡에 특별히 독창적이라고 할 만한 건 없지. 그래도 난, 마르코니가 그러더군요, 타르뎁스키가 말했다, 베토벤의 현악 4중주가 너무도 좋다네. 그걸 듣고 있으면 마음속에서 이상한 힘이 솟구치는 것 같거든. 그래서 현악 4중주를 들을 때마다 저렇게 글을 쓰면 되겠구나 하는 생각이 들어. 베토벤의 현악 4중주를 들을 때마다, 마르코니가 술에 취해 했던 말을 되풀이했어요, 타르뎁스키가 내게 당시 상황을 말해주었다, 이런 생각이 들어. 읽을 때 베토벤의 현악 4중주를 듣는 듯한 느낌이 드는 시를 쓰려면 족히 10년은 걸릴 거야. 혹시 『파우스트 박사』를 읽어봤나? 마르코니가 묻더군요, 타르뎁스키가 내게 말했다. 아니, 내가 대답했죠, 난 토마스 만은 그리 좋아하지 않네. 그보다는 카프카 쪽이 더 마음이 든다네, 그날 밤 클럽에서 마르코니에게 토마스 만의 『파우스트 박사』를 읽어봤냐는 질문을 받았을 때 대답한 내용을 타르뎁스키가 내게 들려주었다. 그런데 음악에 관한 아도르노의 글은 읽어봤다네. 그래서 자네가 무슨 말을 하려는지 잘 알아. 무슨 말인지 잘 알고 있으니까 하던 말이나 계속해보게, 내가 그에게 말했죠, 타르뎁스키가 내게 말했다. 그래서, 마르코니가 내게 말하더군요, 베토벤의 현악 4중주를 듣던 날 생각했지. 아, 빌어먹을. 저렇게 글을 써야 하는데. 저런 글만 쓸 수 있게 해준다면 악마하고라도 당장 계약을 맺을 텐데. 그러니까, 마르코니가 말했어요, 기분이 아주 이상했다네. 그러고는 속으로 중얼거렸다네. 그 여자를 만나야겠어. 그래서 그녀에게 전화를 걸었다네, 마르코니가 말하더군요. 단도직입적으로 그녀에게 말했지. 지금 당장 만나고 싶소. 우리 집으로 와줄 수 있겠소? 제가 사는 곳은 콩코르디아에서 20킬로미터도 더 떨어져 있어요. 하지만 택시 타면 되니까 곧 가볼게요, 여자가 그렇게 대답하더래요, 타르뎁스키가 말했다. 그럼 지금 당장 오시오, 마르코니가 그녀에게 말했답니다. 네, 알겠습니다, 그녀가 대답했대요. 전화를 끊고 곧바로 옷부터 갈아입기 시작했네. 정장 차림에 넥타이까지 맸지, 마르코니가 말하더군요. 그땐 기분이 참 이상했어. 내 정신이 아닌 것 같았으니까 말일세. 하여간 난 그 여자가 우리 집에 와서 꼭 이렇게 말해주길 바라고 있었다네. 당신은 이 세상에서 가장 위대한 분이에요. 최고란 말이에요. 아무리 눈 씻고 봐도 이 세상에 당신보다 더 위대한 시인은 없어요. 그 순간 내 영혼은 약해질 대로 약해져 있었네, 마르코니가 말했어요. 말 그대로 너무 심약해져 있었던 거지. 난 그녀를 기다리며 방 안을 서성거렸네. 한 시간쯤 지났을 때 문을 두드리는 소리가 났어. 문을 열었지. 문을 열면서, 그날 밤 클럽에서 마르코니가 해준 말을 타르뎁스키가 그대로 전해주었다, 난 갑자기 웃음을 터뜨렸다네. 아니, 바보처럼 기침을 해대기 시작했지. 그때 난 손에 유리잔 하나를 들고 있었는데, 거기에 진이 들어 있었는지, 아니면 위스키가 들어 있었는지 기억이 잘 나지 않는군. 하여간 술과 얼음을 넣은 유리잔을 들고 있었던 것은 확실하네. 하여간 발작적으로 기침을 하다 보니 잔이 심하게 떨리지 않았겠나? 그때 얼음이 내는 소리, 그러니까 얼음이 유리잔에 부딪히는 소리가 생각에 잠긴 내 머릿속에서 메아리처럼 크게 울려 퍼지더군. 그런데 그 여자 말일세, 엄청나게 못생겼더군. 못생겨도 그렇게 못생긴 여자는 처음 봤네. 거의 괴물 같았다네. 난 유리잔을 탁자에 놓고는 그녀에게 안으로 들어오라고 했지. 그러곤 자리에 앉았네. 한 네 시간 정도 앉아 있었던 것 같네. 그때 그녀의 모습은 죽을 때까지 못 잊을 것 같아. 하여간 특이한 여자였어. 그 자리에서 그녀는 편지에선 일절 하지 않던 얘기를 꺼내더군. 그러니까 자신의 삶에 대해서 말이야. 자신이 처한 상황, 사춘기 시절 그리고 중요한 순간 등이 이랬느니 저랬느니 이야기하더라고. 명물이야. 하지만 정신세계만은 그 누구보다도 섬세하고 우아한 여자였네. 가령 그녀의 스페인어는 라틴어처럼 고풍스러운 느낌이 들었어. 다소 생소하기는 했지만, 참 아름답다는 생각이 들었네. 그녀는 변두리에서 여동생과 함께 사는데 손으로 짠 테이블보를 팔아 살고 있다더군. 그녀는, 타르뎁스키가 말했다, 신문에 실린 마르코니의 소네트가 무척 마음에 들어서 편지를 보내기 시작했답니다. 지나치게 기교를 부린 것이 조금 마음에 걸렸지만, 그래도 감동적이더라는 거죠. 마르코니의 말에 의하면, 그녀는 오래전부터 마음속으로 문학에 대한 열정을 키워왔지만 창작에 전념할 자신은 없다고 생각했답니다, 타르뎁스키가 말했다. 작가가 자신의 삶 외에 도대체 뭘 쓸 수 있을까? 자신의 삶에 관해 쓸 수 없다면 뭘 쓸 수 있단 말인가? 그녀는 바로 이런 문제에 봉착했던 것 같아요. 그런데 그녀의 삶은, 그가 말했다, 그녀의 육체만큼이나 혐오스러웠나 봅니다. 따라서 그녀는 작가로서 창작에 몰두하는 게 불가능했던 거죠. 글을 쓰려면 그 문제를 잊어야 하는데, 정작 그걸 외면하게 되면 작품의 주제를 포기하는 셈이니까 말입니다. 그녀가 마르코니에게 편지를 보낸 것도, 그가 말했다, 그런 문제에서 벗어나려는 절망적인 시도였을 겁니다. 가끔 밤에 깊은 절망감에 빠져 허우적거리다가도 편지를 쓰고 나면 기분이 다소 홀가분해지곤 했답니다. 다시 말해, 자기 자신과 삶으로부터 잠시나마 벗어날 수 있었던 거죠. 마르코니가, 타르뎁스키가 말했다, 그녀의 편지를 보고 형편없는 글이라고 혹평했을 때 그 말에는 나름대로 일리가 있었던 거예요. 그녀도 마르코니가 그런 말을 할 것이라고 어느 정도 예상했답니다, 그가 말했다. 문학은 자신의 삶의 질료로 구성되어야 하는 법인데, 그런 면에서 볼 때 자신의 글이 형편없는 수준일 수밖에 없다는 걸 잘 알고 있었던 거죠. 누군가 글을 쓸 때, 그녀가 이런 말을 했답니다, 언어는 자신의 육체가 되는 셈이죠. 그런데 난 글에서 내 육체의 그림자마저 지우려고 해요. 그러니 글 속에서 난 고작해야 공허한 언어, 바람으로 만든 텅 빈 언어만을 만들어낼 뿐이죠. 그런 약점을 숨기려다 보니까 더 아름답고, 더 신비스럽게 보이려고 애쓰게 된 거예요. 그날 그녀가 털어놓은 이야기라네, 마르코니가 내게 말해주더군요, 타르뎁스키가 말했다. 그런데 말일세, 내가 보기엔 그녀는 뭔가 크게 착각하고 있었어. 자신의 삶으로 문학을 만들어야 한다는 둥, 말도 안 되는 이론이나 지껄여대고 말일세. 그런데 막상 이야기를 들어보니까 이 여자가 그릇된 생각에 사로잡혀 글을 못 쓰고 있다는 걸 알겠더군. 내가 보기에 그 여자는 정말로 훌륭한 글을 쓸 능력과 소양을 갖추고 있었다네. 하지만 나는, 그날 밤 클럽에서 마르코니는 내게 이런 말을 하더군요, 당신 생각이 옳은 것 같다고 얘기해주었네. 아무리 생각해도 당신은 문학에 소질이 없는 것 같다, 그리고 자신의 존재를 잊기 위해서 내게 편지를 썼다고는 하지만, 그 편지는 당신의 육체만큼이나 볼품이 없었다고 말해주었다네. 내친 김에 나는, 타르뎁스키가 그의 말을 전해주었다, 앞으로 글을 쓸 시간이 있으면 차라리 테이블보나 계속 짜든지 다른 예술 분야에 관심을 가지라고 말해주었지. 그리고 나도 곡절 많은 삶을 살면서 깨달은 거지만, 그녀의 말이 천만 번 지당하다고 생각한다고 했네. 훌륭한 문학 작품을 쓰려면 반드시 자전적인 요소를 표현할 수 있어야 한다고, 그러니 글을 쓰고 싶은 유혹이 일어도 반드시 이를 이겨내야 한다고 그녀에게 말했지. 타르뎁스키, 이제 무슨 말인지 알겠나? 마르코니가 내게 묻더군요. 그때 난 스스로도 놀랄 정도로 냉정하게 그녀에게 말했다네. 만약 그녀가 문학 창작에 전념할 가능성에 대해 조금이라도 미련을 갖는다면 반드시 후회하게 될 거라고 장담했지. 사실 당시 난 베토벤의 현악 4중주를 듣고 난 뒤에 느낀 이상한 힘의 영향 때문에 마음이 무척이나 들떠 있었다네. 이와 동시에 마음속으로 추악한 두려움이 고개를 쳐들기 시작하더군, 타르뎁스키가 마르코니의 말을 전해주었다. 그건 그 여자가 내 말을 받아들이지 않을지도 모른다는 추접스러운 두려움이었네. 순간 이런 생각이 들더군. 만약 지금 내가 그녀의 마음을 잡아두지 못하면, 언젠가 저 괴물 같은 여자가 자기 글을 출판할지도 모른다고 말일세. 만에 하나라도 그런 일이 벌어지면 난 글 쓰는 일 따윈 포기해야 할 테니까 말이야. 저 여자가 계속 글을 쓰기 시작한다면, 생각만 해도 끔찍한 일이지만, 앞으로는 바르톨로메 마르코니라는 시인이 있었다는 사실조차 기억하는 이가 없을 걸세. 거기에 생각이 미치자 내 마음은 더 추악한 욕망으로 물들어갔다네, 마르코니의 말을 타르뎁스키가 전해주었다. 그 여자는 진심 어린 충고를 해주어서 정말 고맙다고 하더군. 자기도 이미 그런 사실을 알고 있었을 뿐만 아니라, 오늘 내가 해준 것과 똑같은 말을 속으로 몇 번이고 되뇌곤 했다고 말했다네. 글을 쓰는 이라면 누구든 자신의 육체에 관해서만 쓰겠죠, 그녀가 그러더라고, 마르코니가 한 말을 타르뎁스키가 전해주었다. 글을 쓰는 이라면 누구든 자기 육체에 관해 써요. 결국은 자신의 육체에 글을 새겨놓는 거죠. 하지만 제 육체는 보기에도 혐오스러워요. 전 제 몸을 증오한답니다. 이 세상에서 저만큼 자기 육체를 증오하는 사람은 아마 없을 거예요. 제 육체에 대해 마음속으로 품고 있는 증오심이 어떤 것인지, 그녀가 이렇게 말하더래요, 아무도 모를 거예요. 자기 자신을 이토록 혐오하고 역겨워하는 것이 어떤 것인지 아무도 모를 겁니다. 이런 여자가 어떻게, 마르코니가 그러더군요, 자신의 삶에 대해서 글을 쓸 수 있겠나? 잠시 후 그 여자가 다시 말하더래요, 전 천형(天刑)을 받은 몸이랍니다. 그래서 제가 할 수 있는 일이라고는 망각의 실로 짠 하찮은 이야기밖엔 없어요. 육신이 없는 허황된 이야기들뿐이죠. 문학은 자신의 경험이란 토대 위에서만 성립하기 때문이에요, 거짓되고 허황되고 인위적으로 꾸며낸 이야기들, 거기에 무슨 진실이나 진심이 담겨 있겠어요? 제가 테이블보를 수놓을 때 쓰는 동그란 나무틀처럼 속이 빈 껍데기일 뿐이죠. 선생님, 그 여자가 그러더라고, 그래도 당신은 저를 염려하셔서 과감하게 있는 그대로의 진실을 말씀해주셨어요. 비록 제 마음속에 품고 있던 환상의 올이 허망하게 풀려나간다 할지라도 말입니다. 하여간 속으로 굉장히 실망했을 텐데도 그 여자는 싫은 내색 한 번 없이 예의바르게 말을 하더라고. 말을 마친 뒤, 자리에서 일어나는데 아주 힘들어 보이더군. 너무 측은해 보였어. 그래서 문 앞까지 바래다주었네, 그날 저녁 클럽에서 마르코니가 한 말을 타르뎁스키가 전해주었다. 나도 모르게 뒤따라가면서 그녀의 뒷모습을 바라보았네. 비칠거리면서 걸어가는 모습이 무척이나 슬퍼 보이더군. 발걸음이 어찌나 무겁던지 마치 엉덩이까지 차오른 강물을 건너는 것처럼 보였어. 대문까지 따라가 작별 인사를 나누었지. 그 이후로 그녀에게 아무런 소식도 듣지 못했다네, 그날 밤 클럽에서 마르코니가 한 말을 타르뎁스키가 전해주었다.

잠시 후 타르뎁스키는 실패를 거듭한 후에야 도달할 수 있는 명징한 의식 상태, 즉 실패의 파괴적 성격에 대해서 다시 이야기하기 시작했다. 실패한 삶이 우리에게 가르쳐주는 또 다른 교훈이 있다면, 그가 말했다, 그건 아무도 이 세상에 흔적을 남기지 못한다는 사실일 겁니다. 우리가 경험한 모든 것은 흔적도 없이 사라져버리죠. 마르코니의 이야기를 들으면서 그 여자가 깨달은 것은 그런 것이었을지도 모릅니다.

포도주 좀 더 들겠습니까? 술을 권한 뒤, 타르뎁스키는 다시 자신의 삶에 관해 이야기하기 시작했다. 내가 줄곧 이 문제에 대해 이야기를 하는 것은, 그가 말했다, 나 자신이 실패자이기 때문입니다. 난, 말 그대로 실패한 사람이에요. 다시 말해서, 그가 말했다, 자신의 삶을 낭비하고, 자신에게 주어진 모든 기회를 탕진해버린 그런 사람이라는 의미입니다. 그래도 난 줄곧 뛰어난 청년 혹은 유망한 청년이라는 소리를 듣고 살았어요. 내가 가는 길에는 모든 가능성이 다 열려 있는 것 같았죠.

난, 그가 말했다, 비트겐슈타인의 총애를 받는 제자였어요. 참고로 말하자면, 그분은 사람들에게 관대하거나 자상한 분은 결코 아니었습니다. 하지만 내가 자신 있게 말할 수 있는 건, 그분이 천재였다는 겁니다. 그분은 우리가 상상할 수 있는 천재의 모습에 가장 근접한 인물이었어요. 무엇보다, 타르뎁스키가 말했다, 비트겐슈타인은 살면서 전혀 다른 두 가지 철학 체계를 만들어낸 역사상 유일한 인물이에요. 그 두 가지 철학 체계는 저마다 적어도 한 시대를 풍미했을 뿐만 아니라, 두 가지 사상의 흐름과 서로에게 철저히 적대적인 비평가와 추종자 들을 낳았어요. 비트겐슈타인을 이해하려는 시도는, 버트런드 러셀의 글 중에 그를 언급한 내용이 있어요. 당시 러셀의 수업을 듣던 이들 중에 그가 있었죠. 두 대가의 만남이 이루어진 과정은 대략 이랬습니다. 『수학원리』를 읽은 비트겐슈타인이 전공하던 공학을 때려치우고 당장 케임브리지로 가서 러셀의 세미나에 참석하게 된 거예요. **비트겐슈타인을 이해하려는 시도는** 내 삶에서 가장 흥분되는 지적 모험이었다, 러셀이 한 말이에요. 만약 이 세상에 천재라는 게 존재한다면, 비트겐슈타인은 분명 천재입니다. 하지만 그 누구보다도 불행한 사람이었죠. 죽을 때까지 고통받으며 살았으니 말입니다. 그가 고통받은 건, 그의 사상 때문이지 다른 생활상의 이유는 없었어요. 그는 탁월한 사유에 도달하기 위해서, 그리고 자신의 사유를 적절한 글로 표현하기 위해서 상당한 고통을 받았습니다. 사실 그가 죽을 때까지 출판한 책은 1922년에 나온 『논리철학논고』, 단 한 권뿐이었어요. 그의 나이 스물아홉 살에 완성한 책이죠. 철학의 역사를 통틀어 이 60페이지짜리 책만큼 많은 영향을 미친 사례는 거의 없을 겁니다. 그 책 서문에서 그는 꽤나 겸손한 태도로 자신의 생각을 써내려갔어요. 그는 이 책을 통해서 파르메니데스 이래로 철학에서 제기되어온 모든 문제의 본질적인 측면들을 마침내 해결했다고 확신하고 있었습니다. 그런 상황에서 그가 철학 연구를 중단할 이유는 아무것도 없었죠. 그러나 그는 돌연 철학을 그만두고, 그의 말을 빌리자면, 타르뎁스키가 말했다, 대수학을 포함한 다른 분야의 연구에 매달리기 시작했어요. 그런데 그로부터 이삼 년이 지날 무렵, 그는 자신의 『논리철학논고』가 속임수임을 어렴풋하게 깨닫기 시작했어요. 아주 비극적인 상황이었지요, 타르뎁스키가 말했다. 내가 비극적이라고 한 이유는, 무엇보다 그 책 어디에 오류가 있는지를 알고 있는 사람이 그 자신 외에는 아무도 없었기 때문입니다. 그래서 그 사실을 알리려고 그는 케임브리지로 되돌아갔어요. 그러고는 다시 철학을 시작했지요. 아니, 그가 늘 말했듯이 철학을 가르치기 시작했어요. 그 책의 영향력이 점차 확대되어가고, 그의 사상이 빈 학파와 논리실증주의의 발전에 결정적인 영향을 미치고 있었지만, 정작 비트겐슈타인의 마음은 갈수록 공허해지고 불만만 쌓여갔지요. 언젠가 그가 수업 중에 이런 말을 하더군요, 최근에 나 자신의 철학을 되돌아보면서 후설이 범한 오류를 나도 똑같이 되풀이하고 있다는 걸 알게 됐습니다. 과거에 후설은 정신분석학을 제대로 이해해야 한다고 주장했는데, 그가 말한 정신분석학은 치료방법과 혼동한 질병의 개념에 가까운 것이었습니다. 후설(Husserl)이 정신분석학에 관해 한 그 말은, 이는 수업 중에 비트겐슈타인이 한 말입니다, 타르뎁스키가 말했다, 어떤 책, 말하자면 『논리철학논고』에 잘 드러나 있는 나의 철학 체계에도 똑같이 적용됩니다. 1936년 케임브리지에서 루트비히 비트겐슈타인이 자기 자신과 자신의 철학

사상에 대해 학생들에게 한 말이었어요, 타르뎁스키가 내게 말해주었다. 이런 태도는 그가 얼마나 지적으로 대담했는지, 그리고 진리에 얼마나 충실했는지를 보여주는 단적인 예라고 할 수 있지요. 사실 그는 내가 마음속으로 상상하던 소크라테스의 모습과 가장 흡사한 인물이었어요. 아니, 그보다 훨씬 더 철저했는지도 모릅니다. 소크라테스보다도, 플라톤이 우리에게 알려준 소크라테스의 모습보다도 훨씬 더 냉정하고 음울한 인물이었을 거예요. 실제로 세계적으로 엄청난 명성과 권위를 얻었음에도 그는 갈수록 깊은 절망 속으로 빠져들고 있었어요. 대체 왜 그랬겠습니까? 진리에 도달하지 못할 수도 있다는 생각 때문이었지요. 그는 그런 종류의 사람이었습니다. 1951년에 사망할 때까지 그는 줄곧 그런 공허감에 시달리며 살았죠. 한편으로 그는 자신이 파괴해버린 철학의 폐허 위에서 또 다른 철학 체계를 만들기 위해 치열하게 노력했습니다. 그 노력의 결실은 사후에야 세상의 빛을 보게 되었죠. 『철학적 탐구』가 바로 그 책입니다. 미완성이긴 하지만 대단한 걸작이에요. 알다시피 이 책은 그가 이전의 생각을 철저하게 부정하던 그 시기에 여기저기 써놓은 메모를 토대로 재구성한 것이죠. 이 저서를 통해 비트겐슈타인은 완전히 새로운 철학 체계를 완성했을 뿐만 아니라, 영미권의 현대 철학 전반에 엄청난 영향을 미치게 된 겁니다. 말할 수 없는 것에 관해서는 차라리 침묵해야 한다,* 이 책의 마지막 문장이죠. 인용된 횟수로만 판단한다면, 아마 이보다 더 유명한 문장은 없을 겁니다.

---

* 이는 『철학적 탐구』가 아니라 『논리철학논고』의 마지막에 나오는 말이다. 이 경우도 작가의 의도적인 오기(誤記)로 보인다.

하여간, 타르뎁스키가 말했다, 오랜 세월 동안 케임브리지에 머물면서 그는 자기 자신과 자신의 지적 능력에 패배했음을 느끼고 있었던 것 같습니다. 당시 그의 문하에서 공부하던 제자 중 한 사람으로서 자신 있게 말할 수 있는 건, 비트겐슈타인은 결코 관대하거나 자상한 사람이 아니라는 겁니다. 오히려 무뚝뚝하고 냉정할 뿐만 아니라, 잘난 체하고 냉소적인 사람이었죠. 게다가 다른 사람들은 물론 자기 자신과 자신의 모든 사상과 신념을 경멸하면서, 이 모든 것들을 상대로 뛰어난 지적 능력을 무자비하게 사용한 사람이었어요. 그런데 분명한 건 그런 그가 이상하게도 내게 각별한 애정을 보여주었다는 겁니다. 보통 그런 위치에 있는 사람이 총애하는 제자들에게 그러듯이, 그도 뛰어난 학문의 길을 열어주기 위해 내게 모든 기회를 베풀어주었어요. 분명하게 얘기한 적은 한 번도 없지만, 그는 대학에서 성공하는 것을 삶의 목표로 삼은 사람이라면 누구나 꿈꾸는 지대한 성공을 이룰 수 있도록 내게 모든 가능성을 베풀어주고 있음을 암시하곤 했습니다. 이상하게도 요즘 들어 그때 생각이 많이 나요, 타르뎁스키가 말했다. 비록 막연하고 불분명하긴 했지만—내게 분명하게 밝힌 적은 한 번도 없었으니까 말입니다—그가 내게 얼마나 많은 기대를 하고 있었는지 이젠 잘 알 것 같아요. 그런데 바로 그 때문에, 타르뎁스키가 말했다, 이 점은 꼭 짚고 넘어가야 할 것 같군요. 바로 그런 이유 때문에 나는 1939년 여름에 문자 그대로 바르샤바로 도망치듯 달아나고 만 겁니다. 하필이면 모든 사람들이, 심지어는 케임브리지에서 매일 뜬구름 잡는 얘기나 하는 철학과 학생들조차 조만간 그곳에서 전쟁이 일어날 거라고 확신하던 바로 그 시점에 말입니다. 그런데 다시 생각해보면 말이죠, 타르뎁스키의 말이 이어졌다, 겉으로 보기에 경솔하기 그지없는 우발적인 행동으로 인해 결국엔 나치 군대에 포위돼 오도 가도 못하는 신세가 되기는 했지만, 다른 한편으로 바로 그 때문에 지금 내가 있는 곳, 그러니까 엔트레리오스 주 콩코르디아로 내 발로 걸어 들어올 수 있었던 겁니다. 어쨌든 간에 이곳에 와서 나는 철학과 논리학 시험을 준비하는 아르헨티나 중등학교 학생들을 대상으로 개인교습을 하면서 먹고살고 있으니까요. 그런데 학생들이 공부하는 교과서를 훑어보니까 엄청나더군요. 어떻게 이토록 무지한 자가 교과서를 쓸 수 있을까 의아해지기까지 했어요. 이름이 페데리코 가르시아 모렌테였나, 아니면 페데리코, 아니 마누엘 가르시아 모렌테* 라던가, 기억이 잘 나진 않는데 하여간 난 그자에게 스페인 멍청이II라는 별명을 붙였답니다.

내가 왜 이렇게 되었을까요? 당신은, 타르뎁스키가 내게 말했다, 아마 내가 젊은 시절 실패자들의 세계에 대해 막연히 가지고 있던 동경 때문일 거라고 생각할 거예요. 지식인들 주변을 어슬렁거리는 그런 사람들의 세계 말입니다. 그의 말에 따르면, 그는 젊은 시절 마음속에 은밀하게 품었던 꿈을 끝까지 추구했던 자신에 대해 무한한 자긍심을 느낀다고 한다. 자기 자신에 대해 나와 같은 생각과 말을 할 수 있는 사람은, 그가 말했다, 거의 없을 겁니다. 세월이 흘러도 청년 시절에 품었던 꿈과 이상을 저버리지 않고, 거기에 충실하게 살 수 있는 사람이 이 세상에 과연 몇이나 있을까요? 사람들은, 그가 말했다,

* 스페인의 강단 철학자(1886~1942). 뛰어난 언변과 글 솜씨로 유럽 철학을 스페인에 소개하고 대중화시키는 데 앞장섰다.

내가 현실과 적당히 타협하지 못했기 때문에 결국 엔트레리오스 주 콩코르디아에서 이 고생을 하는 거라고 말할지도 모르죠. 하지만 바로 그런 이유 때문에 난 나 자신이 무척이나 자랑스럽습니다. 교수님 말처럼 나를 진정으로 이해해주는 사람이 단 한 명도 없다 해도 말입니다.

그 대가로, 그가 말했다, 난 밑도 끝도 없는 고통을 이겨내기 위해 무척 애를 써야 했습니다. 이를 위해선 무엇보다 강철과 같은 의지와 용기가 필요했죠. 예를 들어, 1939년에 런던으로 돌아가는 대신 마르세유로 가서 아메리카 대륙행 첫 배(나중에 알고 보니, 이는 아메리카로 가는 마지막 배였어요)를 탄 것도 따지고 보면 의지의 힘이라고 할 수 있을 겁니다.

그런데 특이한 사실은 배에 오를 때까지도 타르뎁스키가 그 배의 종착지가 아르헨티나라는 나라인 줄은 꿈에도 몰랐다는 것이다. 더군다나 그 당시엔, 그가 말했다, 아르헨티나라는 나라가 있는지도 몰랐습니다. 그래서 아르헨티나라고 불리는 나라의 현실이나 특징에 대해선, 그가 말했다, 전혀 몰랐다고 말할 수밖에 없죠. 그렇게 공부를 많이 했는데도 전혀 모르고 있었어요. 한마디로 아르헨티나에 관해선 아는 게 하나도 없었죠, 타르뎁스키가 망설임 없이 말했다. 그런 이름을 가진 나라가 있는지도 몰랐을뿐더러, 그 배가 아르헨티나로 갈 거라는 사실조차 모르고 있었으니까요. 그나마 배가 출항하기 직전에 서둘러 올라탄 덕분에 마지막으로 하나 남은 자리에 앉게 된 겁니다. 전쟁을 피해 달아나려는 사람들이 우글대는 절망적인 분위기 속에서 난, 타르뎁스키가 말했다, 이 배가 대체 어디로 가는지조차 모르고 있었어요. 막연히 미국으로 가는 거라고 생각하고 있었죠. 그도 그럴 게, 그가 말했다, 난 영어는 잘하지만 스페인어는 한마디도 못했으니까 말입니다. 그러다 어느 순간 그 배가 아르헨티나라는 나라로 가고 있다는 사실을 알게 됐죠.

어쨌든 간에, 그가 말했다, 젊은 시절부터 꿈꿔왔던 실패에 대한 환상을 현실화시키기는 결코 쉽지 않더군요. 오히려, 그가 말했다, 삶 전체가 절망적인 상황 속에 빠져 있는데도 한동안은 성공과 출세의 기회가 연달아 나타나기까지 했어요. 그런데, 그가 말했다, 사람들이 보기에 나처럼 뛰어난 청년이 스스로의 힘으로 가장 완전한 실패의 경지에 도달하는 데는, 정확하게 말하자면 철학적인 의미에서 유일하고도 참된 삶의 형식으로서의 실패를 다소 늦은 감은 있지만 제대로 깨닫기까지는 한두 차례 우연의 도움이 필요했죠.

예를 들면, 그가 말했다, 부에노스아이레스에 도착하자마자 나는 폴란드 대사관으로 갔습니다. 거기 있는 직원들에게 4년째 폴란드 정부로부터 장학금 지원을 받고 있으며, 케임브리지 대학에서 루트비히 비트겐슈타인의 지도하에 박사 논문을 쓰고 있는 중이라고 말해주었습니다. 덧붙여 말하자면, 타르뎁스키가 말했다, 논문의 주제는 「소크라테스 이전 철학자들 속에 나타난 하이데거의 철학」이었는데, 지금은 한 페이지도 남아 있지 않아요. 케임브리지 기숙사에 그대로 놓고 나왔거든요. 모르긴 해도 내 방에 있던 다른 물건들과 함께 버렸을 겁니다. 아쉽게도 제목 외에 자세한 내용은 기억이 나지 않네요. 그런데 제목으로부터 유추를 해보면, 파르메니데스나 히피아스가 하이데거의 철학에 미친 영향에 대해서가 아니라, 『존재와 시간』이 소크라테스 이전 철학자들에 대한 관념을—가령 문체의 측면에서라든지—어떻게 변화시켰는지에 대해서 쓰려고 했던 것 같아요. 아! 지금 방금 생각난 건데, 보르헤스의 「카프카와 그의 선구자들」*의 경우를 생각하면 쉽게 이해할 수 있을 것 같군요. 상냥하면서도 왠지 서글픈 표정의 대사관 직원들이 그에게 적지 않은 관심을 써준 덕분에 그는 거처를 마련할 수 있었다. 그들은, 그가 말했다, 유럽의 상황이 호전되면 내가 계속 케임브리지에서 수학하는 것처럼 꾸며서 적어도 앞으로 6개월 동안은 계속 장학금 혜택을 받을 수 있도록 해보겠다고 약속했어요. 희망을 얻은 나는 즉시 부에노스아이레스의 철학계 인사들과 접촉하기 시작했죠.

그런데 실제로 만나보니까 그들은 부에노스아이레스 대학교의 철학 교수들이 주축이 된 모임이었어요. 거기에 드나들던 자칭 철학자들만 해도, 타르뎁스키가 말했다, 정말로 다양하더군요. 모든 인문학 분야의 사람들이 거기 다 모여 있다고 해도 과언이 아닐 정도였으니까요. 그들은 대부분 동양 사상에 심취해 있었는데, 그중에서도 자기가 선불교계의 무슨 관료라도 되는 양 거들먹거리던 이가 있었어요. 빅토리오 파토니든가, 아니면 발렌틴 프라토네든가, 하여간 대충 그런 이름이었어요. 그런데 그 사람들은, 타르뎁스키가 1939년 부에노

* 기독교의 선형적 시간의 질서를 해체하고 역류하고 순환하는 보르헤스 특유의 시간관을 제시한 에세이. 여기에 다음과 같은 유명한 문장이 있다. "각각의 작가가 (자기의 글쓰기에 영향을 미친) 선구자들을 창조해낸다는 생각을 한다면, 과거에 대한 우리의 관념뿐만이 아니라, 미래에 대한 우리의 관념 또한 변화하게 될 것이다." 따라서 보르헤스의 글쓰기는 현재라는 허구적 그물 속에서 미래를 알리는 기호-신호들을 해독하는 작업이자, 동시에 미래로부터 과거에 잠재된 것을 재구성하는 작업이라고 볼 수 있다.

스아이레스에 도착하자마자 드나들기 시작한 철학 모임 사람들을 가리키며 말했다, 선불교에 열광하고 있었을 뿐만 아니라, 이와 동시에, 그가 말했다, 두 사람, 그러니까 두 명의 인물을 우리 시대(내친 김에 말하자면 그들은 '우리 시대'란 표현을 어찌나 좋아하던지말할 때마다 그 표현을 되풀이하더군요)의 가장 훌륭한 철학자로 떠받들고 흠모하고 있었어요. 그런데 나로선 그 두 사람을 어떤 말로 표현해야 할지 모르겠어요.

저들은 우리 시대의 가장 위대한 철학자 중 하나라고 칭송하고 있지만, 타르뎁스키가 말했다, 내가 볼 땐 스페인 멍청이들의 왕 혹은 스페인 멍청이I이 더 적절한 것 같았어요. 그 사람은 바로 호세 오르티가 이 가세트*입니다(난 언어유희에는 별로 능하지 않아요, 타르뎁스키가 덧붙여 말했다. 그건 꼭 스페인어가 외국어라서 그런 건 아니고, 말하자면 내 모국어의 경우에도 마찬가지였어요). 포도주 좀 더 들겠습니까? 타르뎁스키가 내게 물었다. 참 오랜만에 젊은 시절 얘기를 하네요. 참, 피곤할 텐데 내가 너무 말을 많이 하는 건 아닌지 모르겠군요. 아무 때나 눈 좀 붙이세요. 그런데 조금 전에 말했던 그 양반은 엉뚱하게도 스페인어를 독일어식 어미로 변화시키면서 글을 쓰느라 평생을 바친 사람이에요. 어떤 면에서는 그를 스페인 연사라고 불러도 무방할 것 같아요, 안 그런가요? 이곳에 도착하자마자 알 수 있

---

* 타르뎁스키는 호세 오르테가 이 가세트를 호세 오르티가 이 가세트라고 발음을 뒤틀어 부르고 있다. 이는 유럽 출신 지식인들이 지배적인 지위를 누리던 아르헨티나와 마찬가지로, 스페인 또한 유럽, 특히 독일의 선진적 사상을 추종하는 데 급급했던 사실을 냉소적으로 비꼰 것으로 보인다. 이러한 경향에 가장 주도적인 역할을 한 인물이 바로 오르테가 이 가세트와 마누엘 가르시아 모렌테 등이다.

었습니다. 내로라하던 부에노스아이레스의 철학계 인사들이 '우리 시대 철학의 참된 스승' 혹은 '진정한 일인자'라고 입을 모아 칭송하던 바로 그 사람이 사실은 특히 방송을 통해 잘 알려진 스페인 연사였다는 것을 말입니다. 그런데 그 밖에도 배에서 내리자마자, 무거운 발걸음을 끌고 배에서 내리는 내 귓가에는 여전히 비트겐슈타인의 깊고 낮은 목소리가 울리고 있었지요, 타르뎁스키가 말했다, 하여간 배에서 내리자마자 난 이곳의 모든 사람들이 존경하는 또 다른 철학자, 즉 또 다른 사상가가 있다는 걸 눈치 챘어요. 이 사람은, 말하자면 조금 전에 말한 사람과 크게 다를 바 없는, 비슷한 수준의 철학자였죠. 그런데 이 멍청이도 아까 말한 멍청이만큼이나 국민들로부터 무조건적인 존경과 사랑을 받고 있더군요. 지금 말한 두번째 철학자는 독일 멍청이, 즉 정통 독일인이에요. 하지만 내가 알기로 그는 스위스 사람입니다. 어쨌든 아르헨티나 학계의 문을 열자마자 내가 만나게 된 이들은 관료적인 태도의 동양 사상가, 스페인 출신의 방송 연사 그리고 백작, 이 셋이었어요. 한마디로 높은 수준의 성찰이 이루어지기에 딱 알맞은 삼위일체인 셈이죠. 따지고 보면 이 모든 게 다 철학적인 상황이라고 볼 수 있지 않을까요? 정말로 철학적인 상황 그 자체입니다. 이들 외에도, 우아한 숙녀들과 고등교육을 받은 과묵한 신사들이 그곳에 드나들고 있었죠.

그래도 타르뎁스키는 아르헨티나 철학자들에게 부당한 편견을 갖고 싶지는 않았다고 했다. 물론 당시 아르헨티나엔, 그가 말했다, 다른 철학자들도 있었으니까요. 그들 중 적어도 두 명은 아주 뛰어난, 말하자면 최고 수준의 철학자였다고 할 수 있어요. 먼저, 그가 말했다, 몬돌포를 들 수 있습니다. 그는 무솔리니를 피해 망명한 철학자인데, 헤라클레이토스의 단편에 비평적 주석을 단 저서를 출판하기도 했답니다. 나도 케임브리지에 있을 때 그 책을 본 적이 있는데, 그분이 아르헨티나에서 살고 있는 건 전혀 몰랐습니다. 그 밖에도, 그가 말했다, 카를로스 아스트라다가 있죠. 이분은 아르헨티나가 배출한 유일한 철학자인 셈이죠. 당시 그는 하이데거의 제자였어요. 아마 하이데거가 라틴 세계를 통틀어서 자신의 진정한 제자라고 생각한 유일한 분이었을 겁니다. 이들에 대해서는 나중에 훨씬 더 잘 알게 됐어요. 물론 자주는 아니지만, 그가 말했다, 꾸준히 서신왕래도 했습니다. (덧붙여 말하자면, 그가 말했다, 아마 아스트라다가 보낸 편지가 저기 어딘가에 있을 거예요. 그 편지는 그가 하이데거의 철학과 이미 결별한 시기에 쓴 건데 매우 흥미롭습니다. 그런데 아르헨티나에서는 그때 하이데거 붐이 일어서, 열렬한 추종자들과 충복들이 토끼들처럼 그의 철학을 외우고 베끼기 시작했어요. 갈수록 표면화되던 독일 철학자의 신비주의 경향에 대해 논의한 것 외에도, 아스트라다는 그 편지에서 아르헨티나에 불고 있던 하이데거 철학의 유행과 나날이 늘어가던 제자들에 대해 조소의 눈길을 숨기지 않았어요. 그러고는 어떤 아르헨티나 철학자의 일화를 소개해주었습니다. 그 철학자는 하이데거의 발자취를 따라 순례를 마친 뒤에, 경건한 마음으로 사진을 찍었답니다. 그런데 실수로 이웃집 사진을 찍었다지 뭡니까. 경솔하기는 했지만 그래도 최소한의 존경심을 품고 찍은 그 사진을 대학 연구실 벽에 떡하니 붙여놓았는데, 그 아래에 이렇게 써놓았답니다. 여기에 존재의 진리가 살아 숨 쉬고 있다. 이 일화가 드러내주는 것은, 아스트라다가 재미있다는 듯이 편지에 썼어요, 실수로 찍은 그 사진이 철학적으로는 정확하다는 겁니다. 다시 말해 존재의 소재가 하이데거의 옆집에 있었기 때문에, 두꺼운 벽에 가로막힌 가엾은 하이데거는 말로는 표현할 수 없는 언어의 모호한 본질 외에는 아무것도 인식할 수 없었던 거죠, 아스트라다가 편지에 그렇게 썼더군요, 여담으로 시작된 상상의 나래를 접으며 타르뎁스키가 말했다.)

폴란드 청년으로 케임브리지의 학생이자 비트겐슈타인의 제자였던 (이곳 사람들은 내가 그의 제자라는 게 거짓말이라고 생각했던 것 같아요) 난, 그가 말했다, 각종 교육기관에서 활동하며 보면 한숨만 나오는 간행물에서 자신의 지식을 과시하는 사상가들의 모임에 드나들기 시작했어요. 폴란드인으로서 난 다소 혼란스러웠습니다. 아니, 좌절감과 상실감에 빠져 허우적거리고 있었다고 하는 편이 더 정확할 것 같네요. 타르뎁스키의 말에 의하면, 그런 시련 속에서도 청년 시절 가슴속에 품었던 가장 순수하고 심오한 꿈과 이상이 인도하는 길을 따라 새로운 삶을 시작할 수 있었다고 한다.

아르헨티나의 저명인사들과 이야기하면서, 조금씩 내 생각을 프랑스어로 밝히기 시작했어요. 물론 내 견해를 솔직하게 다 밝힌 건 아니고, 넌지시 비치곤 했죠. 먼저 오르티가 이 가세트란 분 말인데요, 난 최대한 존경심을 표하면서 그들에게 말했어요, 타르뎁스키가 말했다. 제가 볼 때 두 단어가 이어진 그분의 성*은 헤겔이 논리학의 법칙으로 제시한 대립물의 통일**을 가장 분명하게 드러내주는 예가 아닐까 합

---

* 'ortega'와 'gasset'는 'and'의 의미를 지니는 'y'로 연결되어 있다.

** 헤겔의 논리학 개념에서 대립물은 한 사물 현상 내에서 서로 의존하면서도 배제하려

니다. 물론 이 경우 통일성은 절대적인 방식으로 나타나는 데다, 거울상처럼 완전히 동형이어야 하지만 말입니다. 그분의 성을 보면 두 가지가 합쳐 있다는 착각을 일으키게 하지만 이 스페인 철학자는 이미, 난 그들에게 부드러운 프랑스어로 조심스럽게 말했어요, 일자(一者)*** 입니다. 결국 이 말은, 그들에게 이렇게 말했죠, 그가 멍청이란 얘깁니다. 그들 입장에선 내 말이 지나치다 싶었겠지만, 내가 워낙 혈기왕성한 젊은이였던 데다 독일 철학과 나치의 장갑차 그리고 스페인의 푸른 여단**** 의용군에 의해 처절하게 짓밟히고 있던 우리 조국의 불행한 상황 때문에 저러는구나 하고 그냥 넘어가더군요. 세월이 흐르면 내 마음속에 들끓는 분노도 다 사라질 거고, 자연스럽게 아르헨티나 문화에 동화될 거라고 생각한 거지요. 그런데 성 안토니오***** 처럼 달콤한 성공의 유혹을 피하려고 애쓴 것도 바로 그때였어요. 그들은 자신들의 스승들에게 존경을 표하고, (철학계의) 권위자들에게도 공손하게 대해달라고 당부했어요. 이에 덧붙여, 내가 비트겐슈타인 문하에서 공부했다는 증명서나 그와의 관계를 입증할 수 있는 어떤 서류라도 가져온다면 모든 청년 철학자들이 품고 있는 형이상학적

는 두 가지 경향, 즉 '일자(一者)와 그것의 타자, 자기 자신과 자신의 대립물을 자체 내에 포함하는 것'이다. 대립물들이 한 사물 현상 안에서 서로 타자의 전제가 되는 관계를 통일이라고 한다.

*** 무매개적으로 그리고 필연적으로 이미 주어진 것으로, 내적이나 외적인 동인에 의해서가 아니라 오직 자신과의 관계에 의해서만 규정되는 동일성을 의미한다.

**** 제2차 세계 대전 당시 나치에 가담하여 동부전선에 참전했던 스페인 의용군의 명칭.

***** 성 프란치스코 수도회의 초대 학자(1195~1231). '기적의 성인' 혹은 '파도바의 성인'이라고 불린다. 포르투갈의 부유한 귀족가문에서 태어났으나 모든 권력과 재산의 유혹을 물리치고 일생을 하느님을 섬기며 살았다.

성찰의 정점, 즉 대학교수 자리를 어렵지 않게 얻을 거라고 귀띔해주더군요. 내겐 커다란 유혹이었어요. 누가 보더라도 군침 흘릴 만한 제안이었죠. 프랑스어로 말하자면, sécurité académique(학문을 위한 안정된 자리)라고 할 수 있겠죠. 당시 스물아홉 살이었던 난 세상 물정에 너무나 어두웠어요. 물론 지금은 그렇지 않지만 말입니다. 하지만 철학에 관해서라면 내가 그들 모두를 합친 것보다 더 많이 안다고 생각했죠. 그래서 나도 모르게 그들에게 내 지식을 매우 현학적으로 과시한 겁니다. 당시 난 아르헨티나 철학계에서 태양처럼 빛나는 존재였습니다. 그도 그럴 수밖에 없었던 것이, 철학에 대해서건 다른 주제에 대해서건 그들과 대화를 나눌 때, 난 그리스어에서 독일어로 그리고 거기서 다시 프랑스어, 독일어, 그리스어, 영어, 라틴어로, 또 프랑스어로 종횡무진 넘나들었거든요. 내겐 그다지 놀라울 것도, 새로울 것도 없는 일이었지만, 마기 교수님 말마따나 그들에게는 전혀 그렇지 않았을 겁니다.

주변의 충고대로 그들에게 좀 더 존경심을 표하고, 젊은 시절의 과도한 열정을 억제하면서, 스페인어를 빨리 익히도록 장학금 혜택을 6개월 더 연장해주겠다는 폴란드 대사관의 호의를 이용했더라면, 아마 난 유혹에 넘어가고 말았을 겁니다. 몬돌포는 그 길을 택했어요. 당시 내가 받을 뻔했던 것보다 훨씬 더 큰 혜택을 누리고 있으니까요. 반면에 그에게는 철학자의 삶이 실패를 통해서 진정으로 실현된다는 삐뚤어진 성향은 없었죠. 내가 만약 그런 유혹에 휩쓸렸다면, 보다 온순해질 수도 있었겠죠. 그리고 지금쯤은 엔트레리오스 주 콩코르디아에서 중등학생들을 상대로 3월에 있을 논리학 시험 준비를 위해서 개인교습을 하는 대신, 아마 어느 대학교에서 현대 철학, 아니면 고대, 중세 혹은 빌어먹을 어떤 분야든 간에 가르치는 전임 교수 블라디미르 타르뎁스키가 될 수도 있었겠죠. (그렇게 됐다면, 그가 말했다, 밖으로 일절 나가지 않고 순수한 철학적 해석이라는 투명한 세계에 갇혀 외부에서 무슨 일이 일어나는지조차 알 수 없었을 겁니다.) 만약 그렇게 됐다면, 타르뎁스키가 말했다, 칸트 이래로 유럽 철학의 역사에서 빛나는 전통을 이루어온 프리바트도첸트*를 패러디한 존재(당신이 좋아하는 표현을 빌리면)로 둔갑해서 여기 있지 않았을 거예요. 이미 예상했겠지만, 난 그런 유혹에 굴하지 않았습니다. 단호하게 거부했죠. 존경받는 인물이 되는 대신에, 난 무엇에도 구속받지 않는 자유의 길을 택했습니다. 학자들 사이에선 용서받을 수 없는 대죄를 저지르고만 거죠. 그래서 이후로는 내가 생각한 바를 더 분명하게 드러내기 시작했습니다. 물론 폴란드인으로서 아르헨티나 신사들에게서 융숭한 대우를 받아온 건 사실이에요. 하지만 어느 순간부터 나도 모르게 나 자신의 생각을 거칠게 표현해버리기 시작한 겁니다.

그러던 어느 날, 타르뎁스키의 얘기가 계속되었다, 누구의 말마따나 내 미래를 좌지우지할 만큼 저명한 사상가들과 문화계 인사들이 모인 자리에 가게 됐어요. 그 자리에서 난 아르헨티나 사상계의 거두 중 한 명과 논쟁을 벌이기 시작했어요. 지금 와서 새삼스럽게 그의 이름을 기억하기는 거북하군요. 하여간 난 습관대로, 타르뎁스키가 말했다, 술을 몇 잔 들이켜면서 프랑스어로 논쟁을 시작했죠. 말이 좋아

---

* 대학의 필요에 따라 외부에서 영입되어 강단에 선 학자들을 일컫는 말로, 주로 독일어권 국가에서 19세기부터 시작되었다.

논쟁이지, 사실은 그 멍청이들에게 한바탕 퍼부으려고 작심했던 거죠. 자칭 카이절링 백작 같은 멍청이가 양식 있는 훌륭한 철학자라는 둥, 말도 안 되는 주장을 하는 저 멍청이들에게 말입니다. 그러니까 사유하고 사상을 정립하는 것을 업으로 삼는 철학자가 아니더라도, 현명한 사고력을 가진 사람이라면 누구나 철학의 성을 짓고 거기에 살고자 하는 저 재수 없는 웨스트-웨스트 백작의 책을 단 두 페이지만 읽고도 그의 세계를 이해하고 존경하게 된다더군요. 또 어떤 철학자들 모임에서는 서슴없이 이런 말도 했죠. 그의 얼굴이나 사진만 한 번 보고 백작을 훌륭한 철학자이자 사상가라고 생각한 자나, 최소한 그런 식으로 판단한 자는 바보천치나 다름없다는 걸, 내가 그렇게 말했어요, 금세 알 수 있다고요. 그랬더니 여기저기서 탄식의 소리가 나오고, 한마디로 경악을 금치 못하더군요. 모두들 놀란 표정으로 나를 바라봤어요. 대체 누구 밑에서 철학을 배웠소? 작은 의자에 앉아 있던 이가 묻더군요. 비트겐슈타인의 제자랍니다, 그의 옆에 앉아 있던 이가 귀엣말로 알려주더군요. Mon vieux(맙소사), 오, 그러니까, 그러니까……, 옆에 있던 이는 끝내 말을 잇지 못하더군요. 그들은 내가 미쳤다고 생각했던 것 같아요. 하여간 내가 한 말들 때문에 거기에 참석한 이들은 모두 비탄에 빠지고 말았죠. 거기서 그치지 않고 내가 그를 두고 철학계의 몽테크리스토 백작이라고 했을 때, 장내에는 일대 소란이 일어나고 말았어요. (나중에 폴란드 대사관에서 듣고 안 사실이지만, 그들은 카이절링 백작에게 아르헨티나 명예국민 자격으로 방문해줄 것을 수차례 요청했다고 하더군요. 더군다나 당시 대통령이, 오르티스였던가? 일단 오르티스라고 해둡시다. 오르티스 대통령이 그를 맞이하려고 경호원과 수행원을 대동해서 몸소 다르세나 노르테* 까지 갔더랍니다. 마치 밀레토스의 탈레스**라도 온 것처럼 호들갑을 떨었던 거지요. 말할 필요도 없겠지만 백작이 이 나라에 왔을 때 난리도 아니었죠. 그를 환영하는 인파들이 줄을 잇고, 그에게 보내는 찬사가 끊이지 않았으니까요. 그런데 배에서 내려 로베르토 오르티스 대통령과 악수를 나누자마자 백작은 다르세나 노르테에 모인 인파를 한 번 쭉 둘러보더니 바로 그 자리에서 천천히, 그리고 묵상하는 듯한 자세로 아르헨티나와 아르헨티나의 존재에 대해 형이상학적인 연설을 하기 시작했어요. 물론 이 연설은 라디오 전파를 타고 전국으로 송출되었지요. 환영 위원회에 속한 인사들은 토씨 하나 빼먹지 않고 그 연설을 노트나 수첩에 받아 적고 있었어요. 대사관에서 들은 이야기에 따르면, 그로부터 몇 달이 지난 후에도 백작의 연설은 아르헨티나에서 여전히 최대의 화젯거리였답니다. 사람들은 백작의 심오한 사상에 찬사를 보냈을 뿐만 아니라, 그 의미를 놓고 해석이 분분했다고 하더군요. 그런데 더 흥미로운 점은, 사상가들이 외국인에게서 받은 선물을 가지고 아르헨티나 민족에 대한 새로운 철학적 해석을 내놓았다는 겁니다. 달리 말하면, 타르뎁스키가 말했다, 백작의 연설을 토대로 아르헨티나와 아르헨티나의 존재에 대한 형이상학적 해석이 이루어졌던 거지요. 예를 들면, 팜파스를 '거기에-있는-존재'***로, 가우초를

---

* 부에노스아이레스에 위치한 항구 인접 지구.

** 고대 그리스의 철학자. 밀레토스 학파의 창시자로 그리스의 7대 성현 중 으뜸으로 꼽힌다.

*** 하이데거가 『존재와 시간』에서 제기한 인간의 존재 개념으로, '현존재'로도 번역된다.

아르헨티나인의 보이지 않는 '사물자체'*로 해석한 거예요. 그리고 팜파스에 살고 있는 시골 사람들은 칸트가 말한 '누멘'**이 말을 타고 벌판을 누비는 사람으로 현상한 경우라는 겁니다, 타르뎁스키가 말했다.) 내가 카이절링 백작은, 그 백작 나리는 자신의 복화술사의 무릎 위에 앉을 수조차 없는 꼭두각시일 뿐이라고 말하자, 거기에 참석한 이들이 모두 놀란 표정을 지은 채 나를 경멸하는 눈초리로 바라보더군요. 바로 그때부터 난 아르헨티나 철학계 인사들 사이에서 대단히 경멸적인 존재가 되어버린 거죠. 그들 눈에 난 그저 입이 더러워 아무 말이나 함부로 내뱉는 데다, 제정신도 아니고 늘 비실비실한 게 심하게 아픈 놈 같아서, 어찌 보면 혼이 빠진 것 같기도 하고 마음 한구석이 증오로 가득 차 있으며, 여러모로 해롭고 위험한 존재이고, 편견에 사로잡혀 마음마저 삐뚤어져 있고, 또 하는 짓마다 의뭉스러워 보일 뿐만 아니라, 외모도 구질구질해서 늘 슬픔에 젖어 있는 것처럼 보이고, 주는 것 없이 밉살스러운 폴란드 시골뜨기였을 뿐이죠. 한마디로 말해 그들 눈에 난 그저 **실패자**일 뿐이었습니다. 그들은 날 그렇게 봤어요. 그리고 그게 내 실제 모습이기도 했고요, 타르뎁스키가 말했다.

그래서, 그가 말했다, 난 그 살롱을 박차고 나와버렸어요. 내게 대학교라는 영광스러운 세계에서의 점잖은 생활을 보장해줄 수도 있었

* 인간의 인식과 독립해서 존재하며, 지각과 사유를 통해 인식에 주어지는 방식과는 구별되는 그 자체로서의 사물 또는 객관적 실재를 가리킨다. 칸트에 따르면 사물자체는 감각과 오성, 경험과 사유를 거쳐 오로지 현상으로만 주어지기 때문에, 우리는 사물자체를 인식할 수 없고 다만 현상의 세계만을 알 뿐이다.

** 칸트의 사물자체와 동일한 개념. 원래 신이 지닌 신비한 초자연적인 힘과 영향력을 일컫던 고대 그리스어인데 칸트에 의해 현대철학에 도입되었다.

던 아르헨티나 지식인들의 세계와 영원히 이별한 셈이지요.

내가 어떻게 하면 좋았을까요? 타르뎁스키가 물었다. 내가 아르헨티나 학계에서 성공할 수 있는 가능성은 영원히 사라지고 말았어요. kaputt*. 하지만 내겐 아직 한 번의 기회가 더 남아 있었죠. 내가 현실에서 성공할 수 있는 마지막 기회였던 셈입니다. 그 단계에서 실패를 완전하게 실현하려면, 그가 말했다, 삶에서 어떤 사건들이 연쇄적으로 일어나야만 합니다. 그것도 한 번 이상 말이죠. 그런데, 지금 몇 시죠? 타르뎁스키가 내게 물었다. 두시 반입니다, 내가 대답했다. 졸리지 않아요? 그가 내게 말했다. 아니요, 내가 대답했다, 괜찮습니다. 당신 외삼촌은, 타르뎁스키가 내게 말했다, 곧 도착할 겁니다. 예, 내가 그에게 말했다, 조금 더 기다리다 보면 오시겠죠. 말씀 계속하세요, 그래서 어떻게 됐죠?

그래서, 타르뎁스키의 말이 계속되었다, 난 발길 닿는 대로 부에노스아이레스 거리를 돌아다녔어요. 그때가 1940년 여름이던가, 하여간 혼자서 여기저기를 쏘다녔어요. 그때 난 스페인어를 거의 몰랐기 때문에 얘기를 나눌 사람도 없었죠. 당시 전쟁이 유럽 전역으로 확산되고 있었어요. 그런데 나치 군대가 유럽 문화를 유린하는 동안, 나라는 존재도 처절하게 유린당한 것처럼 느껴지더군요. 마치 내가 유럽 문화의 상징이라도 된 듯이 말입니다. 당시 난 나 자신의 폐허 속에

* '결딴나다'란 의미의 독일어이다.

서, 내 삶의 잔해 속에서 살아가고 있었어요. 그래서 내게 남은 마지막 기회라도 붙잡아야겠다는 생각이 들더군요. 나를 그곳까지 이끈 바로 그 문제에 매달렸습니다. 1940년 여름 트레스 사르헨토스 거리를 걷다가 우연히 히틀러와 유럽 문화의 파괴에 대해서 생각하게 된 거예요. 사실은 히틀러와 카프카에 관해서 생각하고 있었지만 말입니다.

타르뎁스키의 말에 의하면, 그 일이 있기 2년 전에 그는 누가 보더라도 놀랄 만한 발견을 했다고 한다. 그때 난 내가 발견한 그 문제에 온종일 매달렸어요. 당시만 해도 실패한 삶의 가치에 대해 확신이 없었기 때문에, 그가 말했다, 난 그 문제에 모든 기대를 걸고 있었죠.

어느 날 길을 걷다가 내가 발견한 문제에 대해 생각하게 됐어요, 그가 말했다. 그런데 바로 그때, 내가 알아낸 것을 발표해서 명성을 얻으면 그동안 나를 모욕했던 아르헨티나 지식인들에게 복수하고, 그가 말했다, 또 그들에게 내 능력을 당당하게 보여줄 기회가 올 수도 있겠구나 하는 생각이 들더군요. 당신도 잘 알고 있겠지만, 타르뎁스키가 내게 말했다, 지적인 자존심이라는 것, 달리 말하면 자신에게 정말로 가치 있는 (혹은 가치 있다고 믿고 있는) 것을 시도하고 증명해 보이는 것이야말로 포기하기 어려운 일이에요. 비록 자기 몸이 산산이 부서진다 할지라도 지적인 자존심만은 함부로 버릴 수 없지요. 단지 이런 이유 때문에 그런 생각을 한 건 아닙니다. 그건 1940년 여름 몇 달 동안 부에노스아이레스에서 오로지 그 발견에서 나타난 어떤 결과에만 집요하게 매달렸기 때문이에요. 그때 난 총 여섯 권으로 된 카프카의 '전집'과 내가 개인적으로 메모와 주석을 기록하던 노트 한 권을 가지고 있었어요. 그게 내가 유럽이라는 난파선에서 건져낸 유일한 물건이었죠. 사실, 그가 말했다, 내 노트와 카프카의 책은 전쟁이 터지던 해 바르샤바로 가져온 유일한 물건이었던 덕분에 끔찍한 재난으로부터 살아남을 수 있었던 겁니다. 그건 그렇고, 그가 말했다, 조금 전에 말한 그 대단한 발견의 첫번째 결과는 1938년 어느 날 오후 영국도서관에서 그야말로 우연하게 이루어졌어요.

그날 이후 난 마치 뭐에 홀린 사람처럼 거기에 빠져들기 시작했습니다. 그 바람에 연구와 학위논문도 모두 내팽개쳐버렸죠. 그렇게 우연히 이루어진 발견 때문에, 이에 대해선 곧 상세하게 설명을 하겠지만 하여간, 견고하다고 믿었던 나의 철학적 신념이 서서히 무너지고 있다는 사실을 당시엔 전혀 모르고 있었어요. 우연한 기회에 대단한 사실을 발견한 거니까, 누구 말마따나 그걸 절대로 놓쳐서는 안 되겠다는 생각뿐이었어요. 논문이야 두어 주 정도 미뤄도 그리 큰 지장은 없었으니까요. 그로부터 보름이 지난 뒤, 그 발견 덕분에 나는 지금 내가 있는 이곳에 오게 된 겁니다.

1938년. 참으로 힘든 한 해였죠. 당신은 아직 태어나지도 않았을 때지만 당시 상황이 어땠을지는 충분히 상상이 갈 겁니다. 뮌헨. 수데텐란트*. 독일의 영토 확장. 그 와중에 난 카프카에 관한 자료를, 정확히 말하자면 카프카에 관한 어떤 자료를 찾고 있었습니다. 카프카의 텍스트라면 이미 잘 알고 있었지요. 1936년, 비트겐슈타인은 자연 언

* 20세기 초반에 독일민족이 다수 거주하던 체코슬로바키아 서부 지역. 체코슬로바키아 독립 후, 독일민족이 소수민족으로 전락하고 주변 민족들로부터 견제를 받자 히틀러는 이들을 보호한다는 명목으로 수데텐란트의 할양을 요구했다. 결국 1938년 뮌헨회담에 따라 이곳을 합병한 나치 독일은 본격적으로 영토 확장에 뛰어들었다.

어와 형식 언어에 대한 강의를 보완하기 위해 체코의 비평가인 오스카르 바지크를 케임브리지로 초청해서 카프카에 대한 세미나를 열었던 적이 있습니다. 카프카가 구사하는 간결하고도 인위적인 독일어에 비트겐슈타인도 각별한 관심을 가지고 있었어요. 비트겐슈타인은 나중에 『철학적 탐구』에서 전개하게 될 자신의 가설 중 몇 가지를 증명할 수 있는 가능성을 거기서 보았던 거죠. 사실 카프카는 독일어를 마치 사어(死語)인 것처럼 다루었어요. 카프카가 특이하게도 2개 국어 사용자였고, 인구 대다수가 슬라브족인 도시에서 독일어를 사용하는 소수집단에 속했던 데다, 유대인으로서 삶과 언어에서 소외될 수밖에 없었던 상황이 복합적으로 작용한 탓에 그런 현상이 생긴 것이라고 바지크(그는 최근에 창설된 프라하학파의 회원이에요)는 분석했습니다. 이는 비트겐슈타인이 이론적이고 가설적인 수준에서 제기한 문제들을 실제적으로, 아주 명료하게 입증해준 사례라고 할 수 있어요. 세미나를 시작하면서 바지크가 이런 말을 했던 게 기억나네요. 먼저 여러분에게 어떤 작가에 대해 말씀드릴까 합니다. 지금까지는 별로 알려지지 않았지만, 머지않아 프루스트, 조이스와 함께 20세기 문학의 3대 거장의 하나로 불리기에 손색이 없는 작가입니다. 세미나에 참석했던 우리는 프루스트와 조이스는 잘 알고 있었죠. 하지만 카프카? 같은 음이 반복되는 이상한 이름을 가진 이가 대체 누구인지 모두들 의아해했어요. 그 무렵, 카프카의 '전집' 중 처음 세 권은 이미 출판되어 있었어요. 그래서 세미나를 들었던 학생들은 대부분 호기심이 발동해서 당장 『변신』을 읽기 시작했습니다. 그 책을 처음 읽었을 때 받았던 오묘한 인상이 지금도 선하네요. 이 세상 어떤 작가도 그와 같은 느낌을 주지 못했고, 또 앞으로도 마찬가지일 거라고 생각합니다. 적어도 나는 그렇게 생각합니다.

하지만 1938년 말에서 1939년 초반까지 내가 밝혀내려고 한 건 카프카의 텍스트에 담긴 의미가 아니었어요. 내가 원한 건 전혀 다른 것, 즉 그의 삶에 얽힌 어떤 자료였습니다. 그것만 찾아낸다면 내가 세운 가설(발견)—물론 난 확신이 있었죠—을 분명하게 입증해낼 수 있었으니까요. 흔히 대학생들이 확실한 방법이라고 하는 것, 그러니까 자료를 통해 사실을 증명하는 과정이 필요했던 거죠. 우연히 카프카의 삶에 관한 흥미로운 자료를 발견했는데, 그게 사실인지 확인하고 싶었어요. 그래서 난 오스카르 브라움이나 야누흐* 그리고 가능하다면 막스 브로트**도 만나 인터뷰해보기로 마음먹었죠. 고민 끝에 프라하로 가기로 했지만, 하필이면 그때 나치 침공이 터지는 바람에 모든 게 수포로 돌아가고 말았어요. 1909년부터 1910년 사이에 카프카와 자주 만났던 사람을 찾아서 내 가설을 증명하려던 계획은 이제 불가능해지고 만 겁니다. 그때 오스카르 브라움이 프라하를 떠나 바르샤바로 이주했다는 소문이 들려오더군요. 내가 1939년 여름휴가를 바르샤바에서 보내기로 마음먹었던 것도 다 그 때문입니다. 내 삶에

---

* 카프카와의 우정으로 잘 알려진 시인이자 음악가(1903~1968). 카프카와 나눈 교류를 바탕으로 『카프카와의 대화』라는 책을 펴냈다.

** 체코 출신의 이스라엘 작가(1884~1968). 카프카와 절친한 친구로, 자신의 유고를 모두 불태워달라는 카프카의 부탁에도 불구하고 카프카가 죽은 뒤 그의 작품을 출간했다.

서 카프카와 나치 군대가 다시 한 번 부딪히게 된 셈이죠. 폴란드에 가서 열흘 동안 브라움의 행방을 수소문해보았지만 도무지 찾을 수가 없었습니다. (게다가 그는 앞을 못 보는 장님이었어요.) 그러다 전쟁이 터지고 만 겁니다. 급하게 서두르는 바람에 부에노스아이레스 항구에 내릴 때 내 가방에는 그동안의 연구 과정을 기록해놓은 몇 권의 노트와 카프카의 '전집' 여섯 권 외엔 아무것도 없었어요. 그건 부에노스아이레스 철학계 인사들과 갈라섰을 때 내가 기댈 수 있었던 유일한 물건이기도 했죠.

당시 시내를 돌아다니는 것 외에는 하루 종일 트레스 사르헨토스 호텔 방에 틀어박혀 작업을 했어요. 내가 생각해도 정말로 대단한 발견이었으니까 말입니다. 히틀러의 군대가 유럽 전역을 휩쓸고 지나가던 1940년 여름, 드디어 글을 쓰기 시작했어요. 나치즘과 프란츠 카프카의 관계에 관한 내 생각의 소유권을 하루라도 빨리 확보하려는 계산에서였죠. 일단 영어로 글을 쓰고, 탈카우아노가(街)에 사는 어떤 여자아이한테 번역을 맡겼어요. 그 애는 영어나 폴란드 말은 몰랐지만, 스페인어는 아주 잘하더군요. 그래서 그런지 번역은 아주 훌륭했어요. 결국 그 글은 폴란드 대사관에서 일하는 참사관의 소개로 1940년 2월 21일 자 〈라프렌사〉 일요판에 실리게 됐죠. 당시 폴란드가 나치에 의해 자행되던 홀로코스트의 상징처럼 되어버린 덕에 쉽게 논문을 싣긴 했지만 전혀 주목받지 못했어요. 글을 쓰는 동안에는 그래도 괜찮았어요. 그런데 글을 넘기고 나니까 내 처지가 왜 이리도 처량하고 허무하게만 느껴지던지요. 내 글이 나오던 날 밤, 아니 새벽이죠, 나는 절망의 구렁텅이 속으로 점점 깊이 빠져들고 있었습니다. 이럴 바엔 밤을 새우다가 일찌감치 신문이나 사는 게 낫겠다 싶더라고요. 그래서 무작정 집을 나서서 길을 걷는데 새벽부터 날씨가 어찌나 찌던지, 결국엔 5월 대로에 있는 바에 앉아서 신문이 나오길 기다렸죠. 그때 내 마음속에 짙게 드리워져 있던 절망의 그림자 속으로 한 줄기 빛이 희미하게 비치기 시작했어요. 신문에 난 자기 글을 한시라도 빨리 보고 싶어 안달이 난 청년 작가처럼 마음이 설레더군요. 앞으로도 배울 게 참 많다는 생각이 들었어요. 사실 단번에 내 삶의 의미를 깨닫고, 내가 뭘 추구하고 있는지, 그리고 어디로 가야 하는지를 알려면 근본적인 경험이 필요한데, 아직 그런 경지에 다다르진 못했으니까요.

이제 두 시간 후면 모든 게 분명하게 드러날 예정이었지만, 그때까진 아무것도 모르고 있었어요. 새벽 세시, 난 토르토니 바에서 커피를 마시고 담배를 피우면서 시간을 때우고 있었죠. 그러던 중, 역설적인 생각이 떠오르더군요. '이제 조금만 더 있으면 내가 쓴 글을 보게 될 것이다. 진정한 의미에서 내가 쓴 첫번째 글을 보게 될 것이다.' 사실 내 이력서에 굴러다니는 저술 목록이라고 해야 모두 남의 글을 해석하고 비평한 것일 뿐이고, 진짜 철학자라도 된 양 설익은 지식을 겁없이 남발한 씁쓸한 글(만일 내가 박사학위 논문을 완성했더라도, 크게 다르지 않았을 겁니다)뿐이니까 말입니다. 하지만 이 글은 달랐어요. 무엇보다도 내 생각을, 그리고 누구의 도움도 받지 않고 혼자 힘으로 발견해낸 것을 쓴 글이니까 말예요. 한마디로 나만의 독창적인 글이라고 할 수 있었죠. 그런데 바로 여기서 역설(그러니까 첫번째 역설인 셈이죠)이 나타난 겁니다. 문제는 신문에 내 글이 나온다 해도 내가 스페인어를 모르는 이상 그걸 읽을 수가 없다는 거였죠. 그 순간, 타르뎁스키가 내게 말했다, 이것도 내가 처한 상황을 분명하게 드러내주는 메타포일 거라는 생각이 들더군요. 그로부터 몇 분이 흐르고, 또 몇 시간이 흐른 뒤 결국 신문이 나오더군요. 한 부 사서 보니까, 나치 군대가 진격을 거듭하고 있다는 악몽과도 같은 제목이 머리기사에 실려 있었어요. 그 정도는 읽을 수 있었으니까요. 뒤로 넘기니 세피아색 종이에 인쇄된 일요판 부록이 있었는데, 바로 거기에 내 글이, 정작 나는 읽을 순 없었지만 그래도 분명히 내가 쓴 글이 실려 있었습니다. 「히틀러와 카프카의 엇갈린 만남 : 연구를 위한 가설—블라디미르 타르돕스키」. 새로운 메타포일까요? 아니면 또 다른 메타포일까요? 아닙니다. 아직 하나가 더 있어요. 난 팔에 신문을 낀 채 5월대로를 거쳐 강 쪽으로 걸어갔어요. 호텔에 도착했더니 내 방은 전쟁으로 쑥밭이 되어버린 유럽의 축소판이나 다름이 없었어요. 내가 나간 사이, 도둑놈들(아니면 한 명인지도 모르죠)이 들어와 내 물건을 모조리 가져가버린 겁니다. 돈과 옷가지들 그리고 가방은 물론이고 노트와 카프카 전집까지 깨끗하게 털어갔더군요. 램프 테이블 위에 놓아두었던 아버지 사진까지 가져갔더라고요. 참, 그렇게 깨끗하게 쓸어가는 도둑놈들은 처음 봤습니다.

그땐, 타르뎁스키가 말했다, 정말 나락으로 떨어지는 기분이었죠. 생소한 나라에 홀로 내버려진 것도 모자라서, 내 몸에 걸친 것(여름바지, 상의, 구두, 양말 그리고 혁대와 손수건)만 빼고 모조리 빼앗겨버렸으니 말입니다. 아! 또 있군요. 블라디미르 타르돕스키의 글이 실린 2월 21일 일요일 자 〈라프렌사〉 한 부, 그리고 주머니엔 11달러 정도 들어 있었죠. 동이 틀 무렵 난 침대에 걸터앉아 생각에 잠겼어요.

난 말하자면 완벽한 무소유의 경지에 도달했던 셈이에요. 내겐 아무것도 없었으니까요. 카프카의 인물들, 예를 들어 그레고르 잠자도 나와 비교하면 참 행복하게 보일 정도였죠. 내겐 아무것도 없었어요. 이 세상에서 가장 완벽한 무소유 상태에 낯선 이국땅, 낯선 도시의 허름한 호텔 방, 침대에 걸터앉은 나는 절대적 무의 심연 속으로 가라앉고 있었던 겁니다. 그런데 대체 내가 무엇 때문에 여기까지 오게 된 걸까요? 부에노스아이레스에 발을 디딘 이래로 내가 줄곧 생각해왔던 문제가 바로 이겁니다. 말하자면 생각의 첫번째 계열이었죠. 어떤 보이지 않는 힘이 나를 여기까지 오게 한 걸까? 대체 어떤 일들이 엮여 일이 이렇게까지 된 걸까? 과거를 돌이켜봤어요. 영국도서관에 있었던 1938년 11월 어느 날 오후. 거기서 바르샤바를 거쳐 전쟁, 마르세유, 여객선, 부에노스아이레스 그리고 트레스 사르헨토스 거리의 막다른 골목에 있는 호텔 방, 내가 걸터앉아 있는 더블베드에 이르기까지 말입니다(일요일 오후였어요). 또 다른 생각의 계열은, 말하자면 앞으로 향해 가고 있었죠. 이제 무엇을 할 것인가? 아주 위험한 질문이죠. 우선은 생각하는 것. 내가 아는 한 미쳐버리지 않기 위해선 이 방법밖에 없었으니까요. 그리고 성찰하는 것. 논리적이고 일관된 사유의 방향을 따르는 것. 다시 뒤를 향해 돌아가보았어요. 영국도서관으로. 하지만 훨씬 더 뒤로, 예컨대 청년 시절 어느 폴란드 집에서 수학자였던 친구와 조촐한 파티를 열던 모습 그리고 매력적인 여자의 귀 뒤에 숨어 있던 흉측한 사마귀에 이르기까지. 임종을 앞둔 사람들처럼, 눈앞으로 내 삶의 모든 장면들이 스쳐 지나갔어요. 나의 삶 전체, 그러니까 지나간 삶의 모든 장면들이 눈앞으로 지나가고 있었죠. 이와 동시에 난 앞으로의 삶의 모습이 어떨지 상상해보았습니다. 그리고 폐허처럼 변해버린 트레스 사르헨토스 호텔 방을 바라봤죠. 마치 폐허가 된 조국을 망연한 표정으로 바라보던 폴란드 사람들처럼 말입니다. 도처에 널린 시신과 살아남은 자의 슬픔. 창밖을 내다보니 비가 내리기 시작하더군요. 여름 태풍이 온 겁니다.

심각한 상황이었습니다. 난 침대에 걸터앉아 있었어요. 의자에 앉아 철학적인 벽난로를 응시하던 네덜란드의 데카르트처럼 말입니다. 나는 생각한다. 고로 나는 존재한다. 하지만 당시 내 수중엔 1센타보도 없었습니다. 돈 외에 내가 잃어버린 모든 물건은 비극적인 의미를, 이를테면 나의 모국어라든지, 조국 그리고 옛 친구들처럼 상징적인 성격을 띠고 있었어요. 그런데 돈은 어떨까요? 돈 한 푼 없이 대체 뭘 할 수 있겠습니까? 철학적 사유는 고사하고, 솔직히 말하자면, 존재할 수조차 없는데 말입니다. 그래서 난 그 문제에 대해서, 그러니까 존재하려면 어떻게 해야 할지에 대해 생각하기 시작했어요. (이것이 바로 두번째 계열의 생각입니다.)

그때 일어난 사건들을 모두 이야기하긴 그렇고 하니, 타르뎁스키가 내게 말했다, 일단 중요한 내용만 골라 말씀드리도록 하죠. 하여간 일요일 밤에 난 여러 가지 결론에 이르게 됐어요. 일요일 내내 비가 내리더군요. 저녁부터 새벽까지 말입니다. 다음 날, 그러니까 월요일이죠. 그날 나는 다시 폴란드 대사관에 갔어요. 태풍 때문에 갑자기 기온이 뚝 떨어졌는데, 미처 생각 못하고 얇은 옷을 입고 나가는 바람에 무척이나 떨었던 기억이 나는군요. 도스토옙스키의 소설에 나오는 인물처럼 몸이 부들부들 떨렸을 정도니까요. 너무 추워서 이가 덜덜대며 떨리는 데다 (거짓말처럼 들리겠지만, 타르뎁스키가 그날의 상황을 내게 설명해주었다. 어찌나 춥던지 다른 사람이 들을 수 있을 정도로 이가 떨리더라고요) 온몸이 꽁꽁 얼어붙어버렸죠. 그래도 꾹 참고 부에노스아이레스 주재 폴란드 대사관 건물을 향해 걸어갔어요. 그러고는 그들에게 내가 처한 딱한 상황을 설명했죠. 그랬더니 나를 향한 비난의 목소리가 점점 더 커져가는 걸 느꼈어요. 그런 사소한 일을 왜 여기 와서 말하는 거냐, 그런 개인적인 문제를 가지고 여기 와서 이러면 너무 지나친 것 아니냐, 자기들이 부에노스아이레스 철학계의 저명인사들만 모인다는 학회에도 넣어주지 않았느냐, 게다가 터무니없는 글을 써가지고 왔는데도 자기들이 〈라프렌사〉에 실을 수 있도록 힘을 써주지 않았느냐 등등이었죠. 한마디로, 내가 정말로 원하는 게 뭐냐는 겁니다. 그래서 내가 그들에게 말했죠. 외투 한 벌하고 스웨터 하나요. 그리고 혹시 남는 조끼 가지신 분 안 계세요? 말을 하는데 이가 덜덜 떨리더군요. 말을 마치자 그들은 경멸하는 눈초리로 나를 바라봤어요. 어쨌든 간에 그들은 다시 한 번 내게 관용을 베풀어주었습니다. 그들도 마음속 깊은 곳에서는 내가 불행에 빠진 우리 조국 폴란드의 진정한 대표이자 상징적 존재가 되어버렸음을 알고 있었던 거죠. 어떤 면에서 나는 외지에서 조국 폴란드의 십자가를 등에 지고 다니는 불행의 대사였던 셈이에요.

너그럽게도 그들은 내게 스웨터 한 벌을 주었습니다. 내게 약간 작긴 했지만 그래도 그게 어딥니까? 그리고 6개월 장학금 중에서 남은 두 달 치를 선불로 주었죠. 급한 김에 난 그 돈으로 먼저 옷가지를 샀어요. 그로부터 일주일 후인 1940년 3월 1일부터 부에노스아이레스에 있던 폴란드 은행의 임시직 2급 사무원으로 일하게 됐습니다. 결국 카프카의 세계 속으로 들어가게 된 겁니다. 봉급은 매우 적은 편이었죠. 한 달에 백 달러 정도? 이것저것 쓰고 나면 남는 게 전혀 없었으니까요. 더군다나 금융과 은행 업무에는 워낙 소질이 없어서(난 철학자였으니까요), 내 책상에 쌓여 있는 서류들이 뭔지 도무지 이해할 도리가 없었죠. 다행스럽게도 스페인어만 빼고 인도유럽어 계통의 언어를 잘 구사한 덕분에 유럽 담당 부서에서 일하게 되었지요. 전쟁 중이라 당시엔 은행 거래라는 게 거의 없다시피 했어요. 더군다나 유럽 계좌는 완전히 묶여 있던 상태였고요. 하는 일도 없이 빈둥거리며 시간을 보내려니까 어이없기도 하고, 부아가 치밀기도 하더군요. 그래서 난 영어-스페인어 사전과 문법책을 사서 스페인어 공부를 시작했어요. 그리고 책을 읽다가 좋은 글이 나오면 노트에 따로 적어두었죠. 반면에 내 머리에서 떠오른 생각은 그 어떤 것이라도 적지 않기로 마음을 굳혔죠. 내 개인적인 생각 따윈 아무것도 기록해두지 않을 참이었어요. 그땐 아무 생각도 하지 않았습니다. 어찌 보면 폴란드 출신 좀비였죠. 그때부터 난 낯선 언어로 일종의 일기 같은 글을 적기 시작했습니다. 은행에 있는 한가한 시간 동안에는 몰래 책을 읽기도 하고, 다른 사람들의 말을 노트에 적곤 했죠. 그러다가도 부지점장이 나타나면 얼른 서랍 속에 숨겨야 했어요. 사실 그 사람은 내가 빈둥거리는 꼴을 지독히도 싫어했거든요. 그러면서도 내가 못 미더운지 일감도 주지 않더군요. 그때 내가 처음으로 한 일은 〈라프렌사〉에 실렸던 기사에서 내가 인용했던 글을 다시 옮겨 적는 것이었습니다. 알다시피, 당시만 해도 내 마음속엔 아직 지적 소유권에 대한 본능적 욕구가 꿈틀대고 있었어요. 물론 지금은 다 사라지고 없지만 말입니다. 내가 전혀 이해할 수 없는 스페인어를 상형문자를 적듯 그대로 베껴 썼어요. 무슨 의미인지도 모른 채 세계 공용 부호인 따옴표 안에 있는 글자들만 골라 하나씩 그려나간 거죠. 이 정도면 카프카와 같은 작가가 처한 상황을 상징적으로 보여주는 모습이 아닐까요? 다시 말해, 자기 손으로 썼지만 읽을 수도, 이해할 수도 없는 글을 베끼고 있는 필경사의 이미지 말입니다. 그로부터 몇 주일이 지난 뒤, 타르뎁스키가 말했다, 난 카프카에 대한 작업을 계속하기로 마음먹었습니다. 그래서 코리엔테스가에 있는 중고책방에 가서 카프카의 전집 중 한 권을 샀는데, 잘 보니 내가 유럽에서 가져온 그 책이 분명했어요. 도둑놈이 거기에 팔아먹은 거겠죠. 내가 산 것은 제6권인 『일기와 서간문』이었어요. 나머지 다섯 권은 어떻게 됐을까요? 타르뎁스키가 쓸쓸한 표정을 지으며 말했다. 분명히 보르헤스가 사 갔을 겁니다, 내가 그에게 말했다. 맞아요, 아마 그럴 겁니다, 그가 내게 말했다.

매일 책을 읽고 쓰면서 스페인어를 배웠어요. 그렇게 5년을 보내니 신문도 제법 잘 읽을 정도가 되더라고요. 고전을 면치 못하던 아돌프 히틀러와 그의 군대는 당시 궤멸 직전에 있었습니다. 결국 1945년에 폴란드 은행은 당시 새로 연 콩코르디아 지점에 나를 보내버렸어요. 은행 입장에서는 나처럼 쓸모없는 인간을 처리할 절호의 기회였던 셈이죠.

1945년 1월, 타르뎁스키의 말이 계속되었다, 엔트레리오스 주의 이 멋진 도시에 도착했지만, 더 이상 견딜 수가 없어서 석 달 후 은행을 그만두고 말았습니다. 먹고살기 위해 낮에는 학생들을 상대로 외국어

개인교습을 하고 밤에는 소시알 클럽에서 내기 체스를 두었지요. 이곳 사람들은 매사에 돈내기 하는 걸 좋아해요. 그런데 내 체스 실력을 보더니 내기를 하지 않겠다는 거예요. 대신 신문에 체스 해설을 써달라고 부탁합디다. 지금도 계속 그 일을 하고 있는데, 보람도 있고 무엇보다 재미있어요.

이곳 콩코르디아에 와서는 빠르게 적응해갔습니다. 나에 대해 아는 사람은 아무도 없었지요. 하지만 난 예전 모습 그대로였어요. 다시 말해, 여전히 실패자였죠. 케임브리지 시절부터 뼛속 깊숙이 자리 잡고 있던 현학적인 태도도 그 과정에서 서서히 자취를 감추기 시작했어요. 우월의식을 가진, 가까운 미래에 성공하리라 확신하는 이들에게서 무의식적으로 드러나는 세상에 대한 경멸감과 혐오감 같은 것이 내 삶에서 빠져나가기 시작한 겁니다. 난 이제 별 볼일 없는 인간이다. 더 정확히 말하자면, 한때 전도유망하고 똑똑한 청년이었지만 이젠 남들과 다를 바 없는 평범한 인간일 뿐이다. 이렇게 생각했어요. 그랬더니 친구를 사귀기가 훨씬 수월해지더군요. 사실 이곳 사람들 눈에도 난 그저 한 명의 망명자일 뿐이었습니다. 다른 점이 있다면 체스를 잘 두고 여러 외국어(다른 유럽인들도 마찬가지지만)를 한다는 정도라고 할 수 있겠죠.

이와 동시에 이곳에서 난 철두철미하게 외로운 인간이 되고 말았어요. 직업도, 사회적 연줄도, 과거와 미래에 대한 희망도 없이 하루하루를 살아가는 고독한 인간의 전형이었던 셈이죠.

어느 날 저녁 클럽에서 마이에르와 철학 문제에 대해 논쟁을 했거든요. 그랬더니 나도 모르는 사이에 여러 외국어를 구사하고 체스도 잘 두는 아마추어 철학자(사실 이게 내 실제 모습이죠)라는 명성을 얻게 되더라고요. 덕분에 일자리 기회가 많아지긴 하더군요. (그래서 당장 외국어 교습을 그만두고, 알다시피 중등학교 학생들을 상대로 철학 과목을 가르치기 시작했죠. 매년 학생들이 새로 들어오는 데다, 이 동네 사람들은 외국에 나가는 횟수보다—여기 엔트레리오스만 해도 시골이다 보니 외국에 나가는 경우는 매우 드물거든요—더 자주 시험을 치러야 하기 때문에 할 만했죠.) 그때부터 생활에 다소 여유가 생겼습니다.

하여간 여러 면에서 형편이 좋아졌어요, 그가 말했다. 그건 내가 이 동네에서 철학자로 알려지면서부터 마기 교수님과 가깝게 지낼 수 있었기 때문입니다. 교수님이 이곳에 온 게 1950년대 말경이었어요. 이곳에선 다들 허물없이 터놓고 지내기 때문에 나도 자연스럽게 교수님을 알게 되었죠. 그런데 어느 날 밤에 교수님이 찾아와서 비코와 헤겔에 관해서 나와 이야기를 나누고 싶다고 하더군요. 페드로 데 앙헬리스라는 사람이 비코의 전문가일 뿐 아니라, 헤겔에 대해서도 풍부한 식견을 가지고 있어서, 이에 대해 좀 상세하게 알아야 되겠다는 게 그 이유였죠. 당시 교수님은 엔리케 오소리오의 일대기를 쓰려고 준비 중이었어요. 교수님한테 들었죠? 혼란한 시대에 태어나 파란만장한 삶을 살다 간 영웅이자 애국자 말입니다. 하여간 그분의 글을 읽다 보니까 비코와 헤겔에 관련된 철학적 문제들이 여러 차례 언급되어 있는 데다, 그가 페드로 데 앙헬리스와 동문수학한 사이였다고 하네요. 그래서 그 문제에 대해 나와 의견을 나누고 싶다는 거였어요. 이를 계기로 교수님과 아주 절친한 사이가 된 거죠.

교수님은, 타르뎁스키가 말했다, 만나자마자 내가 처한 상황을 바로 알아보시더군요. 그리고 우연과 고통으로 점철된 나의 삶과 운명에 대해 다른 사람들도 막연하게나마 안타까운 마음을 가지게 될 거라고 하셨어요. 그 짧은 시간 동안 그 모든 걸 훤히 꿰뚫어 보시더라고요. 하여간 교수님은 보통 사람들 눈에는 비극으로 보이는 것도 비꼴 수 있는 유일한 분이었죠. 그분에게는 나와 전혀 다른 점이 있었기 때문일 겁니다. 달리 말하자면 그분에게는 실패자의 모습이 전혀 드러나지 않았어요. 최소한 내가 생각하던 그런 의미에서 볼 때, 그는 결코 실패자가 아니었습니다. 교수님은 앞에 어떤 문제가 나타나더라도 확고한 신념을 가지고 임하는 그런 분이었죠. 남들처럼 개인적인 성공이나 실패의 관점에서 생각하지 않았습니다. 한번은 내게 프랑스 역사학자인 르루아 라뒤리의 책을 읽어주더군요. 아, 저기 있을 겁니다, 타르뎁스키는 자리에서 일어나 방 안쪽에 있는 책장으로 갔다. 서랍에서 고무를 입힌 검은색 노트를 꺼내, 그걸 훑어보면서 원래 자리로 되돌아왔다. 그러고는 테 없는 둥근 돋보기를 쓰고 그 노트를 읽기 시작했다. 역사의 관점에서 개인적인 삶의 실현을 사유할 수 있는 능력, 타르뎁스키는 그 노트에 적혀 있는 르루아 라뒤리의 인용문을 읽어주었다, 그런 능력은 프랑스 대혁명에 참여했던 사람들에게는 너무나도 당연한 것이었다. 마치 오늘날 40대에 접어든 사람이 자신의 삶을 젊은 시절에 품었던 꿈이 좌절되는 과정으로 생각하는 것이 당연한 것처럼 말이다. 마르셀로 교수님은, 그가 말했다, 자신이 역사적 시선이라고 부르는 것의 의미가 바로 이 한 문장에 압축되어 있다고 봤어요. 오늘날 철학자의 모습은 실패자에게서 발견할 수 있다는 예의 내 견해를 밝혔더니, 그건 합리화일 뿐이라고 그가 비웃더군요. 혼자서는 언제나 실패할 수밖에 없어요, 마기 교수님이 내게 한 말이죠, 타르뎁스키가 말했다. 우리가 관심을 가져야 할 유일한 문제는, 그가 말하더군요, 그러한 개인적 실패가 대체 무슨 의미가 있으며, 또 무슨 역할을 하느냐 하는 겁니다. 역사적인 효용성의 관점에서 문제를 제기할 경우, 당신은 분명 그 문제의 의미를 이해하기 어려울 겁니다, 그가 말했어요. 그러니까 당신은 역사를 잘못 이해하고 있는 거예요, 교수님이 그렇게 말하더군요, 타르뎁스키가 내게 말했다, 이런 말을 해서 미안합니다만, 지금까지 당신은 개인적 유토피아에 이끌려온 겁니다. 당신이 고독과 실패 속에서, 그리고 모든 사회적 인연을 끊어버림으로써 얻고자 했던 명징한 의식 상태는 로빈슨 크루소가 꿈꿨던 유토피아를 당신이 개인적으로 왜곡한 것에 불과한 겁니다. 당신이 찾는 명징한 의식 상태는 그런 곳에 존재하지 않아요, 교수님이 그러더군요. 명징한 의식에 도달하려면 역사의 관점에서 생각하는 것 외엔 달리 방법이 없습니다. 교수님이 생각하기엔, 우리가 조금 전에 말했던 '낯설게 하기'를 현실적으로 가능하게 만드는 건 오로지 역사밖엔 없었던 거죠. 우리가 현재의 역사적 의미를 제대로 인식하지 못한다면, 마지막 날 밤에 교수님이 내게 했던 말이에요, 현재를, 그리고 지금 이 순간의 공포를 어떻게 견딜 수 있단 말입니까? 내가 하고자 하는 말은, 그날 밤 그가 내게 말했습니다, 앞으로 어떻게 될지, 어떻게 변화할지 안다면 현재를 견뎌낼 수 있다는 겁니다. 굳이 이름을 붙인다면, 그건 교수님이 택한 계열의 생각이라고 할 수 있겠죠. 어찌 보면 교수님과 난 서로 상반된 존재이면서, 동시에 하나로 결합된 존재였어요. 내가 회의주의자로서 역사의 외부에서 살아가고 있다면, 그는 원칙의 인간으로서 모든 것을 오로지 역사의 관점에서만 사유했습니다. 또 다른 대립물의 통일이 출현한 셈이지요.

바로 그런 이유로, 타르뎁스키가 말했다, 일요일 날 트레스 사르헨토스 거리의 호텔 방에서 내가 깨달은 바를 마기 교수님에게 이야기하기로 마음먹었죠. 모든 걸 빼앗기고 쓸쓸한 호텔 방에 홀로 남은 와중에, 교수님에게 그날 이야기를 했어요, 내 주변에서 벌어진 사건의 진정한 의미를 불현듯 깨닫게 된 겁니다. 밖에는 비가 내리고 있었고, 침대에 걸터앉은 난 뭔가를 골똘히 생각하기 시작했어요, 교수님께 그렇게 말했습니다. 그러자 내 눈앞에 모든 것이 선명하게 드러나기 시작한 겁니다. 대체 무엇 때문에 내가 여기까지 오게 된 걸까? 당시 난 절대적인 무소유 상태에 놓여 있었습니다. 망명자 신분에 그나마 조국은 세계지도에서 사라질 위기에 처해 있었고, 돈도, 언어도 그리고 미래의 희망과 친구도, 하물며 다음 날 입을 옷조차도 없는 처량한 신세였죠. 그런데 왜 그런 지경에까지 이르게 된 걸까요? 이 질문에 대한 해답은 내 옆에 있던 〈라프렌사〉 속에 있었어요. 의외로 가까운 곳에 비밀이 숨어 있었던 겁니다, 교수님에게 그렇게 말했죠. 그 신문에 읽을 순 없지만 분명 내가, 타르돕스키라는 이름의 폴란드인이 쓴 글이 있었기 때문입니다. 난 그 글을 쓰면서 나름대로 논제를 세우려고 했던 겁니다. 누구 말마따나 발견에 대한 소유권을 글 속에 확실하게 심어놓으려고 했던 거죠. 그러니까 최근까지 마음속으로 곪어지고 있던 멍에를, 달리 말하자면 대학에서 공부할 때부터 나를 옭아맸던 멍에를 그 글 속까지 끌고 온 거예요. 사실 내가 굳이 그 글을 썼던 이유는 그 생각에 대해서, 내 힘으로 찾아낸 발견에 대해서 우선권을 확보하려고 했기 때문입니다. 만에 하나 다른 사람이 나와 똑같은 생각을 했다고 가정해봅시다. 그러면 내가 시간상으로 앞섰다는 사실을 입증할 수 있을 것이고, 그의 주장은 당연히 내 것이 되는 셈이죠. 다시 말해 내가 발견한 것을 나중에 다른 사람이 반복한 게 되는 겁니다. 잘 아시겠지만, 이미 도난 사건을 경험했으니 앞으로 그런 일에 대비하기 위해서라도 조심을 해야죠 등등의 이야기를 교수님에게 했어요. 그럼 그 글을 통해서 내가 뭘 하고자 했던 것일까요? 내가 개인적으로 발견한 사실을 기초로 책을 쓰겠다는 거였죠. 그래서 중심적인 가설을 기록해두었지만, 전에 말씀드렸다시피 복잡한 유럽 정세와 불시에 내린 망명 결정 때문에 지금은 연구의 결론을 내리지도, 자료 조사를 끝마치지도 못한 상태예요. 하지만 어쨌든 간에 그건 내가 발견한 것이고, 또 신문에도 실렸으니 내 것인 건 분명합니다. 그런데 생각해보면 세상에 이런 우스꽝스러운 일도 없을 거예요. 세계대전이 한창일 무렵, 미래에 쓸 책의 지적 소유권을 미리 확보해두려고 영어에서 번역한 그 글을 〈라프렌사〉에 실었다, 이겁니다. 하지만 그 응답으로 돌아온 게 뭡니까? 바로 호텔 방 도난 사건이었어요. 얼마나 멋진 교훈입니까? 난 학자인 양 거드름을 피우고 살았죠. 그런데 학자이긴 하지만 연구할 학교가 없고, 학생이긴 하지만 다닐 대학이 없고, 폴란드인이긴 하지만 폴란드라는 나라가 사라지고, 그리고 작가이긴 하지만 사용할 언어가 없는 상황. 내 처지를 이보다 더 명료하게 표현할 수 있을까요? 그럼에도 소유권에 대한 본능적 집착을 떨쳐버리기는 어려웠습니다. 대학교라는 곳에 사상은 거의 존재하지 않습니다. (어디를 봐도 마찬가지예요. 단 예외적으로 비트겐슈타인은 평생 두 가지 사상을 가지고 있었습니다.) 하지만 사람들은 자기가 생각하고 있는 그것이 바로 사상이라고 믿어버리죠. 사상이라고 할 만한 것도 드문데, 하물며 독창적인 생각이나 가설 같은 것은 거의 없다고 봐야죠. (학문적) 도둑질은 유럽의 대학을 어슬렁거리는 유령과도 같은 존재입니다. (유럽만 그런 것은 아닐 겁니다.) 그럼 간단히 말씀드리죠. 그 생각, 내가 (모든 의미에서) 비싼 대가를 치르고 발견한 사실이 과연 내 것이라고 할 수 있을까요? 내가 그 사실을 우연한 계기로 발견했다면, 공교롭게도 두 가지 사건이 겹치면서 생긴 우연이라면, 그건 내 것이라고 할 수 없습니다. 사실 이 모든 건 영국도서관에 있는 도서목록 카드의 실수에서부터 빚어진 일이니까요. 타르뎁스키, 당신과 나는, 그때 교수님이 내게 말했어요, 영국도서관에서 엇갈린 겁니다, 물론 비유적인 의미에서 그렇다는 겁니다. 당신은 영국도서관에서 오는 길이고, 반면에 난 영국도서관으로 가는 길인 셈이죠. 난 교수님이 무슨 말을 하려는지 잘 알고 있었어요, 타르뎁스키가 내게 말했다. 난 바로 거기에서, 책의 세계를 떠나 이곳으로 온 겁니다. 나를 철학의 세계에서, 케임브리지에서 끄집어내서 바르샤바로 가게 한 것도, 또 거기서 마르세유를 통해 트레스 사르헨토스 호텔로, 그리고 거기서 다시 엔트레리오스 주 콩코르디아로 데려온 것도 다 우연의 소산이었던 거죠. 한편 교수님은 영국도서관에서 연구하면서 시간을 보낸 이 철학자*에 대해 갈수록 깊은 관심을 가지게 됐어요. 결국 그는 그곳으로 떠났고, 나는 거기에서 여기로 온 거죠. 이것도 일종의 엇갈린 만남인데, 상당히 상징적인 만남이에요. 더 구체적으로 말해서, 타르텝스키가 내게 말했다, 내가 영국도서관에서 왔다는 게 무슨 말인지, 어떤 의미에서 내가 거기서 왔다고 하는 건지, 그리고 1938년 오후에 내가 발견한 것이 무엇인지를 설명하는 게 좋겠군요.

당시 난 논문에 쓸 책을 검토하느라 거의 매일 도서관을 드나들었어요. 그날은 그리스의 소피스트 철학자인 히피아스의 글을 편집한 책을 빌리러 갔는데, 대출 신청을 했더니 그리스 철학자의 책 대신에 아돌프 히틀러의 『나의 투쟁』 비평판을 내어주더군요. 도서목록 카드의 분류가 잘못된 탓이었죠. 하여간 그때까지 난, 타르텝스키의 말이 계속되었다, 그 책을 읽지 않았어요. 일 잘 하던 창백한 얼굴의 영국 도서관 사서뿐 아니라 나 자신도 화들짝 놀라게 만든 그 실수만 없었더라도 그 책을 읽을 생각조차 하지 않았을 겁니다.

도서목록 카드의 순서가 뒤바뀌는 바람에 빚어진 1938년의 그 사건 덕분에 당신과 내가 여기서 이렇게 대화를 나눌 수 있게 된 겁니다. 그리고 내가 콩코르디아로 와서 마기 교수님을 만날 수 있었던 것도 알고 보면 다 그 작은 실수 때문이죠. 거기에 너무 과도한 의미를 부여해선 곤란하겠지만 말입니다. 포도주가 더 남아 있는데, 그가 내게 물었다, 더 마시겠습니까? 좋죠, 내가 그에게 대답했다.

---

* 비트겐슈타인을 가리킨다.

타르뎁스키는 전적으로 우연에 의해 빚어진 그 사건만 없었더라도 히틀러 책은 읽을 생각조차 하지 않았을 것이고, 또 반파시즘 신념이 뚜렷한 독일 역사학자가 주석을 단 그 책이 이 세상에 있는지조차 몰랐을 것이라고 말했다. 그날 오후 내내 그는 우연에 대해 생각했다고 한다. 영국도서관의 HI 계열 목록 카드가 뒤바뀐 것이 우연일지라도 (사서는 이런 일은 도서관 역사상 처음 있는 일이라고 몸을 부르르 떨 정도였다), 혹은 (결국은 그게 그 얘기지만) 신분을 위장한 나치가 도서목록 카드를 그런 식으로 뒤섞어놓았다 하더라도, (철저한 논리실증주의자일 뿐만 아니라) 미신을 곧잘 믿던 타르뎁스키라면 눈앞에서 벌어진 그 사건 속에서, 그의 말을 그대로 옮기자면 신의 부름을, 운명의 징후를 읽어냈을 것이다. 설사 내가 그것을 분명하게 인식하지 못했다 해도, 그가 말했다, 그날 오후엔 보이지 않는 힘이 이끄는 대로 따라갔을 겁니다. 그리스 소피스트들의 글을 읽고 논문을 정리하는 지루한 일 따윈 하루 정도 미뤄도 큰 문제가 없었으니까 말입니다. 결국, 타르뎁스키가 말했다, 그날 나는 영국도서관에서 밤늦게까지 괴상한 망상과 환각으로 가득한 히틀러의 자전적 독백을 읽었습니다. 그 책은 히틀러가 쿠데타 실패 후 6개월 형을 언도받고 란트스베르크 성에서 속죄하던(그들 말에 따르면요) 중에 썼다고, 아니 정확히 말하면 불러줘서 썼다고 하죠. 그런데 책을 읽으면서 『나의 투쟁』은 데카르트의 『방법서설』을 완전히 거꾸로 뒤집어놓은 작품이거나, 일종의 위작(僞作) 속편일 수도 있다는 생각이 들더군요. 다시 말해서 『나의 투쟁』은 미치광이이자 과대망상증 환자일 뿐만 아니라, 르네 데카르트의 논리적 전제를 완전히 (그리고 논리적으로) 전도시킨 가설 위에서 (데카르트도 미치광이이자 과대망상증 환자였으니까요) 이성과 사유의 힘을 이용하여 굳건한 사상 체계를 건설한 자가 쓴 『방법서설』로 볼 수도 있다는 겁니다. 그러니까, 타르뎁스키가 말했다, 의심은 존재하지 않는다, 아니 존재해서도 안 되고 존재할 권리도 없다, 그리고 의심은 사유의 취약성을 보여주는 증거이지 사유의 엄밀함에 필요한 조건은 아니라는 가설 말입니다. 『방법서설』과 『나의 투쟁』 사이에는 어떤 관계가, 아니 어떤 연속성(그날 오후 그 책을 읽으면서 제일 먼저 떠오른 생각이 바로 이 연속성이라는 문제였죠)이 존재하고 있는 걸까요? 사실 이 두 책은 다소간 환각상태에 빠져 있던 두 사람의 독백에 다름 아닙니다. 이들은 이전의 모든 진리를 단호하게 부정하고, 어떤 자리에서, 그리고 어떤 입장에서 전체적으로 통일성이 있으면서도 철학적으로도 완전무결한 체계를 수립할 수 있는가(혹은 수립해야 하는가)라는 문제를 집요하게 증명하려고 한 사람들이었죠. 난 이 두 책이, 타르뎁스키가 말했다, 실제로는 한 책이라고 판단했어요. 역사의 발전을 통해서 그들의 사상이 서로 보완될 수 있도록 충분한 시간적 거리를 두고 쓰인 한 책의 두 부분이라고 말입니다. (그날 도서관에서 밤늦게까지 생각해본 건데) 혹시 그 책을 데카르트로부터 시작된 합리적 주관주의의 발전 과정에 있어서 최종적 변화 단계로 볼 수는 없을까요? 난 그렇다고 생각합니다. 그날 밤에도 그랬고, 지금도 마찬가지예요, 타르뎁스키가 말했다. 하지만 난 『이성의 파괴』에서 루카치가 제시한 테제에는 절대로 동의할 수 없습니다. 루카치가 볼 때, 『나의 투쟁』과 나치즘은 니체와 쇼펜하우어로부터 시작된 독일 철학의 비합리주의적 경향이 현실로 나타난 것일 뿐이니까요. 하지만 내 생각으론, 타르뎁스키가 말했다, 『나의 투쟁』은 서구 부르주아의 이성이 일관된 방향으로, 극단적인 한계까지 발전한 결과입니다. 뒤집어 말하자면, 타르뎁스키가 내게 말했다, 서구 부르주아의 이성은 『나의 투쟁』에서 성공적으로 완성됐다고 볼 수 있죠. 그 책을 통해서 부르주아 이성이 현실화된 것입니다. 그건 실천비판으로서의 철학이에요. 영국도서관에서 산업혁명 당시 영국의 정직한 공장 감독관들이 남긴 세심한 보고서를 연구하던 또 다른 독일 철학자*가 말한 것처럼, 그건 철학이 아니라, 실천비판으로서의 또 다른 철학이죠. 내가 케임브리지에서 공부하던 것과는 다릅니다.

만약 철학이 늘 자신을 현실화할 방법만을 모색해왔다면, 타르뎁스키가 말했다, 하이데거가 총통에게서 독일 이성의 구체적인 형상을 발견했다고 해서 이상할 게 뭐 있습니까? 난 지금 도덕적인 판단을 이야기하는 게 아닙니다, 타르뎁스키가 말했다. 중요한 것은 논리적 판단의 문제죠. (내가 책을 읽는 내내 계속 생각했던 것처럼) 만일 유럽의 이성이 이 책을 통해서 현실화된 것이라면, 지금 현존하는 최고의 철학자, 그러니까 서구 철학계의 최고 지성이라고 여겨지는 그가 그것을 즉시 간파했다고 해서 이상할 게 뭐 있습니까? 결국 오스트리아의 우두머리와 프라이부르크 출신의 철학자(아스트라다가 말한 것처럼 그 옆집에 살고 있는 존재와 함께 말입니다)는 네덜란드로 가서 근대 철학의 확실한 토대를 세우기 위해 벽난로 앞에 앉아 불꽃을 응시하던 프랑스 철학자의 직계 후손이자 적자인 셈이죠. 벽난로 앞에

---

* 칼 마르크스를 가리킨다.

앉아 있는 철학자, 타르뎁스키가 말했다. 그것이야말로 근대 철학의 가장 기본적인 상황이 아닐까요? (잘 알겠지만, 소크라테스는, 그가 덧붙여 말했다, 거리와 광장을 산책하곤 했죠.) 바로 거기에 근대 세계의 비극이 압축되어 있는 건 아닐까요? 모든 의심에서 벗어난 철학자가 스스로 궁극적인 진리의 담지자가 됐음을 확신한 뒤, 그가 한 일이 의자에서 일어나 불붙은 장작을 집어 들고 이성의 불꽃으로 전 세계를 태워버리는 것이었다면, 그가 말했다, 그건 지극히 논리적인 결과죠. 그 사건은 그로부터 4백 년 후에야 일어났지만, 그래도 거기엔 논리적인 필연성이 존재합니다. 만일 내가 그 철학자처럼 계속 자리에 앉아 있었다면, 어떻게 됐을까요? 잘 알다시피 오랜 시간 동안 계속 앉아 있는 게 가장 어려운 일이죠, 말을 마친 뒤 자리에서 일어난 타르뎁스키는 방 안을 서성거리기 시작했다.

그런데도 네덜란드의 그 사람은 자리에 앉은 채, 방 안을 서성거리던 타르뎁스키가 말했다, 내 기억으론 암스테르담이었을 겁니다. 하여간 그는 자리에서 꼼짝도 않은 채 그 독백을 써내려갔어요. 그가 갑자기 걸음을 멈췄다. 혹시 발레리가, 그가 다시 걸음을 옮기며 내게 물었다, 『방법서설』이야말로 최초의 근대소설이라고 했던 말을 기억하세요? 『방법서설』은 열정의 이야기 대신에 사상의 이야기를 늘어놓은 독백이기 때문에 최초의 근대소설이다, 발레리가 한 말입니다, 타르뎁스키가 내게 말했다. 생각해볼 만한 말이죠? 그렇게 본다면, 데카르트는 탐정소설을 쓴 것이라고 할 수도 있을 겁니다. 어떻게 탐정이 밖에도 나가지 않고 벽난로 앞에서 꼼짝도 않은 채, 오로지 자신의 이성의 힘만으로 거짓 단서를 무시하고 의심스러운 것을 하나씩 찾아

내 모두 없애버린 뒤 마침내 범인을, 그러니까 '코기토'를 찾아낼 수 있겠습니까? 코기토는 살인자예요, 이 문제만은 분명합니다, 타르뎁스키가 내 앞에 멈추어 섰다. 괜찮지 않아요? 아! 발레리의 생각 말입니다. 예, 내가 그에게 대답했다, 그럴듯하군요. 비슷한 시기에, 내가 그에게 말했다, 브레히트는 정리(定理)만큼 멋진 것도 없다고 했어요. 브레히트는 괴델의 정리가, 내가 타르뎁스키에게 말했다, 보들레르의 아름다운 소네트보다 훨씬 더 멋지다고 했죠. 타르뎁스키는 다시 방 안을 이리저리 서성거리기 시작했다. 열렬히 사랑하는 연인들도 근엄한 학자들도, 그가 걸으면서 암송했다, 원숙한 나이에 접어들면, 모두들 강하면서도 조용한 고양이를 사랑하게 된다. 이것도 괜찮죠, 그가 말했다, 샤를 보들레르의 소네트예요.

만약 앞서 말했듯이 『방법서설』이 최초의 근대소설이라면, 『나의 투쟁』은 당신의 표현을 빌리면 그것의 패러디겠죠, 타르뎁스키가 자리에 앉으며 말했다. 독일인의 독백이 프랑스인의 독백에서 시작된 체계를 종결시킨 셈입니다. 히틀러의 이야기는 데카르트에 의해 시작된 담론 형식이 어떻게 정전화(正典化)되고 규범화되어갔는지, 또 어떻게 쇠퇴해갔는지를 잘 보여주고 있어요. 그런 면에서 『나의 투쟁』을 데카르트의 패러디로 볼 수 있다는 겁니다.

그러니까, 그가 말했다, 발레리의 생각을 잠시 접어둔다면 우린 이런 결론, 즉 『방법서설』과 『나의 투쟁』의 관계는 『마담 보바리』와 『피네건의 밤샘』의 관계와 같다는 결론에 이르게 되는 겁니다. 우린 낭만적인 꿈으로부터 지옥과도 같은 경야(經夜)의 세계에 이르게 된 거죠. 마담 보바리는 나다*(풀어서 말하자면, 난 그 프랑스 부인, 즉 이성이 꾸는 낭만적인 꿈이다). 반면 유대인들은 솀과 숀 쌍둥이**다(달리 말하자면, 이성의 빛나는 담론은 한밤중 희생자들의 입에서 흘러나오는 희미한 소리에 의해 찢기고 말았다).

끔찍한 경야에 깨어 있는 이는 아무도 없었습니다. 모두들 죽어 있었죠, 타르뎁스키가 말했다. 그럼 아나 리비아 플루라벨***은요? 내가 그에게 물었다. 아나 리비아 플루라벨은 에바 브라운****이죠. 아니, 에바 브라운으로 환생한 마담 보바리라고 하는 게 더 좋겠군요(게다가 두 사람 모두 비소를 먹고 자살했어요). 무슨 뜻인지 몰라서 몰리*****가 떠돌이 유대인 블룸에게 물어본 게 '메템프시코시스(metempsychosis)'******란 단어였던가요? 그리고, 타르뎁스키가 말했다, 에바 브라운은 마약에 취한 아나 리비아 플루라벨이라고 할 수도 있겠죠. 하지만, 타르뎁스키가 말했다, 처음부터 『나의 투쟁』을 소설로 읽을 수 있다는 가설을 제시하려고 했던 건 아닙니다.

1938년 그날 오후, 영국도서관에서 밤늦게까지 책을 읽으면서 내가 생각했던 건 그게 아니었어요. 다시 자리에서 일어난 타르뎁스키는 벽에 기대고 섰다. 어렴풋하게 기억은 나지만 정확히 누구인지 알아내지 못한 그 사람의 사진이 그의 머리 위에 걸려 있었다. 『나의 투

---

* 플로베르가 한 말이다.

** 솀과 숀은 제임스 조이스의 『피네건의 밤샘』에 나오는 인물들이다. 방랑을 계속하는 예술가의 전형인 문사 솀과 숀은 쌍둥이 형제이면서도 적대적인 관계다.

*** 『피네건의 밤샘』에 나오는 인물로, '강물-여인' 혹은 '물의 언어'로 드러나고 있다.

**** 히틀러의 오랜 연인. 패전 직전 히틀러와 결혼하고 함께 자살했다.

***** 『율리시스』에 나오는 인물로, 주인공인 레오폴드 블룸의 아내이다.

****** '윤회' 혹은 '환생'이란 의미이다.

쟁』을 읽는 동안, 그가 말했다, 내가 그 책에서 발견한 것은—전에도 말했던 것처럼—실천비판과 정점에 이른 유럽 합리주의였어요. 그건 내게 철학의 종말이 시작되었음을 의미하는 것이었죠. 그걸 깨닫는데 그토록 오랜 시간이 걸렸던 겁니다. 하여간 내가 볼 때 그날 밤에 케임브리지에서 가르치던 그런 철학은 이제 영원히 종말을 고하고 만 겁니다. 그래서 저들의 공범자가 되느니 차라리 실패자로 남는 편이 더 낫겠다는 판단을 내렸죠. 마이에르 기억나세요? 난 아무 짓도 안 했어요, 자신을 짓누르던 후회로부터 벗어나려고 몸부림칠 때마다 그가 하던 말입니다. 난 아무도 죽이지 않았어요, 히틀러 치하에도 난 도서관 구석에서 생물학 책이나 정리하면서 보냈을 뿐이라고요. 마이에르처럼 나도 도서관에 묻혀 지냈죠. 어두컴컴한 도서관에서 반평생을 보냈는데, 또 어딜 가겠어요? 그런데 우연이 날 도왔는지, 늦었지만 확실하게 모든 걸 깨닫기 시작했습니다. 이게 진정한 철학의 모습이구나, 그때 생각했죠. 드디어 내가 이 경지에까지 도달한 거구나, 그건 **코기토**나 마찬가지였어요. 네덜란드에 있던 벽난로 앞에서 데카르트가 품고 있던 지옥의 달걀이 그렇게까지 성장했음을 알게 된 거예요. 결국 **그** 이성이 꾸던 꿈이 괴물을 낳고 만 겁니다. 근본적으로 나는 합리주의자입니다. 이성의 존재를 확신하니까요. 그러니 그 당시 유행처럼 번지던 비합리주의에 동참했다고 오해하진 마세요. 하지만 바로 **그** 이성 때문에 우린 모두 『나의 투쟁』 속으로 빨려 들어가고 만 겁니다. 그 때문에 하이데거가, 내 생각엔 그렇습니다, 1933년 7월 그 〈민족관찰자〉*에서 이렇게 말할 수 있었던 거죠. "어떤 가정도, 어떤 사상도 존재의 척도는 아니다. 오직 총통의 존재만이 현재와 미래

독일의 유일한 이성이고 유일한 법이다." 그는 『나의 투쟁』을 읽고 그 깊은 의미를 이해하고 있었던 것이 분명해요. "지금부터는 진리가 이것이냐 저것이냐를 놓고 논쟁해서는 안 된다. 그보다는 국가사회주의 운동의 의미를 따를 것이냐 아니냐를 놓고 논의해야 할 때다." 1933년의 일입니다. 히틀러 안에 존재하는 하이데거. 하긴 나도 소크라테스 이전 철학자들 속에 나타난 하이데거의 철학에 대해 논문을 썼으니까요. 내가 도서관에서 현명한 고대 소피스트 철학자의 책을 신청했을 때, 그것 대신 히틀러의 『나의 투쟁』을 받았다는 사실 자체가 철학적 계시, 아니면 비유적 교환 같은 것이 아니었을까요? 만약 이런 경우 하이데거라면 어땠을까요? 우연이 도울 필요도 없이, 파르메니데스(아니면 히피아스든지, 마찬가지긴 하지만 말입니다)가 히틀러로 바뀌었을 겁니다. 그런 경우는 터무니없다거나 특별히 놀랄 만한 일은 아니죠. 그러니까, 거기엔 도덕적 오류는 없는 셈이에요. 아주 논리적인 결정이니까 말입니다. 아마 하이데거는 『나의 투쟁』을 읽고 난 뒤 프라이부르크에 있는 집—아스트라다가 찍은 사진의 옆집이죠—벽난로 앞에 앉아 생각하기 시작했을 겁니다. 『존재와 시간』. 존재가 총통으로 현현(顯現)하려면 시간이 필요하겠죠. 그게 그날 오후, 영국도서관에 앉아 내가 생각했던 전부입니다. 하여간 내가 볼 때 철학은 드디어 종말을 고하기 시작한 겁니다. 도서목록 카드에 기재된 HI 계열의 순서. 잘 알겠지만, 도서목록 카드가 뒤바뀐 것만으로도 충분했던 거죠. Hi, hi, 난 입으로 날카로운 소리를 냈죠. 방 안에 들

* 1920년부터 발행된 국가사회주의 독일 노동당의 기관지이다.

어온 벌레를 쫓아낼 때처럼 계속해서 hi, hi 소리를 냈어요. 겁에 질린 나는 연신 hi, hi 소리를 냈어요.

그리하여 난 오늘 당신과 멋진 대화를 나눌 수 있도록 이곳 콩코르디아로, 바로 이 집으로 향하는 여행을 준비하기 시작했던 겁니다. 영문도 모른 채 말입니다. 만약에 내가 신청했던 대로 히피아스의 책을 받았더라면 어떻게 됐을까요? 그처럼 기이한 우연이 끼어들지 않았더라면 어땠을까요? 아무런 해답도 찾을 수가 없는 질문이죠, 타르뎁스키가 말했다. 하지만 답은 간단해요. 순수한 철학적 추상화 과정을 통해서 얻을 수 있는 화려한 행복을 즐기면서 계속 소피스트 철학자인 히피아스의 글을 읽었을 것이고, 오후가 끝날 때쯤 논문 정리를 마친 뒤, 그날 아침에 영국도서관의 계단을 오르며 머릿속에 그린 나의 미래를 맹목적으로 믿으면서 케임브리지의 작은 방으로 돌아왔을 겁니다. 그리고 계속 논문을 썼을 것이고, 1939년 8월에 카프카에 관한 자료를 찾는답시고 바르샤바에서 여름휴가를 보낼 생각 따윈 전혀 하지 않았을 거예요. 하긴 그 덕분에 이곳 아르헨티나의 한구석에 정착하게 됐지만 말입니다.

그런데 지금 여기서 당신과 함께 생각하고 논의하고 싶은 건, 그가 말했다, 우연의 법칙이 아니에요. 우리 모두는 과거에 경험할 수도 있었던 여러 삶들에 대해 생각하길 좋아하죠. 그리고 살다 보면 우리는 오이디푸스가 경험한 것과 같은 중대한 갈림길(그리스 고전에 나오는 의미 그대로예요. 빈의 의사*가 얘기한 뜻은 아닙니다)과, 중요한

---

* 지크문트 프로이트를 가리킨다.

순간들과 마주치게 됩니다. 그런 생각을 할 때면, 그가 말했다, 우리 얼굴에 생기가 돌죠. 그리고 그 때문에 대가를 톡톡히 치르는 이들도 있어요. 예를 들어, 그가 말했다, 내 친구 하나는 그런 생각에 빠지는 바람에 목숨을 잃었어요. 타르뎁스키의 친구는 길거리에 서서 구두가게 안을 들여다보다 역에 20분가량 늦게 도착하는 바람에 타야 할 기차가 떠나는 것을 멍하니 지켜보아야만 했단다. 기차를 놓치는 바람에 그는 역에서 기다리던 약혼녀와의 약속에 늦고 말았어요. 화가 머리끝까지 난 약혼녀는 그의 변명은 들을 생각도 하지 않고 일방적으로 파혼을 선언해버렸죠. 그녀는 그가 자기를 사랑하지 않는다고 단정해버린 겁니다. 결국 그녀는 폴란드 군 장교와 결혼했어요. 마음의 상처를 입은 내 친구는 며칠 동안 자리에서 일어나지도 못할 정도였어요. 하루 종일 침대에 누워 약혼녀와 폴란드 기병대 장교가 군대식으로 결혼하는 장면을 상상했던 거죠. 약혼녀가 간사한 미소로 교태를 부리며 기병대 장교의 변덕스러운 욕망을 다 채워주는 에로틱한 장면을 줄담배를 피우면서 하루에도 몇 번씩 머릿속으로 그려보곤 했던 겁니다. 그는 침대에 누워 서서히 멀어져가는 열차의 뒷모습을 떠올리곤 했답니다. 그리고 구두가게 쇼윈도를 바라보다가 약속 시간에 늦었던 그날을 몇 번이고 돌이켜보았다고 해요. 사실 그 가게에는 숙녀화와 여성용 부츠가 진열되어 있었다더군요. 그는 하루 종일 침대에 누워 그런 생각만 했답니다. 줄담배를 피우면서 말이에요. 그러다 운명의 새벽, 그는 담배를 끄지 않은 채 잠이 들고 말았어요. 담뱃불이 침대로 옮겨붙는 바람에 불에 타 죽고 만 거죠. 비유적으로 말하면, 열정의 불에 스스로 타버리고 만 겁니다.

우연에 대해 생각해봐야 아무 소용없어요. 특히 그걸 생각하는 자가, 그가 말했다, 나처럼 이 세상의 모든 것은 이미 결정되어 있고, 우연이라는 건 기껏해야 영국도서관에 있는 도서목록 카드의 HI 계열이 실수로 뒤바뀐 경우에 불과하다고 확신하는 경우에는 더 그렇죠. 문제는 우연의 법칙 따위가 아니라, 그보다 훨씬 더 깊이 감추어진 비밀 같은 것이었어요. 어쨌거나 내가 신청한 책을 받았다면 예전처럼 내 방으로 돌아왔겠죠. 그 대신 난 히틀러 책에 빠져, 무엇보다 바로 그날 『나의 투쟁』을 읽으면서 내가 발견한 사실에 빠져 시간 가는 줄도 모르고 밤늦게까지 도서관에 있었어요. 아! 내가 발견한 사실은 지금까지 횡설수설한 철학적 성찰하곤 아무런 관련이 없습니다. 그것과는 전혀 다른 문젭니다. 전혀 다른 발견이에요. 하여간 이제 그 발견에 대해 핵심만 말씀드리죠, 타르뎁스키가 말했다. 가급적 본론에서 벗어나지 않도록 노력하겠습니다. 타르뎁스키 당신은, 교수님이 언젠가 내게 이런 말을 했어요, 어떻게 보면 루시오 만시야 장군하고 닮은 데가 있어요. 가령 주변적인 사건에 상당한 호기심을 보인다든가 하는 점이 비슷해요. 만시야 장군이 누굽니까? 내가 교수님에게 물었죠. 19세기 정치인인데, 언변이 아주 뛰어난 사람이었죠, 교수님이 대답해주더군요. 그는 평생 단 하나의 커다란 일에만(물론 주변적인 일입니다만) 매달렸던 일종의 댄디였어요. 참, 이제 본론에서 벗어난 이야기는 피하기로 했죠, 타르뎁스키가 말했다. 그럼 지금부터 내 운명을 송두리째 바꿔놓은 그 발견에 대해서 본론만 이야기하도록 하겠습니다.

그날 난 도서관에서 『나의 투쟁』을 받았습니다. 요아힘 클루게라는 독일 역사학자가 서문을 달고 주석을 붙인, 나무랄 데 없이 훌륭한 비평판이었죠. 클루게는 당시 덴마크에서 망명생활을 하고 있었는데, 발터 벤야민의 친구였다고 하더군요. 그 비평판이 바로 지금의 나를 만든 겁니다, 타르뎁스키가 말했다. 더 정확히 말하자면, 그 책과 일요일 자 〈타임스〉 문예부록이죠.

당연한 얘기지만 나는 『나의 투쟁』에 내재된 철학 외에, 기이하다고는 할 수 없지만 그래도 이상했던 히틀러 생애의 한 시기에 대해서 관심을 가지게 됐어요. 역사적으로 큰 의미도 없을뿐더러 널리 알려지지도 않은 시기라고 할 수 있겠죠. 특히, 그가 말했다, 내 관심을 끌었던 것은 히틀러의 청년기였는데, 히틀러가 그 시기에 관해 했던 이야기들을 클루게 박사가 분석하면서 쓴 각종 해설과 주석들이 대단히 흥미롭더군요.

믿기 어려울지 모르겠지만 1905년에서 1910년 사이에, 그러니까 열여덟 살 때부터 히틀러의 처지는 애처롭기 그지없었어요. 그 무렵 히틀러가 진정으로 원했던 것은 예술계의 일원이 되는 것이었다고 합니다. 다시 말해, 그는 예술가, 아니 화가가 되고 싶었던 거죠. 그래서 그는 떠돌이 보헤미안처럼 방랑생활을 했습니다. 그리고 작가와 지식인 들, 조금 전에 말했듯이 온갖 실패한 군상들이 자주 모이는, 빈에 있는 바에 드나들었다더군요. 그가 전형적인 고독한 몽상가로서 거대한 꿈을 키워갈 때, 그를 정신적으로, 물질적으로 뒷받침해준 것은 바로 그의 어머니였다고 해요. 사실 히틀러는 위대한 화가가 되려는 꿈을 갖고 있었으니까요. 하지만, 타르뎁스키가 말했다, 위대한 화가가 되겠다는 히틀러의 소망은 애당초 불가능한 것이었죠. 수차례 좌절을 겪으면서 마음속에 원한만 쌓인 이 젊은이는 화가, 그래봤자 위대한 화가보다는 길거리에 널린 삼류 화가 정도였겠지만, 하여간 화가보다는 독재자, 말하자면 장차 유럽의 절반을 집어삼킬 옹졸한 카이사르가 될 가능성이 더 많았던 겁니다. 그러나 그는 위대한 화가가 되고자 했어요. 그런데 히틀러가 생각했던 위대한 화가란 대체 뭘까요? 그게 무엇일지 판단하기는 쉽진 않겠지만, 아마 일단 미술계로부터 인정과 찬사를 받은 뒤 커다란 성공을 거두고 싶었겠죠. 어쨌든 간에, 히틀러는 화가로서는 형편없는 인물이었습니다. 형편없다기보다는 일종의 키치였다고 하는 게 정확할 겁니다. 그는 그림엽서를 베껴서 바 같은 곳에서 팔았죠. 그가 엽서를 가지고 돌아다니는 모습을 상상해보세요. 그럼에도 화가의 길을 가기로 마음먹은 그는 미술 아카데미에 응시했지만, 두 번이나 낙방하고 말았어요. 입학시험에서 1907년과 1908년 연속으로 미역국을 먹고 말았죠. 만약에 말입니다, 그가 입학시험에 합격했다면 어떻게 됐을까요? 지금까지는 그런 가능성을 배제했으니 당연히 생각할 기회가 없었죠. 어쨌든 화가로서 히틀러의 새로운 삶이 시작됐을 겁니다. 일단 학교에 들어가 첫번째 전시회를 열고, 파리로 가서 새로운 세계를 배우고 등등. 모르긴 해도 이를 소재로 하면 탁월한 피카레스크 공상과학 소설 한 편 정도는 쓸 수 있을 겁니다. 필립 K. 딕* 스타일이기는 한데, 다소 코믹하겠죠. 참, 필립 K. 딕을 읽어본 적 있습니까? 타르뎁스키가 내게 물었다. 필립 K. 딕이요? 예, 읽어봤어요, 내가 대답했다.

* 미국의 소설가(1928~1982). 공상과학 소설에 추리 형식을 결합해서 현대 소설의 새로운 장을 열었다.

그럼, 타르뎁스키가 말했다, 히틀러가 화가로 성공했다면 어떻게 됐을까 하는 가정은 이제 접어두기로 합시다. 지금 우리에게 중요한 것은 사실이니까 말입니다. 주목해야 할 점은 그때, 그러니까 1905년에서 1908년 사이에 히틀러가 물질주의적이고 저속한 부르주아 사회로부터 소외된 주변부 예술가들이 외치던 반자본주의 이데올로기를 접했고, 또 거기에 자연스럽게 동화되었다는 겁니다. 이와 동시에, 히틀러는 우리가 일반적으로 교육이라고 부르고, 독일에서는 견습이라고 부르는 것을 시작했어요. 이제 우린 그의 지적인 교양소설의 세계 속으로 들어가게 되는 겁니다.

클루게의 세밀한 분석 덕분에 히틀러의 기본적인 이데올로기를 구성하고, 그를 정치의 세계로 이끈 텍스트들을 알게 됐어요. 여러 가지 텍스트가 있지만, 그중에서 가장 눈에 띈 것은 잡지였어요. 게르만 신화에서 봄의 여신인 〈오스타라〉란 제목을 단 팸플릿 형식의 잡지인데, 발행부수가 대단했답니다. (이 잡지는 카프카가 일기에서 두 번 언급했습니다. 내가 하려는 이야기의 중심에 도달하려면 반드시 다뤄야 할 중요한 문제입니다.) 그래서 며칠 후에 영국도서관에서 그 잡지를 빌려봤어요. 그 잡지는 아돌프 란츠(1874~1954)라는 전직 수도사가 꾸며낸, 편협하기 이를 데 없는 인종주의 신화를 설파하느라 여념이 없더군요. 아돌프에겐 또 다른 이름이 있었는데, 자칭 아돌프 란츠 폰 리벤펠스라고, 푸른 눈에 금발인 아리아인들을 모아 '남작들의 기사단'을 만들려고 했던 모양입니다. 그 기사단의 성은, 타르뎁스키의 말이 계속되었다, 오스트리아의 베르펜슈타인에 있는데, 리벤펠스의 사상에 관심을 가진 독일 기업인들이 낸 후원금으로 구입했다고 해요. 독일에서 메시아 노릇을 한 아돌프란 자와 기업인들의 원초적인 결합은, 1933년에 히틀러를 권좌에 앉힌, 크루프와 게를라흐와 같은 고귀한 독일의 산업 부르주아지와 히틀러를 따르는 광신도들이 꾸민 불길한 음모를 예견하게 하는 일종의 패러디처럼 보이더군요. 결국 1907년 아돌프 란츠는 베르펜슈타인에 있던 기사단의 성에서 그들의 상징인 스바스티카(卍)의 깃발을 들어 올렸죠. 히틀러보다 한 발 앞서 아리아인의 영웅 신화를 창시한 그의 터무니없는 사상 체계는 1904년에 출판된 『테오촐로기*Theozzologie*』(415페이지)에 잘 드러나 있어요. 제목을 보고 예상했겠지만, 이 책은 일종의 신학적 동물학입니다. 루터가 번역한 독일어판 성경의 리듬을 모방해서 철저히 바로크 스타일로 쓰려고 했지만 뜻대로 된 것 같진 않아요. 하여간 그 책은 종교로 승화된 생물학적 인종우월주의와 뜻을 알 수 없는 요설로 가득 차 있었습니다. 감동을 받은 히틀러는 이 책을 읽고 또 읽었다고 해요. 그것도 모자라 『나의 투쟁』에도 통째로 몇 단락을 옮겨놓았더군요. 1908년에 히틀러는 〈오스타라〉 몇 부를 보내달라고 란츠에게 편지를 썼다고 합니다. 그 잡지를 창간호부터 모았는데, 몇 호가 빠졌던 모양이에요.

보헤미안처럼 떠돌아다니고, 아무 책이나 읽어대던 그 당시에 히틀러의 세계관이 서서히 형성되어갔다는 걸 알 수 있어요, 타르뎁스키가 말했다. 아! 그가 말했다, 이걸 읽어드리는 게 낫겠어요. 그는 자리에서 일어나 구석에 있는 장롱으로 갔다. 그러고는 서랍에서 검은색 노트를 꺼냈다. 마침 여기 있군요, 타르뎁스키가 안경을 쓰면서 말했다. 바로 이 부분이에요, 그가 다시 자리에 앉으면서 말했다. 히틀러 자신이 한 말인데요, 잘 들어보세요, 그는 이렇게 말하고는 펼친 면을 읽기 시작했다. 그 시기에, 앞부분을 읽고 타르뎁스키는 나를 바라봤다, 이건 『나의 투쟁』에서 히틀러가 한 말입니다. 그 시기에, 내 나름대로 세계상을, 장차 내가 해야 할 일의 단단한 토대가 될 세계관을 형성했다. 그 시기에 혼자 힘으로 얻은 것 외에는, 글을 읽던 타르뎁스키가 갑자기 고개를 들어 나를 쳐다봤다, 다시 말해 1905년, 1906년에서 1910년 사이의 시기를 말하는 겁니다. 그 시기에 혼자 힘으로 얻은 것 외에는, 배운 게 거의 없다시피 했다. 변화시킬 건 더더군다나 없었다, 타르뎁스키는 『나의 투쟁』에 나오는 한 구절을 읽었다. 변화시킬 건 더더군다나 없었다. 이 말 속에는 깊이 생각해봐야 할 점이 있습니다, 말을 마친 타르뎁스키가 안경을 벗었다. 1908년 말에서 1909년 초, 장차 위대한 화가가 되려는 꿈을 품고 계속 보헤미안처럼 살던 히틀러는 이미 자신의 세계관을 거의 완성해가고 있었어요. 물론 미숙하고 경박한 측면이 있었지만 말입니다. 이상이 내가 제일 먼저 주목하는 점입니다, 타르뎁스키가 말했다.

두번째. 이건 매우 중요한 문제입니다. 히틀러의 삶 속에 감추어진 어둡고도 미스터리한 일화인데, 1938년 그날 오후 나는 자석에 끌리듯 그 세계 속으로 빨려 들어갔어요.

히틀러는 1909년 10월에서 1910년 8월까지, 거의 1년 동안 빈에서 종적을 감추었답니다. 그냥 사라져버린 거예요. 정확히 무슨 일이 있었는지 지금까지 아무도 모른다고 해요. 히틀러의 공식적인 전기 작가들이 연보(年譜)를 교묘하게 뒤바꿔놓은 데다, 그 공백기를 지우려고 했는지 히틀러도 『나의 투쟁』에서 날짜를 바꿔놓았더군요.

워낙 끈기 있고 예리한 학자였던 클루게는 1935년경 히틀러가 주도면밀하게 은폐한 사실, 그러니까 그의 실종에 얽힌 비밀을 발견해낼 수 있었죠. 무엇보다, 히틀러가 돌연 잠적한 동기를 밝혀냈다는 게 중요합니다. 이 부분을 읽어드리는 게 좋을 것 같군요, 타르뎁스키가 안경을 쓰면서 말했다. 이건 클루게가 쓴 글입니다, 그가 말했다. 히틀러가 돌연 종적을 감춘 이유는 오랫동안 미스터리로 남아 있었다. 이 책의 부록3에 첨부된 문서에 따르면, 독일 망명자들이 세운 저먼리버티란 출판사가 1936년 런던에서 출판한 아돌프 히틀러의 『나의 투쟁』 비평판에 반파시스트 역사학자인 요아힘 클루게가 쓴 글의 일부를 타르뎁스키가 읽기 시작했다, 사실은 다음과 같다. 히틀러는 1909년과 1910년 사이에 실시된 강제징병을 기피했다. 그가 잠적한 것은 병역을 기피하기 위한 목적이었다. 수사를 마친 오스트리아 당국은 그를 잠정 구속한 뒤, 1910년 9월 잘츠부르크로 이송시켰다, 타르뎁스키는 글을 읽은 뒤 고개를 들었다. 이 문제는 클루게가 『나의 투쟁』을 연구한 목적 중 하나였습니다, 말을 하는 동안 그는 안경을 벗었다. 사실 이건 패러디적인 사건이었습니다. 프러시아의 군국주의를 그토록 열렬하게 옹호하던 자가, 혐오스러운 군국주의 사회를 건설한 장본인이 사실은 병역기피자였던 겁니다. 나치 법에 따르면, 대역죄에 해당될 정도로 큰 죄죠. 하지만 적어도 내겐 이러한 역설이 가장 중요한 문제는 아니었어요.

더 근본적인 문제는 다른 겁니다. 나의 발견, 그러니까 결정적인 사건은 그날 오후 『나의 투쟁』의 각주에 있는 짧은 글을 읽었을 때 일어났습니다. 독일인 역사학자가 가지고 있던 정확성에 대한 광적인 집착이 낳은 결과였던 셈이죠. 클루게에 따르면 히틀러는 문제의 그 몇 달 동안 프라하에 숨어 지냈다고 합니다. 자기의 연구가 얼마나 세밀한지를 증명할 생각이었던지, 클루게는 당시 히틀러가 매일 드나들던 곳 중의 하나가 프라하의 마이젤가세 거리에 있던 아르코스 카페였다는 사실까지 덧붙여놓았더군요. 그곳은 독일어를 하는 체코 지식인들이 모여드는 장소였는데, 칼 크라우스*는 거기에 모여든 화가, 작가 그리고 보헤미안 들을 가리켜 '아르코호 선원들'이라고 부르기도 했습니다.

각주에 있는 짧은 글을 읽는 순간 어떤 연관성이 머리를 스치더군요. 이건 과학자나 철학자들이 종종 경험하게 되는, 그러니까 그들이 흔히 발견이라고 부르는 것과 비슷한 느낌이었어요. 전혀 별개인 두 사건, 혹은 두 생각이 예상치 못하게 연결되어 새로운 결과를 낳는 그런 경험 말입니다. 내 경우엔, 우연한 기회에 연달아서 읽은 두 개의 텍스트가 서로 자연스럽게 연결되더군요.

영국도서관에서 새로운 사실을 발견하기 전날이 일요일이었어요. 그날 나온 〈타임스〉 문예부록에는 카프카의 전집 제6권(『일기와 서간문』, 프라하, 1937년)과 전집 1판의 완간을 기념하기 위해 특별히 추가된 막스 브로트의 전기(『프란츠 카프카 전기—회상과 기록』, 프라하, 1937년)를 동시에 분석한 매우 훌륭한 서평이 실려 있더군요. 카프카와 브로트의 책에서 인용한 글 사이에 기고자가 언급한 대목이 하나 있었는데, 그날은 별 생각 없이 지나쳐버렸죠. 그런데 다음 날

* 오스트리아 출신의 작가이자 언론인(1874~1936).

클루게의 각주를 읽는 동안 갑자기 그 대목이 떠오르는 거예요. 바로 이겁니다, 타르뎁스키는 다시 노트를 펼쳐 들었다. 막스 브로트는 항상 우유부단했던 카프카에게 아르코스 카페에 가서 그곳 지식인들과 어울리라고 권하곤 했다, 타르뎁스키가 서평을 읽어주었다. 그리고 카프카가 주변 세상으로부터 고립되지 않도록 1911년까지 각별히 주의를 기울였다. 이건 〈타임스〉의 서평 기고자가 쓴 글입니다, 타르뎁스키가 말했다. 또 서평에는 막스 브로트가 『프란츠 카프카 전기』에서 인용한 카프카의 편지(1910년 1월) 일부분이 실려 있었죠. 새로운 세계를 알게 돼서 무척이나 즐겁다네. 그래서 말인데, 이번 주에도 계속 아르코스 카페로 가서 내 자리를 지킬까 해. 그리고 거기서 늦은 밤까지 시간을 보낼 걸세. 보통 일곱시 정도면 괜찮은 친구들이 몰려오기 시작하지. 그런데 대화에 너무 깊이 빠져들다가 혹시라도 다음날 일에 지장이 있을까 봐 걱정된다네. 시간을 헛되이 보내선 안 될 테니까. 그래서 카페엔 자정까지만 있다가, 곧장 집으로 가서 퀴겔겐의 책*을 읽는 편이 좋을 듯하다네. 이제 두 가지 할 일이 생겼으니 나처럼 소심한 자에게는 무척이나 다행스러운 일이지. 피곤하면 곧바로 잠들 수 있으니 말일세. 그럼 잘 있게. 프란츠.

1910년 1월. 프라하, 마이젤가세 거리, 타르뎁스키가 말했다, 아르코스 카페. 순전히 우연한 계기로, 발견이라고 부를 만한 것이 이루어진 셈이죠.

---

* 카프카가 소장하고 있던 독일 화가 빌헬름 폰 퀴겔겐(1802~1867)의 회고록 『어느 노인의 유년 시절 추억』(1870)을 말한다. 초기 낭만주의 시대의 지식인들과 서민들의 삶의 모습이 생생하게 묘사되어 있다.

그 뒤로 몇 주 동안 난 내가 발견한 사실의 진위여부를 확인하고 그 내용을 정확하게 밝히기 위해 자료를 찾아 사방을 돌아다녔어요. 얼마 지나지 않아 나도 놀랄 만큼 손쉽게 일련의 분명한 증거를 찾아냈습니다. 정말로 예상했던 것보다 훨씬 빨리, 연달아 소중한 증거를 찾아낼 수 있었어요. 그래서 원래 발견이란 것은 자기 코앞에 있기 마련인데, 사람들은 햇빛에 반짝이는 그 보물을 앞에 두고도 못 보고 그냥 지나치고 마는구나 하는 생각이 들었습니다. 게다가 학자들, 특히 카프카 전문가들도 찾아내지 못했던 것을 전문가도 아닌 내가, 그것도 순전히 우연한 계기를 통해 찾아내서 진실을 밝혀냈다는 게 놀라울 따름이었죠. 내가 찾아낸 자료와 증거는 너무도 확실해서 그 누구도 반박할 여지가 없을 거라고 생각했어요. 예를 들어, 카프카가 쓴 두 통의 편지가 있는데, 거기에는 아르코스 카페에 자주 드나드는 오스트리아 출신 망명자 얘기가 나옵니다. 그중 하나는 1909년 11월 24일 카프카가 친구인 라이너 야우스에게 보낸 편지인데, 거기서 그는 자신을 화가 지망생이라고 밝히긴 했지만 뭔가 석연치 않은 이유로 빈에서 도망 나온 수상한 자에 대해 말하고 있어요. 카프카에 의하면 그 자의 이름은 아돌프라고 합니다, 노트를 뒤적이면서 타르뎁스키가 내게 말했다. 그자의 이름이 아돌프라는 거예요. 전체적으로 수상쩍은 분위기를 풍겼고 독일어 억양도 다소 특이했답니다. 물론 그자가 횡설수설하던 이야기가 훨씬 더 이상했지만 말입니다. 적어도 자신을 화가라고 밝힌 사람이 하기엔 좀 이상한 이야기였다네. 자네도 알다시피 화가란 원래 벙어리들 아닌가, 카프카가 편지에 그렇게 썼더군요, 타르뎁스키는 아돌프라는 이름의 오스트리아 출신 망명자가 언급된 카프카의 첫번째 편지를 읽어주었다. 두번째 편지는 막스 브로트에게 보낸 건데 며칠 뒤에 쓴 것이더군요. 정확히 말하자면, 타르뎁스키가 말했다, 1909년 12월 9일에 쓴 겁니다. 거기에 어떤 원고 얘기가 나오는데, 아마도 전날 브로트에게 읽어주기 위해 그의 집에 들고 갔던 「시골의 결혼 준비」의 원고가 아니었나 싶어요. 어제, 이건 편지의 끝부분이에요, 타르뎁스키가 편지를 읽으며 설명했다, 어제 자네와 원고에 대해 얘기를 나눌 때 아돌프란 자와 나눴던 이야기가 계속 머릿속에 맴돌더군. 참, 그자에 대해선 아직까지 자네에게 말할 기회가 없었지. 하여간 그자가 어떤 말을 하면 난 그 말에 대해 곰곰이 생각했다네. 그 덕분에 쓸데없는 생각이라든지, 평소에 그토록 자주 떠오르던 상념 같은 것들도 그때만큼은 꼬리를 감췄던 것 같네, 타르뎁스키가 카프카의 편지를 읽었다. 브로트에게. 카프카. 1909년 12월 9일.

아돌프, 타르뎁스키가 말했다. 어떻게 아무도 그 사실을 발견하지 못했던 걸까요? 그땐 그게 너무도 신기했어요. 하지만 세상사란 게 다 그렇죠, 그가 내게 말했다. 제대로 읽을 줄 아는 사람도, 읽는 사람도 없었던 거예요. 제대로 읽으려면, 타르뎁스키가 말했다, 그 안에 있는 요소들을 서로 연관시킬 줄 알아야 하는데 말입니다. 잘 들어보세요, 카프카 일기의 첫 부분은 1910년 5월 12일부터 시작됩니다. 거기 이런 내용이 있더군요, 타르뎁스키가 말했다. 기차가 옆으로 지나가는데도 구경꾼들은 꼼짝도 않는다, 타르뎁스키는 1910년 5월 12일에 카프카가 쓴 일기의 첫 문장을 읽었다. 그 뒤로 공백이 있고, 그다음엔 이런 내용이 나옵니다, 그가 말했다. 지나친 엄숙함. 그의 모습만 봐도 숨이 막혀온다. 셔츠 칼라 속에 끼워놓은 듯한 머리, 꼼꼼히

빗어 한 올도 움직이는 않는 머리카락, 팽팽하게 긴장된 턱 근육, 그리고 그 자리에서……, 타르뎁스키가 읽었다. 카프카는 바로 그다음 줄에 대화 내용을 옮겨놓았어요. A와의 토론. 그 문제에 대해선 언급하고 싶지 않았습니다, 그가 내게 말했다, 타르뎁스키가 읽었다. 박사님, 이젠 제가 어떤 사람인지 잘 아시겠죠. 전 절대로 악한 인간은 아닙니다. 아무나 붙잡고 제 속마음을 털어놓지 않으면 못 견딜 것 같았어요. 지금까지 제가 말씀드린 건 그냥 말일 뿐입니다. 내가 그의 말을 막았다. 아니, 그건 정말로 위험한 생각이에요. 말이 씨가 되는 법입니다. 말은 앞으로 이 세상을 불바다로 만들 수도 있는 작은 불씨와 같은 겁니다. 당신이 하는 말을 들어보면 미래에 어떤 일이 일어날지 어렴풋하게나마 예견할 수 있어요. 전 절대 그런 뜻으로 말씀드린 게 아닙니다, A가 반박했다. 당신이 말하려던 게 바로 그겁니다, 애써 미소를 지으며 그에게 말했다. 그런데 당신이 한 말이 얼마나 위험한 건지 알고 있습니까? 자칫하면 우린 당신의 꿈을 현실로 뒤바꿔버릴 폭약상자 위에 앉아 있는 꼴이 될 수도 있다는 겁니다.

어떻게 아무도 이것을 발견하지 못했던 걸까요? 타르뎁스키가 나직한 목소리로 말했다. 아니면 우리가 이미 읽었던 것을 한두 차례 다시 읽으면서, 이미 알고 있는 내용을 다시 확인하는 데 그쳤던 걸까요? 그래서 놀라울 정도로 다른 의미가 숨어 있다는 것을 전혀 눈치채지 못했던 걸까요? 이건 그 발견에 대해 더 강한 확신을 가지게 되면서, 타르뎁스키가 말했다, 나 자신에게 던지곤 하던 질문이에요.

잘 생각해보세요, 그가 내게 말했다. 히틀러의 청년 시절 친구, 다시 말해서 히틀러가 위대한 화가가 되려는 꿈을 품은 채 〈오스타라〉

를 뒤적거리면서 하루하루를 궁핍하게 살아가던 가난한 화가에 지나지 않았던 시절의 친구였던 음악가 아우구스트 쿠비체크는 자신의 책 『아돌프 히틀러의 학창 시절 친구』 (가테즈, 1933년)에서, 타르뎁스키가 말했다, 지금 우리에게 중요한 1909년과 1910년 사이의 히틀러에 관한 일화를 언급하고 있어요. 아돌프 히틀러는 미래에 자기가 하고자 마음먹은 일을 계획하는 데 놀라운 재능을 보였다. 그리고 그런 계획과 구상을 주변 사람들에게 조리 있게 설명하는 방법도 너무나 잘 알고 있었다, 타르뎁스키가 노트에 인용한 쿠비체크의 글을 읽었다, 그래서 누구나 넋을 잃고 그의 말을 경청할 수밖에 없었다. 그의 화술이 지닌 독특한 매력과 은근하게 사람을 끄는 힘은 그 정도로 대단했다. 도저히 가늠할 수 없는 그의 성격과 세심하면서도 장황한 그의 언변에 대해서는 앞으로 세상 사람들이 모두 주목하게 될 것이다.

그 대화를 나눈 직후, 카프카는 방 안에 틀어박혀 「어느 투쟁의 기록」을 썼어요. 그 작품에 나오는 망상의 선동가가, 세계의 고통을 알리는 변변치 못한 그 예언자가 대체 누구겠습니까? 처음부터 끝까지 모두 얘기해줄 수 있습니까? 타르뎁스키가 노트를 읽었다. 미리 말하지만, 조금이라도 숨기려고 한다면 당신 말을 아예 듣지 않겠습니다. 난 당신이 모두 다 이야기해주기만을 애타게 기다리고 있어요. 지금 당신이 꾸미고 있는 일은 너무 끔찍해서 생각만 해도 소름이 돋을 지경입니다. 얘기라도 듣고 있지 않으면 도저히 이 두려운 마음을 감당할 수 없을 것 같아요.

그 시기, 가진 것이라곤 오로지 말과 계획밖엔 없던 남자가, 서서히 자신의 정체를 드러내던 남자가 프라하 거리를 활보하고 있었다, 타르뎁스키가 노트를 보며 읽었다. 1909년 무렵, 장차 이 세상에서 광신도이자 독재자로 군림하게 될 한 인간의 면모가, 즉 히스테릭한 자기연민과 망상에 가까운 자기중심성이 뒤섞인 기괴한 면모가 서서히 윤곽을 드러내고 있었던 것이다. 이와 더불어 당시 히틀러에게서는, 타르뎁스키가 노트에 적은 내용을 계속 읽었다, 미래에 대한 과도한 강박관념이 뚜렷하게 나타나고 있었다. 끊이지 않고 이어지는 말의 흐름을 보면 그가 얼마나 심한 강박관념을 가지고 있었는지 쉽게 알 수 있다. 그 언어의 세계 속에서 히틀러는 터무니없을 정도로 어마어마한 계획과 구상을 하나씩 쌓아올리고 있던 것이다. 이건 요아힘 클루게가 히틀러의 청년 시절에 관해, 타르뎁스키가 말했다, 『나의 투쟁』 비평판의 각주에 쓴 글입니다. 그 당시 카프카에 관해서도, 그가 말했다, 많은 걸 알 수 있어요. 브로트가 그 당시 카프카를 보면서 느낀 인상을 이야기한 적이 있죠. 그 무렵 그에게서는, 타르뎁스키가 인용한 글을 읽었다, 그 누구에게서도 볼 수 없었던 강렬한 에너지가 솟구치고 있었다. 그는 쓸데없는 말은 한마디도 하지 않았다. 그가 입 밖으로 꺼낸 말이라고는 오로지 부조리한 세계에 던지는 씁쓸한 유머나 이 세상을 꿰뚫는 날카로운 아이러니뿐이었다. 당시 카프카에 대해 막스 브로트가 한 말입니다. 그런데 여기서 가장 주목해야 할 점은 카프카를 들을 줄 아는 사람이라고 평가한 대목입니다. 카프카는, 타르뎁스키가 노트를 읽었다, 몇 시간이라도 들을 수 있는 능력이 있었다. 다른 사람들과 함께 있을 때면 카프카는 좀처럼 자신의 생각을 드러내거나, 말을 하려고 하지 않았다. 대신 그들의 말을 주의 깊게 들을 뿐이었다. 사실 그의 모습을 보면, 타르뎁스키가 브로트의 글을 인용해둔 노트를 읽었다, 다른 이들의 말을 들어주는 사람 혹은 들을 줄 아는 사람처럼 보였다. 이는 내가 아는 한 카프카에 대한 가장 훌륭한 표현입니다, 타르뎁스키가 말했다. 희생자들의 입에서 끊임없이 흘러나오는 낮은 신음 소리 아래로 또 다른 종류의 진실을 알려주는 말소리를 들을 줄 아는 사람. 그럼, 타르뎁스키가 말했다, 카프카의 목소리를 한번 들어보도록 합시다.

나의 마음을 따뜻하게 어루만져줄 사람이 너무도 그리워 난 어제 호텔에 있는 어느 매춘부에게로 갔다. 하지만 멜랑콜리한 생각에 젖어들기에는 그녀는 너무 나이가 들었다. 이제 자기에게 남은 건 고통뿐이라고 했다. 그렇지만 매춘부를 연인처럼 다정하게 대해주지 않는다고 해서 새삼 놀라진 않는다고도 했다. 나는 그녀의 마음을 어루만져주지 않았다. 왜냐하면 그녀가 내 마음을 따뜻하게 달래주지 않았기 때문이다.

독신이었던 카프카는, 타르뎁스키가 말했다, 1910년 2월 프라하의 아르코스 카페에서 가짜 티토렐리*이자 꿈나라에 빠져 살던 가난뱅이 화가 히틀러를 마주하고 있었죠. 우리가 잘 알고 있는 그의 문체를 이용해서 이 상황을 한번 표현해볼까요? 병역기피자란 이유로 프라하에서 숨어 지내다시피 하는 변변찮고 지저분한 오스트리아 출신의 이프티부르주아가, 우편엽서나 그리면서 먹고사는 실패한 화가가 아직 본격적으로 드러나진 않았지만, 이제 막 프란츠 카프카라는 존재로

* 카프카의 『소송』에 나오는 인물. 화가로서 그가 하는 일은 일상생활에서 눈에 보이지 않는 법관의 기능이나 의미를 예술로 드러내 보이는 것이다. 결국 그는 소송과정의 이중성을 상징하는 존재로, 법정이라는 거대한 권력 기계의 부속품일 뿐이다.

등장하기 시작한 사람 앞에서 콧소리를 내가면서 그 터무니없는 헛소리를 늘어놓고 있다. 이야기를 들으면서 카프카는 앞으로 그가 수백만 명의 사람들, 하인들, 노예들, 버러지들의 절대적 주인, 즉 총통으로 군림하는 모습을 희미하게 엿볼 수 있다.

독일어로 '웅게지퍼', 타르뎁스키가 말했다, 그러니까 버러지란 말은 나치들이 포로수용소에 갇힌 자들을 가리킬 때 사용한 말인데, 어느 날 아침 잠에서 깨어난 그레고르 잠자가 변해버린 모습을 표현할 때 카프카도 같은 단어를 사용했어요.

거대한 감옥으로 변해버린 세계. 잔혹한 유토피아. 변변찮고 볼품없는 병역기피자인 아돌프 히틀러가 1909년 말 프라하에 있는 아르코스 카페에서 모든 걸 들을 줄 알았던 프란츠 카프카에게 들려준 이야기는 그런 섬뜩한 유토피아였다. 그리고 카프카는 그의 말을 의심하지 않았다. 카프카는 이 수상쩍은 가난뱅이 화가가 늘어놓은 끔찍한 계획이, 그리고 전혀 불가능해 보이는 이 구상이 언젠가는 실현될 것이고, 그러면 이 세계는 그가 말로 쌓아올린 거대한 감옥으로 변해버릴 것이라고 생각했다. 기사단의 성과 갈고리 십자가(하켄크로이츠). 희생자들의 살갗에 메시지를 새겨 넣는 악의 기계. 소름 끼치는 역사의 신음 소리를 다른 사람도 아닌 그가 듣지 못했을까요?

결국 카프카의 천재성은 그와 같은 말이 입 밖에 나올 수 있다면 언젠가는 현실로 나타날 수도 있다는 점을 이해한 데 있어요. 게르만 신화에 나오는 봄의 여신 오스타라. 처음부터 끝까지 모두 얘기해줄 수 있습니까? 지금 당신이 꾸미고 있는 일은 너무 끔찍해서 생각만 해도 소름이 돋을 지경입니다. 얘기라도 듣고 있지 않으면 도저히 이 두려운 마음을 감당할 수 없을 것 같아요. 말이 씨가 되는 법입니다. 말은 앞으로 이 세상을 불바다로 만들 수도 있는 작은 불씨와 같은 겁니다. 당신이 하는 말을 들어보면 미래에 어떤 일이 일어날지 어렴풋하게나마 예견할 수 있어요. 그런데 당신이 한 말이 얼마나 위험한 건지 알고 있습니까? 자칫하면 우린 당신의 꿈을 현실로 뒤바꿔버릴 폭약상자 위에 앉아 있는 꼴이 될 수도 있다는 겁니다.

그는 들을 줄 안다. 그는 들을 줄 아는 사람이다.

조금 전에 마르코니가 꿈속에 떠오른 시를 읊었죠? 사실 그때, 타르뎁스키가 말했다, 난 속으로 카프카에 대해 생각하고 있었어요. 당신들이 시의 제목을 의논하고 있을 때, 타르뎁스키가 말했다, 난 제목을 '카프카'라고 붙여야 한다고 말하려고 했어요.

나는
허공에 걸린
철조망 위를
맨발로
걷는
곡예사

카프카 혹은 포로수용소의 철조망 위를 위태롭게 걸어가는 예술가.

당신도 물론 『소송』을 읽었을 겁니다, 타르뎁스키가 내게 말했다. 카프카는 이 세상에 공포가 어떻게 만들어지는지 아주 세부적으로, 정밀하게 볼 줄 알았죠. 그 작품은 고전적인 국가 모델이 공포의 도구로 바뀌는 과정을 환각적인 방법으로 그려내고 있습니다. 그 작품에서 이 세계는 누구라도 아무 이유 없이 죄인이 될 수 있는 거대한 익명의 기계로 묘사되고 있죠. 전체주의가 쉴 새 없이 개인들의 삶 속에 심어놓는 막연한 불안감과 이유를 알 수 없는 살인자들의 권태 그리고 은밀한 사디즘이 작품 속에서 살아 움직이고 있습니다. 카프카가 이 작품을 쓴 후로, 한밤중에 수없이 많은 집에 벨이 울렸고, 요제프 K가 그랬듯이, 개처럼 끌려가 죽은 이들의 수는 헤아리기 어려울 정도죠.

카프카는 히틀러가 장차 하고자 했던 바를 그보다 앞서 소설로 썼던 겁니다. 카프카의 텍스트는 착란 상태에서 미래의 기하학적인 악의 제국을 그려 보이던 그 터무니없는 예언자, 아돌프의 황당무계한 말 속에서 현실화될 수 있다고 본 것을 토대로 앞으로 도래할 세계의 모습을 미리 구성한 것입니다. 히틀러 자신도 불가능하다고 믿었던 미래의 모습, 즉 구질구질하고 실패한 화가에 불과했던 그가 어느 날 총통 자리에 오르게 되는 그 무시무시한 꿈을 말입니다. 장담하건대, 1909년 당시엔 히틀러 자신도 그것이 가능할 거라고 믿지는 않았을 겁니다. 하지만 렌시, 타르뎁스키가 말했다, 카프카는 언젠가 그렇게 될 거라고 믿고 있었죠. 카프카는 들을 줄 아는 사람이었으니까요. 그는 병든 역사의 입에서 새어 나오는 희미한 신음 소리에 귀 기울이고 있었던 겁니다.

카프카는 1924년 6월 3일 사망했습니다. 같은 시간, 히틀러는 검은 숲의 성에서 천장은 높고 벽은 죄다 유리로 장식된 방 안을 이리저리 서성이고 있었어요. 그는 이리저리 돌아다니면서 비서들에게 『나의 투쟁』의 마지막 부분을 구술하고 있었습니다. 1924년 6월. 총통은 걸어 다니면서 『나의 투쟁』을 불러주고 있었습니다. 같은 시간, 카프카는 키얼링 요양원에서 고통으로 몸부림치고 있었죠. 결핵균이 후두부까지 침투한 탓에 그는 말조차 할 수 없었어요. 대신 그는 손짓으로 의사를 표현했습니다. 그리고 간혹 미소를 짓기도 했어요. 아니, 웃음을 지으려고 애썼다고 하는 편이 정확하겠죠. 그는 막스 브로트, 오스카르 브라움, 펠릭스 빈바흐 그리고 도라 디아만트*와 함께 병상을 지키던 모든 친구들에게 전하고 싶은 말을 종이에 썼어요. 적절한 시기에 동물들이 내는 소리를 연구하기 시작한 것 같아요, 더 이상 말을 할 수 없었던 그가 쓴 글입니다. 1924년 6월. 총통은 비서들에게 둘러싸인 채 이리저리 돌아다니면서 불러주었어요. 우리의 첫번째 목표는 위대한 독일 게르만 제국을 건설하는 것으로, 그 영토는, 그는 방 안을 이리저리 서성이면서 비서들에게 불러주고 있었어요, 그 영토는 노스곶으로부터 알프스 산맥에 이르기까지 그리고 대서양에서 흑해에 이르기까지 모조리 포괄하게 될 것이다, 마침표. 그는 비서들에게 둘러싸인 채 책에 들어갈 내용을 불러주고 있었죠. 같은 시각, 카프카

* 프란츠 카프카의 연인으로, 1933년 나치의 게슈타포에 의해 압수될 때까지 그의 원고를 가지고 있었다.

는 클로스터노이부르크 근방에 있는 키얼링 요양원에서 고통으로 몸부림치고 있었죠. 병세가 악화되어 말조차 할 수 없었어요. 대신 그는 손짓으로 의사를 표현했습니다. 그리고 간혹 미소를 짓기도 했어요. 침대에 누운 채, 그는 종이를 눈앞에 갖다대고 힘들게 글을 써내려갔어요. 그런 그가 들을 수 있었을까요? 반면 총통은 방 안을 이리저리 서성이고 있었습니다. 위대한 독일 게르만 제국은, 비서들에게 둘러싸인 그는 방 안을 이리저리 서성거리며 구술을 계속했어요, 막강한 고속도로망으로 연결될 것이고, 반점, 그 옆으로 게르만 군사 기지가 들어서게 될 것이다, 마침표. 총통은 『나의 투쟁』을 불러주고 있었죠. 요양원에 있는 카프카는 고통에 괴로워하면서도, 동물들이 내는 소리를 연구하고 있었습니다. Hi, hi, 겁먹은 쥐들이 내는 소름 끼치는 소리를 말입니다. Hi, hi, 날카로운 소리. 적절한 시기에 동물들이 내는 소리를 연구한다는 것. 총통은 비서들에게 둘러싸인 채 방 안을 왔다 갔다 하고 있었어요. 요양원에 있는 카프카는 더 이상 말을 할 수도, 글을 쓸 수도 없었어요. 그런 그가 들을 수 있었을까요? 1924년 6월. 총통은 비서들에게 『나의 투쟁』을 불러주고 있었습니다. 미래에 다뉴브 강 동쪽 유럽 지역, 쌍점, 거대한 군사 작전 지역, 반점, 제3제국 포로들의 정착 지역, 반점, 비서들에게 둘러싸인 채 그는 방 안을 서성거리고 있었어요. 인종적 기준에 따라 전 세계에서 선발된 노예들은, 반점, 그는 방 안을 이리저리 돌아다니고 있었습니다, 앞으로 정해진 시기에 구체적으로 명시하겠지만, 반점, 미리 정해진 계획에 따라서, 반점, 여러 분야에서 활용되고 피가 섞이게 될 것이다, 마침표. 그는 방 안을 서성거리며 책에 들어갈 내용을 불러주고 있었죠. 그 순간 측량기사*는 어땠을까요? 그는 고통에 신음하고 있었습니다. 더 이상 말도 할 수 없었죠. 그래서 친구들과 연인인 도라 디아만트에게 의사를 전달하기 위해서는 단지 글로 쓸 수밖에 없었어요. 목소리마저 잃어버리고 만 겁니다. 반면 총통은 여전히 비서들에게 구술하고 있었어요. 동유럽 전체가 거대한 식민지, 반점, 즉 비(非)아리아계 노예들의 사육지가 될 것이다. 히틀러가 비서들에게 『나의 투쟁』을 불러주는 동안, 타르렙스키가 말했다, 결핵균이 후두부까지 침투하는 바람에 목소리마저 잃어버린 카프카는 친구들과 사랑하는 도라 디아만트에게 하고 싶은 말을 글로 쓸 수밖에 없었어요. 총통은 방 안을 이리저리 걸어 다니며 말했어요. 비아리아계 노예들의 사육지. 비서들에게 둘러싸인 채 말입니다. 종이에는 연필로 힘들여 쓴 깨알 같은 글씨들이 있었지요. 동양에서 쓴 책의 한 구절이 생각나는군요. 죽음만 다룬 책인데, 거기에 이런 글이 있었어요. 침상에 누운 채 고통으로 괴로워하지만, 카프카가 종이에 적은 글이에요, 그는 눈앞에 다가온 죽음 덕분에 모든 것으로부터 벗어날 수 있다. 그리고 이런 말도 적었답니다. 항상 죽음에 대해 말했건만, 죽지도 못한 채 이러고 있군요. 그가 들을 수 있었을까요? 비아리아계 노예들은, 반점, 이 세계의 중심축을 구성하게 될 독일 제국과 지상으로 직접 연결될 것이다, 마침표. 방 안을 이리저리 서성이는 그의 뒤를 비서들이 분주하게 쫓아다니고 있었죠. 항상 죽음에 대해 말했건만, 그가 종이에 썼어요, 죽지도 못한 채 이러고 있군요. 그렇지만 드디어 나의 마지막 아리아가

* 카프카의 『성』에 나오는 K를 의미한다.

흘러나오고 있습니다. 어떤 건 길고, 어떤 건 짧아요. 차이가 있다면 말의 차이일 뿐이겠죠, 임종을 앞둔 카프카가 병상에 누운 채 종이에 썼어요. 반면에, 반점, 1억 8천만 명의 러시아인들은 점진적으로 굴복시켜야 할 것이다, 쌍점, 총통은 방 안을 이리저리 걸어 다니고 있었습니다. 절대로 틀리지 않아요, 죽음이 눈앞에 다가온 사람의 생각 말입니다, 카프카가 종이에 썼어요. 죽음의 사자가 휘두른 칼을 맞고 쓰러진 채 아리아를 부르는 주인공에겐 웃을 권리가 없어요. 우리는 쓰러진 채 몇 년이고 노래를 부르죠. 따지고 보면 우리의 삶이라는 것도 언제나 마지막 아리아를 부르는 것에 지나지 않아요, 키얼링 요양원에 있던 카프카가 친구들에게 쓴 글입니다. 1924년 6월. 러시아인들은 점진적으로 굴복시켜야 할 것이다, 쌍점, 우선 출생률을 억제시키고, 반점, 말을 하면 앞으로 말을 전혀 사용하지 않을 때까지 강력하게 처벌할 것, 반점. 그는 방 안을 왔다 갔다 하면서 비서들에게 불러주고 있었죠. 결핵균이 후두부까지 침투했어요. 그런 그가 들을 수 있었을까요? 그는 최후의 말을 글로 썼어요. 권리가 없어요, 이것이 그가 쓴 마지막 글입니다. 권리가 없어요, 병상에 누운 그는 종이를 손으로 움켜잡은 채 눈앞에 갖다대고 썼어요. 아리아를 부르면서 고통으로 괴로워하는 주인공에겐 웃을 권리도 없어요. 그는 방 안을 이리저리 돌아다니고 있었어요. 앞으로 말을 전혀 사용하지 않을 때까지 강력하게 처벌할 것, 반점, 그들의 지적 능력을 말살시키고 앞으로 있을지도 모르는 반란의 가능성을 사전에 차단하기 위해 모든 교육과 학습을 폐지할 것, 반점, 한마디로, 반점, 그들을 짐승처럼 만들 것. 총통이 비서들에게 불러준 말이에요, 타르뎁스키가 말했다. 죽음을 앞둔 이가 힘겹게 부르는 아리아를 누가 비웃을 수 있겠어요? 그는 애써 미소를 지으면서, 떨리는 손으로 뭔가를 가리키기도 했어요. 한편 총통은 방 안을 이리저리 서성이고 있었죠. 그들은 자신들의 노동 스케줄을 체계적으로 조직하기 위해 최고사령관이, 대문자로, 정한 기준을 지상 최대의 명령으로 받아들이게 될 것이다. 1924년 6월. 자정 무렵 카프카는 죽음을 눈앞에 두고 있었어요. 검은 숲의 성에서는 카프카가 부르는 마지막 아리아가 들리지 않았을까요? 당연히, 반점, 그들은 받아들이게 될 것이다. 히틀러가 걸음을 멈추자 비서들도 일제히 걸음을 멈추고 그를 둘러쌌어요. 조금 전에 말한 내용은, 그가 말했어요, 삭제하는 게 낫겠어. 그는 뒷짐을 진 채 다시 방 안을 이리저리 걸어 다니기 시작했죠. 당연히, 반점, 우리는 가혹하리만큼 엄격한 기준을 적용함으로써, 반점, 그들이 우리의 명령, 대문자로, 우리의 명령에 순순히 따르도록, 반점, 그들에게 독일어를 가르쳐야 할 것이다, 마침표. 총통은 방 안을 이리저리 돌아다니면서 『나의 투쟁』을 불러주었어요. 때는 자정 무렵이었죠. 정확히 말해서 1924년 6월 3일에서 4일로 넘어가는 시각이었어요. 죽어가던 카프카가 히틀러의 이야기를 들을 수 있었을까요? 나는 동물들이 내는 소리를 연구하고 있어요. 그가 과연 그 소리를 들었을까요? Hi, hi. 공포에 질린 버러지가 자정 무렵, 자기의 소굴에서 소름 끼치도록 날카로운 소리를 내고 있었어요. 같은 시각, 성에서 비서들에게 둘러싸인 채 방 안을 이리저리 서성이는 자의 발소리가 저 멀리에서 들려오고 있었죠. Hi, hi. 버러지가 자기 소굴에서 소름 끼치도록 날카로운 소리를 내고 있었어요. 같은 시각, 죽음을 눈앞에 둔 자가 들릴락 말락 나직한 목소리로 부르는 아름답기 그지없는 마지막 아리아가 저 멀리에서 들려오고 있었죠.

1924년 6월 3일, 타르뎁스키가 말했다.

카프카는 단테입니다, 타르뎁스키가 말했다. 그가 쓴 낙서들, 그는 자기가 쓴 글을 그렇게 부르곤 했죠. 그가 출간하지 않았거나, 미완성으로 남겨놓은 낙서나 단편(斷片)들은 우리 시대의 『신곡』입니다. 브레히트가 이런 말을 한 적이 있어요. 오늘날 작가 중에서 호메로스나 단테 혹은 셰익스피어처럼 자신의 시대와 철저한 관계를 맺었던 사람을 고른다면, 첫번째로 고려해야 할 사람이 바로 카프카라는 겁니다. 전적으로 옳은 말이에요. 그래서 난, 타르뎁스키가 말했다, 제임스 조이스에 대한 당신의 열정에는 공감할 수 없습니다. 어떻게 그 두 사람을 비교할 수 있겠어요? 그가 말했다. 테이블보를 짜던 그 여자가 마르코니의 시에 대해 말했던 것처럼, 조이스는, 뭐라고 할까요? 한 자 한 자 쓸 때마다 지극히 공을 들입니다. 대가다운 고뇌의 흔적이 역력하게 드러나죠. 그런 면에서 조이스는 일종의 마술사예요, 그가 말했다. 언어유희는 요술을 부리는 것이나 마찬가지니까요. 반면에 카프카는 보호망도 없는 허공에서 목숨을 걸고 균형을 잡으려 애쓰면서 걷는 곡예사라고 할 수 있겠죠. 팽팽히 긴장된 언어의 줄 위에서 천천히 한 발, 또 한 발을 떼는 곡예사 말입니다. 조이스가 탁월한 재주를 지닌 작가라는 점에는 의심의 여지가 없어요. 반면에 카프카에게는 그런 솜씨가 없었죠. 작가로서 그는 어눌했고, 나중에는 그 어눌함을 다루는 전문가가 되어버리고 말았죠. "나는 어떤 장애물도 넘어설 수 있는 인간이다"라는 말에서 알 수 있듯이, 조이스는 자신만의 기준을 가지고 있었습니다. 반면에 카프카는 "나는 어떤 장애물이 나타나도 맥을 못 추고 좌절하는 인간이다"라는 글을 종이에 적어 웃옷 주머니에 넣고 다녔습니다. 언젠가 카프카는 이런 말을 한 적이 있지요, 타르뎁스키가 말했다, 지금 나는 전혀 글을 쓸 수가 없다. 독일어로도 다른 언어로도 글을 쓸 수 없는 상태. 여기에 네번째 문제, 다시 말해 전혀 글을 쓸 수 없다는 문제를 덧붙일 수 있을 겁니다. 그런데 이 네번째 문제는 그에게 최대의 유혹이었을 거예요. "내가 쓰는 것이라면 무엇이든지"라고 얘기하던 그에게는 정말 커다란 유혹이었을 겁니다. 다음 문장을 예로 들어봅시다. 그는 창문을 내다보았다, 내가 쓴 글인데 완벽하다. 그가 말한 완벽함은 대체 뭘 의미하는 걸까요? 타르뎁스키가 말했다. 한편으로 형식과 문체의 완벽성에 대해 카프카가 품었던 이상은 너무 철저했죠. 그래서 이 문제에 관해서는 어떤 타협도 용납하지 않았어요. 이와 동시에 그는 진정으로 위대한 작가라면 언제나 글을 쓸 수 없다는 문제, 즉 글쓰기의 거의 절대적인 불가능성에 직면하게 된다는 점을 그 누구보다 더 잘 알고 있었지요.

말할 수 없는 것에 대해서는 침묵하라, 비트겐슈타인의 말이죠. 말할 수 없는 것에 대해서는 차라리 침묵해야 한다. 이건 작품 속에서 카프카가 끊임없이 던진 질문입니다. 정확히 말하자면, 그가 말했다, 그의 작품은 말할 수 없는 것에 대해, 그리고 이름 붙일 수 없는 것에 대해 굳이 말을 하려고 했던 유일한 작품입니다. 그것도 매우 섬세하고 예리하게 말입니다. 그러면 말할 수 없는 것이 대체 뭘까요? 아우슈비츠의 세계. 그 세계는 언어 저 너머에 존재합니다. 언어의 철조망이 쳐 있는 경계선 너머에 존재하는 세계죠. 철조망, 허공에 걸린 철조망 위를 맨발로 걷는 곡예사. 그는 저 너머에 있는 세계에 대해 말할 수 있는지 알려고 애썼던 거예요.

말할 수 없는 것에 대해 말하는 것은 인간에게 있어 진리의 담지자인 언어의 존재를 위험에 빠뜨릴 수도 있는 모험입니다. 절체절명의 위기죠. 숲 속의 성에서는 어떤 이가 방 안을 이리저리 서성이며 뭔가를 불러주고 있어요. 비서들에게 둘러싸인 채 뭔가를 불러주고 있습니다. 거짓과 공포로 가득 찬 말로는, 타르뎁스키가 말했다, 삶을 그리 쉽게 드러낼 수 없는 법이지요. 반면 비트겐슈타인은 죽음과도 같은 침묵 속에서 분명하게 깨달아가고 있었어요. 자신의 생각과 가장 가까운 작품은, 미완성이지만 그 무엇과도 비교할 수 없는 프란츠 카프카의 작품이라는 것을 말입니다. 조이스? 언어로 화려한 요술을 부리기 위해 그는 역사라는 악몽에서 깨어나려고 애썼죠. 반면에 카프카는 그 악몽 속으로 들어가 그것에 대해 글을 쓰기 위해서 매일같이 깨어 있었습니다.

3

지금쯤 눈치를 챘겠지만, 타르뎁스키가 말했다, 우리가 밤새 그토록 많은 이야기를 나눈 건 사실 그분에 대해서, 그러니까 교수님에 대해서 아무 말도 하지 않기 위해서였습니다. 그리고 지금까지 우리가 많은 이야기를 나눈 건 그분에 대해선 할 수 있는 말이 아무것도 없기 때문이기도 하죠.

그분은 오늘 밤에 오지 않을 겁니다, 타르뎁스키가 말했다. 아마 오늘 밤엔 오지 않을 거예요, 교수님 말입니다. 아마 당분간은 그분을 볼 수 없을 겁니다. 하지만 그건 그리 중요한 문제가 아닙니다, 그가 말했다. 진정으로 중요한 것은, 그가 말했다, 어떤 일을 하건 자신의 인생을 걸고 하겠다는 의지와 결단이겠지요.

당신도 잘 알다시피 난 그분을 존경합니다, 얼마 후 그가 말했다. 그분을 알면서도 존경하지 않는다는 건 불가능한 일이죠. 그분은 다른 이들의 삶 속에 숨어 있는 최고의 가치를 그들 스스로에게 확인시켜주곤 했어요.

이제 내 얘길 해볼까요? 타르뎁스키가 말했다. 잘 알겠지만, 난 인용으로만 이루어진 인간입니다. 그래서 그분에 대해서 말할 때도 이 노트를 다시 펼쳐봐야만 했던 거죠. 그리고 내가 곧 읽어드리게 될 이 내용은, 아마도 교수님이 내게 어떤 존재였는지를 가장 분명하게 드러내주는 가장 좋은 예가 될 겁니다. 또 내가 왜 그분을 존경했는지를 종합적으로 드러내줄 거예요. 그리고 우리 집에서, 그러니까 바로 이곳에서 지금 당신과 나처럼, 그분과 내가 함께 보냈던 마지막 밤의 그 긴 대화를 요약한 것일 수도 있습니다.

세상을 뜨기 9일 전에, 타르뎁스키가 노트를 보고 읽기 시작했다, 임마누엘 칸트의 집으로 의사가 왕진을 왔다. 늙고 병든 데다, 이제 눈까지 어두워진 그는 겨우 자리에서 일어났지만, 기력이 소진된 탓에 온몸을 부들부들 떨면서 알아들을 수 없는 말을 중얼거렸다. 평생지기였건만 이 상황에서 어떻게 해야 할지 몰라 적이 당황했다. 순간 나는 의사가 자리에 앉기 전에는 그도 절대로 앉지 않으리라는 것을 알게 되었다. 의사가 자리에 앉고 나서야 칸트도, 타르뎁스키가 계속

일어나갔다, 나의 도움을 받아 자리에 앉았다. 기력을 약간 되찾은 후에 그는 이런 말을 했다. "나는 아직도 인간성의 의미를 저버리지 않았소." 저 노철학자에게 고전 독일어인 '후마니태트'*라는 말이 그토록 큰 의미를 지니고 있다는 사실을 이해한 우리 모두는 깊은 감동을 받았다. 당시 상황에서 그 말은 우리에게 깊은 인상을 주었다. 병과 고통 그리고 인간의 삶 속에 내포된 모든 시련과 역경에 맞서면서, 오로지 정의와 진리의 원칙에 따라서 평생을 살아온 한 인간에게서 엿보이는 당당하면서도 비극적인 의식. 도덕적 인간은, 이건 30년 전쯤에 칸트가 쓴 글이에요, 타르뎁스키가 읽어주었다, 선(善)의 최고 경지는 삶이 아니라, 스스로의 존엄성을 지키는 것임을 아는 사람이다. 그리고 그분은 죽을 때까지 그 원칙에 따라 살았어요.

굳이 남의 말을 인용해서 내 생각을 표현하고 싶지는 않았습니다, 타르뎁스키가 말했다. 하지만 교수님은 '후마니태트'의 의미를 고전 독일어에서의 의미 그대로 순수하게 지켜온 분이라고 할 수 있습니다.

내가 아무리 냉소적이고 소피스트적이라 해도 그런 원칙에 따라 살 수 있는 사람이라면 누구라도 존경할 겁니다.

교수님은 도덕적 인간이셨어요, 타르뎁스키가 말했다, 그런 의미에서 그는 나의 대립물이었던 셈입니다. 이런 얘기를 전부 하는 이유는 교수님과 내가 서로 얼마나 상반된 존재였는지를 당신에게 알려주기 위한 겁니다. 회의주의자로서 나는 이 세상에 살아남기 위해 사유를

---

* 계몽주의 시대 독일에서 '도덕적 인간' 또는 '인간본성'이라는 의미로 쓰인 철학 용어. 칸트의 인간존중 사상을 압축적으로 표현한 말이다.

이용하는 인간에 불과합니다. 반면 원칙에 충실한 교수님은 자신의 사상을 엄격하게 지킬 수 있는 분입니다. 난 이 세상 여기저기를 떠돌아다니는 처지지만 그는 이 땅에서 태어났고, 또 여기에서 죽을 사람입니다. 교수님이 자신의 인생을 걸고 하기로 결정한 일에 대해 이런 저런 말을 하기에 내가 적당한 사람이 아니라는 걸 굳이 밝힐 필요는 없을 겁니다. 다른 사람들의 글을 읽고 과거를 회상하는 것 외에 내가 드릴 말씀은 아무것도 없습니다. 그렇지만 그분은 나를 마음속 깊이 신뢰했습니다.

그래서 당신이 이곳에 오면 나를 만나도록 교수님이 미리 조치를 해놓으신 거죠. 게다가 그건 그분에 대해 내가 할 말이 아무것도 없기 때문이기도 할 겁니다.

그리고, 이건 그저 내 생각일 뿐인데요, 타르뎁스키가 말했다, 교수님도 이제 자유로워지고 싶어서 그랬는지는 몰라도, 자신이 가지고 있던 유일한 물건, 그러니까 누군가에게는 꼭 넘겨주어야 했던 물건을 내게 맡겨놓았어요. 실제로 그분이 가지고 있던 유일한 물건에서 벗어났으니, 이제는 어디 있더라도 두려움에 떨 필요가 없을 겁니다.

교수님은 그 문서를 당신에게 남긴 겁니다. 오늘 교수님이 오지 않았다면, 그건 꼭 그럴 필요가 없기 때문일 겁니다. 더 중요한 것은, 그가 말했다, 그분이 그 문서에서 벗어나기로 결심했고, 그걸 넘겨줄 사람으로 당신을 골랐다는 점입니다.

타르뎁스키가 말을 마친 후, 우린 한동안 아무 말도 하지 않았다. 잠시 후, 그가 자리에서 일어나 방 안쪽 벽에 붙어 있는 장을 향해 걸어갔다. 서랍을 연 그는 거기에서 문서철을 꺼내 내게 건네주었다. 그러고는 이제 그 문서는 내 것이라고 말했다. 이제 그건 당신 몫이 됐어요, 타르뎁스키가 말했다.

어떤 면에서, 그가 말했다, 이 책은 교수님의 자서전과도 같은 겁니다. 여기엔 그분이 자기 자신에 대해서 글을 쓰는 방법이 고스란히 드러나 있습니다. 결국 이 문서를 잘 살펴보면 당신이 그분에 관해 알고 싶었던 것들, 그리고 내가 그분에 관해 말할 수 없었던 모든 내용을 다 찾아낼 수 있을 겁니다. 그분이 왜 갑자기 사라졌는지에 대한 열쇠도 분명히 거기에 다 들어 있을 거예요. 교수님이 오늘 밤에 오지 못한 이유 말입니다. 그 속엔 그 모든 비밀이 다 담겨 있어요. 만약 비밀 같은 게 있다면 말이에요. 그분이 당신에게 넘겨주고자 했던, 그리고 당신이 직접 이곳까지 와서 찾도록 했던 이것은 그분이 평생 관심을 가지고 있었고, 또 이 상황을 설명해줄 유일한 것이에요.

모두 세 개의 파일입니다. 그 안에는 깔끔하고도 의연한 글씨로 적어놓은 각종 문서들과 주석들 그리고 글이 들어 있어요.

타르뎁스키는 창가로 가 기대고 섰다. 그리고 밤거리를 잿빛으로 물들이는 희미한 불빛을 바라보았다. 그는 나에게 등을 돌린 채, 밖을 내다보고 있었다. 그러고는 나직한 목소리로 이제 곧 동이 틀 모양이라고 말했다.

날이 밝아오네요, 그가 말했다. 이제 곧 동이 틀 겁니다.

나는 파일 중 하나를 펼쳐보았다.

나의 시신을 발견하는 이에게

나는 아르헨티나인으로 태어나 죽은 엔리케 오소리오라고 하오. 한평생 조국의 자유를 위해 모든 걸 다 바치고자 한 애국자로 불리는 명예를 누리고 싶은 사람이오. 내가 지금 임시로 거처하는 곳의 주소를 자세히 알려주도록 하겠소. 칠레 공화국, 코피아포 주, 카예혼데아길라 거리, 12번지. 이곳, 그러니까 이 거처에는 내가 가장 사랑하는 친구인 아르헨티나 시민 후안 바우티스타 알베르디 박사가 살고 있을 것이오. 나는 이미 그에게 내 결심을 밝힌 편지를 썼습니다. 그 편지는 내 책상 왼쪽 서랍 속에 들어 있을 것이오. 그와는 평소에 형제처럼 지낸 사이라, 내가 남긴 모든 걸 다 잘 처리해줄 것으로 믿소.

소설과 유토피아

리카르도 피글리아의 문학세계: 서사 전략으로서의 '읽기'

1941년 아르헨티나 부에노스아이레스 주 아드로게에서 태어난 리카르도 피글리아는 라플라타 대학에서 역사를 공부했다. 1960년대 후반 새로운 문화운동의 자장(磁場) 역할을 하던 쿠바의 '카사 데 라스 아메리카스'로부터 특별상을 받으면서, 본격적인 작가의 길로 들어서게 되었다. 이후 아르헨티나에서 미국과 라틴아메리카의 대표적인 탐정소설과 스릴러물을 '세리에 네그라'라는 시리즈로 편집 출판하면서 자신의 활동 영역을 넓혀나갔다. 그러나 피글리아가 전 세계의 비평계로부터 많은 주목을 받게 된 것도, 그리고 보르헤스 이후의 최고 작가라는 평가를 받게 된 것도, 사실은 문학과 삶에 기초한 새로운 문제의식을 지속적으로 제시했기 때문이다. 피글리아가 문학 활동*을 전개해온 시기는 역사적으로 볼 때 거대한 변환의 연속이었다. 페론주의가 아르헨티나 사회에 남긴 깊은 상흔을 목격하면서 성장한 피글리아가 본격적으로 작품 활동을 시작한 1960년대는 쿠바 혁명의 성공으로 라틴아메리카 전체가 변혁운동의 소용돌이로 휘말려 들어가던 시기였다. 반면 1970년대와 1980년대는 아르헨티나를 비롯한 많은 나라들이 군사독재정권의 국가폭력 아래에서 신음하고 있었으며, 1990년대 또한 파시즘의 질곡에서 간신히 벗어나긴 했지만 곧이어 몰아닥친 신자유주의의 광풍 앞에서 또다시 좌절할 수밖에 없었다.

이처럼 거대한 변화의 와중에서도 피글리아는 문학과 삶에 대해 늘 일관된 태도와 입장을 견지해왔다. 문학이 사회적 투쟁에 일정하게 복무하고 개입해야 한다는 동시대의 작가들과는 달리 그는 문학과 현실을 명확하게 구분함과 동시에 문학의 자율성을 옹호했다. 피글리아는 로돌포 왈시를 인용하면서, "정치에 관해 글을 쓰려면 문학을 버리고 증언 장르에 의존하는 것이 좋다. 소설은 정치적인 것에 접근하는 자기만의 고유한 방식을 가지고 있기 때문이다"라고 주장했다. 그렇다고 해서 그의 입장이 보수적이라거나 기존의 순수주의 문학론에 갇혀 있다는 건 아니다. 반대로 그는 문학을 더 근원적으로 사유함과 동시에, 사유를 문학의 영역으로 끌어들임으로써—사유의 문학화!—기존의 틀을 해체하고 그 잠재적 능력을 극대화시키고자 하는 것이다. 피글리아의 핵심적인 문제의식은 따라서 "무엇을 쓸 것인가?"가 아니

* 여기서 '문학 활동'이라고 한 이유는, 피글리아는 단지 창작뿐 아니라, 인터뷰를 통해서도 자신의 관점을 효과적으로 드러내왔기 때문이다. 그 밖에도 그는 아르헨티나의 대표적 작품을 만화로 각색하기도 하고, 또 영화의 대본을 쓰는 등, 기존의 문학이라는 '제도(establishment)'의 틀에서 벗어나 다양한 활동을 전개했다. 따라서 그의 문학 활동을 '새로운 문학적 실천방식'이라고 규정해도 무리가 없을 듯하다.

라, "어떻게 읽을 것인가?"에 집중되어 있다. 피글리아에 따르면, "작가는 자신이 읽는 작품을 배반하는 사람이다. 텍스트를 전혀 다른 방식으로 읽고, 사용"함으로써 '탈주선', 즉 전혀 다른 의미망을 구축하기 때문이다. 결국 피글리아에게 '읽기'는 가능 세계에 대한 새로운 전망을 여는 토대로 기능하고 있을 뿐 아니라, 특이한 읽기의 방법은 새로운 문학 형식으로 드러나는 계기로 작동하고 있다.

이런 점에서 피글리아는 문학의 독창성이라는 낭만주의 신화를 부정하고 패러디를 통해 기존의 문학 전통을 다른 방식으로 사용한 호르헤 루이스 보르헤스의 가장 충실한 계승자라고 할 수 있다. 사실 피글리아의 거의 모든 작품은 아르헨티나와 유럽의 다양한 텍스트들을 전혀 새로운 각도에서 읽음으로써, 새로운 의미의 흐름을 생산해낼 수 있었던 것이다. 예를 들어 1975년에 출판된 『가명』은 아르헨티나의 소설가인 로베르토 아를트의 미간행 원고의 발견과 출간을 둘러싼 문제를 탐정소설의 형식으로 풀어가면서, 아를트 문학의 핵심 주제인 돈과 허구의 문제를 드러내고 있다. 반면에 『인공호흡』(1980)에서는 군사독재 체제, 즉 파시즘이라는 역사의 악몽으로부터 벗어나는 길을 모색하기 위해 문학과 허구의 가능성을 탐구하는데, 여기서는 보르헤스와 아를트뿐만 아니라, 사르미엔토, 에체베리아, 제임스 조이스, 프란츠 카프카 그리고 브레히트와 비트겐슈타인 등이 허구 속으로 침투한다. 그리고 1986년에는 그동안의 인터뷰와 비평문을 모은 『비평과 허구』를 출간하는데, 여기서 피글리아는 보르헤스와 브레히트 그리고 벤야민과 발레리의 전통을 계승하면서 비평 담론과 허구 담론의 접속 가능성에 대해서 새로이 모색하고 있다. 『영원한 감금』(1988)은 그동안의 피글리아 문학의 화두였던 문학의 가능성 혹은 허구가 현실에 미칠 수 있는 잠재적 능력을 본격적으로 탐구하고 있다. 반면에 1992년에 출간한 『존재하지 않는 도시』는 '독재 이후(Post-dictadura)' 사회에 만연한 순응주의와 회의주의 속에서 소설 문학이 나갈 길을 모색하고 있는데, 특히 마세도니오 페르난데스의 『영원한 여인의 소설 박물관*Museo de la novela de la Eterna*』(1967)을 새로운 관점으로 재해석한 점이 두드러진다. 마세도니오가 시도한 박물관 형식의 소설과 영원히 이야기를 생산하는 '기계'로서의 여인을 결합시킴으로써 문학의 여성성과 국가에 대항하는 자리로서 소설의 가능성을 제시하고 있다. 마지막으로 『타버린 돈』(1997)은 그리스 비극의 현대적 의미를 재발견함으로써, 운명(신탁)을 규정하는 사회적, 역사적 의미를 밝혀내고 원칙에 의거한 행동과 실천의 중요성을 강조하고 있다. 이 작품은 아르헨티나 최대의 문학상인 플라네타상을 받았을 뿐 아니라 영화화되기도 했다.

『인공호흡』의 세계: 소설과 유토피아

1. 작품의 문턱: "언어 저 너머"의 세계를 어떻게 말할 것인가?

리카르도 피글리아의 『인공호흡』은 공교롭게도 아르헨티나의 군부독재정권, 소위 '민족재건위원회'에 의한 공포 정치, 다시 말해 국가가 시민사회를 상대로 벌인 '추악한 전쟁'이 절정에 달하던 1980년에 출간되었다. 당시의 군부독재에 대항해 많은 지식인, 작가들은 해외 망명의 길을 택하거나 죽음과 대결할 수밖에 없는 운명에 처하게 되었다. 로돌포 왈시와 같은 작가는 1977년 '군사정권에 보내는 공개 질의서'를 썼다가, 다음날 싸늘한 주검으로 발견되기도 했다. 이와 같은 주변 상황 때문에 피글리아의 작품은 그 성격상 많은 이들의 주목을 받을 수밖에 없었다. 이 소설을 구성하는 복잡한 단편(斷片) 구조*, 그리고 텍스트의 부재 중심으로 기능하는 마르셀로 마기 교수의 존재가 끊임없이 '실종자'를 암시하고 있다는 점을 고려할 때 당시의 많은 독자들과 비평가들이 『인공호흡』을 폭력에 신음하면서 죽어가는 아르헨티나 사회의 알레고리로 읽었던 것도 크게 무리는 아니다. 하지만 그러한 견해는 1980년대 중반 이후 아르헨티나 문단에서 주류를 이룬 '독재소설' 론이라는 비평적 콘텍스트에서 비롯된 것일 뿐, 이 작품을 내재적이고 총체적으로 이해하는 데는 충분치 않을 것으로 보인다.

그러면 피글리아가 『인공호흡』을 통해서 모색하고자 한 것은 무엇일까? 이에 대한 해답은 작품 속에서 폴란드 망명객인 블라디미르 타르뎁스키의 입을 통해서 제시된다.

> 말할 수 없는 것에 대해서는 침묵하라, 비트겐슈타인의 말이죠. **말할 수 없는 것에 대해서는 어떻게 말할 수 있을까?** (강조는 역자)

* 이 작품의 단편적, 파쇄적 구조가 군부의 혹독한 검열을 피하기 위한 방법으로 보는 것이 당시 아르헨티나 비평계의 주류적 견해였다.

이는 작품 속에서 피글리아가 반복해서 던지는 질문이다. '말할 수 없는 것' 그리고 '이름붙일 수 없는 것'—또 다른 아우슈비츠, 군사 정권에 의한 시민 학살을 어떻게 이야기할 것인가? 타르뎁스키의 말대로, 이러한 노력은 "진리의 담지자인 언어의 존재를 위험에 빠뜨릴 수"도 있는 위험한 모험이다. 그렇지만 피글리아는 "언어 저 너머"에 존재하는 세계를 말하기 위해서 작가는 "언어의 철조망" 위를 맨발로 걷는 곡예사가 되어야 한다고 말한다.

그러면 언어 저 너머에 존재하는 세계를 말하기 위해서는 어떻게 해야 할까? 이것이 소설가로서 피글리아가—니체와 카프카, 그리고 비트겐슈타인이 직면했던 것과 마찬가지로—직면한 첫번째 문제였다. 이 문제를 풀어나가기 위해 피글리아-렌시는 또 다른 질문을 던진다. 과연 "우리 삶에는 하나의 이야기만 존재할까?" 그리고 "실제 사건을 어떻게 이야기할 것인가?" 다시 말해, 우리의 삶은 매끄러운 플롯을 가진 하나의 이야기인가, 아니면 여러 사건들이 분산, 수렴되고 증식하는 불연속적이고 다면적인 질서를 갖는가? 우리의 삶에는 단 한 가지의 의미만이 존재하는가, 아니면 다수의 의미가 서로 공명하거나 발산하면서 공존하고 있는가? 이러한 인식은 곧 경험과 이야기가 접합되는 계기로 작용한다. 피글리아에게 있어서 경험은 한 주체가 현실을 인식하는 방법, 즉 사건에 의미를 부여하는 방법을 의미한다. 따라서 경험은 사건의 숨겨진 의미를 찾아내고, 우리의 억압된/잊힌 (집단) 기억을 복원한다는 점에 있어서 이야기와 동일한 질서를 갖는다. 작가가 작품의 제사(題詞)로 삼은 T. S. 엘리엇의 시도 바로 이런 맥락에서 이해되어야 할 것이다.

우리에겐 경험이 있지만 그 의미를 잃어버렸다
그러나 그 의미에 다가간다면 경험을 되찾게 될 것이다.

언어로 표현할 수 없는 세계를 '이야기'하기 위해서는 현실/권력에 의해 은폐/억압된 가능한 '삶의 질서'와 '의미'에 접근해야 한다. 이 작품이 단일한 플롯을 지닌 선형적인 질서가 아니라, 서로 다른 이야기가 혼효(混淆)하는 구조를 취할 수밖에 없는 것도 바로 이런 이유 때문이다.

2. 작품의 구조: '역사적 시선'과 '문학적 시선'

피글리아의 『인공호흡』은 크게 두 부분으로 나뉘어 있다. 프란스 할스의 그림 제목이기도 한 '내가 어둡고 음울한 겨울이라면'이란 부제가 붙은 제1부는 다시 세 부분으로 나뉜다. 소설의 모두(冒頭)는 주인공인 에밀리오 렌시가 외삼촌인 마르셀로 마기의 삶에 얽힌 비밀을 소재로 한 첫 소설 『현실의 지루함』(1976)을 출간한 후, 렌시와 마기 간에 이루어진 서신 교환으로 시작된다. 당시 변방인 콩코르디아에 은거하던 마기는 19세기의 애국자인 엔리케 오소리오의 모순적인 삶을 재구성함으로써 역사적 진실을 밝혀내는 작업을 하고 있다. 편지를 통해 마기는 조카인 렌시에게 개인의 삶의 영역에서 벗어나 넓은 역사적 관점을 가질 것을 당부한다. 두번째 부분에서는 마기의 부탁으로 렌시가 마기의 장인이자 상원의원인 루시아노 오소리오를 방문해서 대화를 나누게 되는데, 여기에서 상원의원은 아르헨티나 역사의 기원과 역사에 내재한 법칙에 대한 명징한 관점을 환각적인 독백 형식으로 드러내고 있다. 마기는 상원의원의 조부인 엔리케 오소리오가 쓴 각종 기록을 보관한 '궤짝'을 통해 아르헨티나 역사에 대한 새로운 인식에 도달하게 되고, 이로써 마기-루시아노 오소리오-엔리케 오소리오의 접속이 이루어진다. 여기서 주목할 점은, 마기의 연구가 계보학적 방법을 통해 이루어지고 있다는 것이다. 즉, 군사정권이 수립된 1976년이라는 '현재'에 매몰되는 대신, 역사를 계보학적으로 추구함으로써 그 기원에 은폐된 폭력과 단절, 배신과 음모 등을 드러낼 수 있었다는 사실이다. 제1부의 세번째 부분은 복합적이고 파쇄적인 스토리 라인으로 구성되어 있다. 먼저 검열관으로 추정되는 아로세나가 등장하는데, 그는 정보기관이 중간에서 가로챈 편지—도둑맞은 편지!—에 숨겨져 있을지도 모르는 비밀 메시지를 판독해내려고 노력한다. 편집증적인 아로세나의 읽기 방식('권력')은 렌시-마기-피글리아의 읽기 방식('문학')과 날카로운 대조를 이루고 있다. 그 외에 신분을 알 수 없는 사람들이 주고받은 수많은 편지의 단편(斷片)들이 모자이크 방식으로 텍스트에 등장하는데, 이는 권력에 의해 패배한, 혹은 추방된 사람들, 즉 '패배자들'의 억눌리고 갈가리 찢긴 목소리에 새로운 형식—'패배자들의 이야기' 혹은 사지가 찢긴 오르페우스의 노랫소리—을 부여하려는 시도로 보인다.

'데카르트'라는 부제가 붙은 제2부는 렌시가 마기를 만나기 위해 콩코르디아에 도착하는 장면으로 시작된다. 그러나 콩코르디아에서 렌시를 기다리는 것은 마기가 아니라 그의 '부재'였다. 마기는 이미

'실종'된 뒤였고, 자신이 하던 작업, 즉 엔리케 오소리오에 대한 연구가 계속될 수 있도록 남긴 세 개의 파일만이 렌시를 기다리고 있었다. 마기가 오기를 기다리면서 렌시는 폴란드에서 망명한 타르뎁스키와 아르헨티나 문학의 전통과 문학의 잠재적 능력에 관해서 긴 대화를 나누게 된다. 제1부와 마찬가지로 여기서도 비트겐슈타인과 제임스 조이스, 브레히트 등 실제 인물들이 허구 속으로 등장할 뿐 아니라, 타르뎁스키가 아르헨티나로 망명하는 계기가 되었던 우연한 발견, 즉 아돌프 히틀러와 카프카의 (가상적) 만남 등을 통해 현실과 허구가 텍스트의 표면에서 복잡하게 교차하고 있다. 제1부의 '역사적 시선'과 제2부의 '문학적 시선'이라는 표면적으로 전혀 별개인 것으로 보이는 흐름이 텍스트가 전개됨에 따라 복잡한 양상으로 얽히고 있다. 결국 이 작품을 통해 피글리아가 제기하고자 하는 문제는 문학과 현실/역사, 더 구체적으로 말하자면 '읽기'와 삶의 세계의 관계일 것이다. 달리 말해 역사의 악몽에서 깨어나기 위해 문학이 어떤 전망을 제시할 수 있고, 또 읽기가 어떻게 현실을 변화시킬 수 있는가 하는 문제로 요약할 수 있을 것이다. 피글리아가 보르헤스와 마세도니오 페르난데스의 문학과 만나는 지점은 바로 여기이다. 피글리아는 세 명의 아르헨티나 작가들의 문학세계를 전위적인 관점에서 읽어냄으로써 새로운 의미와 잠재성의 체계에 도달한다.

3. 역사적 시선: 텅 빈 시간으로서의 현재 그리고 유토피아

제1부는 마기와 렌시 간의 대화가 서간문 형식을 취하고 있다. 렌시의 말처럼 굳이 18세기의 고리타분한 형식을 사용한 이유는 거기에 유토피아의 씨앗이 내포되어 있기 때문이다. 왜냐하면

> 편지를 쓴다는 것은 미래로 메시지를 보내는 것이기 때문이다. 편지를 쓰는 동안, 우리는 그 자리에 없을 뿐 아니라, 지금 어떤 상태인지도 (중략) 모르는 사람과 현재시제로 대화를 나누다가, 나중에서야 서로의 이야기를 읽게 된다. 편지는 유토피아적인 대화 형식이다. 왜냐하면 편지는 현재를 폐기함으로써 미래를 유일한 대화 공간으로 만들기 때문이다. (본문 124쪽)

따라서 새로운 의미와 경험을 찾기 위해 미래를 향해서 끊임없이 분열하고 증식하는 담론, 즉 서간문 형식을 취하는 것은 당연한 일인 것이다. 반면 마르셀로 마기가 렌시에게 보내는 편지의 중심에는 언제나 엔리케 오소리오라는 인물이 놓여 있다. 19세기 아르헨티나의 자유를 위해 투쟁해온 애국자였지만 역사적 운명 탓에 배신자라는 오명을 뒤집어쓸 수밖에 없었던 오소리오. 마기의 말대로 그의 삶에는 '그 시대의 모든 역사적 진실이 압축'되어 있다. 마기가 오소리오의 전기를 쓰려는 의도는 '불행과 오욕으로 점철된 그의 삶이 무엇을 드러내주는지', 즉 그의 기이한 삶 속에 흐르는 '역사의 운동 법칙'을 포착하는 것이었다. 결국 엔리케 오소리오라는 인물이 모든 이야기의

기원이자 동시에 텍스트의 비밀로 기능하고 있음을 알 수 있다. 따라서 마기와 렌시의 대화는 역사의 의미를 찾기 위해 또 다른 방향, 즉 기원/과거를 향한다. 마기를 만나기 위해, 그리고 그가 마치지 못한 과제를 계승하기 위해 콩코르디아로 가는 기차에 몸을 실은 렌시에게 '그 시간은 마치 과거를 향해 떠나는 여행처럼 아득하게' 느껴질 수밖에 없던 것도 바로 그 때문이다.

이처럼 미래와 과거를 향해 동시에 분열하고 증식되는 이야기 구조 속에서는 당연히 '현재'가 폐기된다. 현재는 과거와 미래 속으로 부단히 미끄러져 들어감으로써, 현재적인 것과 잠재적인 것을 모두 지워버리는 '텅 빈 시간', 혹은 시간의 텅 빈 형식으로 드러나게 된다. 콩코르디아에 도착한 뒤 렌시가 발견한 것처럼, 텅 빈 현재가 부단히 암시하는 것은 바로 마기라는 존재/육체의 '부재'이다. 렌시에게 남은 과제는 그 비밀을 해결하는 것, 즉 현재의 빈자리를 채우고 아르헨티나의 역사적 현재에 의미를 부여하는 것이다. 과거를 재구성하기 위해 오소리오의 궤짝이 마기의 손에 들어왔듯이, 렌시에게는 마기가 '깔끔하고도 의연한 글씨로 적어놓은 각종 문서들과 주석들 그리고 글'이 들어 있는 세 개의 파일이 남겨졌다. ('인용'으로 채워진 '검은색 노트'를 가지고 있는 타르뎁스키도 동일한 역할을 하게 된다.) 마기와 렌시는 엔리케 오소리오의 삶을 통해 아르헨티나 역사의 비밀을 찾아내기 위해 '수북이 쌓인 잔해 속에서, 그리고 점점 더 늘어만 가는 메모와 각종 증언들, 망각의 기계들 틈 속'으로 들어간다. 그런 의미에서 텍스트에서 렌시-마기가 하는 역할은 탐정의 그것과 다르지 않다. 왜냐하면 "보이지 않는 중심에 의해 결합되어 있는 이질적이고도 상호모순적인 사료들이 공존하고 있는 것이 역사인데, 누군가가 그 중심을 재구성해야 하기 때문이다. 그런 의미에서 역사는 탐정소설을 반대로 뒤집어놓은 것이나 마찬가지이다."(리카르도 피글리아, 「소설과 유토피아*Novela y utopía*」)

마기가 렌시에게 편지를 보낸 이유는 그 파일을 통해서 엔리케 오소리오의 개인적, 역사적 삶에 숨겨진 '비밀 메시지'를 발견하고 재구성하도록 렌시의 '삶을 이끌려고' 했던 것이다. 따라서 편지는 렌시에 대한 일종의 '역사교육'으로 기능하고 있다. 이 교육을 통해서 렌시에게 보여주고자 했던 것은 바로 '역사적 시선'이었다. 마기에게 역사란 '우리의 삶을 구성하는 수많은 요소들을 일관되게 연결해주는 끈과 같은 것'으로, 공식적인 역사 담론과 권력의 담론의 기초를 이루는 선조적(線條的) 시간의 질서에 침투해서 이를 완전히 해체하는 것을 전제로 한다. 다시 말해서 역사적 시선은 화석화된 현재를 무한히 미분시켜 과거와 미래를 향해 분열, 증식시킬 뿐만 아니라, 반대로 텅 빈 시간('현재')으로 다시 '역류' 시킴으로써 역사적 현재와 삶에 새로운 의미와 형식을 부여하려는 시도이다. 시간의 텅 빈 형식 속에서 존재하는 모든 것은 물음으로 돌아오고, 과거, 현재, 미래는 자유롭게 유희하고 새롭게 구성된다. 이와 같은 마기의 역사적 시선을 가장 구체적으로 드러내주는 것은 바로 엔리케 오소리오가 구상한 유토피아 소설이다. 그가 꿈꾸는 유토피아는 '지상 어디에도 존재하지 않는' 완벽한 공간이 아니라 추방과 망명으로 점철된 그의 삶과 경험, 즉 '유형 생활, 엑서더스'이다. 그것은 과거와 현재 그리고 과거와 미래 '두 시간 사이에 걸쳐 있는' 부재하는 공간(현재), 즉 '시간'의 유토피아다. 오소리오는 미래를 일상적인 형식으로 드러내기 위해 '역사가가 과거의 문서들을 접하듯이 내 소설의 주인공은 저 미래의 누군가가 쓴 글들을 만나게' 되는 그런 소설을 쓰고자 한 것이다. 1837년에서 1838년까지 프랑스가 부에노스아이레스를 봉쇄한 소위 '공포'의 시대에 미래(1979년) 아르헨티나인들이 주고받은 평범한 내용의 편지들, '시간 속에서 길을 잃은 편지들'을 발견하게 된 주인공은 거기에서 '몇 가지 징후를 포착'한 뒤 이를 토대로 '미래의 시대가 어떻게 될까를 재구성'하게 된다.

> 반대로 꿈처럼 멀게만 느껴지는 어느 날(1979년)의 우리나라와 만나는 것이다. 그러나 세상에 그런 장소는 존재하지 않는다. 오직 시간 속에서만 존재할 뿐. 아직 그런 장소는 없다. 나는 이것이야말로 올바른 유토피아적인 관점이라고 믿고 있다. 130년 후 아르헨티나의 모습을 상상하는 것, 이는 향수(鄕愁)를 일상적으로 실천하는 행위이자, 진정한 로망 필로소피크이다. (본문 116~117쪽)

그러므로 마기의 관점에서, 역사는 미래뿐 아니라 과거를 향한 '가능 세계의 소급적 증식'을 통해 '전신불수' 상태의 현재에 생명을 부여하는 '인공호흡'으로 규정될 수 있다. 마기의 역사적 시선의 핵심은 '앞으로 다가올 모든 일을 마치 지나간 일인 것처럼 보는 방법' 혹은 지나간 일을 마치 앞으로 다가올 일인 것처럼 보는 방법이었다. 그러면 마기가 굳이 역사적 시선을 제기한 이유는 무엇일까? 이는 언어로 표현이 불가능한 세계에서 현재의 의미를 역사적으로 파악하고, 이를 통해 변혁의 가능성을 사유할 수 있는 새로운 공간을 창출해내기 위한 것이다. 결론적으로 역사적 시선은 "현재의 공포를 어떻게 견뎌낼 것인가?"라는 질문에 대한 궁극적인 해답으로 볼 수 있다.

> 우리가 현재의 역사적 의미를 제대로 인식하지 못한다면, (중략) 현재를, 그리고 지금 이 순간의 공포를 어떻게 견딜 수 있단 말입니까? (중략) 앞으로 어떻게 될지, 어떻게 변화할지를 안다면 현재를 견뎌낼 수 있다는 겁니다. (본문 292쪽)

4. 또 다른 세계: 역사를 변화시키는 소설의 가능성

엔리케 오소리오-루시아노 오소리오-마기의 유토피아는 시간에 대한 새로운 관념에 기초한 역사적 인식에 다름 아니다. 사실 텅 빈 현재와 과거와 미래를 향한 시간의 분열, 증식 그리고 역류, 이 모든 것은 보르헤스의 문학세계에서 비롯된 것이다. 그러나 피글리아는 보르헤스의 텍스트를 다른 방식으로 읽고 사용함으로써, 그리고 바로 그곳에서 탈주선을 그려냄으로써 형이상학적 사유의 유희로서의 시간-유토피아 관념을 역사적 층위에서 새롭게 재구성해낸다. 결국 『인공호흡』은 보르헤스 문학의 '역사화'라는 의미를 얻게 된다. 그러나 작품을 전체적으로 볼 때 제1부에서 드러나는 유토피아 혹은 역사적 시선은 제2부에서 전개되는 문학에 대한 논의 과정으로 수렴되어 가는 형식을 띠고 있다. 이러한 초점 이동을 통해 피글리아는 소설이 현실을, 그리고 역사를 변화시킬 수 있는 잠재력을 드러내고자 했던 것이다. 아르헨티나 문학의 전통을 새로운 관점에서 해석함으로써 역사적 진실을 밝혀낼 뿐 아니라, 미래를 향한 변혁의 원동력을 찾아내려는 시도가 바로 『인공호흡』의 핵심적인 과제이다. 피글리아의 문제의식이 빛을 발하는 지점이 바로 여기이다.

> 제가 겪은 일련의 경험, 그 의미에 관해 차분하게 생각해봤습니다. 그걸 통해 제가 얻은 결론은 바로 문학과 미래의 불가해한 관계 혹은 책과 현실의 기이한 연관성이었습니다. 제가 그런 장면을 바꿀 수 있을까요? 다시 말해, 제가 거기에 개입할 수 있는 방법이 있는 걸까요? 아니면 전 단지 구경꾼에 불과한 걸까요? (본문 149쪽)

피글리아 문학이 궁극적으로 지향하는 바는 현실을 객관적으로 반영하는 것이 아니라, 기존의 문학 전통을 다르게 읽음으로써 새로운 의미망을 구축하는 것이다. 따라서 그가 꿈꾸는 것은 허구에서 현실의 현존을 발견하는 리얼리즘이 아니라, 반대로 현실에서 허구의 현존을 발견하는 것, 즉 보르헤스의 말처럼 '환상적인 세계가 실제의 세계 속으로' 틈입해서 현실을 지배하게 되는 그런 유토피아이다. 텍스트를 읽는 순간 그 이야기의 흐름은 전혀 별개인 삶의 흐름 속으로 침투해서, 그것을 '고정시키고 불분명한 삶의 움직임을 정확하게 포착'할 뿐 아니라, 욕망의 흐름에 따라 삶과 현실의 질서를 재배치하게 된다. 이는 마세도니오 페르난데스가 추구하던 문학의 극점(極點)이기도 하다. 텍스트 읽기의 현상학이라고도 할 수 있는 그의 『영원한 여인의 소설 박물관』은 바로 그러한 유토피아적인 순간을 포착해내기 위한 노력이었다. 마세도니오는 그의 소설을 단지 소비되기 위한 작품이 아니라, '거리로 뛰쳐나온 소설'로 만들고자 했다. 언어에 불가능성을 요구하는 그의 모색은 '시간을 고정시키고, 죽음을 보상하고, 과거를 바꿀 수 있는 최고 인물'에서 절정에 이른다. 결국 『인공호흡』에서 피글리아는 보르헤스와 마세도니오의 문학적 유산을 창조적으로 전유함과 동시에 이들을 뛰어넘어 '또 다른 세계'의 가능성을 모색하고 있는 것이다. 피글리아의 말처럼 소설이란 '미래에 도래할 것에 대한 우리의 열정을 언어에 전하는 것'이 아닐까?

엄지영

1941년 11월 24일 부에노스아이레스 주 아드로게에서 출생. 본명은 리카르도 에밀리오 피글리아 렌시(Ricardo Emilio Piglia Renzi).

1955년 '정치적인 이유'로 마르델플라타 지방으로 이주. 이 시기부터 피글리아 문학의 모태가 되는 일기를 쓰기 시작함.

1959년 라플라타 국립대학교 역사학부 입학.

1967년 쿠바 '카사 데 라스 아메리카스' 주최 제7차 콩쿠르에서 특별상 수상. 이때 수상한 작품들을 모아 『하울라리오 *Jaulario*』란 제목으로 쿠바에서 출간. 『하울라리오』를 편집해서 『침입*La invasión*』이란 제목으로 아르헨티나에서 출간.

1968~1976년 미국의 스릴러 작품을 편집해서 '세리에 네그라(la Serie Negra)'라는 시리즈를 출판. 이 시리즈를 통해서 대실 해미트, 데이비드 구디스, 호레이스 매코이, 레이먼드 챈들러 등을 아르헨티나에 소개함.

1975년 단편집 『가명*Nombre falso*』 출간.

1977년 3년간 미국의 프린스턴 대학교와 하버드 대학교 등에서 객원교수를 지냄.

1980년 피글리아에게 국제적인 명성을 안겨준 장편 『인공호흡 *Respiración artificial*』 출간. 보르헤스 이후 아르헨티나 문학을 대표하는 작품으로 평가됨.

1986년 작가 자신이 쓴 비평과 대담을 실은 『비평과 허구*Crítica y ficción*』 출간.

1988년 단편집 『영원한 감금*Prisión perpetua*』 출간.

1992년 두번째 장편 『존재하지 않는 도시*La ciudad ausente*』 출간.

1993년 아르헨티나 근대문학의 역사를 만화와 비평으로 엮은 『조각 난 아르헨티나*La Argentina en pedazos*』 출간. 아르헨티나 단편소설을 편집한 『짐승들*Las fieras*』 출간.

1995년 작곡가인 헤라르도 간디니와 더불어 『존재하지 않는 도시』를 오페라로 각색하여 부에노스아이레스 콜론 극장에서 상연함. 단편집 『도덕적 이야기*Cuentos morales*』 출간.

1996년 엑토르 바벵코 감독의 영화 〈빛나는 마음*Corazón iluminado*〉의 각본을 씀.

1997년 장편 『타버린 돈*Plata quemada*』 출간. 이 작품으로 아르헨티나 플라네타상 수상.

1998년 페르난도 스피네르 감독의 영화 〈몽유병 여인 혹은 미래의 추억*La sonámbula, recuerdos del futuro*〉의 각본 작업에 참여.

1999년 비평집 『짧은 이야기 형식*Formas breves*』 출간.

2000년 부에노스아이레스 대학교에서 여러 연구자들과 진행한 세미나 '라틴아메리카의 소설 시학'을 정리해 『마세도니오 페르난데스 소설 사전*Diccionario de la novela de Macedonio Fernández*』 출간. 후안 카를로스 오네티의 소설을 영화화한 다비드 립스시크 감독의 〈조선소*El astillero*〉의 각본을 씀.

2001년 비평집 『새 천년을 위한 세 가지 제안: 그리고 다섯 가지 난점*Tres propuestas para el próximo milenio: y cinco dificultades*』 출간.

2005년 비평 모음집 『최후의 독자*El último lector*』 출간.

문학동네 세계문학전집 발간에 부쳐

세계문학은 국민문학 혹은 지역문학을 떠나 존재하는 문학이 아니지만 그것들의 총합도 아니다. 세계문학이라는 용어에는 그 나름의 언어와 전통을 갖고 있는 국민문학이나 지역문학의 존재를 인정하면서 그것을 넘어서는 문학의 보편적 질서에 대한 관념이 새겨져 있다. 그 용어를 처음 고안한 19세기 유럽인들은 유럽문학을 중심으로 그 질서를 구축했지만 풍부한 국민문학의 전통을 가지고 있는 현대의 문학 강국들은 나름의 방식으로 세계문학을 이해하면서 정전(正典)의 목록을 작성하고 또 수정한다.

한국에서도 세계문학 관념은 우리 사회와 문화의 변화 속에서 거듭 수정돼왔다. 어느 시기에는 제국 일본의 교양주의를 반영한 세계문학 관념이, 어느 시기에는 제3세계 민족주의에 동조한 세계문학 관념이 출현했고, 그러한 관념을 실천한 전집물이 출판됐다. 21세기 한국에 새로운 세계문학전집이 필요하다는 것은 명백하다. 우리의 지성과 감성의 기준에 부합하는 세계문학을 다시 구상할 때가 되었다.

문학동네 세계문학전집은 범세계적으로 통용되는 고전에 대한 상식을 존중하면서도 지난 반세기 동안 해외 주요 언어권에서 창작과 연구의 진전에 따라 일어난 정전의 변동을 고려하여 편성되었다. 그래서 불멸의 명작은 물론 동시대 세계의 중요한 정치·문화적 실천에 영감을 준 새로운 작품들을 두루 포함시켰다.

창립 이후 지금까지 한국문학 및 번역문학 출판에서 가장 전문적이고 생산적인 그룹을 대표해온 문학동네가 그간 축적한 문학 출판 경험을 바탕으로 새로운 세계문학전집을 펴낸다. 인류가 무지와 몽매의 어둠 속을 방황하면서도 끝내 길을 잃지 않은 것은 세계문학사의 하늘에 떠 있는 빛나는 별들이 길잡이가 되어주었기 때문이다. 우리가 자부심과 사명감 속에서 그리게 될 이 새로운 별자리가 독자들의 관심과 애정에 힘입어 우리 모두의 뿌듯한 자산이 되기를 소망한다.

문학동네 세계문학전집 편집위원
민은경, 박유하, 변현태, 송병선, 이재룡, 홍길표, 남진우, 황종연

지은이 **리카르도 피글리아**
1941년 부에노스아이레스 주 아드로게에서 태어났다. 1967년 쿠바의 '카사 데 라스 아메리카스'에서 주최한 콩쿠르에서 특별상을 수상하면서 작가의 길로 접어들었다. 1980년 첫 장편소설 『인공호흡』을 출간하여 국제적인 명성을 얻었고, 이후 다양한 방식으로 창작 활동을 전개했다. 1997년 아르헨티나 최고의 문학상인 플라네타상을 받았다.

옮긴이 **엄지영**
한국외국어대학교 스페인어과를 졸업하고, 동 대학원과 스페인 콤플루텐세 대학교에서 중남미 소설을 전공했다. 옮긴 책으로 『인상과 풍경』 『7인의 미치광이』 등이 있다.

세계문학전집 045
인공호흡

양장본 초판 인쇄 2010년 8월 16일
양장본 초판 발행 2010년 8월 23일

지은이 리카르도 피글리아 | 옮긴이 엄지영 | 펴낸이 강병선
책임편집 이은현 | 편집 고유진 | 독자모니터 유부만두
디자인 랄랄라디자인 송윤형 한충현 김민하 | 저작권 김미정 한문숙
마케팅 정민호 김도윤 장선아 강병주 나해진 정진아 | 온라인 마케팅 이상혁 한민아
제작 안정숙 서동관 김애진 | 제작처 (주)상지사P&B

펴낸곳 (주)문학동네
출판등록 1993년 10월 22일 제406-2003-000045호
주소 413-756 경기도 파주시 교하읍 문발리 파주출판도시 513-8
전자우편 editor@munhak.com | 대표전화 031) 955-8888 | 팩스 031) 955-8855
문의전화 031) 955-3576(마케팅), 031) 955-2687(편집)
문학동네카페 http://cafe.naver.com/mhdn

ISBN 978-89-546-1194-7 04870
978-89-546-1020-9 (세트)

www.munhak.com